EMILY THIEDE

Ce Don Perfide

Traduit de l'anglais (États-Unis)
par Anne Guitton

RAGEOT

l'italien sans le vouloir – et pardonnée quand je le faisais volontairement. Ce livre n'aurait jamais pu exister sans vous. Dante a de la chance de pouvoir vous considérer comme sa famille, et moi aussi.

En parlant de famille, rien de tout ceci n'aurait été possible sans la mienne. Ma mère, qui m'a transmis son amour des mots et sa détermination à les rendre parfaits, tout en s'obstinant vaillamment à corriger ma grammaire italienne et mon emploi de la virgule. Et mon père, qui m'a appris à aimer les comédies romantiques, les littératures de l'imaginaire et les films catastrophe. Si je suis qui je suis, si ce livre est ce qu'il est, c'est grâce à vous.

À mon mari, Brian : bien que tu sois la personne la plus pragmatique que je connaisse, tu as choisi de placer une foi à toute épreuve en mon rêve impossible, ce qui compte plus que tout pour moi. Être marié à une autrice devrait s'accompagner de dizaines d'avantages incroyables mais, hélas, tout ce que tu récoltes, c'est ton nom dans les remerciements, une maison en désordre, une vie entière à t'entendre demander quel personnage tu as inspiré, et mon amour. Enfin, merci à mes enfants pour tous les câlins et les suggestions, merci d'être mes plus grands supporters et, surtout, des personnes formidables. Vous êtes ma lumière.

RAGEOT s'engage pour l'environnement en réduisant l'empreinte carbone de ses livres. Celle de cet exemplaire est de :
900 g éq. CO_2
Rendez-vous sur www.rageot-durable.fr

PAPIER À BASE DE FIBRES CERTIFIÉES

Cet ouvrage a été composé par IGS-CP
à L'Isle-d'Espagnac (16)

Achevé d'imprimer en août 2023 en Italie
sur les presses de Grafica Veneta (Trebaseleghe)
Dépôt légal : janvier 2024
N° d'édition : 8031-01

Ce
Don
Perfide

L'édition originale de cet ouvrage a paru en 2022
en langue anglaise chez Wednesday Books,
une marque de St. Martin's Publishing Group (New York, États-Unis)
sous le titre THIS VICIOUS GRACE
Cette traduction de THIS VICIOUS GRACE est publiée
par les Éditions Rageot avec l'aimable autorisation
de l'agence littéraire Rights People.

ISBN : 978-2-7002-8031-9

Loi n° 49-956 du 16-07-1949 sur les publications destinées à la jeunesse.

Pour les petites filles qui « parlent trop »
et vivent les choses « trop intensément ». Ne changez jamais.
Et en mémoire d'une fille très spéciale. Tu nous manques.

VILLE DE SAVERIO

Altari
CARTE DE SAVERIO
Continent
Plage de Dante
Cittadella
Piazza
VILLE DE SAVERIO
Plage
des Sables Noirs
Pic de
la Finestra
Fond du Tonneau
Tanp
Grotte du port

Benedizioni Della Dea

(L'originale)

Alla fine del principio,
la Dea creò isole santuario per i fedeli,
benedicendoli con tre doni :
Alcuni nacquero con la magia.
Un salvatore, per migliorare.
E quando venne il momento della battaglia,
i guerrieri sarebbero stati forti,
perché Lei diede loro una fonte di guarigione.

Les bénédictions de Dea

(Traduction)

À la fin du commencement,
la déesse créa des îles sanctuaires pour les fidèles,
qu'elle bénit de trois dons :
Certains naquirent doués de magie.
Un sauveur, pour renforcer celle-ci.
Et quand viendrait l'heure de la bataille,
les guerriers seraient forts,
car elle leur avait donné une fontaine de guérison.

Traduit en 242 D.I., scribe inconnu

Un

Attraverso la Finestra Divina, la luce riduce i demoni in cenere.
À travers la Divine Fenêtre, la lumière réduit les démons en cendres.

Trois mariages.

Trois enterrements.

Quelqu'un de plus compatissant aurait été accablé, mais Alessa se contenta de baisser la tête pour masquer ses yeux secs tout en s'agenouillant devant le cercueil incrusté de pierres précieuses. Le temple situé sous la Cittadella sentait le moisi et la mort ; l'air était chargé de particules de poussière qui flottaient tels des fantômes de lucioles.

Elle pleurerait. Plus tard. Comme toujours. Se retrouver veuve à dix-huit ans était tragique, après tout, et aucun de ses partenaires n'avait mérité de mourir. Néanmoins, les larmes avaient du mal à monter pour la troisième fois.

Lorsque la main de Hugo, le malheureux Fonte dont le corps reposait devant elle, s'était mise à trembler dans la sienne, il lui avait juré que c'était le stress. Elle n'aurait pas dû le croire. D'ailleurs, elle ne l'avait pas cru. Mais les dieux l'avaient choisie, elle ; et elle l'avait choisi, lui. Alors, sachant que ce contact lui serait peut-être fatal, elle avait repris sa main.

Alessa Paladino, arme divine des dieux.

Elle avait déjà rangé sa dernière robe de mariée, remplacée par une tenue de deuil et des bottes qui lui montaient aux genoux. Une mantille noire recouvrait ses cheveux. Et elle portait des gants, bien sûr. Toujours. Pourtant, le froid humide s'insinuait jusque dans ses os. Sur cette île baignée de soleil, les rayons étaient incapables de réchauffer ce qu'ils ne caressaient jamais.

Les mains jointes, comme en prière, Alessa fit naître un minuscule tourbillon entre ses paumes. Ce faible écho du don d'Hugo ne durerait qu'un instant, et elle tenait à le lui offrir en retour. Le vide qu'il laissa en se dissipant lui fit l'effet d'une punition.

Les jambes engourdies, elle ne se releva pas avant que les ultimes retardataires aient rejoint leurs sièges. Cela lui coûta. Chaque minute de recueillement était une minute qu'elle aurait dû consacrer à chercher un nouveau Fonte. Car son temps était compté. Et les Fontes aussi.

Les douze membres du Consiglio rassemblés d'un côté de la salle la fixaient avec une expression indéchiffrable. Toujours sur le qui-vive. Toujours à attendre. D'abord, qu'elle soit assez vieille pour choisir un partenaire. Ensuite, qu'elle en choisisse un second. Puis un troisième. Bientôt, ils convoqueraient sa prochaine victime.

Partenaire. Son prochain *partenaire*.

Cette fois, elle n'aurait plus droit à l'erreur. Même si le Consiglio pouvait traîner l'élu jusqu'à la Cittadella sous la menace de l'épée, elle aurait préféré qu'il ou elle vienne de son plein gré.

Avant d'aller s'asseoir, elle s'arrêta pour saluer Renata Ortiz, la précédente Finestra, dont le pouvoir s'était éteint cinq ans plus tôt – le jour où le sien s'était révélé. Renata hocha la tête, froide et distante, tandis que son Fonte, Tomohiro Miyamoto, adressait à Alessa un sourire bienveillant. Tous deux formaient une bonne équipe. Une équipe parfaite. Exactement ce qu'une Finestra et son Fonte devaient être.

Une pointe de jalousie familière étreignit le cœur de la jeune fille lorsqu'ils se prirent la main.

Elle aurait donné n'importe quoi pour toucher la main de quelqu'un. Ou pour serrer quelqu'un dans ses bras.

Elle aurait pu *tuer* pour ça.

Littéralement.

Alessa s'assit, le poing pressé sur la bouche afin d'éviter que son soupir ne se transforme en gloussement ou, pire, en sanglot. Le tissu noir et raide de sa robe se tendit sur sa poitrine. Si elle avait su qu'elle porterait sa tenue de deuil si souvent, elle en aurait demandé une neuve à la première trace d'usure.

Adrick se glissa derrière elle, tirant sur les pans de sa veste et faisant de son mieux pour paraître abattu.

– Alors, petite sœur, on ne pleure pas ce brave Hugo ? marmonna-t-il entre ses dents serrées. J'ai de la chance, il y avait un siège libre juste à côté du tien.

– On laisse *toujours* un siège libre près du mien.

Alessa frotta ses mains gantées l'une contre l'autre dans le vain espoir de les réchauffer.

Renata leur jeta un regard réprobateur. Ce n'était pourtant pas de la faute d'Alessa si Adrick ne respectait pas les règles. Il aurait sans doute même accepté de l'étreindre, si elle avait osé le lui demander. Bien sûr, elle ne le ferait pas. Une Finestra n'était censée toucher personne d'autre que son Fonte jusqu'à ce que le Divorando soit passé. Et le risque était trop grand. L'image de son frère jumeau étendu sur l'autel lui retourna l'estomac.

Il aurait dû s'asseoir ailleurs. La Finestra devait rompre tout lien avec son ancienne vie. Être détachée, supérieure. Toujours. Elle n'aurait même pas dû le considérer comme son frère, et encore moins lui parler.

– Tu as choisi le prochain ? demanda Adrick en langue des signes pendant que le chœur s'installait.

Leur Nonno étant sourd, ils l'avaient apprise tous les deux depuis leur plus jeune âge. La version simplifiée que le jeune homme venait d'esquisser sur ses genoux était l'équivalent d'un chuchotement que seule Alessa pouvait comprendre. Leur père aurait été atterré. Mais il n'était pas là. Il n'était même plus son père.

– Je réfléchis, répondit-elle dans la même langue.

– Tu ferais bien de te dépêcher, lui conseilla-t-il à voix basse cette fois. Au moins dix candidats ont fui Saverio depuis le début du mois.

La peur noua le ventre d'Alessa. Elle ignorait combien de Fontes éligibles vivaient encore sur l'île, et elle ne pouvait pas se permettre d'en effrayer davantage. Elle mourait d'envie de se retourner pour les compter dans l'assistance.

Chaque Fonte naissait avec un pouvoir de magie défensive – feu, vent, eau, terre, électricité, etc. Qu'ils soient choisis ou non par la Finestra, ils étaient respectés et admirés, considérés comme une ressource précieuse. Ils recevaient une allocation annuelle, étaient dispensés de service militaire et faisaient l'objet d'une protection particulière.

Jusqu'à un certain point.

– Bon débarras, siffla Alessa.

La colère était plus sûre que la panique, car son devoir lui interdisait de se décomposer aux yeux de tous.

– Quiconque abandonne son peuple est indigne de devenir mon Fonte.

Sans une Finestra pour l'absorber et le magnifier, le pouvoir d'un Fonte demeurait assez faible. Mais au moins, il était utile, contrairement à celui d'Alessa qui dépendait entièrement de son partenaire.

Elle n'eut donc rien à répliquer lorsqu'Adrick murmura :

– Mieux vaut un Fonte indigne que pas de Fonte du tout.

Elle risqua un bref regard dans sa direction. À part ses yeux, verts les bons jours, noisette le reste du temps, son frère ne lui ressemblait pas du tout. Grand et maigre, la peau mate et les cheveux dorés, Adrick pouvait se sortir de n'importe quelle situation grâce à son charme. De son côté, elle avait hérité des boucles brunes et de la peau crémeuse de sa mère, qui brûlait facilement. Quant à son éventuel charisme, il avait été étouffé par des années de règles strictes et d'isolement.

– Tu pourrais te montrer un peu plus encourageant, souffla-t-elle.

– Il faut bien que quelqu'un détende l'atmosphère, répliqua-t-il après une seconde de réflexion.

– Ça n'a rien de drôle.

– Justement. Si je n'occultais pas la gravité de tout ça, je ne sortirais même plus de mon lit.

Alessa déglutit. Après la mort d'Emer, son premier Fonte, Adrick était venu se planter au pied des murs de la Cittadella pour brailler des chansons paillardes d'une voix de pirate. Il était resté là des heures, jusqu'à ce que les sanglots de sa sœur se transforment en hoquets de rire. Il ne cessait jamais de faire le pitre, quelles que soient les circonstances. Et après des années à regretter qu'il ne prenne pas sa situation plus au sérieux, Alessa se rendait compte maintenant que cette bonne humeur forcée les aidait à tenir.

Un soliste entama le Canto della Dea dans la langue courante, avant d'être rejoint par un autre dans celle des anciens, puis par d'autres encore, des dizaines d'accents se mêlant en une harmonie aussi soudée que leur communauté.

Ensemble, nous protégeons. Divisés, nous échouons.

Le vieux Padre Calabrese, sec comme un pruneau, gravit les marches de l'autel d'un pas lent tandis que la dernière note s'éteignait. Il se racla la gorge plusieurs fois, bien que personne ne parle.

– Les dieux sont cruels mais miséricordieux, commença-t-il.

Facile à dire pour lui.

– À l'aube des temps, après que Dea eut créé l'humanité, Crollo décréta que nous étions trop imparfaits, trop égoïstes pour durer. Alors il envoya le feu, et Dea fabriqua l'eau afin de l'éteindre. Il suscita des tempêtes, et elle nous fournit des abris. Et quand Crollo décida de purifier la terre pour repartir de rien, Dea le défia, car elle avait foi en nous. « Seule, dit-elle, une personne est un fil que l'on peut aisément couper. De l'union naît la force qui nous permettra de survivre. »

Alessa se tortilla sur le banc de bois dur. Il ne manquerait plus que le bas de son corps s'engourdisse et qu'elle trébuche au moment de se lever. Quitte à lui octroyer un pouvoir mortel, Dea aurait quand même pu adoucir son fardeau et la rendre insensible à l'inconfort.

Sentant que l'attention du Padre se tournait vers elle, Alessa se redressa.

– Enfin, Dea et Crollo aboutirent à un accord : il enverrait ses démons pour qu'ils nous dévorent, mais elle ferait jaillir de la mer des îles sanctuaires où les fidèles pourraient vivre en harmonie, prouver leur valeur et donner tort à son cynique adversaire. Et parce qu'elle nous aimait, nous, ses enfants, elle nous arma de plusieurs dons…

Des regards furtifs se posèrent sur Alessa, qui fit de son mieux pour ressembler à un don divin.

Bien que tout cela soit vrai, et malgré ce qu'ils devaient à Dea, celle-ci aurait tout de même pu choisir une solution plus simple. Fabriquer un bouclier impénétrable. Rendre les îles invisibles. Ou encore négocier avec Crollo pour qu'il se contente d'*une* grande purge, ce qui leur aurait permis d'en finir des siècles plus tôt. Mais non : dans son infinie sagesse, afin d'enseigner à ses enfants l'importance de la communauté et de l'entraide, Dea avait créé des sauveuses incapables de sauver seules.

Le partenariat divin était un constant rappel du fait que le salut résidait dans le partage de la force. C'est pourquoi la Finestra ne pouvait que magnifier le don de quelqu'un d'autre.

Main dans la main avec un chanteur d'opéra, elle ferait fondre le plus sévère des critiques musicaux. Quelques minutes après avoir touché un archer, elle serait capable de planter une flèche en plein cœur de cible. Et associée à un Fonte, elle pourrait vaincre l'armée de démons envoyée par le dieu du Chaos.

Du moins, en théorie.

Quand Alessa s'était tenue pour la première fois devant les anciens du Consiglio, ils lui avaient laissé entendre que c'était simple comme bonjour.

1. Choisir un Fonte.

2. Ne pas le tuer.

3. Amplifier la magie du Fonte pour sauver Saverio et tous ses habitants – ou mourir la première.

Le regard d'Alessa se posa sur le cercueil étincelant.

Non, pas la première.

Certains affirmaient encore que ces morts étaient un bon présage. Regrettable, certes, mais rassurant. La Finestra était si puissante qu'elle tuait accidentellement un premier Fonte ? Ils n'en seraient que mieux protégés durant le siège. Et un deuxième ? Bah, les accidents arrivent. Elle était jeune ; ce genre de choses prenaient du temps. Elle serait plus prudente avec le suivant. Mais après trois enterrements, la force d'Alessa devenait inquiétante. Et elle commençait à manquer de temps.

Le service funéraire se termina par le cantique « *Per nozze e lutto, si lascia tutto, però chi vive sperando, muore cantando* ». « Les noces comme les deuils impliquent de lâcher prise, mais qui vit dans l'espoir meurt en chantant. » Elle n'avait jamais rien entendu d'aussi triste. Hugo, lui, n'avait pas quitté le monde au milieu d'une note.

Les porteurs longèrent la travée centrale, les invités tendant la main afin de caresser la surface vernie du cercueil.

Alessa ne le fit pas. Esprit ou fantôme, ce qui restait de son Fonte préférait certainement qu'elle garde ses distances.

Quand la bière franchit une arche en pierre sculptée de figures de dieux, la foule murmura :

– Qu'il repose en compagnie des héros.

« Héros » était peut-être un terme exagéré, dans la mesure où Hugo n'avait fait que mourir. Mais Alessa était mal placée pour en juger.

Les gens se levèrent, lissèrent leur veste, rassemblèrent leurs jupons, chassèrent des poussières invisibles de leurs vêtements.

Alessa se crispa lorsque le coude d'Adrick lui heurta les côtes. Ce rare contact physique lui donna des palpitations.

Oh. Elle venait de s'apercevoir que tout le monde l'attendait.

Derrière son dos, elle adressa un geste grossier à son frère avant d'aller s'agenouiller devant l'autel de Dea, au fond du temple. Ainsi, les autres pourraient partir pendant qu'elle ferait semblant de prier.

Quelle Finestra dévouée elle était. Si pieuse. Si obéissante.

Une fois dans l'alcôve qui l'abritait des regards curieux, elle s'assit près de la statue de Dea et appuya sa joue contre le marbre froid. Sa poitrine douloureusement vide lui rappelait tout ce qu'elle n'avait plus.

Sa famille, oubliée.

Ses amis, inexistants.

Même la forteresse taillée dans la pierre de l'île n'était pas pour elle. Lorsque le Divorando arriverait, les gens qui, eux, avaient de la famille et des amis s'y entasseraient dans le noir, remerciant le ciel de ne pas être à sa place.

Quand elle fut certaine qu'il n'y avait plus personne dans la nef, elle sortit et gravit les larges marches afin de regagner la piazza au-dessus. Sa robe trop serrée l'empêchait de respirer. La température augmentait à chaque pas, le tissu humide de transpiration lui collait à la peau. Au moins, le Consiglio avait fini par l'autoriser à retirer son voile durant les événements privés, depuis qu'elle avait frôlé l'insolation lors du gala du dernier solstice d'été. Et la mode actuelle des jupes capes – longues dans le dos, ouvertes et croisées sur le devant au niveau des genoux – lui évitait de s'affaler chaque jour dans cette ville aux mille escaliers.

Elle déboucha dans la lumière éblouissante et alla prendre place à côté de Tomo et de Renata. Les gardes rougeauds alignés le long des marches de la Cittadella la saluèrent, suant dans leurs uniformes. La foule se tut et lui fit la révérence.

Depuis son point de vue habituel, un balcon situé au troisième étage de la Cittadella, elle admirait souvent les jeunes femmes élégantes de Saverio qui se pavanaient tels des paons en jupes multicolores. Mais ce jour-là, massées sur la piazza et vêtues de noir ou de gris, elles ressemblaient davantage à des pigeons.

Personne n'osait la regarder en face, comme si elle était trop effrayante pour être contemplée à l'œil nu. Pourtant, elle se sentait scrutée de toutes parts.

Allez-y. Inclinez-vous devant la sauveuse bénie qui tue vos amis et vos proches.

Renata pinça les lèvres et Alessa rougit, comme si elle avait prononcé ce blasphème à haute voix. Malgré les deux décennies qui les séparaient, l'ancienne Finestra paraissait encore assez jeune pour être sa sœur, avec son teint cuivré, ses cheveux blonds et ses yeux bruns. Pour elle, Alessa était une charge, pas une proche ni une amie. Et c'était douloureusement clair dans des moments comme celui-ci.

Tomo, par contre, lui adressa un sourire encourageant.

– Souviens-toi : les gens effrayés ont besoin de certitudes.

– Tu es *confiante, sûre de toi*, murmura Renata. Tu *maîtrises* la situation.

Alessa tenta d'esquisser un sourire « confiant » à l'un des gardes, qui tressaillit. Elle avait encore du travail.

Il faut dire que, si elle avait dû décrire comment elle se sentait, « confiance » et « maîtrise » étaient sans doute les derniers mots qu'elle aurait employés.

Lors de sa première présentation officielle au public, sur cette même piazza, les gens avaient eu les yeux brillants d'espoir et de foi en elle.

Du jour au lendemain, elle, une jeune fille ordinaire, était devenue l'élue de Dea. Elle se retrouvait aimée, célébrée, si populaire qu'elle ne savait plus où donner de la tête.

Les choses avaient bien changé. Les candidats ne se disputaient plus la place de Fonte. Personne ne voulait partager son don avec elle. Car il n'était pas vraiment question de partage, n'est-ce pas ? Sinon, tout le monde serait resté en vie. Ce qu'elle ne pouvait pas promettre.

Pourtant, elle avait essayé. À chaque fois.

Elle n'eut aucun mal à repérer les Fontes dans la foule compacte, auréolés d'un halo de morosité visible. Bien qu'elle les ait déjà rencontrés plusieurs fois, ils restaient pour elle des étrangers aux noms familiers.

Kaleb Toporovsky, dont les yeux se détournèrent un peu trop vite en croisant les siens. Il lissa sa tignasse couleur cuivre, affichant un air blasé.

Josef Benheim, impeccablement vêtu de noir, le regard si fixe qu'elle l'entendait presque se répéter de ne pas ciller. Il ressemblait tellement à sa sœur aînée que la gorge d'Alessa se noua. Il était rare qu'une famille donne naissance à plus d'un Fonte ; lorsque cela arrivait, c'était considéré comme une faveur des dieux. Josef aurait dû se classer en tête de sa liste, mais Alessa avait déjà coûté un enfant à ses parents.

Les autres se soumirent avec résignation à son examen : Nina Faughn, Saida Farid, Kamaria et Shomari Achebe.

La plupart tentaient de se fondre dans la foule. Elle ne pouvait pas leur en vouloir. Alors qu'elle connaissait à peine les trois personnes qu'elle avait tuées, eux avaient grandi tous ensemble.

Et on leur demandait maintenant de se comporter comme s'ils rêvaient d'être choisis par elle, dont le pouvoir était inutile sans le leur.

Dea, envoie-moi un signe.

Ce dont elle avait réellement besoin, c'était d'un coup de pouce. Elle passait des heures et des heures à observer la ville, mourant d'envie de se mêler au peuple. Mais chaque fois qu'on la sortait de sa cage dorée, elle oubliait comment voler.

Elle avait à peine fait trois pas qu'un mouvement de foule la força à s'arrêter.

Une femme venait de se frayer un chemin jusqu'au milieu de la place, aussi visible qu'une étoile par une nuit sans lune dans sa robe d'un blanc immaculé. Quelle idée de bousculer ainsi tout le monde en pleines funérailles !

Elle se tourna vers Alessa, les yeux brillants.

La Finestra se sentit étrangement gênée. Il y avait des années que personne n'avait été submergé par la ferveur religieuse en sa présence, et le moment était mal choisi pour entrer en transe.

Puis les traits de la femme se tordirent et la lueur dans ses yeux s'éteignit tandis qu'elle s'élançait.

Le pouls d'Alessa se calqua sur le rythme de ses pas heurtant les dalles de pierre.

La femme en robe blanche ne ralentit pas, n'hésita pas, malgré les gardes qui se jetaient sur elle. D'un mouvement souple, elle ramena son bras en arrière.

Et elle lança.

Quelque chose frôla la tête de la Finestra avec un sifflement douloureux. Les gardes plaquèrent la femme au sol, étouffant les mots qu'elle tentait de hurler.

Lorsqu'Alessa porta une main à son oreille, son gant s'imbiba de sang chaud.

– Dea, soupira-t-elle. Pas ce genre de signe…

Deux

Chi cerca trova.
Qui cherche trouve.

Le souffle court, Alessa essuya le sang. Il ne se verrait pas sur ses gants noirs, pas plus que la peur sur son visage. Elle ne pouvait pas se le permettre. Ses yeux suivirent la traînée de gouttes écarlates sur la pierre jusqu'à la lame étincelante d'une dague. Quelques centimètres plus à gauche, et l'arme qui lui avait égratigné l'oreille se serait plantée dans son crâne.

Le capitaine de la Garde aboya des ordres, et ses soldats formèrent un mur protecteur autour d'elle. Pour la première fois de sa vie, Alessa avait hâte de retrouver la sécurité de la Cittadella.

– Attendez, intervint Renata. Il faut que les gens voient qu'elle n'a rien.

Alessa serra les poings. Se cacher n'était pas une option. Pas pour elle. Jamais pour elle. Le devoir l'appelait, et ce n'était pas un peu de sang qui allait l'arrêter.

– Tête haute, Finestra, murmura Renata. Montre-leur que *toi*, tu n'as pas peur.

Réprimant un horrible rire nerveux, Alessa leva le menton si haut que personne ne pourrait voir les larmes dans ses yeux.

Elle salua de la main et un soupir de soulagement – du moins, elle l'espérait – parcourut la foule. Enfin, Renata donna le signal de la retraite.

– C'est grave ? s'inquiéta l'ancienne Finestra à la seconde où les portes se refermèrent derrière eux.

– Ça pourrait être pire, répondit Alessa en tâtant sa blessure. Qu'est-ce qui lui a pris ?

Cela n'avait aucun sens. Une Finestra ne pouvait pas mourir avant le Divorando ; c'était inimaginable. Non ? Un certain nombre de ses prédécesseuses avaient été blessées *pendant* la bataille, mais pas avant d'être montées au sommet du Pic de la Finestra. Sans une Finestra et son Fonte, Saverio se retrouverait sans défense face aux démons.

– Qui peut expliquer les actes d'un esprit dérangé ? murmura Tomo en offrant son bras à Renata, avec qui il échangea un regard entendu.

– Si vous savez quelque chose, dites-le-moi, supplia Alessa.

Elle les suivit le long du couloir qui menait à la cour intérieure. À côté de Tomo, grand et athlétique malgré ses problèmes de santé, Renata paraissait encore plus minuscule.

– Tu ne pourras pas la protéger éternellement, dit celle-ci.

– Allons, Renata, plaida l'ancien Fonte, dont le teint bronzé pâlit soudain. On n'est même pas certains qu'il soit lié à tout ça.

De qui parlaient-ils ? C'était une femme qui avait lancé la dague.

– Qui ça, « il » ? demanda Alessa.

Ils ne répondirent pas. Dans les moments comme celui-là, elle avait l'impression de devenir invisible.

– Je t'avais dit qu'on aurait dû le faire arrêter, insista Renata, contrariée. L'attacher sur le Pic et le laisser mourir.

Tomo soupira comme s'ils avaient déjà eu cette conversation des dizaines de fois.

– Pour avoir prêché dans la rue ?

– Pour incitation à la violence !

– *Qui ça* ? insista Alessa un ton plus haut.

Ils se tournèrent vers elle comme s'ils venaient de se rappeler son existence.

– Qui aurait-on dû laisser mourir ? Dites-le-moi. Je suis la Finestra, pas une petite fille effrayée.

Si elle l'affirmait avec suffisamment de conviction, elle parviendrait peut-être à s'en persuader.

Tomo agita la main comme pour chasser une mouche.

– Juste un prêcheur de rue ridicule qui se fait appeler Padre Ivini. Il joue sur les peurs des gens pour se remplir les poches.

– Quelles peurs, exactement ?

Alessa croisa les bras et frissonna. Elle savait ce qu'*elle* redoutait : des nuées d'insectes démoniaques qui descendraient des cieux et qu'elle devrait arrêter. Braver ses peurs afin que les autres n'aient pas à le faire était le fardeau de toute Finestra.

– Ce ne sont que de stupides bavardages. Personne de raisonnable ne lui prête la moindre attention.

Tomo regarda Renata en quête de soutien, mais elle se contenta de hausser les épaules.

– Personne ? s'enquit Alessa en désignant sa blessure.

– Personne à part quelques désespérés, avides de certitude dans ce monde incertain. Bon, assez parlé de cela, conclut Tomo avec un sourire qui ne souffrait pas de contestation. Nous avons des sujets plus importants à traiter.

Plus importants que la vie d'Alessa ? Elle fronça les sourcils. Même si elle avait réussi à leur arracher une réponse, cela ne voulait pas dire qu'elle avait posé les bonnes questions.

– C'était un incident isolé, assura Renata. Cesse d'y penser.

Parfait. Toutes les choses qu'Alessa était censée mémoriser avaient une fâcheuse tendance à lui sortir de la tête, tel du sable coulant entre ses doigts. Mais elle n'était pas près d'oublier la dague qui lui avait frôlé la tête.

Renata se massa le front.

– Plus vite elle choisira un nouveau Fonte, mieux ce sera.

– Je n'ai même pas pu leur parler, souligna Alessa. Ça me paraît pourtant essentiel afin de prendre une décision éclairée. J'ai besoin que ça fonctionne, cette fois. S'il vous plaît.

S'il vous plaît, je ne veux pas en tuer un autre.

Elle aurait aussi bien pu le dire à voix haute. Ils savaient ce qu'elle pensait.

Tomo s'approcha comme s'il allait lui étreindre le bras mais, à la place, il lui caressa la manche d'un geste maladroit.

– Pourquoi ne pas organiser une démonstration ? Une sorte de gala ? Chaque Fonte éligible pourra présenter son don, et tu auras l'occasion de discuter avec eux.

La poitrine d'Alessa se gonfla. Elle s'était déjà préparée à passer les prochains jours à l'isolement, priant pour que Dea lui envoie un signe, avant de désigner celui ou celle qui lierait son destin au sien. La proposition de Tomo pourrait bien être la solution idéale.

– Demain, acquiesça Renata. Et il faudra qu'elle soit éblouissante. Ne lésinons pas sur les bijoux. Je veux qu'elle resplendisse des preuves de la faveur de Dea.

Alessa se retint de lever les yeux au ciel. Par le passé, elle aussi associait richesse et valeur d'une personne. Désormais, elle connaissait la vérité : les dieux donnaient et reprenaient pour des raisons qui dépassaient le commun des mortels. Seuls les imbéciles essayaient d'y lire quoi que ce soit.

Ce qui faisait donc d'elle une imbécile, car elle aurait tout donné pour comprendre ce qui lui arrivait.

– Parfait, conclut Tomo. Nos invités repartiront en chantant les louanges de notre sauveuse bénie, prête à choisir son dernier et véritable partenaire. Voilà qui devrait faire taire les esprits chagrins.

Alessa ne savait toujours pas ce que racontaient ces « esprits chagrins », mais elle était redevenue invisible. Alors, laissant Renata et Tomo s'occuper des détails, elle gravit l'escalier d'un pas lourd.

Adrick aurait sans doute pu la renseigner sur le Padre Ivini. Il collectionnait les ragots comme les enfants collectionnent les jolis cailloux. Mais elle n'avait pas la moindre idée de quand elle le reverrait.

De l'extérieur, la Cittadella ressemblait à un énorme bloc de pierre. Derrière cette façade austère, elle abritait à la fois une forteresse militaire et une somptueuse demeure, avec un petit atrium au centre et de magnifiques jardins à l'arrière. Le rez-de-chaussée et le premier étage étaient réservés aux soldats, avec une cantine, des baraquements, une armurerie, des salles d'entraînement et le centre de commandement.

Les étages supérieurs, eux, servaient de résidence privée au Duo Divino – ou couple divin – actuel, mais aussi au Duo passé. L'ancienne Finestra et son Fonte s'y réinstallaient en effet à l'éveil de la nouvelle élue durant les cinq ans que Dea leur accordait pour la former.

Malheureusement, la déesse n'avait pas dû faire attention aux petites mentions du contrat qu'elle avait passé avec Crollo. Au lieu de déclencher le Divorando le jour du cinquième anniversaire de l'éveil de la Finestra, il pouvait choisir n'importe quel mois, au hasard, au cours de la cinquième année. Personne ne savait exactement quand le fléau s'abattrait avant la Première Alerte.

Or, en ce septième mois de sa cinquième et dernière année, Alessa n'était toujours pas plus avancée dans sa quête d'un partenaire que le jour où le Consiglio l'avait intronisée.

La salle de banquet du deuxième étage était déserte et sombre. Comme Tomo et Renata n'avaient toujours pas regagné leur suite, elle ne croisa personne sur le chemin du troisième étage, qui était tout à elle et le resterait jusqu'à ce qu'elle trouve un Fonte. La plus grande bibliothèque de Saverio, une chapelle privée et deux suites, dédiées à son usage personnel.

Lorsqu'elle déboucha en haut de l'escalier, Lorenzo, le jeune soldat affecté à sa garde, pâlit. Bien qu'il soit censé lui ouvrir la porte et procéder à une inspection en règle des lieux avant de la laisser entrer, il refusait de toucher à la moindre de ses affaires, comme tous ceux qui l'avaient précédé.

Alessa ouvrait donc ses portes elle-même.

Elle ne l'aurait jamais admis à voix haute mais, chaque fois que quelqu'un s'écartait d'elle, elle avait l'impression de recevoir un seau d'eau glacée en pleine face. Les soldats, qui s'étaient portés volontaires pour affronter une armée de démons, se comportaient comme si elle incarnait une menace encore pire.

Après avoir jeté un rapide coup d'œil à l'intérieur de la chambre, Lorenzo regagna son poste en marmonnant dans sa barbe un mot qui ressemblait furieusement à *ghiotte* – « glouton ».

Alessa referma la porte d'un coup de pied.

– Petite ghiotte, la grondaient ses parents quand elle réclamait trop de bonbons.

Ce terme, affectueux dans leur bouche, faisait naître dans son esprit de terribles visions des voleurs de Crollo. Aujourd'hui encore, elle rêvait parfois qu'il lui poussait des griffes et des cornes.

Tous les enfants de Saverio grandissaient bercés par ces légendes. Crollo avait chargé les ghiottes, des démons déguisés en humains, de trouver le troisième don de Dea avant le premier Divorando. Ils avaient localisé la Fonte di Guarigione – la fontaine de guérison destinée aux soldats –, et ils avaient bu son eau jusqu'à la dernière goutte, ce qui les avait rendus presque invincibles. Damnés pour ce péché, ils avaient été chassés et jetés à la mer. Il ne subsistait d'eux que cette histoire en forme de mise en garde contre la gloutonnerie et l'égoïsme.

Certains sceptiques prétendaient qu'il s'agissait d'une métaphore, d'un conte moralisateur permettant de maintenir les hommes sur le droit chemin. Mais les plus anciens membres du clergé juraient que chaque mot de la sainte Verità avait été dicté par Dea en personne.

La Finestra était la première bénédiction.

Les ghiottes avaient volé la troisième.

Et Alessa n'arrêtait pas de tuer la deuxième.

Après avoir ôté ses gants, elle les jeta sur la pile de vêtements au pied de son lit.

Une brise tiède au parfum citronné entrait par la fenêtre du balcon, ramenant ses boucles brunes dans ses yeux. Elle se dirigea vers une petite table sur laquelle était disposé un assortiment de pains, de fromages et de fruits. Le fromage luisait de gras dans les dernières lueurs du jour et le pain était rassis. Ce n'était pas vraiment un festin digne d'une Finestra, mais elle était mal placée pour critiquer le travail des autres.

Le soleil couchant se reflétait sur l'océan, peignant de rose et d'or la ville dont les bâtiments pastel descendaient en cascade sur le flanc de la colline. Les remparts les empêchaient de s'étaler jusqu'au Pic de la Finestra, qui surplombait la plage des Sables Noirs où son partenaire et elle prendraient la tête de l'armée de Saverio.

Au moins, sa prison avait une belle vue.

Plutôt que d'aller prendre un bain pour se débarrasser du sang et de la sueur, elle se blottit dans un fauteuil, tirant une couverture sous son menton. Il ne faisait pas froid, mais le contact de la laine sur ses bras et ses jambes ramenait ses nerfs à la vie après une longue journée de somnolence. Même si ça ne valait pas une caresse humaine, c'était mieux que rien.

Après une enfance passée à oublier de faire ses devoirs, à laisser brûler des miches de pain et à ne pas sortir les poubelles, Alessa avait enfin fait la fierté de sa mère le jour où elle était devenue Finestra et avait cessé de l'appeler « Mama ». Mais voilà que, même choisie par les dieux, elle continuait à décevoir tout le monde. Elle se donnait pourtant du mal. Elle essayait vraiment de penser à ses corvées et à surveiller la cuisson du pain, de même qu'aujourd'hui, elle tentait de contrôler son pouvoir divin. Car ce n'était plus un aller-retour supplémentaire au marché qui était en jeu, mais la vie de ses Fontes et le sang qui séchait sur sa peau.

D'après son père, tous les problèmes s'arrangeaient à la lumière du jour. Il allait falloir un soleil étincelant pour régler les siens.

Tu n'es pas seule. Tu es en vie. Tu es l'élue.

Tu es seule. Tu vas mourir. Dea s'est trompée.

C'était vain. Elle ne pouvait pas se permettre de plonger dans la spirale infernale du doute. La seule façon de s'en sortir, c'était d'obtenir des réponses.

Alessa se redressa, laissant tomber sa couverture sur le sol.

Puisque personne au sein de la Cittadella ne voulait lui dire ce qui se passait, elle trouverait ailleurs quelqu'un qui le ferait.

Trois

Dio mi guardi da chi studia un libro solo.
Dieu me garde de celui qui ne lit qu'un seul livre.

Alessa n'avait pas eu beaucoup d'occasions de se rebeller depuis qu'elle avait quitté la maison. Le moment était venu de se rattraper. Une cape légère sous le bras, ses bottes dans une main et un plan grossier des tunnels dans l'autre, elle se faufila devant les cuisines où Lorenzo flirtait avec des servantes pas vraiment impressionnées.

Elle s'arrêta au niveau de la salle de banquet, d'où provenait un bruit de voix. Elle n'était qu'à demi prisonnière et pouvait se déplacer à sa guise dans la Cittadella. Mais si Renata voyait son air coupable, elle était fichue. Lorsque le tintement de l'argenterie sur la porcelaine s'éleva, elle retint son souffle et passa sur la pointe des pieds.

– Par quoi commençons-nous demain ? demanda soudain l'ancienne Finestra, la faisant sursauter.

Alessa s'adossa contre un mur jusqu'à ce que ses genoux flageolants redeviennent capables de la soutenir. Puis elle reprit son chemin. De l'autre côté de l'atrium, une arche donnait sur l'escalier en colimaçon qui reliait la Cittadella à la Fortezza. Étroites et sombres, les vieilles marches de pierre étaient usées par le passage d'innombrables pieds au fil des siècles.

Si la Cittadella était impressionnante, ce n'était rien comparé à la forteresse souterraine. Le labyrinthe de tunnels et de caves avait été aménagé sous l'île par ses premiers occupants, qui avaient exploité les conduits volcaniques naturels afin de créer une véritable place forte.

L'exploration ne faisait pas partie des attributions d'une Finestra. En temps normal, Alessa ne pénétrait dans la Fortezza que pour aller au temple avec Tomo et Renata. Par chance, le passe-partout, qu'elle n'utilisait jamais, tourna dans la serrure sans difficulté.

Tremblante d'appréhension plus que de froid, elle enfila sa cape et sortit par la première grille située hors de l'enceinte de la Cittadella.

Dehors, l'air chaud et lourd était chargé du parfum des roses du jardin. Elle tourna le dos aux hauts murs qu'elle venait de quitter et suivit les odeurs plus humbles de son enfance. La nuit tombait déjà sur les rues tranquilles, où les boutiques fermaient une à une.

Les terrasses débordaient de bruits et de senteurs si distinctes qu'elle aurait pu se repérer les yeux fermés. Dans un quartier qui embaumait le poivre et le cumin, des doigts habiles jouaient une mélodie à la guitare tandis que des talons marquaient le rythme. Un peu plus loin, des beignets à l'ail et aux oignons nouveaux grésillaient dans de l'huile bouillante, accompagnés par la voix d'une mère qui chantait une berceuse, aussi douce que la pluie d'été sur un toit.

Presque toutes les portes étaient flanquées d'un citronnier dont les racines s'enfonçaient entre les pavés. On faisait courir les branches au-dessus des fenêtres, dont le rebord était taché de gouttes de jus poisseux. Cette tradition était supposée repousser les démons de Crollo – appelés *scarabeos* en raison de leur ressemblance avec des scarabées. Mais si cela fonctionnait, Saverio n'aurait pas eu besoin d'une Finestra.

Tout en s'intimant de continuer à marcher, elle s'arrêta malgré elle devant une maison aux volets bleus.

Dans la cuisine, sa mère était penchée au-dessus d'une casserole. Elle tendit la main pour attraper le sel et interrompit son geste, comme si elle avait oublié ce qu'elle voulait faire. La table était dressée pour deux. Adrick refusait-il maintenant de manger avec eux ? Les repas de famille n'avaient sans doute plus la même saveur sans sa sœur.

Non, elle prenait ses désirs pour des réalités. Il devait juste travailler tard.

La casserole dégageait une odeur réconfortante de plat mijoté à base d'agneau et de vin rouge. Un flot de souvenirs l'assaillit. Une table bondée, des histoires répétées tant de fois qu'elles ne signifiaient plus rien, des enfants qui s'endormaient sur les genoux de leurs parents…

Alessa s'essuya les yeux et repartit.

Elle ne serait plus jamais une fille insouciante qui cueillait du romarin pour le dîner, mais les autres devaient bien continuer à vivre.

Les rues se firent plus étroites à mesure qu'elle descendait, les immeubles se touchant presque au-dessus de sa tête. La nature semblait reprendre ses droits, faisant pousser des fleurs sauvages dans les fissures du sol et grimper des lianes le long des murs.

Alessa remonta sa capuche avant de passer devant les gardes postés aux portes de la ville. Ils ne lui prêtèrent aucune attention. Leur rôle était de protéger les habitants des menaces extérieures, pas de surveiller les jeunes filles qui rejoignaient les quais pour faire la fête ou les quatre cents coups.

À Saverio, on tatouait les criminels. Ceux qui avaient commis des offenses impardonnables étaient bannis sur le continent, où ils mourraient lors du prochain Divorando, privés de la protection du Duo Divino. Quant aux autres, ils resteraient dehors lorsque les Saveriens se barricaderaient dans la Fortezza. Passé le couvre-feu, aucun tatoué ne pouvait entrer dans l'enceinte de la ville sans un laisser-passer officiel de la Cittadella.

Sur la route de terre déserte qui menait aux quais, on entendait bruire les rumeurs de la nuit. De minuscules créatures détalaient dans le noir, des ailes invisibles s'agitaient dans l'herbe.

Puis la stridulation des insectes céda la place au grincement des bateaux. La route s'élargit et se remplit peu à peu de badauds et de stands. Si on devait comparer la ville à de la nourriture, les quais représenteraient un ragoût bien chaud. Envoûtée par le brouhaha d'une myriade de langues, la jeune fille, cachée sous sa cape, passait inaperçue dans la cohue.

Saverio, la plus grande des quatre îles sanctuaires, avait attiré une foule de voyageurs avant le premier Divorando. Aujourd'hui encore, près d'un millénaire après l'attaque qui avait réduit les continents à des étendues de terre brûlée, les Saveriens se vantaient de représenter un échantillon fidèle de ce que le monde était autrefois. Ils exagéraient, bien sûr, mais il n'y avait plus personne pour les contredire.

Alessa ralentit en voyant émerger d'une ruelle une dizaine de silhouettes, vêtues de longues robes blanches qui contrastaient avec le décor gris et sale. Elle plissa les yeux afin de déchiffrer les inscriptions écarlates brodées dans leurs dos : *Fratellanza della Verità*.

Les passants se rassemblèrent autour d'eux. Il y avait de quoi être intrigué : les membres du groupe chantonnaient à mi-voix une mélopée qui donna la chair de poule à Alessa, et leur tenue leur conférait un anonymat inquiétant.

Elle frissonna lorsque l'un d'eux s'avança et rabattit sa capuche en arrière, révélant des traits charismatiques et des cheveux prématurément gris. Il adressa un sourire bienveillant à la foule. Quelques personnes applaudirent avant même qu'il ouvre la bouche.

Stratégiquement placé sous le faisceau de lumière d'un réverbère, il brandit un énorme livre. Ce n'était pas une édition officielle de la Sainte Verità – Alessa savait parfaitement faire la différence entre l'original et de vulgaires copies –, mais les glyphes de la couverture étaient suffisamment raffinés pour tromper la plupart des gens.

Les femmes du premier rang se bousculèrent pour le contempler avec une dévotion émerveillée. Enfin, Alessa entendit quelqu'un murmurer un nom familier : Padre Ivini.

– Nos dieux nous enjoignent de garder la foi, commença l'homme d'une voix basse et troublante. Car ils nous auraient bénis en nous envoyant des sauveurs.

Dont une que vous avez voulu faire tuer aujourd'hui.

– Mais nous sommes devenus complaisants. Crédules. Naïfs.

Son expression se mua en un air de tristesse étudiée tandis que son regard d'aigle scrutait les réactions de l'auditoire.

– Je vous le demande, sommes-nous certains que notre très estimée Finestra nous sauvera ? Ou craignez-vous, vous aussi, que les dieux nous mettent à l'épreuve ?

Une petite fille à la robe tachée se fraya un chemin dans la foule de plus en plus compacte. Elle tenait un chapeau et demandait l'aumône, mais les gens l'ignoraient, serrant leurs bourses contre eux et évitant son regard.

Ivini poursuivit son monologue face aux badauds désormais silencieux.

– Les textes oubliés prédisaient l'avènement d'une fausse Finestra, que les fidèles reconnaîtraient au premier coup d'œil.

Pourtant, ses yeux ne s'attardèrent pas plus longtemps sur le visage d'Alessa que sur celui des autres, ce qui invalidait sa théorie. Mais c'était un très bon manipulateur. Secouant la tête comme s'il regrettait déjà ce qu'il s'apprêtait à dire, il pressa une main sur son cœur.

– Elle est là-haut, dans notre Cittadella, en train d'assassiner nos précieux Fontes. Se faisant choyer alors qu'elle est le mal incarné. On nous raconte qu'elle a été choisie par Dea. Mais Dea aurait-elle envoyé une meurtrière pour nous sauver ? Je ne pense pas. Non, cette œuvre porte la marque de Crollo.

Un jeune homme aux cheveux bruns ébouriffés et à la peau mate qui passait dans la rue jeta un regard dédaigneux à l'attroupement. Les épaules d'Alessa se détendirent. Il restait au moins une personne en ville qui ne croyait pas aux sornettes de ce prédicateur.

– Je vous le demande, insista Ivini, quand les démons viendront dévorer tous les êtres vivants de Saverio, notre *chère* Finestra fera-t-elle semblant de se battre, ou éclatera-t-elle de rire face au massacre de nos soldats ? Encouragera-t-elle les créatures à ronger les portes de la Fortezza ? Les ouvrira-t-elle à leur place ? Et qui mourra en premier ? Qui souffrira le plus, si ce n'est ceux d'entre vous qui seront coincés dehors ?

La petite mendiante trébucha et répandit ses pièces sur les pavés en poussant un cri. Ivini, interrompu dans son sermon, poussa un gros soupir et fit signe à l'un de ses acolytes en robe blanche.

Alessa, trop loin pour aider la fillette, fut soulagée de voir que quelqu'un d'autre s'en chargeait.

Mais l'homme empoigna la petite par sa tunique et la releva sans ménagement.

– Heureux les simples d'esprit, qui n'ont pas conscience de leurs actes. Tu n'aurais pas besoin de mendier si tu savais écouter les plus intelligents que toi.

Alessa fronça les sourcils et fit un pas en avant.

– Lâchez-la, ordonna une voix.

La foule se fendit comme du beurre sous la lame d'un couteau. Le jeune homme qu'elle avait aperçu plus tôt s'approcha en montrant les dents. Il ne devait pas être beaucoup plus vieux qu'elle, mais il se déplaçait avec l'aplomb d'un homme habitué à ce qu'on s'écarte devant lui.

Le disciple d'Ivini tenait toujours la fillette, dont les orteils touchaient à peine le sol.

– Elle est avec toi ? Si c'est le cas, tu ferais bien de lui apprendre les bonnes manières. Les dieux n'apprécient pas que...

– Lâchez-la, ou je vous envoie les retrouver, vos dieux.

Le jeune homme fit rouler ses larges épaules comme s'il prenait son élan pour frapper. L'homme d'Ivini recula, entraînant la petite avec lui.

Il n'alla pas bien loin. Le jeune homme lui attrapa le poignet et le tordit jusqu'à ce qu'il ouvre les doigts.

La fillette, libérée, courut se réfugier derrière son bienfaiteur et regarda le disciple tomber à genoux en gémissant de douleur.

Enfin, le jeune homme le lâcha et s'essuya la main sur son pantalon d'un air dégoûté.

Le disciple jeta un coup d'œil autour de lui, serrant son bras blessé contre sa poitrine. Personne, pas même son chef, ne se porta à son secours. Visiblement, la ferveur religieuse de la Fratellanza s'évanouissait lorsqu'il fallait donner de sa personne.

– Soyons cléments, mon frère, lui ordonna Ivini, très contrarié. Même les plus mauvais d'entre nous finiront par voir la lumière. Un jour ou l'autre.

Le jeune homme s'agenouilla pour aider la petite mendiante à rassembler ses pièces, auxquelles il ajouta quelques-unes de sa poche. Puis il s'éloigna le long des échoppes fermées qui bordaient la rue de plus en plus étroite, et il s'arrêta devant une enseigne délavée indiquant *Le Fond du Tonneau*. Lorsqu'il tira la porte, un vacarme de voix éraillées en sortit. Comme s'il sentait le regard d'Alessa sur lui, le jeune homme se retourna et la dévisagea avec une expression de défi.

Elle baissa la tête en rougissant.

Ivini reprit son sermon d'une voix tremblante de colère ; la foule s'embrasa aussitôt tel un tas de brindilles sèches.

Une sueur froide perlait sur le front d'Alessa. Renata et Tomo lui avaient donné l'impression qu'il n'y avait qu'une poignée de dissidents, mais ce qu'elle voyait là ressemblait fort aux prémices d'une révolte.

– *Qui* aura le courage ? clama Ivini. Qui sera assez brave pour châtier la fausse prophétesse ?

– Moi ! cria une femme, tandis que les autres rugissaient leur approbation.

Alessa recula dans l'ombre.

En tant que Finestra, la mort la guettait bel et bien, mais ce n'était pas là qu'elle était censée la trouver.

Quatre

Chi ha fatto il male, faccia la penitenza.
Comme on fait son lit, on se couche.

Une clochette tinta au-dessus de la porte lorsqu'Alessa entra chez l'apothicaire. Par chance, Adrick était le seul employé présent. Il leva la tête, sa masse de boucles blondes rebondissant sur son front, et il manqua de faire tomber le flacon qu'il tendait à une vieille femme.

Alessa lui indiqua en langue des signes qu'elle avait besoin de lui parler.

Il répondit discrètement :

« Tu veux me faire bannir ? »

« Agressée. Au couteau », insista-t-elle, soulevant ses cheveux pour lui montrer son bandage.

Les narines de son frère se dilatèrent. Il signa « Dehors, dans dix minutes » avant de reprendre à voix haute :

– Celle-ci est infusée à partir d'herbes séchées, mais si vous voulez mon avis…

Alessa fit mine d'inspecter le contenu des étagères, débouchant une petite bouteille dont l'odeur infecte la fit tousser.

Puis, comme Adrick fixait avec insistance la porte de la réserve, elle finit par sortir.

Quand son frère émergea du bâtiment sombre un quart d'heure plus tard, il leva aussitôt une main pour la faire taire, désigna la rue principale du menton et se mit en marche sans vérifier qu'elle le suivait. Ses jambes étaient beaucoup plus longues que celles d'Alessa, mais il ne fit aucun effort pour s'adapter à son rythme.

– Tu étais au courant ? demanda-t-elle en trottinant derrière lui. Que cet Ivini raconte partout que je suis une fausse Finestra ?

Le silence d'Adrick était suffisamment éloquent.

– Mais enfin, pourquoi tu ne m'as rien dit ?

– Je ne voulais pas t'inquiéter.

– Les gens me jettent des couteaux. J'ai de bonnes raisons d'être inquiète.

– Alors qu'est-ce que tu fiches ici ? Une blessure à l'arme blanche, ça ne te suffit pas pour une journée ?

Alessa pâlit.

– Il y a très peu de temps que j'ai cessé de porter le voile. Personne ne sait à quoi je ressemble.

– Si. Le signor Arguelles, par exemple.

– Il ne m'a pas vue.

Enfants, Adrick et elle avaient passé un temps fou à broyer des herbes pour leur voisin apothicaire, dont son frère était devenu l'apprenti. Elle ne pouvait pas imaginer que cet adorable vieil homme la trahisse. Mais, vu les circonstances, il fallait s'attendre à tout.

– Dis-moi ce que tu sais.

Elle s'arrêta, obligeant son frère à lui faire face.

– Écoute, soupira Adrick. La journée a été longue. On est assaillis de clients qui veulent des teintures pour retirer les tatouages – même si, bien sûr, ça n'existe pas – et de médecins en quête d'onguents pour soigner ceux qui brûlent ou tailladent les leurs. Les gens paniquent, ils pensent…

– Que je ne pourrai pas les protéger.

Alessa craignait tellement de ne pas être à la hauteur qu'elle n'en dormait plus. Et voilà que ses pires peurs étaient hurlées à tous les coins de rue.

Adrick joua distraitement avec son lobe d'oreille.

– Ils se trompent, n'est-ce pas ?

– Si tu pouvais croire en moi, ça serait sympa.

– Je crois en toi. Mais…

Son frère jeta un coup d'œil à un groupe rassemblé autour d'une femme en robe blanche.

– On raconte des tas de choses. Que Crollo t'aurait maudite, que tu serais une espèce de ghiotte envoyée pour voler la magie des Fontes. Pour certains, ton existence est la preuve que Dea nous a abandonnés et que, cette fois, Crollo va gagner. Il y a tout un culte autour de l'idée que nous méritons de mourir car la déesse n'aurait jamais dû le défier.

Pendant des siècles, les Saveriens avaient tenu le coup, faisant confiance à leurs sauveurs lorsque les démons ailés descendaient sur eux. Et aujourd'hui, ils avaient cessé d'y croire. À cause d'elle.

Elle n'avait jamais cherché à savoir si les rares navires commerciaux venus des autres îles apportaient des nouvelles de ses semblables – quel que soit le nom qu'on leur donne là-bas. Il était donc possible qu'elle ne soit pas seule. Peut-être que, de l'autre côté des mers, quelqu'un se sentait aussi incompétent qu'elle. Mais cela ne changeait rien : si Alessa échouait, elle serait l'unique responsable de la mort de tous les habitants et créatures de Saverio. Les survivants des autres îles débarqueraient un jour sur ces côtes pour ne découvrir que des ruines. Et s'il restait des archives quelque part, on se souviendrait d'elle pour toujours… comme de la dernière Finestra.

La pire erreur de Dea.

Elle déglutit, la gorge nouée.

– Toi aussi, tu crois que je suis une sorte de… ghiotte ?

Adrick sourit.

– Je t'ai déjà vue clouée au lit par des crampes. Les ghiottes sont plus résistants que ça.

– Adrianus Crescente Paladino, répliqua-t-elle, tu pleurerais comme un bébé si tu avais ce genre de crampes.

Adrick fit la grimace en entendant son nom complet.

– Je sais, je sais. Tu es la divine guerrière et moi le frère bon à rien que tu as quitté. Qui se soucie de mon avis ? C'est toi qui es en communication directe avec Dea. Pose-lui donc la question.

– Ça ne fonctionne pas comme ça.

Alessa leva les yeux vers le ciel sombre.

– Toi ! s'écria soudain une femme en longue robe.

Alessa tressaillit, mais ce n'était pas elle que la disciple regardait.

– Baisse la tête et cours, ordonna Adrick en partant au petit trot.

– Tu la connais ?

– Bien sûr que non. C'est juste une illuminée.

Alessa fronça les sourcils. Elle aurait pourtant juré le contraire. D'un coup d'œil par-dessus son épaule, elle s'assura que la femme était loin et qu'aucune foule en colère ne les pourchassait. Du moins, pas encore.

– Adrick, qu'est-ce que tu me conseilles ?

– Prouve-leur qu'ils se trompent. Trouve un Fonte et, cette fois, essaie de ne pas le tuer.

– Je fais ce que je peux !

– Je sais. Comme toujours, conclut-il en lui jetant un regard en coin.

En silence, ils remontèrent en direction des lumières de la ville.

Alessa montra ses poignets non tatoués aux gardes endormis qui surveillaient les portes. Adrick leur souhaita une bonne nuit, et ils échangèrent une poignée de main virile.

Après avoir vérifié que personne ne les voyait, Alessa déverrouilla le premier accès aux tunnels qu'ils croisèrent.

– Je n'en reviens toujours pas que tu ne m'aies pas prévenue.

– Je me suis déjà excusé, répliqua Adrick, dont la silhouette éclairée par le clair de lune se détachait derrière les barreaux. N'oublie pas de refermer derrière toi.

Alessa tourna la clé dans la serrure.

– Satisfait ?

– Non. Je devrais te confisquer ce trousseau.

– Voler les clés de la Fortezza est un crime passable d'exil.

– Oh, non, pitié ! Je ne ferais jamais *rien* qui pourrait me valoir d'être banni, comme par exemple enfreindre les édits religieux en te rendant visite.

– Tu ne serais pas banni pour ça. Juste emprisonné quelques jours.

– Ouf. Maintenant que j'ai risqué ma liberté, dis-moi qui tu comptes choisir, histoire que je puisse placer quelques paris.

– Je n'ai pas encore décidé et, de toute façon, je ne t'en parlerai pas. Tu seras la dernière personne de Saverio à découvrir cette information *essentielle*.

Adrick renifla bruyamment.

– OK. Je l'ai mérité. C'est juste que tout le monde me pose la question.

– Et pourquoi connaîtrais-tu la réponse ? Je ne suis plus ta sœur, grommela-t-elle avec une pointe de rancœur. Tu m'as offerte aux dieux.

– Allons, allons, la corrigea Adrick. La Verità stipule que les *parents* doivent remettre l'enfant élu à la communauté. Elle ne fait aucune mention des frères.

– Ah, c'est donc pour ça que tu m'adresses encore la parole ? Grâce à une subtilité lexicale ?

– Je dis juste que, aux yeux de Dea, je ne fais rien de mal.

Alessa, par contre, violait les règles divines en conservant des relations avec lui. C'était Adrick tout craché : il se débrouillait pour tirer son épingle du jeu et la laissait assumer la responsabilité à sa place. Il avait toujours été très doué pour se sortir des ennuis.

– En tout cas, subtilité ou pas, Mama te donnerait une sacrée rouste si elle savait que tu corromps ainsi son sacrifice.

– Oh, Lessa, tu es injuste. Mama t'aime, mais elle aime aussi Dea et elle respecte son devoir. Dès que tu auras sauvé Saverio et qu'on te libérera de ta cage dorée, elle sera la première à venir t'embrasser.

Son regard se posait partout sauf sur sa sœur.

– Enfin, te saluer, se reprit-il.

– Si tu le dis, répondit Alessa d'une petite voix.

– Arrête un peu de chouiner. Les déesses ne sont pas censées pleurer.

– Je ne suis pas une déesse. Et je ne chouine pas.

– Tant mieux. Maintenant, dépêche-toi de rentrer dans ton palais pour ordonner à tes beaux et jeunes gardes de t'éventer pendant que tu manges des sucreries. Vu que j'imagine que c'est comme ça que tu passes tes journées.

– Oh oui, je vis dans un luxe indécent. D'ailleurs, si tu veux prendre ma place, n'hésite pas.

Adrick éclata d'un rire sans joie.

– Si je pouvais, je le ferais. Peut-être que Dea a mal visé ce jour-là ?

– Tiens, en parlant de sucreries, j'ai une idée. Apporte-moi une boîte des macarons de Mama le lendemain du gala, et *peut-être* que je te dirai sur qui mon choix s'est porté. Contre la moitié de tes gains.

– La moitié ? Pas question. En plus, je t'ai livré deux douzaines de macarons la semaine dernière. Aucun être humain n'est capable d'engloutir tout ça en si peu de temps. Mais suis-je bête, ajouta-t-il avec un rictus sardonique, tu n'es pas *vraiment* humaine.

– Je te déteste.

– Mais non, tu m'adores. J'espère que Dea a choisi le bon jumeau.

– Comment peux-tu en douter alors que les choses se passent si bien ? railla Alessa.

– Hé, toi ! lança une voix masculine. Écarte-toi de cette grille.

– À la prochaine, sœurette… lança Adrick en s'enfuyant. Essaie de ne tuer personne d'ici-là.

Cinq

Chi sta alle scolte, sente le sue colpe.

Celui qui écoute aux portes a les oreilles qui sifflent.

Le lendemain soir, Alessa déchira plusieurs épaisseurs de papier de soie, dévoilant la plus belle robe qu'elle avait jamais vue.

Les minuscules boutons du dos auraient dû être fermés par quelqu'un d'autre, mais elle se débrouilla en retournant la robe à mi-hauteur, puis en forçant un peu pour glisser ses bras dans les manches.

Lorsqu'elle s'approcha du miroir, elle eut le souffle coupé, et pas parce que le tissu était trop serré.

Elle brillait de mille feux. Le corset de soie crème était entièrement brodé de pierres précieuses, avec un décolleté en cœur qui dévoilait ses épaules. Dessous, les jupes capes d'or et d'argent superposées scintillaient à chacun de ses mouvements. Elle n'avait pas été aussi dénudée en public depuis… jamais, en fait.

Lorsqu'elle était arrivée à la Cittadella, elle s'était attendue à des fêtes quotidiennes et à une garde-robe remplie de tenues comme celle-ci. Mais elle avait vite compris que ses journées seraient en réalité consacrées à l'étude, à l'entraînement au tir à l'arc et à l'analyse des stratégies militaires. Quant à ses vêtements, ils n'auraient qu'une seule fonction : masquer chaque centimètre carré de sa peau mortelle.

Mais cette robe... Cette robe sortait tout droit d'un conte de fées. Elle n'avait pas été conçue pour la Finestra, mais réquisitionnée chez la couturière la plus renommée de la ville. Quelque part, une femme très riche devait être furieuse – et à raison.

Avec un soupir attristé, Alessa alla chercher ses gants les plus longs afin de couvrir ses bras jusqu'aux manches. Elle choisit également des bas couleur chair, qui ne se verraient pas trop sous les jupons ouverts. Elle hésita ensuite entre un long collier de perles et un sautoir en diamants, se demandant lequel irait le mieux avec ses boucles d'oreille de topaze bleue. Sa mère disait souvent que le secret de l'élégance consistait à retirer un bijou avant de sortir. Mais comme, pour cette soirée, Renata visait plutôt l'excès que le bon goût, la jeune fille haussa les épaules et mit les deux.

Penchée sur sa coiffeuse, elle passa ensuite en revue ses produits de maquillage. Voulait-elle paraître intimidante ? Rassurante ? Jolie ? Ce n'était pas évident de trouver un style qui annonce : « Bienvenue, chers prétendants. Veuillez démontrer vos talents afin d'avoir l'honneur de m'épouser et, de mon côté, je tenterai de ne pas vous tuer. »

Elle opta finalement pour un trait de crayon noir, du brillant à lèvres rose et une touche de fard à paupières bronze. Étincelante, mais approchable.

Il lui fallut une quantité astronomique d'épingles pour retenir ses boucles ; elle fut plutôt contente du résultat, qu'elle espérait donner l'effet d'un « décoiffé savamment étudié », plutôt que d'une tignasse indomptable. Une mèche retombait sur le côté, cachant sa blessure. Le lobe de son oreille resterait probablement déformé mais, une fois le sang nettoyé, la plaie n'était pas trop vilaine. S'il existait un diplôme pour les gens qui échappaient à des assassinats en pleine rue, elle méritait au moins la mention honorable.

Les escarpins délicats repêchés sous une pile de chaussures au fond de son placard menaçaient de lui tordre les chevilles et de lui broyer les orteils, mais elle souffrirait avec allure. De toute façon, ce n'était pas comme si elle avait l'intention de danser.

Un jour, après le Divorando, quand elle aurait appris à maîtriser son pouvoir ou quand Dea l'aurait transféré à la pauvre Finestra suivante, elle organiserait une immense fête avec orchestre, verres en cristal et fontaine de prosecco. Elle resterait debout jusqu'à l'aube, rirait avec son Fonte et danserait toute la nuit dans des chaussures à la fois belles *et* confortables. Puisque ce n'était qu'un rêve, autant qu'il soit grandiose.

Elle était fin prête, avec une heure d'avance, ce qui laisserait largement le temps à Tomo et Renata de lui faire leur petit discours d'encouragement avant de l'envoyer courtiser son prochain Fonte. Elle descendit l'escalier d'un pas lent, en équilibre instable sur ses talons. Étouffant dans sa robe, elle s'agrippait de toutes ses forces à la rambarde pour éviter que son entrée se termine les quatre fers en l'air dans la soie et les sequins.

Les portes étaient ouvertes et un flot continu de livreurs, de soldats, de domestiques allait et venait, transportant des chaises et des piles de nappes vers la piazza. Deux hommes débraillés couraient derrière un tonneau échappé, adressant un signe grossier aux gardes qui ne levaient pas le petit doigt pour les aider. Lorsqu'Alessa atteignit le pied de l'escalier, les gens la contemplèrent avec un mélange de peur et d'admiration. Elle rougit. Apparemment, l'Ange de la Mort paraissait plus angélique que mortel, pour une fois.

Deux jeunes serviteurs fascinés entrèrent en collision et lâchèrent leurs plateaux dans un tintement de porcelaine brisée. La voix furieuse du capitaine s'éleva audessus du brouhaha :

– Au nom de Dea, qu'est-ce que…

– C'est de ma faute, capitaine Papatonis, le rassura Alessa. Tous ces diamants ont dû les aveugler.

Le militaire fronça les sourcils. Il ne pouvait ni la réprimander ni contester le fait qu'elle était éblouissante.

Alessa quitta le tumulte de l'atrium pour se réfugier dans le labyrinthe des couloirs silencieux, en regrettant de ne pas pouvoir retirer ses chaussures.

Alors qu'elle maudissait en silence les pincements annonciateurs d'ampoules, elle perçut un mouvement au bout du long passage qui menait aux baraquements.

Un homme. Qui ne portait pas l'uniforme.

– Excusez-moi, l'interpella-t-elle. Les invités ne sont pas autorisés à venir ici.

Il s'avança dans la lumière. Aussitôt, Alessa reconnut ses boucles brunes, sa mâchoire bien dessinée, ses paupières lourdes et son expression renfrognée.

– Vous ! s'exclama-t-elle sur un ton d'accusation. Mais vous n'êtes pas un invité !

Les hommes qui se battaient avec des fanatiques religieux sur les quais n'étaient certainement pas le genre de personnes conviées aux galas de la Cittadella.

– Non.

Le regard méprisant de l'intrus se promena des épingles à cheveux ornées de bijoux aux souliers dorés de la Finestra.

– Le Tonneau m'a envoyé livrer de l'alcool.

Elle le dévisagea à son tour avec hauteur.

– Cela n'explique pas votre présence dans ce couloir.

Il s'approcha lentement, comme s'il avait tout son temps.

– Je me suis perdu.

Plusieurs soldats sortirent des quartiers militaires, le casque sous le bras, en riant bruyamment et en se donnant de grandes tapes dans le dos. Leur rire s'éteignit à la vue de l'inconnu et d'Alessa qui, pour une raison mystérieuse, ne leur ordonna pas de le mettre dehors.

Les soldats poursuivirent donc leur chemin, s'écartant autour de lui tel un ruisseau autour d'un rocher.

Alessa se plaqua contre le mur afin de les laisser passer.

– Quoi ? lança-t-elle au jeune homme qui la fixait d'un air intrigué.

– Vous essayez de disparaître dans le mur ?

À nouveau, elle rougit. Certes, elle n'était ni courageuse, ni puissante, ni capable de sauver son peuple. Mais il n'était pas obligé de la regarder comme s'il le *savait*.

– Je me suis juste poussée.

– Pourquoi ?

– Par politesse ! Un concept qui, clairement, vous échappe. Ils connaissent les dégâts que je peux causer, ajouta-t-elle avec amertume. Je ne peux pas leur en vouloir de garder leurs distances.

– Dans ce cas, c'est à eux de se pousser, répliqua le jeune homme.

Puis, bien qu'elle ne lui ait pas indiqué le chemin, il s'éloigna à grands pas. Elle resta immobile, silencieuse dans la pénombre.

C'est à eux de se pousser.

Si seulement c'était aussi simple…

– Ah, Finestra, dit Tomo en se levant et en ajustant sa veste émeraude. Notre réceptacle sacré.

Alessa, qui venait de pénétrer dans la salle des archives militaires, lui adressa un sourire crispé. Elle détestait ce surnom. Autrefois, elle avait été une personne. Désormais, elle n'était plus qu'un tunnel, ou une bassine, ou une lentille, ou toute autre métaphore inventée par l'ancien Fonte pour l'aider à comprendre son rôle. Mais le problème n'était pas de comprendre. C'était de savoir comment faire.

Renata et Tomo avaient eu des années pour s'entraîner ensemble avant la bataille. Pour sa part, elle aurait volontiers sacrifié sa main droite en échange de quelques mois. Enfin, peut-être pas une main. Il lui faudrait les deux pour tenir son Fonte et son arme. Un pied, alors ? Ou une oreille. Elle avait déjà failli en perdre une. Avec une coiffure adaptée, personne ne s'en apercevrait.

Renata était penchée sur une table couverte de livres.

– Nous en avons discuté un millier de fois, très cher. Aucune métaphore ne changera rien.

Tomo se rembrunit.

– Le pont de la compréhension est pavé d'épithètes.

– Merci d'essayer, Tomo, répondit Alessa en se laissant tomber sur une chaise. Vous êtes très doué pour manier les mots.

– La seule autre image qui me vienne à l'esprit, continua l'ancien Fonte, c'est celle d'un prisme qui diffracte la lumière. La Finestra, elle, fait le contraire : elle concentre les couleurs…

Il fit quelques pas dans la salle, marmonnant à mi-voix quelque chose à propos des longueurs d'ondes.

Si le livre posé devant Alessa renfermait les plus grands secrets de l'histoire, elle n'en saurait rien, car il était écrit dans la langue des anciens. Elle voulut le refermer d'un geste théâtral, mais il était si lourd que cela se transforma en une lutte ridicule contre les pages qui retombaient.

Renata fit claquer le vieux volume qu'elle venait de consulter, soulevant un nuage de poussière.

– Des pages et des pages de prose ampoulée, mais aucun conseil valable. Quelle bande de poètes ratés... Je vous jure, si je pouvais rencontrer les Finestras du passé, je leur expliquerais ma façon de penser.

– Je pourrais m'en charger, ricana Alessa. Ce serait plus douloureux !

Renata traversa la pièce, les pans de sa jupe bleu nuit révélant des bas verts. Après la mort d'Ilsi, les gens avaient commencé à fixer les délicats gants de dentelle et les sandales d'Alessa comme s'il s'agissait de serpents venimeux. Elle avait donc fini par se couvrir, et Renata l'avait imitée, sous prétexte de trop aimer les couleurs pour se satisfaire d'une seule.

– Vous voulez bien me décrire encore une fois ce qu'on ressent ? réclama la jeune fille.

Renata s'assit deux chaises plus loin, les sourcils froncés et le menton sur la main.

– Pour tenir une note, un chanteur doit contrôler son souffle et moduler son volume avec soin.

– Mais comment puis-je savoir quelle quantité de souffle employer ? On n'apprend pas à chanter en restant silencieux.

Tomo revint et posa un prisme au milieu des livres.

– Renata, laisse-moi essayer. Elle doit s'entraîner avec quelqu'un. Je n'ai pas fait de crise depuis des mois.

Le visage de Renata se ferma aussitôt.

– Hors de question.

Du bout du doigt, Alessa traça des cercles invisibles sur la table. Parfois, leur amour était si aveuglant que c'était douloureux de les regarder.

– Un Fonte vit pour servir, insista Tomo en massant les épaules de sa compagne.

– Pour servir *sa* Finestra, oui. Tu as fait ton devoir. Je n'exclus pas l'idée pour toujours mais, s'il te plaît, essayons de trouver une autre solution.

Renata avait raison : Tomo avait accompli son rôle avant la naissance d'Alessa. Les années d'entraînement, suivies d'un combat épuisant, avaient endommagé son cœur, l'obligeant parfois à garder le lit pendant des jours. Il méritait une retraite paisible et n'aurait pas dû avoir à donner à nouveau de sa personne pour former une Finestra aussi dangereuse.

– Je suis d'accord, renchérit Alessa. J'ai besoin que vous restiez en vie tous les deux. Je n'y arriverai pas sans vous.

– Bon, bon, soupira Tomo. Finestra, pourquoi n'irais-tu pas prendre un peu l'air avant l'arrivée des invités ?

Renata avait fermé les yeux.

Alessa sortit, referma la porte derrière elle et tendit l'oreille, intriguée par la tension qu'elle avait perçue dans la voix de son aînée.

Après un long silence, celle-ci reprit la parole.

– Et si le prochain Fonte n'est toujours pas le bon ?

– Il le sera.

– Nous sommes à court de temps. Imagine que les gens aient raison, qu'elle ne soit pas capable de…

– Garde la foi, Renata. Les dieux ne nous abandonneraient pas. N'en parlons plus.

Tomo, qui appréciait d'ordinaire les débats animés, avait l'air contrarié.

– Nous devons réfléchir aux différentes options qui s'offrent à nous, soupira Renata.

– On ne peut pas renier cinq siècles de tradition.

– Si je comprends bien, tu es d'accord pour créer un précédent lorsqu'il s'agit de ta santé, mais…

– Contourner les règles, c'est une chose. C'en est une autre que d'*éliminer* une Finestra.

Six

Dai nemici mi guardo io, dagli amici mi guardi Iddio.
Je me protège de mes ennemis,
que Dieu me protège de mes amis.

Quelques jours avant son quatorzième anniversaire, Alessa avait remporté une course et était devenue Finestra. Même si ces deux événements n'étaient pas liés, elle s'était souvent demandé si elle aurait pu changer le cours du destin en choisissant de lire un livre.

Un de ses camarades de classe, grand pour son âge et bâti comme un jeune taureau, avait convaincu les filles de le poursuivre à travers la cour – et non l'inverse, comme cela se faisait d'habitude. Aussitôt, les demoiselles s'étaient muées en stratèges militaires, certaines dans le but de lui voler un baiser, d'autres juste pour s'amuser.

Alessa n'était ni la plus rapide ni la plus déterminée, mais elle avait pris le bon virage au bon moment. Ou le mauvais virage au mauvais moment.

Prise au dépourvu, sa cible n'avait eu aucune chance. Quelques secondes plus tard, Alessa plaquait le fugitif à terre et s'asseyait sur son torse, radieuse, sans la moindre idée de ce qu'elle était censée faire ensuite.

– Tu as perdu, avait-elle déclaré en lui touchant le front.

Et le garçon était mort.

Du moins, c'était ce qu'elle avait cru. Les tendons aussi raides que les cordes d'un arc, de l'écume teintée de sang suintant entre ses dents serrées, il avait été saisi de violentes convulsions. Il avait d'ailleurs failli y laisser sa langue et avait conservé un léger zézaiement. Enfin, à ce qu'on disait, car il n'avait bien sûr plus jamais adressé la parole à Alessa. Plus tard le même jour, quand elle était passée devant chez lui en route pour la Cittadella, il avait hurlé si fort que les gardes escortant la jeune fille s'étaient arrêtés pour sermonner ses parents. À ce moment-là, il était encore très mal vu de manquer de respect à la Finestra.

Adrick avait réussi à s'incruster dans le convoi en prétendant transporter « de précieux héritages familiaux ». Il avait passé le trajet à rejouer la scène dans les moindres détails, hilare, tout en jonglant avec la valise de sa sœur.

Tomo et Renata l'attendaient sur les marches de sa nouvelle demeure. Alessa s'était forcée à rire à la fin de l'histoire d'Adrick, malgré le malaise qui l'envahissait. Elle pressentait peut-être déjà que son contact n'avait pas fini de faire souffrir les gens, et que le don de Dea deviendrait une malédiction.

Alessa avait besoin que sa fureur reste intacte car c'était la seule chose qui l'aidait à tenir le coup. Mais le temps qu'elle franchisse l'arche de la cour, sa rage avait disparu, ne laissant derrière elle qu'un vide douloureux.

Tomo et Renata étaient déjà assis à la table d'honneur. Il n'y avait pas la moindre trace de doute ni de peur dans leur expression.

Si elle mettait de côté une seconde le fait que sa vie était en jeu – ce qui était bien sûr impossible –, elle avait toujours su que leur loyauté allait à l'île, et pas directement à elle. Mais leur rôle était de former la prochaine Finestra, pas de la tuer.

Et elle avait cru que, dans une certaine mesure, ils tenaient à elle. Au moins un petit peu.

Elle se drapa dans les dernières bribes de sa colère et écouta résonner les trompettes annonçant sa venue. Une grosse caisse ou un violon désaccordé auraient été plus appropriés.

Les invités triés sur le volet, tous des citoyens influents de Saverio, se levèrent autour des tables qui ployaient sous les bougies. C'était un miracle qu'il n'y ait pas encore eu de départ d'incendie.

Personne ne lança de dague. Personne ne jura allégeance à Ivini. Personne ne témoigna la moindre perte de confiance en la Finestra.

Tel un cheval de concours obéissant, Alessa parada entre les colonnes ornées de lianes fleuries, sous les guirlandes de lumières qui projetaient leur éclat romantique aux alentours. Une vraie scène de conte, avec pour héroïne la princesse de glace la moins aimée de toutes.

Renata semblait fière et Tomo sourit lorsqu'Alessa s'assit entre eux.

Elle resta de marbre. Peut-être qu'un jour, lorsqu'elle aurait épousé son prochain Fonte et remporté la bataille, ses mentors oublieraient qu'ils avaient envisagé de la tuer. Elle, jamais.

Discrètement, elle remonta son bustier qui glissait à chacune de ses respirations hachées. Un accident vestimentaire aurait pu l'aider à séduire certains des candidats, mais elle ne supporterait pas qu'autre chose se passe mal.

– Du pain ? offrit Tomo en lui tendant la corbeille de petites miches fumantes.

Comme c'était aimable. Et attentionné. Dans le grand manuel des mentors, « S'assurer que la Finestra ait une alimentation équilibrée » figurait sans doute juste après le chapitre « Dissuader sa partenaire de l'assassiner ».

D'après ce qu'on racontait, Renata avait affronté son armée de scarabeos sans verser une seule goutte de sueur – et voilà que l'incompétence monumentale d'Alessa la poussait à l'hérésie et au meurtre. C'en était presque impressionnant.

D'un autre côté, elle pouvait la comprendre. Dea lui en était témoin, elle aussi avait parfois des idées qu'il aurait été malvenu de formuler à voix haute. Par chance, elle n'avait personne à qui en parler.

Alessa aurait été incapable de réciter le menu du dîner une fois les tables débarrassées. Mais son estomac n'était pas vide ; elle avait donc dû manger quelque chose.

Elle était maintenant supposée prendre la parole. Si seulement elle avait été capable de scinder son esprit en deux, pour qu'une moitié réfléchisse à sa situation pendant que l'autre assurait le spectacle...

Des serveurs en livrée circulaient, chargés de plateaux de verres en cristal contenant un *digestivo*. La boisson amère lui brûla la gorge sans dissoudre le nœud qu'elle avait dans le ventre.

La relation entre Finestra et Fonte n'était pas forcément amoureuse ; ce n'était pas comme si elle devait trouver son âme sœur. Beaucoup choisissaient des amants ou des compagnons de vie après le Divorando, sans que cela ne diminue en rien le lien divin. Après tout, il y avait plusieurs façons d'aimer. Et si, au fond d'elle-même, Alessa rêvait d'un partenaire dans tous les sens du terme, elle se contenterait aussi d'un ami.

Ou de n'importe qui, au point où elle en était.

Les têtes se tournèrent vers elle lorsqu'elle se leva. S'apercevant qu'elle tenait encore sa serviette, roulée en boule au creux de sa main, elle fléchit légèrement les genoux et la lâcha discrètement par terre, sauvée par le couvert de la nappe.

– Hum. Bonsoir, lança-t-elle. Je suis ravie de vous accueillir dans notre glorieuse Cittadella, sommet de la forteresse de Saverio et où se trouvent nos meilleures armes.

Oups. C'était censée être elle, la meilleure arme.

– Je veux dire, se reprit-elle, après les habitants de Saverio. Dont je fais partie.

C'était de pire en pire. Quelle oratrice pitoyable.

– De même que nos Fontes ! Nos miraculeux Fontes, bénis par Dea afin de nous servir et de nous protéger. Car c'est en nous protégeant qu'ils nous servent.

Pourquoi la laissait-on s'exprimer ?

– C'est pourquoi, sans plus attendre…

Ni s'enfoncer davantage…

– … nous allons maintenant passer aux démonstrations des talents de ces nobles Fontes.

Elle hocha la tête, sourit, hocha encore la tête, puis se rassit lourdement.

Tomo, adorable comme toujours, se mit à applaudir. Il fallut quelques secondes pour que les autres se joignent à lui.

Les Fontes quittèrent leurs tables respectives et s'approchèrent lentement d'elle, tels des bateaux remorqués à contre-courant.

Que les jeux du cirque commencent.

Sept

A conti vecchi contese nuove.

Les vieux comptes engendrent de nouvelles querelles.

« Le premier candidat à se présenter devant nous ce soir sera Josef Benheim », annonça Tomo, déclenchant une nouvelle salve d'applaudissements.

Grand et mince, avec des jambes interminables, une peau très mate et un regard sérieux, Josef avait toujours été un garçon solennel. Surnommé « le petit homme » par leurs professeurs, il était devenu encore plus austère depuis qu'il avait perdu sa sœur. Ou, plutôt, depuis qu'Alessa la lui avait prise.

Lorsqu'il voulut s'avancer, Nina Faughn le retint par la main. Comme ils avaient quasiment le même âge qu'elle, elle les connaissait mieux que les autres Fontes. Visiblement, leur amitié de longue date avait pris une tournure plus romantique ces derniers mois.

Après s'être libéré de l'étreinte de Nina, Josef se dirigea vers le centre de la salle et s'inclina devant Alessa. La lumière se refléta sur les liserés argentés de sa tunique bleu roi, un discret hommage à Ilsi qui portait les mêmes couleurs le jour où la Finestra l'avait choisie. Ce n'était pas une provocation, car Josef n'était pas mesquin, mais Alessa en ressentit néanmoins un pincement au cœur.

Comme Tomo, Josef avait le pouvoir de créer le froid ou, plus précisément, de supprimer la chaleur – l'ancien Fonte insistait beaucoup sur cette distinction. « Le froid n'est rien de plus que l'absence de chaleur. Par conséquent, on peut faire disparaître celle-ci, mais pas susciter le froid. » Sans sourire, Josef figea le contenu de quelques verres apportés à cet effet. En plus de faire tourner la *gelateria* familiale, ouverte toute l'année, il approvisionnait l'ensemble des glacières de Saverio. La maison de ses parents était donc l'une des plus belles de l'île. Bien entendu, ils n'utilisaient pas uniquement le pouvoir de leur fils pour leur gain personnel, car cela aurait été mal vu. Mais la glace qu'ils distribuaient aux pauvres revenait moins souvent dans les conversations que le luxe de leur demeure. Parmi les pouvoirs des Fontes, celui de Josef était plutôt simple : viser, figer, regarder le scarabeo tomber et se briser. Toutefois, sa portée limitée pouvait faire s'éterniser le combat.

Après Josef, ce fut au tour de Nina de s'avancer dans une robe blanche très sobre. Sa peau pâle, presque translucide, était constellée de taches de rousseur. Le rose lui monta aux joues dès les premiers applaudissements.

Elle aussi avait apporté des accessoires, une collection de petits objets tels que des cuillères ou des cailloux. Son pouvoir lui permettait de modifier la matière, de rendre les choses solides malléables et de les faire changer de forme. Les spectateurs étaient ravis mais, plus ils l'encourageaient, plus elle rougissait. À la fin de sa démonstration, sa peau écarlate jurait avec ses cheveux blond vénitien.

Le candidat suivant rata son entrée.

Pendant que Tomo vérifiait ses notes et scrutait l'assemblée, le regard d'Alessa se perdit dans les coulisses sombres de la fête.

Soudain, un mouvement sur la mezzanine du deuxième étage attira son attention. Les soldats portaient du bleu et les domestiques du noir. Il n'y aurait dû y avoir personne en blanc là-haut, surtout à cette heure.

– Kaleb Toporovsky ? appela Tomo, plus fort.

Alessa se reconcentra.

Agacé, Kaleb interrompit sa conversation avec un charmant jeune homme de la table voisine.

La Finestra fronça le nez.

Avec ses cheveux auburn, ses yeux bleus et son teint hâlé, Kaleb était ridiculement beau – enfin, si l'on aimait le style crétin arrogant. Elle avait treize ans et lui quinze la première fois qu'elle l'avait rencontré et, bien que cette différence d'âge soit moins gênante maintenant qu'elle en avait dix-huit, il semblait toujours la considérer comme une gamine insupportable qu'il était forcé de côtoyer. À sa décharge, il se comportait de la même manière avec tout le monde. Ce n'était donc pas personnel.

Kaleb prit son temps pour se lever.

– Finestra, Fonte… Nouvelle Finestra. Un honneur.

Pour lui ? Ou pour eux ? Alessa essaya de lui accorder le bénéfice du doute, même si elle avait du mal.

Des étincelles dansèrent au-dessus des paumes du jeune homme tandis qu'il expliquait la nature de son pouvoir, agacé que les contraintes associées l'empêchent de passer sa soirée en ville. Vu l'élégance de son accoutrement, il avait toutefois l'air d'apprécier les avantages réservés aux élus des dieux.

Vinrent ensuite Kamaria et Shomari, des jumeaux à la peau cuivrée qui affichaient la même expression de détermination résignée. Si le regard de Shomari resta neutre lorsqu'il croisa celui d'Alessa, les yeux de Kamaria brillaient d'une lueur indéchiffrable. C'étaient les seuls autres faux jumeaux qu'elle connaissait… Ils avaient fréquenté la même école avant qu'elle devienne Finestra, mais ils n'avaient jamais été proches. Âgés d'un an de plus qu'elle, Shomari et Kamaria étaient des Fontes populaires alors qu'elle, à l'époque, n'était personne. Elle les avait admirés de loin sans jamais oser leur parler. Aujourd'hui, ils ne s'intéressaient à elle que par obligation, ce qui ne valait pas mieux.

Shomari fit s'envoler l'eau d'un verre afin de dessiner des arabesques compliquées dans les airs. Kamaria, une bougie à la main, utilisa sa maîtrise du feu pour transformer les gouttes en nuages de vapeur, tout en décochant des clins d'œil à la foule. Alessa réprima un sourire. Certaines personnes, comme ces deux-là, dégageaient un tel charisme qu'il se manifestait en toutes circonstances.

C'était maintenant au tour de Saida, qui s'assura que son bandeau doré retenait ses cheveux loin de son visage avant de susciter une mini-tornade, faisant tourbillonner les serviettes de la table d'honneur. Elle aussi avait un an de plus qu'Alessa. Quand elle souriait, des fossettes se creusaient sur ses joues rondes et la faisaient paraître plus jeune.

Grâce à Hugo, la Finestra avait un peu d'expérience en matière de magie du vent – mais pas assez pour que cela fasse de Saida une remplaçante toute trouvée.

Les deux candidates suivantes n'étaient pas originaires de la ville. L'une d'elle contrôlait le feu, comme Kamaria, et l'autre la matière, comme Nina, en beaucoup moins bien.

Il y eut une longue pause avant que le dernier participant se présente. Enfin, un garçon maigre aux cheveux noirs et brillants, resté jusque-là à l'écart du groupe, prit son courage à deux mains et s'avança d'un pas raide.

Alessa ressentit un soudain malaise.

– Jun Cheong ? chuchota-t-elle à Renata. Vraiment ?

– Ses parents n'étaient pas enchantés, mais il a l'âge requis.

– Vous en êtes sûre ?

Jun ne devait pas avoir plus de treize ans et, bien que le mariage entre Finestra et Fonte n'en soit pas vraiment un, Alessa n'avait aucune envie d'épouser un *enfant*.

– Non. Je refuse. Je le gardais quand il était petit !

Renata protesta, comme Alessa s'y attendait, mais Tomo prit son parti, comme elle s'y attendait aussi. Cela faisait donc un candidat de moins sur la liste. Alessa adressa un sourire rassurant aux parents de Jun. Ignorant qu'elle plaidait leur cause, ils devinrent tout pâles.

Maintenant que les démonstrations étaient terminées, Renata remercia les Fontes avec effusion. Alessa tiqua, car cela ne lui ressemblait pas. Puis l'ancienne Finestra invita les convives à profiter du reste de la soirée, tout en lançant un regard appuyé à Alessa.

Celle-ci but une gorgée d'eau pour se donner du courage avant de descendre de l'estrade et de passer les Fontes en revue. Elle se demandait lequel aborder. Un sourire serait sans doute trop espérer, mais peut-être que l'un d'eux regarderait dans sa direction sans se crisper ?

Kaleb et son ami étaient penchés sur le buffet des desserts. Attirée par les pâtisseries, Alessa décida de commencer par eux. Quand Kaleb écarta une mèche de cheveux de son front et croisa son regard, elle sentit son cœur faire un bond. La maîtrise de l'électricité du jeune homme ferait de lui un Fonte très puissant, surtout s'il se portait volontaire. Elle était capable de supporter son mauvais caractère s'il était assez fort pour survivre à son contact. Et puis, qui sait, peut-être faisait-il partie de ces grincheux qui se dérident une fois qu'on les connaît.

Kaleb grimaça en la voyant approcher et chuchota quelque chose à l'oreille de son compagnon, qui ricana.

Les joues brûlantes, Alessa s'accroupit pour régler un problème de chaussure imaginaire.

Très bien. Pas Kaleb, alors.

Elle se tourna vers Kamaria, Shomari, Nina et Josef, qui faisaient bloc, serrés les uns contre les autres.

Lorsqu'elle les salua d'une voix hésitante, les jumeaux échangèrent un coup d'œil entendu. Kamaria décroisa les bras, mais pas son frère.

Le silence retomba. Comme Alessa n'avait pas de verre, elle fourra ses mains dans les poches de sa jupe et tripota un bout de fil qui dépassait. Si le moral des troupes de Saverio dépendait de sa capacité à faire la conversation, ils étaient mal partis.

– Les livres de la Cittadella précisent-ils quand, exactement, aura lieu le Divorando ? demanda Nina en lissant sa longue tresse.

– Non, avoua Alessa. Nous ne connaîtrons la date qu'après la Première Alerte.

En guise de compte à rebours avant l'invasion finale, les dieux leur octroyaient en effet un mois de fléaux, d'inondations, de tempêtes et de sauterelles, afin que les gens n'oublient pas que le pire restait à venir.

Nina ne parut pas rassurée.

– Mais ce sera forcément dans le courant de cette année. Vous n'avez pas peur ?

– Bien sûr que non, répliqua Josef. C'est pour ça que Dea envoie la Première Alerte : pour qu'on commence à se préparer. Puisqu'elle n'est pas encore arrivée, on a le temps.

– Exactement, renchérit Alessa. Elle ne laissera pas Crollo nous prendre par surprise.

– D'accord, fit Nina. Et les scarabeos, ils sont gros comment ?

Apparemment, elle n'avait pas perdu sa manie de poser des questions idiotes. Kamaria soupira.

– Nina, la plupart des Saveriens n'en verront jamais. Et ça vaut aussi pour toi. Pas vrai, Finestra ?

– À l'intérieur de la Fortezza, non, confirma Alessa. Je me chargerai des scarabeos. Avec mon Fonte, bien sûr.

Les insectes démoniaques étaient la dernière chose dont elle avait envie de parler.

– Alors, vous avez fait votre choix ? l'interrogea Josef.

L'avant-dernière chose, en fait.

– Pas encore.

Le sourire d'Alessa était aussi tendu qu'une corde de violon sur le point de casser.

Comme le silence passait de gênant à insupportable, elle fit signe à un serveur. Il tendit son plateau à bout de bras afin qu'elle puisse attraper une friandise dessus.

– Vous devriez goûter, conseilla-t-elle aux autres. C'est à mourir tellement c'est bon.

Les mots s'étranglèrent dans sa gorge et les Fontes se raidirent. En cet instant, elle aurait tout donné pour qu'un scarabeo la taille en pièces.

Elle adressa des excuses silencieuses au ciel. *Dea, ce n'est pas ce que je voulais dire. S'il te plaît, accorde-moi encore un peu de temps.*

Voyant que les dalles de pierre ne s'ouvraient pas sous ses pieds, elle hocha poliment la tête et prit congé du groupe.

Saida Farid, assise seule dans un coin, notait ce qui ressemblait à une recette de cuisine dans un petit carnet.

Alessa se racla la gorge pour ne pas la faire sursauter.

– Qu'est-ce que tu fais ?

Saida rougit et posa son crayon.

– Oh, c'est un de mes passe-temps. J'adore analyser ce que je mange, essayer de deviner les ingrédients des plats pour pouvoir les reproduir. Et j'envisage de rédiger une histoire culinaire de Saverio, pour garder une trace de nos différentes cultures d'origine.

– C'est ambitieux.

– Au départ, c'était un projet pour l'école, et puis je me suis rendu compte que la plupart des familles ont une ou des spécialités qui se transmettent de génération en génération. Je voudrais m'assurer qu'elles soient consignées quelque part, au cas où... Et vous, comment va votre oreille ? enchaîna-t-elle.

Gênée, Alessa vérifia que sa coiffure masquait toujours sa blessure avant de s'asseoir à son tour.

– Ça va. C'est juste une égratignure.

– Quand même, vous avez dû avoir peur.

La gentillesse de Saida fit monter les larmes aux yeux de la Finestra, qui se força à sourire dans l'espoir de les ravaler.

– Bah, j'ai des problèmes plus graves !

Le visage de la Fonte vira subitement au gris.

– À ce sujet… Vous allez trouver une solution, n'est-ce pas ?

Elle n'avait pas compris qu'Alessa faisait référence aux scarabeos, et non aux décès en série.

– Bien sûr. Je suis confiante. Je maîtrise la situation.

Oups. C'était sorti tout seul, mais cela sembla rassurer Saida. Pour une fois, la tendance d'Alessa à parler sans réfléchir n'avait pas aggravé les choses.

Il était plus de minuit quand la Finestra regagna la relative tranquillité de ses appartements. Dormir était le seul moyen d'échapper aux vagues d'énergie angoissée qui électrisaient son corps. Pourtant, son lit l'intimidait davantage qu'il ne l'attirait. Comment trouver le sommeil dans ce monstre surmonté d'un imposant baldaquin, avec des étendues de matelas glacé à ses côtés ?

À la place, elle se laissa donc tomber sur le canapé.

Elle ne savait toujours pas qui sélectionner. Le plus fort ? Celui qui avait le don le plus utile ? Si le ou la Fonte ne tenait pas assez longtemps pour se battre, quelle différence ? Elle avait juste besoin de quelqu'un qui survive.

Emer, son premier choix, avait été une évidence. Et son enterrement, une épreuve insurmontable.

Au début, elle en avait voulu aux gens d'insinuer qu'Emer était peut-être *trop* délicat. Mais, avec le temps, elle s'était raccrochée à cette idée comme à une bouée.

Car cela signifiait que, même si elle était responsable de sa mort, ce n'était pas entièrement de sa faute.

Son cœur naïf et égoïste l'avait poussée vers ce garçon au sourire doux. Les dieux n'avaient pas approuvé. Message reçu.

La prochaine fois, elle ferait preuve de davantage de discernement.

Ilsi, la sœur de Josef, était si sûre d'elle, belle et puissante qu'elle semblait tout droit sortie des mosaïques de la Cittadella. Personne, et surtout pas Alessa, ne doutait qu'elle serait assez forte pour supporter le pouvoir de la Finestra. L'éblouissante jeune fille avait, l'espace d'une brève journée, illuminé le palais de son charisme et de son humour. Alessa n'avait même pas eu le temps de déterminer si elle voulait être *avec* Ilsi ou *comme* Ilsi avant que celle-ci ne succombe à son tour.

Elle avait d'abord suivi son cœur. Et Emer était mort.

Puis elle avait écouté sa raison. Et Ilsi était morte.

Alors elle avait ignoré toutes les règles et choisi quelqu'un de complètement différent.

Pauvre Hugo.

Cela avait valu le coup d'essayer.

Cette fois, elle pourrait mettre tous les noms dans un panier et demander à Dea de guider sa main. Ou lire une dizaine de livres d'histoire en quête d'indices qui n'existaient pas. Ou mélanger les lettres de leurs noms pour composer une phrase amusante.

Si seulement elle pouvait éteindre le fil de ses réflexions comme on souffle sur une bougie. Dans sa famille, on se moquait affectueusement de son « cerveau en ébullition », mais elle aurait apprécié de pouvoir débrancher celui-ci quelques heures afin de se reposer.

Elle avait entendu dire que certaines personnes avaient des fourmillements dans les jambes qui les empêchaient de dormir. Mais son problème à elle n'était pas si localisé. Elle avait l'impression que sa peau entière avait rétréci au lavage et était devenue trop serrée.

Le jour, elle parvenait à rester assez occupée pour l'ignorer mais, dès la tombée de la nuit, cela recommençait.

Seul le mouvement l'apaisait, si bien qu'elle passait ses soirées à faire les cent pas dans sa chambre. Même quand elle n'était pas particulièrement angoissée – ce qui arrivait rarement –, elle ne tenait pas en place. Ce soir-là, cependant, elle était déjà restée debout pendant des heures à échanger des mondanités avec les Fontes – si l'on pouvait qualifier ainsi ses tentatives de conversation maladroite. Elle ferma donc les yeux et se représenta une plage paradisiaque. Les pieds enfouis dans le sable brûlant, elle regardait un homme revenir en bateau avec du poisson fraîchement pêché. Le soleil aveuglant l'empêchait de distinguer les traits du rameur mais, dans son rêve, elle le connaissait bien et son cœur se gonflait...

Alors qu'elle s'apprêtait à sombrer, elle sursauta brusquement.

Elle ne pouvait plus respirer.

Elle rouvrit les yeux ; elle ne voyait rien.

Quelque chose, ou quelqu'un, pesait sur elle de tout son poids et lui comprimait la trachée. Elle se débattit comme un diable dans l'espoir de se libérer. Ses ongles rencontrèrent des mains gantées de cuir qui se refermaient autour de son cou.

Elle n'était pas assez forte.

Dans un effort surhumain, elle parvint à dégager l'un de ses bras et sentit un tissu rugueux, un torse dur, des muscles épais... puis une mince bande de peau nue entre le col de son agresseur et son espèce de cagoule.

L'étau se relâcha un peu. Alessa aspira une grande bouffée d'air tandis que l'homme s'écartait, protégeant son unique point faible sans pour autant la lâcher.

– Du calme, gronda-t-il. J'essaie de faire ça avec respect. Si vous cessez de résister, ce sera vite terminé.

De petites étoiles s'allumèrent devant les yeux de la Finestra, puis il y eut une explosion d'étincelles colorées, comme un feu d'artifice célébrant sa mort imminente.

Huit

Di buone intenzioni è lastricato l'inferno.
L'enfer est pavé de bonnes intentions.

Non. Elle refusait de mourir ainsi.

Le dos voûté, elle se pencha, empoigna le col de son assaillant et tira violemment dessus.

Elle n'avait pas besoin de le repousser. Juste de le toucher.

Dès qu'elle posa le bout des doigts sur sa peau, il cria. Le poids écrasant disparut et, au même moment, la porte s'ouvrit à la volée.

– Au… au secours, bégaya-t-elle, la main tendue. Il m'a agressée.

Dans la pénombre, elle vit Lorenzo ouvrir de grands yeux et les contempler tour à tour, l'homme et elle. Même si ce n'était pas le plus courageux des gardes, il avait le mérite d'être là.

Elle toussa, grimaçant de douleur.

Plusieurs expressions indéchiffrables se succédèrent sur le visage de Lorenzo, puis il s'illumina.

Il hissa l'intrus sur ses pieds d'une manière si professionnelle et efficace qu'Alessa lui pardonna aussitôt les fois où il l'avait déçue.

Jusqu'à ce qu'il passe un bras autour des épaules de l'homme en disant :

– Arrête de gémir ; il faut qu'on file d'ici.

– Comment ça ? s'étonna Alessa. Il a essayé de me tuer !

Lorenzo cracha sur le sol.

– Vous auriez dû le laisser faire.

Juste avant que le garde affecté à sa sécurité et son assassin en puissance disparaissent dans le couloir, elle s'aperçut avec effroi qu'ils portaient des bottes identiques.

Les murs lui semblèrent se refermer sur elle. Elle sortit à son tour, en quête d'un refuge inexistant.

Son premier réflexe aurait dû être d'appeler à l'aide, d'exiger que le capitaine Papatonis poste un bataillon de gardes à sa porte. Mais rien ne garantissait qu'ils la protégeraient. C'étaient peut-être eux qui avaient donné l'ordre de l'éliminer. Seraient-ils choqués d'apprendre ce qui venait de se passer… ou déçus de la trouver encore en vie ?

Jusqu'où se propageait la trahison ?

Elle avait envie de fuir, de se cacher, de devenir si petite que personne ne la trouverait jamais. Mais elle ne pouvait pas quitter la Cittadella, et la seule cachette qu'elle connaissait était la chapelle située au bout du couloir. Une fois à l'intérieur, elle verrouilla la porte et se laissa glisser sur les dalles de pierre, dont la fraîcheur apaisa un peu ses joues brûlantes. Elle ferma les yeux pour ne pas voir les portraits de ses illustres prédécesseuses auréolées de gloire.

La nuit s'écoula sans que personne ne vienne la chercher. Alessa rouvrit les yeux et contempla une mosaïque grandeur nature représentant une Finestra idéalisée. Angélique. Parfaite. Sereine. Insupportable, même quand tout allait bien.

Il faisait trop sombre pour déchiffrer l'inscription tarabiscotée qui formait un halo autour de sa sainte tête, mais Alessa la connaissait par cœur.

Benedetti siano coloro per cui la finestra sul divino è uno specchio. « Bénis soient ceux pour qui la fenêtre sur le divin est un miroir. »

Mais bien sûr. Quelle bénédiction que de devoir repousser des assassins jour après jour pour avoir le droit d'affronter une armée de démons affamés !

Les murs, le sol et le plafond de la petite chapelle étaient ornés de carreaux de verre et de pierres précieuses qui, dans la pénombre, auraient aussi bien pu être taillés dans de l'ardoise. Une éternité plus tôt, un artiste avait consacré des années à composer ces mosaïques qui racontaient l'histoire de Saverio – un travail colossal destiné aux yeux d'une seule personne, et il n'y avait pas assez de lumière pour qu'elle en distingue davantage que les contours.

L'alimentation électrique de la Cittadella était devenue de plus en plus erratique au fil des siècles, à mesure que la vermine rongeait les câbles reliant la centrale hydraulique à la ville. Et comme les Saveriens n'étaient plus capables de fabriquer les matériaux employés par leurs ancêtres, Alessa n'avait pas pris la peine de signaler que les ampoules de la chapelle avaient grillé. Finalement, il y avait quelque chose de prophétique dans le fait que les lumières s'éteignent durant son règne.

Les yeux de rubis des scarabeos d'onyx la fixaient depuis les coins supérieurs de la pièce, entourés de monstrueux ghiottes tapis entre des arbres squelettiques. Soit l'artiste avait une vision très personnelle de ce qui motivait les gens, soit il était doté d'un sens de l'humour sadique.

Alessa s'assit, écrasant du coude un bouquet de fleurs séchées resté sur l'autel. Apparemment, cette offrande n'avait pas satisfait Dea.

– Si tu n'aimes pas ces fleurs, tu pourrais me le faire comprendre autrement, grommela-t-elle en arrachant un pétale fripé avant de le réduire en miettes.

Il ne méritait pas un tel sort, mais elle ne méritait pas non plus ce qui lui arrivait.

Si elle mourait, une autre Finestra s'éveillerait afin de prendre sa place. Ou alors, les Saveriens se retrouveraient sans défense. Ses parents auraient perdu leur fille *et* leur dernier espoir de survie.

Sous ses pieds nus étaient représentées les trois îles sanctuaires encore existantes.

La quatrième manquait au tableau. C'était une terre perdue, rayée de la carte, condamnée à l'obscurité après sa chute durant le premier Divorando.

Et c'était à Alessa d'éviter que Saverio subisse le même sort.

Elle se leva et, la tête haute, contourna les statues jusqu'à une vitrine encastrée dans un mur. Sur la liste croissante de ses ennemis, celui-là présentait l'avantage d'être mort.

Desséchée et poussiéreuse après des siècles passés dans cette tombe étouffante, la dépouille du scarabeo la contemplait de son regard aveugle. Telle une version cauchemardesque et surdimensionnée de l'insecte du même nom, il avait trois cornes incurvées et une carapace lisse, noire au premier abord, qui reflétait en fait toutes les couleurs de l'arc-en-ciel comme une tache d'huile sur de l'eau sombre. Ce souvenir du premier Divorando, censé incarner la victoire de Saverio, semblait la provoquer.

La jeune fille et le monstre se faisaient face. La tueuse et le cadavre. À moins qu'elle soit elle aussi un monstre, et bientôt un cadavre ?

Elle gratta doucement la vitre de ses ongles.

Plusieurs milliers de ces… *choses*… allaient arriver. Pour s'en prendre à elle. Et à son île.

Et comme si cela ne suffisait pas, elle devait en plus affronter des lanceuses de couteaux et des étrangleurs.

« Les gens effrayés ont besoin de certitudes. »

Elle aussi avait peur. Mais derrière l'angoisse, le chagrin et la colère, elle éprouvait une pointe de soulagement. Pendant des années, elle avait adopté les croyances de ses parents. Puis elle était devenue la nouvelle Finestra. Au début, cela avait ravivé sa foi. Mais maintenant que plus personne ne croyait en elle, elle se rendait compte qu'elle n'avait jamais été sûre de rien.

Si Ivini disait vrai, elle avait gaspillé les dernières années de sa vie. Une pensée qui lui était insupportable.

En revanche, s'il avait tort, sa mort les condamnerait tous. Un risque qu'elle ne pouvait pas prendre.

Son père disait toujours qu'il ne fallait pas écouter sa peur, mais c'était tout ce qui lui restait.

La peur. L'entêtement. Et la rage bouillonnante qu'elle tentait de réprimer depuis que cette lame avait fait couler son sang.

Les larmes lui montaient aux yeux chaque fois qu'elle déglutissait, et une boule brûlante dans sa gorge menaçait d'allumer en elle un feu qui la consumerait.

Elle ne résisterait pas.

Si elle échouait encore, elle aurait sa réponse, le signe qu'elle attendait. Si ses mains prenaient encore une vie, elle se sacrifierait pour le bien de tous.

Mais avant, elle allait essayer une dernière fois.

Alessa retourna dans sa chambre et se planta devant le miroir, les jambes tremblantes. Les cernes sombres sous ses yeux faisaient écho aux contusions de son cou, mais son regard brillait d'une détermination retrouvée.

Elle s'habilla en deux temps trois mouvements, enfilant une robe ample avant de dissimuler sa gorge à l'aide d'un foulard. Si quelqu'un réagissait à sa vue, elle voulait être certaine que ce n'était pas à cause de ses blessures, mais parce qu'elle était vivante.

Elle choisit ensuite les deux couteaux les plus aiguisés de sa petite cuisine et les glissa dans ses cuissardes.

Lorsqu'elle arriva au rez-de-chaussée, un régiment défilait dans l'entrée. Des bottes. Tellement de bottes. Toutes identiques à celles que son agresseur portait.

Alessa était pétrifiée. Elle n'avait pas vu le visage de l'homme ; il pouvait très bien se trouver parmi ces soldats, arpentant la Cittadella en toute impunité.

Une des recrues lui jeta un coup d'œil et fronça les sourcils. Alessa n'aurait pas su dire si c'était une expression de pitié ou de dégoût, mais cela la tira aussitôt de sa transe.

Elle se remémora les détails de son plan avant d'ouvrir la porte. Si Tomo et Renata montraient le moindre signe de surprise ou de déception, elle saurait.

Elle s'avança d'un pas lent, laissant le battant se refermer derrière elle.

Renata la salua de la main en bâillant au-dessus de son expresso.

– Bonjour, Finestra, dit Tomo, qui se leva pour s'incliner devant elle. Tu es bien matinale, aujourd'hui.

– Nous n'avons pas de temps à perdre, répondit Alessa d'une voix aussi calme et détachée que possible.

Ses deux mentors ne bronchèrent pas. Renata vida sa tasse pendant que Tomo reprenait la lecture de son journal.

Alessa se retint de pousser un soupir de soulagement. Aussi tentée qu'elle soit de leur faire confiance, elle ne pouvait pas. Même s'ils n'avaient pas commandité l'agression de la nuit précédente, ils pouvaient très bien ordonner la suivante. Sa forteresse n'était plus simplement une cage dorée, mais un piège sur le point de se refermer. Ce serait de la folie de se fier à quiconque dans la Cittadella.

Elle avait besoin que quelqu'un assure ses arrières. Quelqu'un qui défendait les plus faibles et ne gobait pas les mensonges d'Ivini. Quelqu'un à qui elle pourrait offrir une motivation unique. Quelqu'un qui ne se défilerait pas face aux soldats de la Cittadella.

Une étincelle d'espoir jaillit en elle, prête à l'embraser.

Il était temps d'aller faire un tour au Fond du Tonneau.

Neuf

Chi ha più bisogno, e più s'arrenda.
Quand on est dans le besoin, on ne fait pas la fine bouche.

Le Fond du Tonneau n'était pas juste un jeu de mots.

Ce quartier de la ville, et la taverne du même nom dans laquelle Alessa entra en se couvrant le nez, attirait une faune peu fréquentable. C'était ce qu'on appelait de la « chair à scarabeo », équivalent saverien de la chair à canon. Si toutefois on parvenait à ignorer la puanteur de l'angoisse et de la sueur – ce dont Alessa était bien incapable –, on ne pouvait même pas compter sur l'habituel musicien à moitié sourd pour se distraire. À la place, la foule se massait autour d'une cage assez large pour accueillir une dizaine d'hommes.

Dans laquelle il n'y en avait qu'un.

Il tournait le dos à l'entrée, sans prêter la moindre attention aux buveurs collés aux barreaux qui se moquaient de lui. Le teint de bronze, pieds et torse nus, il avait des cheveux bruns trempés qui bouclaient sur sa nuque, et un corps musclé couvert de traînées de sang.

Les combats à mort avaient beau être illégaux, les paris étaient monnaie courante sur les quais. D'après Adrick, tant que les deux adversaires quittaient l'arène en vie, ce n'était techniquement pas un meurtre. Et si l'un d'eux succombait à ses blessures plus tard, eh bien… tant pis pour lui.

Alessa se recroquevilla sur elle-même et se drapa dans sa cape pour échapper à la bousculade. Les gens ne la reconnaissaient pas, ils ne savaient pas qu'ils devaient craindre son toucher. C'était à la fois excitant et terrifiant.

Un homme sec et grisonnant se fraya un passage dans le public, tirant derrière lui une brute dont les yeux étaient rivés sur la cage.

Lorsque le premier lutteur se retourna, révélant son profil, Alessa laissa échapper un mot indigne d'une Finestra. Elle avait trouvé celui qu'elle cherchait mais, à en juger par les rugissements de la foule assoiffée de sang, il allait bientôt être réduit en bouillie.

L'éclairage inégal faisait ressortir ses traits. Pommettes saillantes, mâchoires bien dessinées, lèvres que certains auraient pu qualifier de boudeuses – à leurs risques et périls, car il n'avait pas l'air du genre à apprécier le compliment. Ses yeux brillaient d'une lueur blasée. Lorsque le nouveau venu entra dans la cage et lui aboya dessus, il se contenta de hausser un sourcil amusé.

Alessa, elle, retenait son souffle.

À côté de ce corps mince et bronzé, plutôt agréable à regarder, les bras du géant paraissaient aussi gros que des troncs d'arbres. Ils étaient couverts de cicatrices et de marques de brûlures. Quant à ses poings énormes, ils auraient pu défoncer le crâne de n'importe qui.

La Finestra ne voyait pas comment le jeune homme à la peau lisse et aux mouvements gracieux pouvait avoir la moindre chance face à une brute pareille.

Ce serait un massacre.

Le présentateur ordonna aux combattants de reculer avant de se tourner vers l'assistance.

– Le suspense est à son comble ! Le quatrième combat du Loup sera-t-il le dernier ou réussira-t-il à vaincre l'Ours ? Lequel des deux sortira debout, et lequel sur une civière ?

Les spectateurs se pressèrent autour de l'arène, brandissant leurs paris. C'était impossible de lutter contre un tel raz-de-marée ; Alessa n'essaya même pas. Elle n'avait aucune envie de voir un homme si beau réduit en une pile d'os ensanglantés, mais elle était incapable de détourner les yeux.

La cloche la fit sursauter. Perchée sur la pointe des pieds, elle tenta de distinguer quelque chose par-dessus les épaules qui lui bouchaient la vue.

Le géant s'élança vers son adversaire, fit un bond en arrière, réattaqua comme pour le narguer. Le présentateur avait appelé le jeune homme « le Loup », un surnom qui lui allait presque trop bien. Concentré et immobile, il ressemblait en effet aux canidés qui rôdaient dans les bois de l'autre côté de l'île. Ses lèvres se retroussaient sur ses dents pointues. Tel un loup acculé par une bête plus grosse et plus dangereuse, il refusait de montrer la moindre faiblesse.

L'Ours baissa la tête, prêt à lui foncer dessus.

Le Loup inspecta ses ongles.

Alessa se mordit la langue pour ne pas crier.

Au dernier moment, le jeune homme fit un pas de côté et l'autre manqua de s'écraser contre les barreaux.

Leur danse continua ainsi jusqu'à ce que l'Ours assène au Loup un premier coup de poing en pleine mâchoire.

Le Loup se passa une main sur le menton et la secoua, éclaboussant le sol de gouttes de sang. Puis il envoya un crochet dans le ventre de son adversaire, qui répliqua en lui fêlant quelques côtes. Alessa se mordit le poing.

Le Loup venait de toucher l'Ours à la joue et allait enchaîner quand quelqu'un brisa un verre contre la cage, faisant pleuvoir des éclats tranchants sur sa tête. Il se détourna, une main sur l'œil. La foule le hua tandis que le présentateur réclamait une pause.

L'Ours ignora la consigne. Profitant que le plus jeune ait le dos tourné, il le frappa de toutes ses forces dans les reins.

Le Loup s'effondra.

Alessa ne fut pas la seule à étouffer un cri. La salle entière cessa de respirer pendant que la brute s'approchait de sa victime et la poussait du pied.

La Finestra ferma les yeux. Elle n'aurait jamais dû rester. Elle n'avait pas besoin qu'une autre mort se grave dans sa mémoire.

Mais la foule poussa soudain des hourras, et elle rouvrit les paupières juste à temps pour voir le Loup se redresser en s'ébrouant pour reprendre ses esprits.

L'Ours parut très contrarié que sa victoire soit ainsi interrompue.

– Allez, défends-toi, mauviette !

– Vas-y, chuchota Alessa.

Autour d'elle, tout le monde lui fit écho. Les spectateurs avaient changé de camp et modifiaient leurs paris en conséquence.

Le Loup inclina la tête comme s'il ne savait plus ce qu'il faisait là. Lorsque l'Ours s'élança, il fut cueilli par un uppercut qui envoya valser son crâne en arrière. Il tituba et tenta de reprendre son équilibre, mais les coups se succédaient trop rapidement. Un autre. Et encore un autre. Le colosse tournoya sur lui-même, plié en deux, le dos offert.

– Vas-y ! hurlait la foule, impatiente de voir le Loup prendre sa revanche et lui décocher un coup à la hauteur de ceux qu'il avait encaissés.

Au lieu de cela, il recula, les bras ballants.

L'Ours fit quelques pas hésitants avant de tomber à genoux, tête basse.

Le Loup se redressa.

Et Alessa se souvint de respirer.

Le public rugit, partagé entre le ravissement et la déception, mais le vainqueur ne paradait pas et n'avait même pas l'air de se réjouir. Il attrapa une serviette pour s'essuyer le visage, tachant de sang le tissu grisâtre.

Puis la cage s'ouvrit et il disparut dans la foule.

Il fallut une éternité à Alessa pour traverser la salle. Elle avait presque renoncé à rattraper le Loup quand elle l'aperçut devant elle.

– ... quinze, pas douze, disait-il en tapant sur le comptoir de son poing écorché. Quatre matchs, plus le bonus pour l'absence de défaite.

Le tavernier lui jeta un regard méprisant et posa le chiffon sale dont il se servait pour astiquer la surface de bois abîmée.

– Moins trois pour la nuit et le repas d'hier.

– C'est une blague ? J'ai dormi par terre dans un placard !

– Moins...

Le Loup pesta dans sa barbe.

– Sers-moi au moins un verre avant de me dépouiller.

– OK, si tu veux dormir dehors.

Puis le barman se tourna vers Alessa qui venait de prendre place sur un tabouret.

– Qu'est-ce que ça sera ?

– Un whisky, s'il vous plaît.

– Bon, passable ou pas cher ? demanda l'homme, dont le sourire dévoila un cimetière de dents noires.

– Bon, s'il vous plaît.

Alessa compta ses pièces, sentant le regard du tavernier s'attarder sur ses gants. Elle se crispa.

En ville, quand on se couvrait les poignets, c'est qu'on avait quelque chose à cacher. Même sur les quais, où les tatouages étaient la norme, certains préféraient garder pour eux la nature de leur crime. Les gants d'Alessa ne la rendaient pas différente des autres ; ils faisaient juste d'elle une inconnue qui avait honte de son passé. Par contre, on ne devait pas souvent croiser dans ce bouge du cuir noir aussi lisse et doux que du satin.

Après lui avoir servi un doigt de liquide ambré, le tavernier le fit glisser vers elle sans prendre la peine de cacher les pièces marquées à l'encre sur sa peau. *Voleur.*

Alessa fit tourner le whisky dans son verre, contemplant les dessins qu'il laissait sur les parois et inspirant son parfum capiteux avant d'en boire une gorgée. Elle en avait déjà goûté de meilleurs, mais il était correct. Par-dessous sa capuche, elle risqua un coup d'œil au Loup assis à côté d'elle. Il avait enfilé une chemise sans la boutonner et ronchonnait, contrarié que le barman lui ait refusé à boire. Il dégageait une odeur de sueur fraîche étonnamment plaisante.

– Je vais payer pour lui, proposa Alessa en sortant deux pièces étincelantes de sa poche. Votre meilleur cru, s'il vous plaît.

Les yeux du Loup se posèrent sur elle. Il accepta le whisky, qu'il descendit d'une traite avant d'abattre son verre sur la table avec un grognement qu'elle supposa être un merci. Lui non plus ne faisait aucun effort pour dissimuler son tatouage.

Deux couteaux croisés entourés du sceau de Saverio. *Meurtrier.*

Alessa frissonna.

– Vous ne devriez pas être ici, dit-il sans la regarder.

– Pourquoi ?

– Si je vous ai reconnue, je ne serai sans doute pas le seul. Or, beaucoup de gens sont curieux de savoir ce qui se passera si vous mourez.

– Vous aussi ?

Il se leva.

– Moi, je m'en fiche.

Sur ces mots, il jeta une vieille besace élimée sur son épaule et s'éloigna.

Alessa ferma les yeux.

Dans cette ville peuplée d'individus qui avaient peur d'elle ou complotaient pour la tuer, un peu d'indifférence était finalement bienvenue.

Cet homme savait se battre et pourrait la défendre. Même si ce n'était pas par loyauté ou dévouement, tout le monde avait un prix.

Alessa posa quelques pièces supplémentaires sur le comptoir et abandonna son verre à moitié plein. Le barman le remettrait sûrement dans la bouteille dès qu'elle aurait le dos tourné, mais ce n'était pas son problème.

Le Loup avait déjà parcouru la moitié de la rue, les pouces passés dans la ceinture, quand elle sortit à son tour.

La porte claqua derrière elle et le silence retomba. Sans se retourner, le jeune homme écarta ses mains de son corps. Le clair de lune se refléta sur des lames acérées visant à dissuader quiconque de le suivre.

– J'aimerais vous engager, expliqua Alessa en gardant ses distances.

Il rangea ses couteaux et reprit sa route.

– Non merci.

– Mais j'ai besoin de votre aide.

– Désolé.

Il parlait à mi-voix, juste assez fort pour qu'elle l'entende.

– Vous n'en avez pas l'air, répliqua-t-elle en essayant de le rattraper.

– D'accord. Je ne suis ni désolé ni intéressé.

– Je dois sauver Saverio.

– Saverio peut bien être englouti par la mer, ça ne me fera ni chaud ni froid.

Le ventre d'Alessa se noua. Parce que cet homme avait ridiculisé un prêcheur de rue, elle l'avait cru de son côté. Parce qu'il avait défendu une petite fille, elle avait pensé qu'il l'aiderait. Elle était si naïve…

– J'ai besoin d'une protection le temps de choisir mon prochain – mon dernier Fonte.

Elle se creusa la cervelle pour trouver quelque chose à ajouter qui le convaincrait de s'arrêter.

– Vous serez payé. Et nourri, et logé.

Il ne ralentit même pas.

– Sans façon.

– Sans façon ? répéta-t-elle, incrédule. Vous préférez vous battre pour trois miettes et un verre de whisky coupé, plutôt que d'être en sécurité ?

– La sécurité ne m'intéresse pas.

Alessa courait maintenant, l'indignation lui faisant oublier toute prudence.

– Je n'y crois pas.

– Et pourtant…

– Si les gens se trompent et si je suis tuée, tout le monde mourra.

– Alors arrêtez de vous balader dans le coin.

Alessa ralentit le pas. Le Loup approchait du bout de la ruelle, emportant avec lui sa dernière bribe d'espoir.

– *Pitié*, supplia-t-elle d'une voix fêlée.

Il s'arrêta et secoua la tête, comme s'il s'en voulait de sa faiblesse.

La Finestra retira sa capuche et baissa son col. La marque sur sa gorge avait une pris une horrible teinte verdâtre et violacée.

– J'ai besoin d'aide.

Le jeune homme contempla son cou.

– Vous avez une armée. Vous pouvez…

Il jeta un coup d'œil autour de lui, revint vers elle et termina dans un grondement :

– Vous pouvez tuer d'un simple contact. Vous n'avez pas besoin de moi.

– Si.

Ce fut facile de laisser enfler dans sa voix la peur et l'impuissance qu'elle réprimait depuis la veille.

– Un homme a essayé de me tuer hier soir. Mon garde du corps l'a aidé à s'enfuir.

Au point où j'en suis…

Des larmes brûlantes coulèrent sur ses mains, serrées en signe de supplication sous son menton. Elle ne se serait jamais permis une telle manifestation de vulnérabilité dans la Cittadella mais, si les loups avaient un faible pour les demoiselles en détresse, elle jouerait son rôle jusqu'au bout.

Un rôle qui, d'ailleurs, n'en était pas vraiment un.

– Je ne sais plus à qui faire confiance ni qui travaille pour qui, reprit-elle. C'est pourquoi je veux engager quelqu'un *moi-même* pour assurer mes arrières. Temporairement. Je vais bientôt annoncer le nom de mon Fonte, mentit-elle, mais je ne pourrai pas le faire si je suis morte.

Le clair de lune conférait des reflets bleutés aux cheveux du jeune homme, qui se massa la nuque.

– Temporairement ?

– On risque de mourir d'ici quelques semaines. Tout est temporaire.

Il haussa un sourcil.

– Désolée. L'humour noir, c'est tout ce qui me reste. Si vous m'aidez, je vous obtiendrai une place dans la Fortezza.

Il se pinça la racine du nez.

– S'il vous plaît…

Il leva un regard exaspéré vers le ciel, et elle comprit qu'elle avait gagné.

Dix

Bella in vista, dentro è trista.
Les apparences sont trompeuses.

L'excitation de la victoire retomba instantanément.

Le Loup était marqué. Elle ne pourrait pas lui faire franchir les portes sans révéler son identité – et sa sortie clandestine – aux gardes. Or, il n'y avait qu'une entrée de tunnel en dehors des murs de la ville.

Une femme se planta devant eux, berçant un bébé emmailloté.

– S'il vous plaît, mademoiselle. Aidez-moi à mettre mon petit à l'abri pendant le Divorando.

Même si Alessa ne voyait pas ce que l'argent y changerait, elle fouilla dans sa bourse et déposa quelques pièces dans la main de la femme.

Son nouveau garde du corps paraissait contrarié.

– Vous comptez aider tout le monde, ou juste celle-là ?

Alessa contempla la mendiante, qui se dépêchait de filer avant qu'elle ne change d'avis.

– Comment ça ? Tous les enfants sont les bienvenus dans la Fortezza.

– À condition que quelqu'un puisse les y emmener. Et qui va s'occuper d'eux, ensuite, si leurs parents meurent ?

Son regard était aussi glacial que sa voix.

– Je... je ne sais pas.

– C'est pour ça qu'elle a besoin d'argent. Pour payer la personne à qui elle confiera son bébé, et qui devra peut-être l'élever à sa place. Bienvenue dans le monde réel, *Finestra*.

– Je n'y suis pour rien ! Je voudrais que tout le monde puisse se réfugier dans la Fortezza. Ce n'est pas *moi* qui dicte les règles. Je suis obligée de les suivre.

– Oui, eh bien, c'est un peu tard pour se soucier de ces pauvres gens.

Comme s'il était le porte-parole des déshérités...

– Je croyais que vous vous fichiez pas mal du sort de Saverio ?

Un sourire amer se dessina sur les lèvres du jeune homme.

– Soit on laisse l'île brûler, soit on donne les mêmes chances à tout le monde. Voilà mon avis.

Alessa entraîna le Loup au-delà des bâtiments délabrés des quais, le long d'un étroit sentier qui débouchait dans une grotte humide. C'était là que l'on abritait les bateaux en cas de tempête.

Le jeune homme gratta une allumette, dont la flamme illumina son visage.

– Il ne faut pas traîner, dit-il.

Elle inspecta les parois, cherchant à distinguer l'éclat métallique de la grille.

L'immense grotte ne contenait qu'un seul navire pour l'instant, mais d'autres ne tarderaient pas à arriver, remplis de passagers et de cargaisons en provenance du continent. L'endroit serait bientôt envahi de tonneaux de vin, de graines, de tissu, de provisions en tout genre et de bétail – tout ce qui permettrait de reconstruire les richesses perdues. Les courageux qui choisissaient de s'installer sur le continent entre deux invasions seraient accueillis dans les chambres d'hôtes saveriennes jusqu'à ce que vienne l'heure de se barricader dans la Fortezza.

Alessa n'avait jamais mis le pied dans les colonies, mais les tableaux en donnaient une image dure et troublante, entourée de plaines arides et de montagnes acérées. Cela devait être incroyable de voir la vie renaître là-bas entre les attaques. Elle avait lu un jour que certains animaux se cachaient avant l'arrivée des essaims, mais sa mère lui avait confisqué son livre quand elle s'était mise à pleurer pour les malheureux qui ne survivaient pas.

– Vous avez prévenu vos mentors que vous sortiez engager un garde du corps ? l'interrogea le Loup.

– Non. Je n'ai pas besoin de leur permission.

– Ah bon ?

– Techniquement, non.

Elle se raidit. Tout cela ne le regardait pas.

– Si ça pose un problème à quelqu'un, je m'en chargerai, affirma-t-elle.

Le jeune homme émit un grognement dubitatif.

Alessa baissa sa capuche. S'ils croisaient des gardes dans le tunnel, seul son visage leur éviterait d'être exécutés sur-le-champ.

– Vous avez besoin de voir un médecin ? s'enquit-elle.

– Non, fit-il, agacé.

Elle était convaincue du contraire. Mais s'il voulait jouer au dur et minimiser ses blessures, elle ne perdrait pas son temps à débattre avec lui.

Il se déplaçait sans bruit, comme s'il la traquait. Cela lui donnait envie de détaler aussi vite qu'un lapin effrayé.

Son père disait souvent que la peur naît de l'inconnu. Peut-être que si elle en apprenait davantage sur le Loup, elle cesserait de frissonner.

– Comment vous appelez-vous ?

– On me surnomme le Loup.

– Et moi la Finestra. Mais ce n'est pas mon nom.

– Je croyais que les Finestras n'en avaient pas.

– En effet, jusqu'au Divorando. Mais comment dois-je m'adresser à vous ? Faut-il dire « Le Loup » ? « Monsieur Loup » ? Ou juste « Loup » ?

Elle surprit dans ses yeux une lueur amusée qui disparut aussitôt.

– Dante.

– Pas de nom de famille ? s'étonna-t-elle en se décalant pour ne pas heurter le mur.

– Je n'en ai plus.

– Eh bien, enchantée, Dante.

– Vraiment ?

Soit elle avait perdu l'habitude de faire la conversation, soit il était particulièrement désagréable. À moins que ce ne soit un mélange des deux. Mais le manque de persévérance ne faisait pas partie des défauts d'Alessa.

– D'où venez-vous ?

– Je ne sais pas.

– Si vous ne voulez pas me le dire, c'est votre droit.

– Je vous jure que je ne sais pas.

– Tous ces combats vous ont fait perdre la mémoire ?

Elle s'aventurait sur un terrain risqué. En même temps, c'était un peu le thème de la soirée.

– Vous vous souvenez de votre naissance, vous ? riposta Dante.

– Bien sûr que non. Mais mes parents m'ont parlé de nos origines.

– Les miens sont morts.

Oups.

– Alors, vous êtes née où ? enchaîna Dante.

Il avait posé la question sur un ton de défi, juste pour l'empêcher de continuer son interrogatoire, mais elle répondit comme s'il avait vraiment été intéressé.

– Ici, en ville. Sur l'une des terrasses inférieures, assez loin de la Cittadella.

Chaque grille semblait résonner plus fort et plus longtemps que la précédente. La dernière aurait pu réveiller les morts du temple. Alessa se crispa. Escorter un tatoué à travers la Fortezza était un crime passible de mort. Sachant qu'une grande partie de la population cherchait une raison de se débarrasser d'elle, c'était jouer avec le feu. Par miracle, ils ne croisèrent ni fantôme ni garde dans le tunnel.

La dernière allumette de Dante s'éteignit alors qu'ils atteignaient le pied de l'escalier de la Cittadella.

Parfois, quand le brouhaha du monde se calmait, Alessa parvenait à retrouver en elle l'écho de pouvoirs perdus. L'étincelle d'Ilsi au bout de ses doigts, la minuscule tornade à l'enterrement d'Hugo. Enfin, « écho » n'était peut-être pas le terme approprié ; il s'agissait plutôt d'une sorte d'empreinte, comme le creux laissé dans un matelas par un dormeur levé depuis des heures. Elle ouvrit sa paume et y fit naître, d'un souffle, une petite flamme bleue. Cela ne dura qu'un instant mais lui suffit à repérer la serrure.

– C'était quoi ? s'étonna Dante.

La Finestra rougit.

– Un écho. Pas de quoi s'inquiéter.

– Un quoi ?

– Un... souvenir, si vous préférez. Comme je n'ai jamais eu l'occasion d'utiliser le pouvoir de mes Fontes, il en subsiste un peu en moi.

– Vous pouvez recommencer ?

Alessa fouilla les profondeurs de son esprit, en vain.

– Non. C'était tout ce qui me restait.

La dernière trace d'Emer. Son cœur se serra. Elle avait gaspillé sa lumière pour une tâche sans importance.

– À quoi bon avoir un Fonte, alors ? Vous n'avez qu'à les toucher maintenant et emmagasiner leurs pouvoirs pour la bataille.

– Pour amplifier le don de son Fonte, une Finestra doit être en contact permanent avec lui. Si je faisais ce que vous suggérez, j'aurais à peine de quoi repousser l'invasion pendant quelques secondes. Et encore. En général, les pouvoirs absorbés s'épuisent en moins d'une minute.

– Mais là, ça fait beaucoup plus longtemps.

Alessa soupira et ferma les yeux.

– Parce que je l'ai tué. J'ai volé son dernier souffle, l'ultime manifestation de sa magie.

– Vous êtes sûre que…

– Croyez-moi, on a essayé. Ça ne fonctionne pas comme ça.

Lorsqu'elle précéda Dante dans les marches en colimaçon, l'étau qui lui comprimait le cœur se desserra un peu, laissant place à un bref sentiment de victoire. Elle avait réussi. Elle s'était échappée de la Cittadella, elle avait bravé une taverne remplie de hors-la-loi, et elle avait convaincu un loup solitaire de la suivre.

Les escaliers menant aux étages supérieurs étaient répartis aux quatre coins de la cour mouchetée de clair de lune. Pour monter jusqu'au dernier, on était donc obligé de faire le tour complet du bâtiment. Si ce silence gêné persistait entre eux, le trajet allait leur paraître interminable.

À la seconde où cette pensée effleurait l'esprit d'Alessa, une silhouette surgit d'un recoin sombre.

Onze

L'uomo solitario è bestia o angelo.
L'homme solitaire est soit une brute, soit un ange.

« Attention, Finestra, prévint le capitaine Papatonis en plaquant Dante contre le mur. Il est armé. »

La chemise du Loup remonta, dévoilant une bande de peau nue et les fourreaux qu'il portait à la ceinture. La joue collée contre la pierre, il parvenait encore à paraître blasé. Si le capitaine avait eu le dessus, c'est parce que le jeune homme s'était laissé faire. Et il ne tolérerait visiblement pas beaucoup plus longtemps d'être malmené ainsi.

– Repos, capitaine, ordonna Alessa en se redressant de toute sa hauteur. Il est avec moi.

Officiellement, elle était la cheffe des armées ; Papatonis avait donc intérêt à rester à sa place.

– J'ai le droit de choisir le responsable de ma sécurité, ajouta-t-elle. Et je souhaite que ce soit lui.

Elle n'avait jamais vu personne d'aussi vexé que le capitaine Papatonis en cet instant. Tant pis. Même si c'était injuste de renier la Garde entière à cause d'un seul traître, elle ne pouvait plus reculer.

Après un violent débat intérieur, le militaire finit par lâcher Dante et faire un pas de côté.

Le jeune homme rajusta ses vêtements en la fusillant du regard.

– Avec tout le respect que je vous dois, Finestra, reprit sèchement le capitaine, la signora Ortiz et le signor Miyamoto sont-ils au courant ?

– Bien sûr.

– Votre garde ne peut pas se promener ici dans cette tenue.

– Alors faites-nous apporter des vêtements plus convenables.

L'homme rosit sous sa barbe, esquissa un salut guindé et tourna les talons.

Alessa adressa un sourire hésitant à Dante, sans parvenir à le dérider. Arrivée devant sa suite, elle fit tomber sa clé, eut du mal à la ramasser, puis la coinça dans la serrure sans parvenir à l'en déloger.

– Besoin d'aide ? lui demanda le jeune homme.

– Non.

La clé se dégagea d'un coup et Alessa partit en arrière, avant d'être arrêtée par un mur de muscles. Elle s'écarta d'un bond et s'empressa de tourner la poignée.

– On aurait pourtant dit, se moqua Dante.

Qu'était-elle censée répondre ? Qu'il la rendait nerveuse ? Qu'elle tremblait encore à cause de sa confrontation avec le capitaine ? Qu'elle avait enfreint plus de règles et débité plus de mensonges en une journée qu'au cours des cinq dernières années, et qu'elle ne savait pas si elle devait s'en réjouir ou paniquer ?

Dès qu'ils furent entrés, Dante verrouilla la porte puis inspecta les supports métalliques fixés de chaque côté.

– Où est la barre ?

– Aucune idée.

Il attrapa une ombrelle en dentelle dans le seau à parapluies et la coinça en travers du battant.

– En attendant de trouver mieux.

Alessa le regarda faire le tour de la pièce.

– Qu'est-ce que vous fabriquez ?

– J'évalue les risques.

La Finestra ignorait tout du travail de garde du corps. Pour elle, cela se résumait à rester planté devant la porte avec un air renfrogné – ce qui lui semblait tout à fait dans les cordes de Dante. Elle attendit donc en se mordant la langue qu'il ait fini d'inspecter ses affaires.

Cela resta supportable tant qu'il se concentra sur le salon et la petite cuisine, meublée d'une table en métal et de placards vitrés. Mais quand il passa dans le dressing, puis dans la salle de bain, puis derrière le paravent qui masquait le lit d'Alessa, elle se sentit affreusement gênée.

Il ouvrit ensuite les portes du balcon et se pencha pardessus la rambarde. Perdue dans la contemplation de son dos, la jeune fille se rendit compte trop tard qu'il allait faire un massacre. Sans le moindre respect pour les orangers et les rosiers grimpants, il empoigna le haut de la treille et la secoua violemment, jusqu'à ce que les fixations s'arrachent dans une pluie de plâtre.

– Hé ! protesta Alessa. Ces roses ont été plantées par la première Finestra.

– Alors elles devraient être assez solides – il se mordit la lèvre – pour survivre – il tira une dernière fois – à la chute.

La treille se décolla du mur dans un grincement métallique, avant de s'écraser sur les pavés plusieurs mètres en contrebas.

Deux gardes accoururent, contemplèrent les dégâts, puis levèrent les yeux vers le balcon.

– Tout va bien, Finestra ?

Elle leur adressa un signe de la main.

– Oui, juste une bourrasque de vent !

Pendant que Dante poursuivait son inspection de la chambre, elle s'assit sur son lit pour retirer ses bottes, pestant contre les lacets qui glissaient entre ses doigts gantés. Elle ne l'entendit pas approcher et, lorsqu'il se racla la gorge juste à côté d'elle, elle faillit tomber du matelas.

– Un problème ?

Elle inspira profondément.

– Tout est plus compliqué avec des gants.

– Vous n'avez qu'à les retirer.

Appuyé d'une main sur la couette moelleuse, il vérifia que personne ne se cachait sous le lit.

Alessa se leva d'un bond, comme si on l'avait brûlée.

Enfin, Dante ouvrit une petite porte dans un coin et plissa les yeux dans l'obscurité.

– Ça conduit où ?

– Vers les bains de sel.

Il lui lança un regard incrédule.

– Pas les bains *publics*, précisa la Finestra. Il y en a d'autres dans la Cittadella. Ceux-ci n'ont que deux accès, le mien et celui qui se trouve dans la suite du Fonte. Qui est vide en ce moment.

Dante fronça les sourcils comme si l'existence de ces bains était une offense personnelle, puis il fit une dernière fois le tour de la pièce. En passant devant le bureau, il attrapa une grande enveloppe en papier embossé et la lui tendit.

– C'est pour vous.

Puis, comprenant qu'elle craignait de le toucher, il la reposa sur la table.

Même si Alessa s'attendait à recevoir ce courrier, sa vue lui donna des palpitations. Elle n'avait aucune envie de sentir le regard perçant de Dante sur elle lorsqu'elle le lirait. Malheureusement, ce n'était pas le genre de lettre qu'on pouvait ignorer. Elle avait l'impression d'entendre son appel, comme un bourdonnement incessant dans ses oreilles. Alors elle alla tout de même récupérer l'enveloppe et la tourna dans tous les sens avant de briser le sceau pour déchiffrer l'écriture élégante. Quand elle eut terminé, elle froissa le papier au creux de son poing jusqu'à sentir les angles pointus s'enfoncer dans sa peau à travers ses gants.

– Une lettre d'amour ? supposa Dante.

– Non, une convocation, répondit Alessa en jetant la missive à la poubelle. Le Consiglio siégera dans la matinée.

Il haussa les sourcils.

– Ils ne perdent pas de temps.

Elle déglutit.

– En effet. Je pensais avoir encore quelques jours devant moi, mais ils veulent qu'on leur livre ma prochaine victime avant demain soir.

Dante se tourna vers la bibliothèque et promena sa main sur les reliures de cuir, avec autant de précaution que s'il s'agissait d'ouvrages précieux – ou dangereux.

– D'habitude, mes gardes passent la nuit debout devant ma porte, l'informa-t-elle en se dirigeant vers son paravent. Mais vous pouvez prendre une chaise, si vous voulez.

Les yeux toujours rivés sur le dos délavé d'un ouvrage, il désigna le canapé.

– Je dormirai ici.

Alessa étouffa un bâillement.

– Certainement pas.

– Je ne suis pas venu au palais pour dormir sur une chaise.

– Alors installez-vous des coussins dans le couloir. Mais vous ne pouvez pas dormir ici.

– Pourquoi ?

– Ce sont *mes* appartements.

Son sanctuaire, le seul endroit où elle pouvait se débarrasser de ses couches protectrices sans craindre de terroriser quelqu'un à chaque mouvement. Bien sûr, elle ne pouvait pas le lui avouer. Elle refusait de se dévoiler ainsi devant un inconnu grossier.

Les biceps de Dante se gonflèrent sous sa chemise lorsqu'il croisa les bras.

– Comment est entré le type qui a essayé de vous tuer ?

– Euh… par la porte ?

– Ou par le balcon.

– Vous croyez qu'il aurait escaladé les trois étages de l'extérieur ?

– Il y avait une treille.

– Qui a disparu, grâce à votre intervention délicate. Je ne peux pas recevoir un *homme* dans ma chambre. Il y a des règles.

– Vous êtes la Finestra. C'est vous qui décidez des règles.

– Vous n'avez toujours pas compris comment ça fonctionne.

– Et vous, vous ne comprenez pas le sens des mots « garde du corps ». *Mon* rôle – il posa un doigt sur son torse – consiste à garder *votre* corps.

Des deux mains, il dessina des courbes féminines dans les airs.

Alessa se réfugia derrière le paravent.

– Je vous ai engagé. Vous devez m'obéir.

– Je ne fais pas les choses à moitié. Vous voulez que je vous protège ? C'est à ces conditions.

S'il fallait fermer les portes du balcon pour qu'il accepte de sortir, elle allait mourir de chaud, assaillie de visions de mains gantées en train de l'étrangler.

– Bon, d'accord. Mais j'ai déjà tué trois personnes, alors évitez de me surprendre pendant mon sommeil si vous ne tenez pas à être le suivant.

Dante retira ses chaussures.

– Pareil.

Elle le dévisagea. Voulait-il dire que lui aussi avait tué trois personnes ? Ou qu'il l'attaquerait si elle approchait sans prévenir ? Ou les deux ?

Les yeux rivés sur elle, Dante commença à déboutonner sa chemise. Elle s'enfuit avant de se ridiculiser davantage.

Comment pouvait-elle se détendre alors que seul un paravent translucide la séparait de cet homme à moitié nu ?

– Dea, souffla-t-elle.

Il n'allait quand même pas tout retirer… si ?

Drapée dans sa chemise de nuit la plus ample, elle se concentra sur la dernière remarque de Dante dans l'espoir d'oublier le bref aperçu de torse qui s'était gravé dans sa mémoire.

C'était un criminel. Il était peut-être déjà en train de lui voler ses affaires, à moins qu'il attende qu'elle dorme pour lui défoncer le crâne. Elle aurait mieux fait de se taire, dans cette ruelle, quand elle avait compris qu'il n'était pas le héros qu'elle pensait.

C'était complètement inconscient.

Elle contourna le paravent pour lui ordonner de sortir. Mais il n'était plus là.

La porte était fermée. La salle de bains, plongée dans le noir. Seule la chemise soigneusement pliée au bout de la table témoignait du passage de Dante.

Les yeux de la Finestra se posèrent dans tous les coins, y compris au plafond, comme s'il avait pu s'envoler. Sentant un picotement chaud sur sa nuque, elle fit volte-face.

Le vent venait de tourner, apportant avec lui les parfums de Saverio.

Le balcon.

Dante se tenait sur le seuil, son pantalon marquant ses hanches étroites, ses couteaux toujours glissés dans leurs fourreaux. Il caressa leurs manches avec ses pouces, les lâcha, recommença, comme pour s'assurer que ses armes n'avaient pas disparu. Ses larges épaules et son dos musclé, si dorés et vivants dans l'arène de combat, semblaient taillés dans le marbre sous la lumière de la lune.

Il aurait pu être le chef-d'œuvre d'un grand sculpteur. *Jeune homme au balcon.*

Soudain, un bruit au loin le fit se raidir. *Jeune homme au balcon sur ses gardes.*

Peu à peu, ses épaules se relâchèrent, ses mains s'ouvrirent, sa poitrine se gonfla comme s'il faisait l'effort de se détendre, centimètre par centimètre. Il avança d'un pas et s'arrêta en secouant la tête. Il semblait se méfier du ciel qui s'ouvrait devant lui ou craindre que cette liberté soit un piège. Une main sur la nuque, il contempla la ville par-dessus son épaule.

Alessa s'éclipsa avant qu'il ne devienne le *Jeune homme au balcon surprenant une voyeuse*.

Il avait l'habitude de dormir par terre dans les placards des tavernes. Elle pouvait au moins lui offrir une couche confortable. S'il avait visiblement ses propres démons à combattre, elle n'en faisait pas partie.

Et puis, ce n'était que pour une nuit.

Douze

Anche in paradiso non è bello essere soli.
Il n'y a rien de pire qu'être seul au paradis.

Alessa était couchée dans un cercueil.

Pas morte. Pas encore.

L'adrénaline palpitait dans ses veines, brûlante, amère, et ses poumons s'emplissaient d'un air rance.

Elle se réveilla en sursaut et frappa dans le vide. Ses doigts recourbés comme des griffes heurtèrent quelque chose de dur et de chaud.

Dans la lumière anémique de l'aube, Dante reculait brusquement son bras comme s'il s'était brûlé.

– Qu'est-ce que vous faites là ? s'écria Alessa en remontant le drap sous son menton. Je vous ai interdit de m'approcher !

Il fit la grimace.

– Vous étiez en plein cauchemar. J'ai cru que vous alliez vous blesser.

– Vous auriez dû me laisser faire.

Ces mots, les mêmes que ceux employés par Lorenzo, furent douloureux à prononcer.

– Ne recommencez *jamais* ça.

– Aucun risque, répliqua Dante.

Puis on frappa à la porte. Il lui fit signe de rester tranquille avant de contourner le paravent. Malgré son refus initial, il prenait sa mission très au sérieux. Trop.

Alessa enfila un peignoir et le suivit.

Dante fixait la porte, une pile de vêtements dans les bras.

– Elle a filé. La servante, ou je ne sais pas qui.

– Je la comprends, répondit Alessa d'une voix innocente. Vous êtes un peu intimidant. Vous devriez sourire davantage.

Il lui décocha un regard assassin.

– Si ça peut vous consoler, moi aussi, je les fais fuir, ajouta-t-elle avant de lui indiquer la salle de bains. Vous pouvez vous laver, si vous voulez.

Dante, un peu vexé, s'éloigna à grands pas.

Elle n'avait pas voulu sous-entendre qu'il était sale, mais toute tentative de clarification ne ferait qu'aggraver son cas. Elle se mordit la langue. S'il avait envie de prendre la mouche pour un rien, c'était son problème. Elle se plaqua un oreiller sur le visage et parvint à ne pas hurler dedans.

Pendant que les premiers rayons du soleil s'étiraient sur le sol, elle rassembla son courage afin d'affronter la journée qui commençait. Le Consiglio devait déjà être en train de s'installer, attendant de connaître son choix pour convoquer le prochain Fonte. Or, elle n'avait toujours pas décidé. Elle allait donner aux anciens la liste de ceux qu'elle avait éliminés, puis les laisser se débrouiller sans elle. C'était lâche mais, au moins, elle ne serait pas responsable de ce qui arriverait.

Dante émergea quelques minutes plus tard, vêtu d'une chemise blanche bien repassée et d'un pantalon de treillis. Le capitaine avait plutôt bien estimé sa taille, même si les vêtements le moulaient un peu – ce qui n'était pas pour déplaire à Alessa. Elle n'était pas certaine, en revanche, que le chef de la Garde partagerait son avis. Les manches roulées jusqu'aux coudes, le bouton du haut défait et les gants de cuir fourrés dans la poche, Dante était dangereusement séduisant et à peine convenable, selon les critères de la Cittadella.

– C'est beaucoup mieux, le félicita la Finestra.

Il fronça les sourcils comme si elle venait encore de l'insulter.

La salle de bains était humide quand elle y entra à son tour. Elle s'aperçut qu'elle avait laissé des sous-vêtements accrochés un peu partout après les avoir lavés à la main. Et ce n'était même pas de la lingerie fine.

Bien joué, Alessa.

Comment pouvait-il être impressionné par ses bonnes manières après avoir pris son bain au milieu de ces horreurs ? Elle les rassembla d'un geste rageur et les entassa dans un tiroir.

Après les émotions des derniers jours, elle avait le teint pâle et les yeux cernés. Ses cheveux étaient tout plats, alors qu'ils flottaient d'habitude en boucles souples sur ses épaules, voire frisaient par temps de pluie. Elle ne ressemblait en rien à la vaillante guerrière qu'elle était censée incarner.

Elle devait commencer par se laver, mais la porte ne fermait pas à clé et Dante était juste derrière. Si, pour une raison ou une autre, il décidait de l'ouvrir, Alessa se retrouverait complètement exposée. À défaut de la toucher, il pourrait l'observer sous toutes les coutures.

Elle contempla son reflet en grimaçant. Il n'en avait sûrement aucune envie.

Après s'être baignée, elle sortit son maquillage. Cette journée nécessitait des mesures extrêmes. Après avoir recouvert ses lèvres de baume irisé, elle appliqua du fard noir sur ses paupières afin de ressembler à un ange vengeur. Personne ne décèlerait sa faiblesse sous ces ombres fumées – même si le but était moins d'impressionner les autres que de se convaincre elle-même. De se donner du courage.

Après le visage, elle passa au cou, où il fallait masquer les marques d'étranglement. Elle appliqua plusieurs couches de crème et de poudre teintée, grimaçant de douleur à chaque contact.

Par chance, la robe blanche que la tradition lui imposait de porter devant le Consiglio était ample. Elle pourrait garder sa tenue de combat dessous, ce qui lui éviterait de revenir se changer avant l'entraînement.

Pour Renata, les leçons d'escrime étaient une manière de soulager la pression. Pour Alessa, c'était de la torture.

Si le simple fait de s'habiller lui faisait tourner la tête, soulever une épée risquait de l'achever.

La robe glissa de ses épaules lorsqu'elle se leva. Les bras tordus dans le dos pour tenter de faire passer les boutons dans des boucles délibérément trop petites, elle poussa un gémissement étranglé.

– Tout va bien ? s'inquiéta Dante.

C'était une chose de pleurer devant un inconnu dans une ruelle. Maintenant qu'ils étaient de retour dans la Cittadella, elle devait se montrer digne de son rôle de Finestra.

– Oui, oui.

Sa voix fêlée la trahit.

– Ça n'a pas l'air.

– Vous êtes mon garde du corps, pas ma nounou.

Il y eut un silence, suivi de bruits de pas et du raclement d'une chaise sur le sol.

Comme Alessa tendait le bras pour attraper un ruban, un élancement aigu se propagea dans sa clavicule. Que lui arrivait-il ? Ne savait-elle plus accepter les marques de gentillesse ?

Elle qui pensait avoir goûté à tous les parfums possibles de solitude en découvrait un nouveau. Elle aurait dû se sentir moins seule, et non l'inverse. De même que l'obscurité fait ressortir l'éclat d'une flamme, la présence de Dante dans ce lieu habituellement vide accentuait son mal-être.

Les dents serrées, elle se tressa les cheveux. Mais avant qu'elle ait pu les attacher, ils lui échappèrent. Tant pis pour la tradition ; le Consiglio s'en remettrait si elle changeait de coiffure.

Enfin, elle sortit lentement pour ne pas donner l'impression de parader.

Dante était assis à table et lançait un couteau dans les airs, encore et encore, si vite que la lame n'était plus qu'un flou argenté.

Il haussa les sourcils en découvrant sa transformation.

– Je suis désolée, s'excusa-t-elle. Je n'aurais pas dû vous parler sur ce ton. C'est juste que certains gestes me font mal.

Dante rattrapa le couteau et le posa en équilibre sur sa pointe. Lorsqu'il retira sa main, l'arme ne bougea pas.

– J'aurais pu vous aider.

– Non.

Si quelqu'un en était capable, seuls les dieux savaient qui. Mais une chose était sûre : ce n'était pas lui.

Alessa enfila ses gants et s'arrêta pour déplier l'un des doigts.

– Gardez votre brassard en permanence, surtout quand vous n'êtes pas avec moi.

– Je ne vous accompagnerai pas ?

– Je n'aurai pas besoin de protection quand je serai avec mes mentors.

Dante noua le bout de tissu autour de son biceps en s'aidant de ses dents.

– Vous leur faites confiance ? demanda-t-il sans desserrer les mâchoires.

Alessa se posait justement la question. La veille, quand elle avait fui la Cittadella et supplié un inconnu de veiller sur elle, elle aurait répondu non.

– Bien sûr, dit-elle, consciente d'avoir un peu trop hésité.

Dante attrapa une pomme dans la corbeille à fruits et la lustra contre sa chemise.

– Vous n'avez rien d'autre à manger ?

La Finestra réfléchit. Elle ne prenait généralement pas de petit-déjeuner, se contentant de passer dans les cuisines pour boire un café et grignoter un biscotto.

– Il y a du pain et du fromage. Je peux aussi faire monter quelque chose de plus consistant, si vous voulez...

– Non, ça ira.

On aurait dit qu'elle avait proposé de le frapper au lieu de le nourrir. *Quel ronchon.*

Dante fouilla dans la cuisine, ouvrant et refermant les placards comme s'il vivait là depuis des années. C'était un étranger, un intrus, un tatoué ; pourtant, il occupait l'espace avec assurance. À la réflexion, c'était le cas de beaucoup d'hommes. Alors que certaines personnes s'écartaient pour ne pas déranger, d'autres traçaient leur chemin, sûres d'elles et de leur place dans le monde.

Peut-être Alessa devrait-elle les imiter. Pas à cause de son titre, ni parce qu'elle l'avait mérité, mais parce qu'elle le décidait.

Pourquoi était-ce une telle révélation ?

Le couteau de Dante tinta contre son assiette lorsqu'il se coupa un morceau de fromage. Puis il y eut un craquement de pain – autant de bruits apaisants mais inhabituels pour elle, qui prenait tous ses repas seule.

– Alors, reprit-il enfin avec la tête de quelqu'un qui vient de se faire arracher une dent. Ça fait combien de temps que vous n'avez pas touché un être humain sans l'assassiner ?

– Je n'assassine personne. Et je n'en sais rien.

Elle alla se servir un verre d'eau et s'assit face à lui en poussant un soupir.

– Quatre ans, dix mois et quelques semaines.

– Drôlement précis, pour quelqu'un qui n'en sait rien, railla-t-il en poussant l'assiette dans sa direction. C'est quoi, le plan, cette fois ?

Alessa prit une tranche de parmesan aussi fine que du papier, qui fondit sur sa langue en un délicieux mélange de gras et de sel.

– Prier.

– Ce n'est pas un plan.

Ce n'était pas non plus la vérité. La Finestra n'avait pas prié depuis des années. Pas depuis que les dieux lui avaient tourné le dos en laissant mourir Emer. Certes, elle prononçait les mots consacrés, s'agenouillait dans le temple et levait son regard vers les cieux. Elle s'adressait même à eux, parfois. Mais elle ne *priait* pas. La prière impliquait d'ouvrir son âme, telle une main tendue vers une entité invisible. Chaque fois qu'Alessa tendait la main, c'était la mort qu'on déposait au creux de sa paume.

Alors non, elle ne priait plus.

– Sauver Saverio n'est pas aussi simple qu'inventer de nouvelles méthodes pour résoudre un problème de maths.

– Parce qu'il y en a plusieurs ?

– Eh oui. Mes professeurs n'ont jamais compris comment je faisais pour donner les bonnes réponses sans être capable de les expliquer. Mais je trouvais *toujours* les bonnes réponses. Là, ça n'a rien à voir. Je dois suivre l'exemple des Finestras qui m'ont précédée.

Elle leva son verre.

– Et ça fonctionne ? l'interrogea-t-il avec un petit sourire.

Alessa éclata de rire, renversant de l'eau sur la table.

– Clairement pas, sinon c'est mon Fonte qui serait assis à votre place.

Du bout du doigt, elle traça des rivières qui s'asséchèrent au fur et à mesure.

– Vous devriez peut-être tenter une autre approche, suggéra Dante.

– Quel merveilleux conseil. Merci beaucoup.

– Vous croyez que ça va marcher, cette fois ?

– Il le faut.

– Ça ne veut pas dire que vous réussirez.

Comment pouvait-il rester si détaché alors qu'il évoquait la possible annihilation de Saverio, juste avant qu'elle prenne une décision cruciale ?

– Votre confiance me va droit au cœur, répliqua-t-elle avant d'inspirer profondément par le nez. Mais je garde la foi.

– En quoi ?

– En Dea.

Les élues n'avaient pas le droit de douter.

– Si vous attendez que les dieux vous sauvent, vous êtes fichue.

– C'est un blasphème, signala-t-elle d'une voix qui manquait de conviction.

– Alors tuez-moi. Je ne manquerai à personne.

Elle le dévisagea longuement.

– Je préférerais éviter. J'aime bien ce tapis. Il me faudrait des heures pour nettoyer votre sang.

L'ombre d'un sourire adoucit les traits de Dante.

– Vous êtes une drôle de fille.

– Je ne suis pas une fille. Je suis la Finestra.

Lorsqu'Alessa déboucha au bas de l'escalier, son cœur se serra en entendant les voix de Tomo et de Renata dans l'antichambre du temple.

Elle ne s'opposait jamais à leur volonté. Ni à celle de personne, d'ailleurs. On lui donnait des ordres et elle obéissait. Sans exception. Elle ne savait même pas comment ouvrir le débat, sans parler de le remporter.

À ce stade, Tomo et Renata auraient déjà dû être de simples renforts, offrant quelques conseils occasionnels au Duo Divino. Mais comme Alessa était seule et que l'armée la craignait davantage qu'elle ne la respectait, ils avaient poursuivi leur tâche bien plus longtemps que prévu. Se sentant coupable, elle ne voulait surtout pas être un poids pour eux.

Enfin, jusqu'ici.

– Finestra ? l'interpella Tomo.

– J'arrive.

Elle se dépêcha de déverrouiller la grille. Elle n'avait qu'à donner quelques pièces à Dante et l'envoyer vers la sortie la plus proche. Tomo et Renata ne seraient jamais au courant de rien. Tout redeviendrait comme avant.

Avant, quand une femme lui avait lancé une dague au visage.

Quand ses mentors discutaient tranquillement de son meurtre.

Quand un homme qui arpentait peut-être encore les couloirs de la Cittadella avait essayé de l'étouffer.

Elle pouvait renvoyer Dante et accepter son destin… ou essayer de gagner du temps.

– Refermez derrière moi et filez, chuchota-t-elle en lui lançant la clé.

Le jeune homme la rattrapa d'une main.

– Où ça ?

– N'importe où. Tant que vous gardez votre brassard.

Elle le chassa d'un geste, mais il se contenta d'incliner la tête tel un chien dérouté. Elle avait cru que son surnom de Loup était flatteur, mais peut-être pas tant que ça.

– Je vous retrouve en haut quand on aura fini.

– Et je fais quoi, en attendant ?

– Je ne sais pas, moi. Ce que vous voulez.

Elle n'avait pas la moindre idée de ce à quoi les gardes occupaient leurs journées. À part quand ils reculaient à sa vue, elle ne pensait jamais à eux. Pas plus qu'aux dizaines d'employés qui allaient et venaient chaque jour dans les étages inférieurs. Pour elle qui souffrait tant de se sentir invisible, ce fut une prise de conscience désagréable.

– Vous n'avez qu'à faire connaissance avec les autres gardes, suggéra-t-elle.

Dante prit un air dégoûté.

– Je vais plutôt fouiner un peu et essayer de savoir de qui on doit se méfier.

– Parfait.

Le ventre noué, Alessa songea aux grosses bottes et aux mains impitoyables.

– Le Consiglio attend, Finestra, appela Renata. J'espère que tu as pris une décision.

C'est vous qui décidez des règles.

– Oui, répondit-elle en priant pour que sa voix ne tremble pas. J'ai pris une décision.

Dante la fixait avec une telle intensité qu'elle se demanda s'il lisait dans ses pensées.

Treize

L'occasione fa l'uomo ladro.
L'occasion fait le larron.

« Nous sommes réunis aujourd'hui pour consacrer la sainte alliance et compléter le cercle béni… »

Si on le laissait faire, le Padre Calabrese parlerait toute la journée.

L'atmosphère du temple était moins solennelle et l'endroit moins bondé que pour les funérailles d'Hugo. Mais, une fois de plus, Alessa se retrouvait à genoux devant l'autel. Une posture de suppliante plus que de sauveuse, qui permettait aux membres du conseil de la regarder de haut.

Elle n'avait jamais réagi jusque-là face à leurs expressions condescendantes, mais elle en avait assez de se sentir inférieure et incompétente. Peu importait ce qui se passerait dans les semaines à venir ; elle ne s'en sortirait jamais en se recroquevillant sur elle-même.

– J'aimerais dire un mot, déclara-t-elle, le cœur battant la chamade.

Renata et Tomo échangèrent un regard dans le dos du Padre.

– Je souhaiterais m'entraîner avec *tous* les Fontes éligibles.

Le responsable du Consiglio secoua la tête.

– La tradition exige qu'un mariage ait lieu avant que la Finestra pose la main sur qui que ce soit.

– Si je puis me permettre, la tradition est morte en même temps qu'Emer Goderick.

Prononcer ce nom lui faisait si mal qu'elle en eut presque le souffle coupé.

– Nous nous sommes adaptés, à l'époque, continua-t-elle. Rien ne nous empêche de recommencer. Nous pensions que notre couple durerait une vie entière, mais les dieux en ont décidé autrement. La Première Alerte va arriver d'un jour à l'autre. Nous n'avons plus de temps à perdre en rituels et en règles.

Tomo remua sur son siège. Son expression impassible ne permettait pas de savoir si son silence était un signe de soutien ou de désaccord.

– En accédant à sa requête, intervint Renata, nous pourrions découvrir lequel d'entre eux est capable d'endurer son don, et éviter ainsi une nouvelle tragédie.

– Non, non, non, protesta le Padre Calabrese en agitant les mains. Le peuple est déjà inquiet. Il ne supportera pas que l'on revienne brusquement sur nos traditions les plus sacrées.

– Les traditions ne nous protégeront pas des scarabeos, insista Alessa.

– Le peuple est inquiet, c'est un fait, concéda Renata. Et la mort d'un autre Fonte risquerait de mettre le feu aux poudres.

– Nous ne pouvons pas abandon...

– Nous n'abandonnons rien, le coupa Alessa, les mains jointes en prière. Nous ne faisons que modifier légèrement la chronologie des événements.

– Personne n'a besoin de le savoir, renchérit Renata. Nous annoncerons publiquement qu'elle a choisi son Fonte mais que, par respect pour ses prédécesseurs, nous nous contenterons d'une cérémonie privée avant la grande révélation.

– Et comment comptez-vous expliquer que tous les candidats quittent leur maison ?

– Installons-les ici, proposa Alessa, qui avait du mal à cacher son excitation. On dira qu'ils ont décidé de rester pour soutenir leur camarade.

Les responsables religieux et les élus de Saverio discutèrent à voix basse, les traits crispés. Si les membres du clergé ne semblaient pas convaincus, plusieurs politiciens hochaient la tête.

Alessa se leva.

– J'apprécie que vous m'accordiez votre soutien, conclut-elle, évitant volontairement d'employer le mot « permission ». Comme vous le savez, il est crucial que nous présentions un front uni en ces temps périlleux.

– Je suis d'accord, dit Renata, dont le regard perçant lui intimait néanmoins de ne pas dépasser les bornes.

Tomo acquiesça.

– Nous ne pouvons pas emprunter sans cesse le même chemin et nous plaindre d'arriver à la même destination.

– Padre Calabrese, chers conseillers, continua Renata. Nous vous sommes, comme toujours, très reconnaissants pour vos conseils et vos encouragements.

Tomo lui baisa la main et se leva.

– Je vais entamer immédiatement les préparatifs nécessaires et prévenir les escortes. Nous ferons venir tous les Fontes cet après-midi.

– Formidable, se réjouit Renata. Finestra, je te suis.

Le Padre Calabrese se rendit compte, une minute trop tard, que le vent s'était retourné contre lui.

– Attendez… Quand rendra-t-elle sa décision finale ?

Renata haussa les épaules.

– Pour le Carnevale. Côte à côte, nos sauveurs lanceront les festivités depuis le balcon de la Finestra.

On ne pouvait pas rêver meilleure occasion. Dans l'attente du Divorando, on entassait des graines, de jeunes pousses et des animaux derrière les lourdes portes de la Fortezza. Tant qu'il restait quelqu'un, n'importe qui, pour les rouvrir, Saverio aurait une chance de renaître de ses cendres. Une fois ces ressources essentielles collectées, les habitants avaient une nuit pour parader dans les rues, vêtus des atours élégants qu'ils n'emporteraient pas, et pour se régaler des mets trop périssables tout en vidant les réserves d'alcool. Le Carnevale était une provocation collective adressée aux scarabeos : ils pouvaient décimer les Saveriens et mettre la terre à nu, mais ils n'auraient pas leur vin et leur chocolat.

– Excellente idée, très chère, dit Tomo. Le Carnevale est une célébration des bonheurs fugaces de l'existence. Or, qu'y a-t-il de plus réjouissant que de savoir que, grâce à nos sauveurs, le meilleur reste à venir ? Nous organiserons une cérémonie tranquille le lendemain matin – il n'y a de toute façon jamais de messe le Jour du Repos et de la Repentance. Et le nouveau Duo pourra faire sa première sortie officielle pour la bénédiction des troupes le surlendemain. C'est parfait.

Le Padre Calabrese eut beau chercher, il ne trouva aucune objection.

Alessa fit la révérence, ses cheveux détachés retombant sur son visage et masquant son sourire victorieux. Elle avait réussi.

Les portes du temple étaient à peine refermées que Renata se tourna vers elle.

– La prochaine fois que tu veux organiser une mutinerie, préviens-nous à l'avance.

Alessa méritait la médaille du triomphe le plus court de l'histoire. Apercevant une ombre un peu plus loin dans le couloir, elle ravala les excuses qui lui montaient aux lèvres.

– Je croyais que je devais faire preuve de davantage d'assurance ? Cela implique que je prenne certaines décisions seule.

– Certes, mais rien ne t'oblige à avoir des secrets pour *nous*.

– Ah ? fit Alessa en baissant la voix.

Si le Consiglio n'avait pas encore envisagé de la tuer, elle préférait éviter de lui donner des idées.

– Qu'est-ce qui se passe ? s'inquiéta Tomo.

– Vous croyez en moi, Renata ? s'enquit Alessa, qui avait du mal à soutenir le regard de son aînée.

– Bien sûr. Tu es la Finestra.

– Vraiment ? Vous ne préféreriez pas mettre fin à mes jours dans l'espoir que ma remplaçante soit plus douée ?

L'expression de l'ancienne Finestra resta impassible, à l'exception d'une légère contraction au niveau des yeux.

– Je t'ai déjà conseillé d'ignorer les délires de ce prêcheur ridicule.

– Pourtant, vous, vous ne le faites pas.

Tomo soupira.

– Renata. Elle nous a entendus.

– En effet. J'ai aussi entendu les théories qui courent à mon sujet, et je comprends que vous en ayez discuté. Pour me préparer à ce qui va arriver, vous devez prendre en compte toutes les éventualités, aussi désagréables soient-elles. Mais, la prochaine fois, j'apprécierais d'être consultée.

– Je n'ai jamais *réellement* envisagé cela, affirma Renata d'une voix sèche. Mais Tomo et moi avons une responsabilité envers Saverio.

– Moi aussi. Si vous décidez que ma mort est le prix à payer, si vous estimez sincèrement que c'est la meilleure solution, j'accepterai mon sort et je m'en chargerai moi-même. Par contre, je ne resterai pas sans réagir si l'on m'attaque par surprise.

Alessa n'avait jamais autant apprécié que sa tenue ait des poches, où elle pouvait dissimuler ses mains tremblantes. Le moment était venu de tenir tête à ses mentors. Elle en avait assez d'attendre pour savoir si elle allait encore tuer ou être tuée.

Renata prit le bras de Tomo et s'apprêta à partir, mais quelqu'un leur barrait le passage.

Alessa réprima un grognement dépité.

– Qui êtes-vous ? demanda l'ancienne Finestra à Dante.

– Quelqu'un qui est visiblement *incapable* d'obéir aux ordres, marmonna Alessa avant de prendre une grande inspiration pour se donner du courage. Je vous présente mon nouveau garde du corps.

Renata jaugea Dante tel un chat se demandant si un oiseau mort est assez frais pour être mangé.

– Et pourquoi ce monsieur ne porte-t-il pas l'uniforme ?

– Parce que ce « monsieur », répliqua Dante, n'aime pas les uniformes.

– Et à qui, exactement, avons-nous l'honneur ?

Le jeune homme lui décocha un sourire glacial.

– Vous n'avez pas entendu ? Je suis son nouveau garde du corps.

– Qu'est-il arrivé au précédent, Finestra ? insista Renata.

Dans sa bouche, le titre honorifique prenait un écho menaçant.

Alessa essaya de répondre, mais ses mots étaient comme enfermés à double-tour dans un coffre.

– Il a… failli à son devoir.

– *Pardon* ?

L'éclair de rage qui passa dans les yeux de Renata rassura davantage la jeune fille que tout ce qu'elle avait pu dire jusque-là.

Si elle leur racontait ce qui s'était passé, cela rendrait l'incident trop réel. Sa terreur venait à peine de se dissiper ; elle n'avait pas envie de la raviver. Cela dut toutefois se lire sur son visage, car Renata déclara :

– Je vais faire dégrader Lorenzo de ce pas.

– Merci.

– Mais franchement… On dirait que tu as lancé un message par la fenêtre et recruté la première personne qui l'a ramassé.

– Peu importe comment je m'y suis prise.

– Un inconnu se présente à la Cittadella au côté de la Finestra, et tu t'étonnes que nous posions des questions ? la réprimanda gentiment Tomo.

– D'après le règlement, une Finestra a le droit de choisir le personnel affecté à sa sécurité, tant qu'il n'y a aucun lien entre eux.

Dans le cas contraire, elle aurait engagé Adrick dès le premier jour – ce qui était précisément la raison pour laquelle cette règle existait. Couper les ponts avec sa vie d'avant était plus compliqué si on passait ses journées avec son frère jumeau.

Tomo se massa les tempes.

– Les troupes seront ta seule protection quand le Divorando arrivera. Si tu doutes de leur loyauté, nous devons prendre des mesures.

Alessa doutait de la loyauté de *tout le monde*. Le seul homme dont elle comprenait les motivations se tenait devant eux. Dante n'avait que très peu de chances de s'en sortir sans elle ; pour lui, sa vie était donc précieuse.

– Je placerai mon entière confiance dans nos troupes à l'heure de la bataille, promit-elle. Mais d'ici-là, je me concentrerai plus facilement sur mon devoir en sachant qu'on assure mes arrières.

Pendant des années, Alessa avait été la figure de proue d'une armée qui la traitait au mieux comme une enfant, au pire comme une ennemie. Aujourd'hui, elle était réellement responsable de quelqu'un. Un jeune homme qui ne s'inclinait devant personne, pas même devant l'ancien Duo Divino. Et qui, à défaut d'être impressionné par son autorité, suivait ses ordres. Parfois. Bref, qui travaillait pour *elle*.

Renata soupira, mais Alessa se redressa de toute sa hauteur.

– Dante est un guerrier expérimenté. La discussion est close.

C'était la première fois qu'elle osait clouer le bec à l'ancienne Finestra.

Elle pourrait bien prendre goût à la rébellion.

Quatorze

Senza tentazioni, senza onore.

À vaincre sans péril, on triomphe sans gloire.

Dès que Tomo et Renata tournèrent les talons, Alessa fusilla Dante du regard.

Adossé contre une arche, le jeune homme mordit dans une pomme vert vif, complètement insensible à sa réaction.

– Je vous avais demandé de me retrouver à l'étage.

Il haussa les épaules.

– C'est ce que je comptais faire, mais il s'avère que la moitié de ce palais veut votre mort. Du coup, je me suis dit que vous auriez besoin d'une escorte.

Le silence retomba, uniquement rompu par ses bruits de mastication. Alessa plissa les yeux, essayant de réduire le jeune homme en cendres par la simple force de sa volonté.

– Vous parliez de quoi ? l'interrogea-t-il. Ça avait l'air tendu.

La Finestra pencha la tête pour s'assurer que ses mentors étaient hors de portée de voix, puis elle ramena ses boucles brunes derrière ses épaules.

– Renata se demandait s'il allait falloir me tuer.

Dante se figea, les dents plantées dans sa pomme. Puis il déglutit bruyamment.

– Et ?

– « Et » ? C'est tout ce que ça vous inspire ?

– Si je lève la main sur elle, je serai pendu.

– Eh bien, vous ne craignez rien : je viens de lui promettre de me suicider si ma mort devenait inévitable.

Le regard du jeune homme se perdit au loin.

– Hum. Mais dans ce cas, qui me paiera ?

– Je n'en reviens pas que je vous paie réellement pour ça.

Dante croqua une nouvelle bouchée et remarqua, la bouche pleine :

– Si vous vouliez un garde qui dise amen à tout, vous aviez l'embarras du choix.

– Oh, ce n'est pas ce que j'attends, soupira-t-elle. Mais ça vous tuerait de me témoigner un peu de compassion ?

– Très peu de choses peuvent me tuer, répliqua-t-il avec un sourire en coin. Cela dit, la compassion ne fait pas partie de mes attributions.

– L'insolence non plus.

– Que voulez-vous, je me donne sans compter. Alors, vous avez choisi votre prochaine victime ?

– Non, grogna-t-elle, agacée par ce mot qu'elle avait pourtant employé dans sa tête des centaines de fois. J'ai suivi vos conseils et tenté une nouvelle approche. Vous seriez d'accord pour rester un peu plus longtemps ?

– C'est-à-dire ?

– Je leur ai promis de rendre ma décision le jour du Carnevale.

Dante rejeta la tête en arrière et gémit :

– Eh bien, ce laissez-passer pour la Fortezza aura intérêt d'être rédigé en lettres d'or !

– Je le signerai de mon sang. Allez, venez. Renata se montre toujours plus exigeante quand elle est de mauvaise humeur. Mieux vaut éviter d'être en retard.

Devant le gymnase, Alessa retira ses chaussures et sa tenue d'apparat pendant que Dante jetait un coup d'œil par les portes entrouvertes. La plus grande partie de la salle était capitonnée, et une collection d'armes, réelles ou factices, était suspendue à des crochets sur le mur opposé. Le jeune homme laissa échapper un soupir de convoitise à la vue des dagues de cérémonie.

La robe d'Alessa glissa facilement jusqu'à sa taille, mais elle dut se contorsionner pour lui faire passer ses hanches. Au moment où le tissu s'affaissait à ses pieds, Dante se retourna, les yeux brillants de désir – pour les couteaux, bien sûr, pas pour elle. Elle sentit néanmoins ses genoux flancher.

– C'est quel genre d'entraînement ? demanda-t-il.

Alessa rougit. Sa tenue de combat, conçue pour faciliter ses mouvements, ne préservait pas beaucoup sa pudeur, même si elle recouvrait tout ce qu'il y avait à cacher.

– Au fleuret, j'espère. J'ai aussi un bō et une épée, mais je les trouve un peu lourds.

Il la dévisagea alors avec un sourire intrigué.

– Vous savez manier l'épée ?

Dans un monde idéal, elle aurait dégainé un énorme glaive et le lui aurait plaqué sous le cou en répliquant d'un ton sardonique :

– Bien sûr, pas vous ?

Malheureusement, même si elle en avait eu un à disposition, elle aurait été incapable de le soulever. Alors elle se contenta de placer ses mains sur ses hanches.

– Je ne suis pas maître d'armes, mais je me débrouille.

Renata se racla la gorge à l'intérieur de la salle. Dante suivit Alessa et prit place dans un coin. La Finestra pensait qu'il resterait devant la porte, mais elle ne le lui avait pas spécifiquement ordonné. Et maintenant qu'il s'était invité, il n'était pas question qu'elle laisse transparaître sa surprise.

Son cœur se serra en voyant Renata attraper un bō d'entraînement. Plus haut qu'elle et presque trop gros pour sa main, le long bâton était composé d'un cœur de bois dur sous une couche de liège. Même si les armes factices ne causaient pas de blessures graves, l'affrontement s'annonçait épuisant.

Ce n'était pas par cruauté que Renata avait choisi cette arme ; elle n'était pas au courant des blessures d'Alessa. Mais cela ne rendrait pas ses coups moins précis. Tant pis. Les scarabeos ne témoigneraient aucune pitié à la Finestra ; autant s'y préparer.

Alessa brandit son bō, consciente du regard de Dante sur elle. C'était l'occasion de lui montrer qu'elle était davantage qu'une gamine effrayée. Même si elle n'était pas très douée, elle remonterait peut-être un peu dans son estime – non pas qu'elle s'en soucie, évidemment.

La leçon commença par un échauffement dans le vide. Chaque geste s'accompagnait pour Alessa d'élancements douloureux, mais cela lui fit du bien d'étirer et de réveiller ses muscles raides.

Puis Renata fit volte-face et la frappa à la jambe.

Le genou de la jeune fille se déroba sous elle ; elle heurta le tapis avec un petit cri.

Elle s'était réjouie trop vite. Allons, elle pouvait y arriver. Il le fallait.

Les dents serrées, elle réussit à placer quelques touches avant que Renata ne l'atteigne au ventre. Par chance, le choc ne fit que lui couper le souffle.

Virer, parer, bloquer, encore et encore, de plus en plus vite, jusqu'à ce que les éclairs de souffrance se fondent en une pulsation constante. Alessa essayait de se dissocier de son corps. Elle ne gémissait même plus.

– Pause.

Haletante, Renata passa devant Dante sans lui accorder un regard et sortit.

Agrippée à son arme pour ne pas s'effondrer, la Finestra posa un genou à terre. Elle tourna le dos à son garde du corps et laissa ses cheveux trempés retomber devant son visage tordu de douleur.

Puis des bottes apparurent dans son champ de vision.

– Elle sait que vous êtes blessée ?

– Non. Et il n'est pas question que je le lui dise.

– Ignorer la souffrance ne la fera pas disparaître.

– En parler non plus.

Alessa se releva avant le retour de Renata. Quand le bō de son aînée la toucha à l'épaule quelques minutes plus tard, elle se plia en deux, la bouche ouverte en un hurlement silencieux.

Dante quitta la salle d'un pas furieux.

Pour ce qui était de l'impressionner, c'était raté.

Quand Renata rangea enfin leurs armes en pestant contre les domestiques qui ne savaient pas les nettoyer correctement, Alessa boita jusqu'à la porte.

Dante était appuyé au mur du couloir. Il dormait. Debout. Les yeux clos, les lèvres entrouvertes, ses longs cils effleurant ses pommettes, comme si les pierres dans son dos étaient aussi douces qu'un matelas de plumes.

Elle avait eu toutes les peines du monde à convaincre ses mentors qu'il ferait un garde vigilant et dévoué, et voilà qu'il piquait un somme pendant son service.

En grommelant, elle lui donna un coup de pied.

Le jeune homme rouvrit aussitôt les yeux et dégaina ses couteaux.

Quinze

L'uomo propone, Dio dispone.
L'homme propose, Dieu dispose.

Alessa recula d'un bond et poussa un cri lorsque la poignée de la porte lui heurta les côtes.

Dante baissa la main et cessa de montrer les dents. Regardant partout sauf vers elle, il rengaina ses couteaux.

– Désolé.

Pour la première fois, il semblait sincère.

– Vous êtes censé me protéger, pas m'attaquer !

– Je vous avais prévenu de ne pas me prendre par surprise.

– Vous *dormiez* ! Dans un couloir ! Vous ne pouvez pas poignarder tous ceux qui passent.

Elle plaqua une main sur sa poitrine, comme pour empêcher son cœur de s'en échapper.

– Vous les gardez toujours sur vous ? reprit-elle.

– Oui.

– Pourquoi ?

Les lèvres du jeune homme esquissèrent un sourire moqueur.

– Au cas où quelqu'un me tomberait dessus par surprise.

Alessa leva les yeux au ciel – même cela était douloureux.

Elle avait déjà eu du mal à ne pas s'effondrer avant que son nouveau garde du corps n'essaie de la tuer. Ses contusions la brûlaient et chaque respiration était un calvaire. Le temps de regagner le troisième étage, elle dut s'arrêter et s'agripper au mur en priant pour que les petites étoiles qui lui brouillaient la vue disparaissent.

– Ça va ? l'interrogea Dante.

Elle hocha la tête, les lèvres pincées, et inspira profondément pour ne pas vomir sur ses bottes.

– Un passage aux bains de sel me fera du bien.

– Vous n'avez pas peur de vous noyer ?

– Je suis prête à courir le risque.

Il poussa un grognement avant de la suivre dans l'étroit escalier qui partait de sa suite. L'air devint tiède et salé à mesure qu'ils descendaient ; des lanternes de cristal rose diffusaient une lueur douce sur la pierre blanche. Des gouttes d'eau se condensèrent sur les pointes des cheveux d'Alessa, déjà humides de sueur, redessinant ses boucles.

– Vous voyez ? Ça ne craint rien.

D'un geste, elle désigna la surface ondoyante du bassin, dont l'eau était renouvelée en permanence par le courant de la source chaude.

Dante s'assit sur les marches.

– Je ne regarderai pas.

Elle se sentit rougir, mais elle n'avait pas l'énergie de protester. Elle allait devoir lui faire confiance.

L'eau chaude l'appelait, promettant de la soulager. Il fallait qu'elle se remette avant l'arrivée des Fontes. La haute teneur en sel ferait flotter son corps, ce qui rendrait la noyade quasiment impossible. Mais si elle devait choisir entre mourir et laisser Dante la sortir du bassin, elle ne dirait pas un mot.

Au moins, si elle se noyait, elle n'aurait pas à endurer la honte qu'il la voie nue. Ni (deuxième avantage) à accueillir d'ici quelques heures une bande de Fontes terrifiés.

Après avoir lancé un coup d'œil furtif par-dessus son épaule, elle se débarrassa de ses vêtements et entra dans l'eau. Les maçons qui avaient façonné la piscine des siècles plus tôt savaient que le corps humain n'est pas fait d'angles droits. Ils avaient donc taillé des bancs et des cuvettes aux contours agréablement arrondis. Alessa s'installa dans l'une d'elles avec un soupir qui se serait transformé en gémissement de plaisir si les bottes de Dante n'étaient pas entrées dans son champ de vision à cet instant précis. Il s'étirait sur les marches, visiblement pas très à l'aise, même s'il ne se plaignait pas.

La jeune fille ouvrit le bocal en céramique posé sur le rebord du bassin et puisa une poignée de la mixture qu'il contenait – huile aromatique, jus de citron et gros sel – afin de se masser la nuque et les épaules.

– C'est quoi, ce truc ?

Elle sursauta, les bras croisés sur la poitrine, mais Dante n'avait pas bougé.

– On se croirait dans un foutu verger.

– Monsieur a un problème avec le citron ? répliqua-t-elle.

En guise de réponse, il se contenta d'irradier sa mauvaise humeur à travers la pièce.

Alessa agita le bocal dans sa direction.

– On raconte que ces eaux possèdent encore un pouvoir de guérison.

En le forçant à discuter, elle saurait s'il se déplaçait.

Dante haussa les épaules puis, comme elle ne le voyait pas, il émit un grognement.

– Ma Nonna jure que ça a guéri ses rhumatismes au genou.

– Merveilleux, lança-t-il sur un ton qui arracha un sourire à la Finestra.

– En tout cas, c'est un vrai bonheur, conclut-elle en créant de petites vagues dans l'eau. La Fonte di Guarigione.

– La *Fon*te della *Gua*rigione, la corrigea-t-il en insistant sur l'intonation. Votre accent est horrible.

– Oh, pardon, s'offusqua-t-elle. Je n'avais jamais étudié la langue des anciens avant d'arriver à la Cittadella, et la prononciation n'est pas vraiment ma priorité. Vous la parlez couramment ?

– Oui.

– Qui vous a appris ?

Silence.

Voilà ce qu'elle gagnait à vouloir être gentille.

Elle fit tournoyer sa main dans l'eau.

– Vous croyez aux vieilles légendes ? continua-t-elle.

– En partie.

– Aux ghiottes, par exemple ? Certains disent qu'ils seraient toujours parmi nous.

– Vous en avez déjà croisé ?

– Bien sûr que non.

– Mais vous pensez qu'ils rôdent dans les forêts, prêts à attaquer les habitants de Saverio…

– Non… Ils ont été bannis sur le continent. Tous ceux qui n'ont pas été décimés pendant le premier Divorando ont dû mourir depuis. Personne ne peut survivre aussi longtemps sans communauté.

– Peut-être qu'ils en avaient une. Peut-être que c'est toujours le cas.

– Vous êtes drôlement contrariant pour quelqu'un qui n'a pas d'opinion. Il faudrait vous décider.

Cette fois, pas de réponse.

– Vous avez sans doute raison, reprit-elle. S'ils existaient, Dea leur aurait déjà repris leur pouvoir. Pourquoi le leur aurait-elle laissé alors qu'ils l'ont volé ?

– Pourquoi les dieux agissent comme ils le font ?

– C'est parfois évident. La Finestra et le Fonte ont été créés pour protéger l'île.

– Contre des attaques dont les dieux *eux-mêmes* sont responsables. Dea n'a qu'à ordonner à Crollo de lâcher l'affaire.

– Elle essaie de nous rendre meilleurs. De nous montrer l'importance de la solidarité, de la bonté, de l'échange. Ces deux âmes s'unissent et ouvrent une fenêtre sur le divin pour rappeler aux mortels qu'ils ne sont qu'un minuscule point de l'immense tapisserie du monde.

– On vous fait apprendre ça par cœur ?

– Non.

Si.

Alessa donna de petits coups sur la surface de l'eau.

– Si nos soldats pouvaient boire à la fontaine avant chaque Divorando, des milliers d'entre eux survivraient. Je ne comprends pas que les ghiottes aient pu être égoïstes à ce point.

– Les humains le sont aussi. Ils font juste semblant de se soucier des autres pour ne pas être démasqués.

– Charmant. Raison de plus pour que cette histoire nous serve de mise en garde.

– Contre quoi ? La guérison ?

– L'égoïsme. J'ai toujours supposé que les Finestras étaient naturellement altruistes. Or, ce n'est pas mon cas, avoua la jeune fille d'une voix un peu tremblante. Je crois que c'est pour ça que mon don ne fonctionne pas. Les dieux me punissent.

Silence. Dante avait visiblement épuisé sa capacité à faire la conversation.

Alessa contempla l'eau en regrettant de ne pas pouvoir effacer ce qu'elle venait de dire. C'était étrange :

le fait de s'adresser à quelqu'un qu'elle ne voyait pas la poussait à la confidence.

Alors qu'elle pensait la conversation morte et enterrée, il reprit la parole.

– Vous essayez. C'est déjà beaucoup plus que la plupart des gens.

Les lèvres de la jeune fille s'étirèrent en un sourire reconnaissant.

– Pourquoi êtes-vous aussi gentil avec moi ?

– Je n'ai pas fait exprès. (Nouvelle pause.) Vous comptez rester là toute la journée ?

– Pourquoi, on vous attend quelque part ?

Elle était tentée de prolonger son bain juste pour le contrarier mais, si elle ne sortait pas tout de suite, il allait vraiment devoir la repêcher. Et puis les Fontes n'allaient pas tarder. Ce soir-là, ils se retrouveraient seuls pour la première fois. Enfin, seuls avec *elle*. Pour autant qu'elle sache, ils se réunissaient peut-être toutes les semaines pour la maudire.

Alessa se leva et regarda l'eau dégouliner le long de ses jambes avant d'attraper un peignoir. Une fois bien emmitouflée, elle vérifia que rien ne dépassait puis rejoignit Dante, qui s'était allongé sur les marches, les mains derrière la tête.

Il la dévisagea à travers ses longs cils.

– Vous ne vous êtes pas noyée, finalement.

– Peut-être la prochaine fois.

Seize

Tristo è quel barbiere che ha un sol pettine.
Il ne faut pas mettre tous ses œufs dans le même panier.

Une heure plus tard, Alessa faisait les cent pas devant son banc préféré, tout au fond du jardin. Cachée par les branches noueuses d'un citronnier, elle ne voyait même plus la Cittadella derrière la masse de feuilles et de fleurs. Parfois, quand elle se réfugiait dans cet écrin de verdure luxuriante qui ressemblait au paradis, bercée par le chant des abeilles et des oiseaux, elle en oubliait presque qu'elle était captive. Mais pas ce jour-là.

Elle agita les mains dans les airs tel un poulet essayant désespérément de s'envoler, sans se soucier d'avoir l'air ridicule. Elle avait déjà tué trois Fontes – *trois* – et elle ne trouvait rien de mieux que les faire tous venir à la Cittadella ? C'était ce qui s'appelait mettre tous ses œufs dans le même panier, sauf que ce n'étaient pas des œufs mais des vies qui étaient en jeu.

– Vous cherchez quelque chose, Finestra ? demanda Dante, adossé à un arbre.

Du courage. De la conviction.

Elle aurait dû s'arranger pour recevoir les Fontes un à un, tels des gouttes de poison sur le bout de sa langue, au lieu d'avaler le flacon d'une traite.

Dante fit un pas en avant et se retourna vers le tronc, un couteau à la main.

Le cœur d'Alessa cessa de battre une seconde, jusqu'à ce que la lame se plante dans l'écorce en vibrant.

– Je trouve ça bizarre de vous appeler Finestra. « Fenêtre ».

– Quoi, vous n'êtes pas au courant ? Je suis une fenêtre sur le divin, lui rappela Alessa. J'offre à l'humanité un aperçu de la perfection et je déverse la lumière sacrée sur le monde. Vous devriez vous réjouir de me côtoyer d'aussi près.

Dante plissa les yeux, réprimant un sourire.

– C'est pour ça que vous brillez autant ?

– En effet. Même si je commence à me demander si la fenêtre n'est pas un peu fissurée.

– Ça laissera d'autant mieux entrer le jour, *luce mia*.

Alessa contempla le ciel bleu pâle avec envie.

– Si vous cherchez une issue, ce n'est pas le chemin le plus pratique, la prévint son garde du corps.

– Je pourrais escalader le mur. Vous ne diriez rien à personne ?

– Je suis sûr que ça va bien se passer.

– Pas moi. Ça va être *horrible*. Ils me détestent.

– Vous vous connaissez ?

– Ce n'est pas la question. J'ai tué leurs amis. Allez, dépêchez-vous d'aller me chercher une échelle.

Dante se retourna en entendant grincer la grille.

– Trop tard.

Renata et Tomo attendaient à l'entrée du jardin. De l'autre côté de la cour, un petit groupe aux épaules voûtées se massait tel un banc de poissons pris dans un filet.

Kaleb embrassait un vieil homme et lui tapotait affectueusement le bras pendant qu'une femme d'âge mûr pleurait à côté d'eux. Josef et Nina se tenaient par la main. Saida était debout près de ses parents aux visages solennels.

Ils faisaient leurs adieux comme des héros sur le point de se jeter dans la gueule du loup. Ils étaient là contre leur gré, parce que c'était leur devoir, mais ils n'avaient aucune foi en elle.

Kamaria restait un peu à l'écart des autres, fusillant tout le monde du regard.

– Son jumeau s'est enfui la nuit dernière, expliqua Renata avec un claquement de langue désapprobateur.

Le Consiglio n'allait pas apprécier. Et bien que ce soit injuste de faire payer à cette jeune fille la trahison de son frère, Alessa était certaine que cela arriverait. Les anciens iraient-ils jusqu'à s'opposer à son choix si elle finissait par sélectionner Kamaria ? Elle le découvrirait en temps voulu.

Plus angoissée que jamais, la Finestra enfouit ses mains dans les poches astucieusement dissimulées de sa robe mauve.

– Les autres arrivent bientôt ? s'enquit-elle.

– Il n'y en a pas d'autres.

Son cœur s'effondra à ses pieds. Au moment où elle avait découvert son pouvoir, l'île comptait plus d'une vingtaine de Fontes. Largement de quoi trouver son bonheur, même en excluant ceux qu'elle ne pourrait pas choisir en raison de problèmes de santé, de leur âge trop avancé, d'une grossesse, etc... Elle en avait tué trois. Quant aux autres, ils avaient préféré abandonner leur foyer pour toujours. Ils avaient sans doute fui vers Altari, la plus proche des deux îles sanctuaires encore habitées.

Ils n'étaient pas les seuls à être partis ces dernières années, mais la plupart des gens en avaient eu l'autorisation et auraient donc le droit revenir après le siège... s'il restait quelque chose de l'île. Pour les élus des dieux, ce manquement à la foi était en revanche considéré comme une trahison passible d'exil.

Les cinq derniers candidats se tenaient donc devant elle. Cinq, c'était toujours mieux qu'un seul.

Renata s'avança.

– Bonjour et bienvenue. Votre présence nous honore. Je vous propose maintenant de vous diriger vers l'atrium où la Finestra vous a préparé une charmante réception.

Alessa eut du mal à cacher sa surprise. Elle avait fait ça ?

Renata leur montra le chemin, attendit que les premiers serveurs émergent des cuisines avec des plateaux, puis suivit les domestiques qui emportaient les affaires des Fontes à l'étage afin de superviser leur installation.

Tomo s'éclipsa à son tour, sous prétexte de vérifier que tout était prêt pour le banquet du soir. Alessa se retrouva seule avec les Fontes dans un silence à couper au couteau.

Ils portaient tous des tenues confortables, comme elle l'avait demandé, pourtant aucun d'eux ne semblait à l'aise.

Kamaria avait abandonné sa posture défensive après le départ de Renata et de Tomo et faisait de son mieux pour paraître détendue. Les pouces glissés dans les poches de son pantalon en daim, elle affichait un grand sourire. Avec son chemisier ample, ses bottes en cuir et son teint cuivré, on aurait dit qu'elle venait de rentrer d'une promenade à cheval vivifiante. Toutefois, elle sursautait au moindre mouvement brusque.

Nina, vêtue d'une robe de coton très simple, serrait son jupon d'une main et le bras de Josef de l'autre.

Kaleb se jeta sur une assiette de hors d'œuvres, effrayant le serveur, et les engloutit d'un air furieux.

Alessa se racla la gorge.

– Veuillez nous excuser pour ces cachotteries, mais nous ne voulions pas inquiéter qui que ce soit.

Enfin, qui que ce soit d'autre. Car eux l'étaient déjà.

– Le Consiglio m'a autorisée à tenter une nouvelle stratégie. J'aimerais apprendre à mieux connaître vos dons et vos forces avant de commencer l'entraînement…

Elle s'écarta pour laisser passer une file de serveurs chargés de plateaux de limonade et de limoncello.

Josef accepta un verre, qu'il gela sans le vouloir, ce qui l'empêcha de boire la moindre goutte.

– Pardonnez-moi, intervint Saida, mais comment sommes-nous censés vous montrer nos pouvoirs si vous ne pouvez pas nous toucher ?

– Ah. Eh bien, nous allons devoir contourner certaines règles.

Saida et Kamaria échangèrent un regard.

Le verre de Nina plia entre ses doigts.

– Désolée. Ça m'arrive parfois quand je suis nerveuse…

Elle desserra la main, et le cristal retrouva sa forme initiale.

– Une minute, fit Kaleb, le souffle court. Vous voulez dire que vous comptez utiliser nos dons *avant* de choisir un Fonte ?

– Je… Euh…

Renata, qui venait de redescendre, intervint :

– Vous vous inquiéterez de cela plus tard. Nous allons d'abord vous laisser faire connaissance, puis le Fonte Tomohiro Miyamoto fera…

Elle s'interrompit, les sourcils froncés. Un bruit de bottes résonnait dans le tunnel.

Un peloton de soldats fit son apparition, mené par le capitaine Papatonis, blanc comme un linge.

– Finestra, la Garde vient vous voir.

Les cheveux se dressèrent sur la nuque d'Alessa.

Les militaires portaient une civière imposante recouverte d'un pan de tissu taché. Lorsqu'ils déposèrent leur fardeau devant elle, quelque chose retomba sur le côté.

Une griffe tordue, pas complètement développée.

Et qui remuait encore.

L'homme le plus proche brandit sa baïonnette puis la planta à travers le tissu. La griffe s'immobilisa tandis qu'un filet de liquide bleu sombre s'en écoulait.

Le capitaine se racla la gorge.

– La très estimée Cinquième Brigade est venue vous présenter la Première Alerte.

Josef lâcha son verre, qui se brisa en mille morceaux sur le sol.

Pour le meilleur et pour le pire, Alessa savait désormais combien de temps il lui restait.

Un mois.

Un mois pour choisir son Fonte.

Un mois avant de devoir affronter une armée de ces… choses.

Un mois avant que tout soit fini.

Dix-sept

La morte e la sorte stanno dietro la porta.
La mort et le destin attendent à la porte.

• 28 JOURS AVANT LE DIVORANDO •

Comme Renata toussotait, Alessa arracha son regard de la créature et obligea ses lèvres à remuer.

– Merci pour vos services et votre vigilance.

Son aînée avait raison, l'entraînement portait ses fruits. La formule consacrée lui était venue aussi facilement que si elle avait reçu un bouquet de fleurs – et non le cadavre estropié d'un énorme insecte démoniaque.

Les soldats la saluèrent dans un tintement d'armure qui rompit le silence ébahi de la cour. Puis ils frappèrent le sol de leurs lances et tout le monde sursauta.

Le capitaine Papatonis rassembla son courage, attrapa un coin du drap et tira dessus, révélant un exosquelette lisse et noir aux yeux d'un rouge liquide. Aussi intact, aussi parfait dans l'horreur que si le scarabeo n'avait été qu'endormi.

– Je le ferai mettre de côté une fois que vous l'aurez étudié, dit-il en s'éloignant d'un pas raide, marmonnant quelque chose dans sa barbe à propos des préparatifs qui s'imposaient.

Les soldats, impassibles sous leur casque, saluèrent et partirent, abandonnant le scarabeo mort au milieu du cocktail.

Alessa but une gorgée de limoncello.

Était-elle supposée le déplacer elle-même ? Le suspendre au-dessus de son lit, tel le mobile d'un bébé, pour le contempler durant ses longues nuits d'insomnie ?

– Quelqu'un viendra le chercher, la rassura Renata. Le moment est venu d'assumer ta fonction.

– Ils sont affreux, n'est-ce pas ? commenta Tomo dans le silence qui suivit.

Les Fontes, horrifiés, regardèrent l'ancien Duo Divino inspecter la créature de l'enfer qui gisait au milieu d'une flaque de son propre ichor – le sang des démons.

– Il est plutôt petit, enchaîna Renata en faisant le tour de la civière.

– Les premiers le sont toujours.

– Plus ou moins. Cela pourrait être bon signe.

Ils ne faisaient que répéter ce qu'Alessa savait déjà, pour meubler, en attendant qu'elle trouve la force d'approcher ce monstre plus grand qu'un homme adulte.

Ses mandibules recourbées sur elles-mêmes étaient assez larges et aiguisées pour couper quelqu'un en deux.

– C'est vrai qu'il a l'air un peu… faible, dit la jeune fille d'une voix qu'elle espérait calme.

Saida laissa échapper un son à mi-chemin entre la toux et le sanglot.

Kamaria et Kaleb gardaient les yeux fermés. Quant à Josef et Nina, on ne savait plus lequel soutenait l'autre ; ils semblaient tous les deux sur le point de s'évanouir.

Alessa réprima un gloussement nerveux. Soit ses années de formation avaient fini par l'endurcir, ainsi que les nombreuses heures passées dans la morgue glacée où l'on conservait des spécimens momifiés des précédents Divorando… soit elle avait officiellement craqué.

Des hors d'œuvres et un scarabeo mort. Un accueil digne de la « Cittadella de l'Enfer ».

Dea, ton sens de l'à-propos est à mourir de rire.

– Les pinces sont plus arrondies que la dernière fois, vous ne trouvez pas ? Plus proches du Divorando de 431 ?

Renata acquiesça comme si Alessa avait tout à fait raison, bien qu'il n'y ait *pas* eu de Divorando en 431. C'était quoi, 435 ? 437 ? Une année impaire, en tout cas.

Peu importait. Les Fontes ne leur prêtaient aucune attention.

Alessa enchaîna ainsi les remarques anodines jusqu'à ce que Renata frappe dans ses mains et propose gaiement aux nouveaux arrivants de visiter leurs appartements.

En file indienne, tels de malheureux canetons, ils la suivirent dans l'escalier. Ils n'avaient aucune envie de s'installer, mais redoutaient encore plus de rester près du monstre.

– Vous aviez raison, déclara Dante en s'approchant. Ça ne s'est pas très bien passé.

– Vous trouvez ? fit Alessa, repoussant du bout de l'orteil la griffe du scarabeo. Il m'a pourtant semblé que l'apparition du démon détendait l'atmosphère.

– Il est bien mort ? s'enquit le jeune homme en donnant un coup de pied dans la carapace, qui émit un craquement humide. Oui.

– Renata a intérêt à fermer les fenêtres à clés pour les empêcher de s'enfuir.

Alessa fixa la patte qui gisait sur le sol à quelques centimètres de sa botte. Toutes deux étaient noires, lisses et mortelles.

Assorties.

Sans aller jusqu'à vérifier les fenêtres, elle afficha un sourire factice avant de monter s'assurer que ses nouveaux protégés n'étaient pas en train de fabriquer des cordes avec leurs draps.

Ils cessèrent de déballer leurs affaires en la découvrant sur le seuil de leur suite. Comme aucun d'eux ne semblait d'humeur bavarde, elle bredouilla qu'elle ne serait pas loin et fila vers la bibliothèque, Dante sur les talons.

Une fois dans la pièce voûtée, elle s'arrêta et inspira profondément le parfum de cuir, de vieux papier et de bois de santal, derrière lesquels elle distinguait une note inconnue et étrangement envoûtante.

C'était sa pièce préférée de la Cittadella et son seul moyen d'évasion grâce à la collection de livres et cartes de toutes sortes. D'après ce qu'elle savait, les rayonnages contenaient un exemplaire de chaque ouvrage important de Saverio. Certains dataient même d'avant la création des îles sanctuaires. On y trouvait aussi des publications beaucoup moins historiques ; elle avait déjà dévoré des centaines de romans que sa mère aurait désapprouvés.

Dante se figea sur place, bouche bée. Il ne clignait même plus des yeux tant il était ébahi.

Alessa avait réagi de la même façon la première fois qu'elle avait poussé cette porte. Face à une telle quantité d'œuvres inestimables, n'importe qui serait resté muet. Et à cette heure de la journée, où les rayons du soleil filtrant par les immenses vitraux tintaient les étagères des couleurs de l'arc-en-ciel, c'était presque magique.

Elle lui laissa une minute pour s'y habituer, faisant mine de s'intéresser à l'immense carte affichée sur le mur le plus proche. Toutes les villes de Saverio étaient représentées, ainsi que le complexe réseau de tunnels souterrains. L'artiste avait même eu la place d'indiquer les rues principales. Du bout du doigt, elle suivit les contours des plages les plus éloignées, avant de s'arrêter sur une petite crique anonyme. Si elle avait eu un nom autrefois, les lettres avaient fini par s'effacer. Un jour, la Finestra visiterait tout ça.

Enfin, Dante sortit de sa transe et arpenta la longue pièce pour vérifier que personne ne s'y cachait. Aucun croquemitaine ne surgit de l'ombre. Rassuré, il se mit à déchiffrer des titres et à sortir certains livres. Quelques minutes plus tard, il en avait toute une pile.

– Quoi ? lança-t-il comme s'il avait senti le regard intrigué d'Alessa. Vous pensiez que je ne savais pas lire ?

Elle eut du mal à cacher sa surprise.

– Si. Mais je n'aurais pas cru que vous aimiez ça. Quel est votre genre de prédilection ?

C'était une question assez banale, même pour quelqu'un d'allergique à la conversation.

Le jeune homme haussa les épaules et poursuivit sa tâche.

– Si vous n'avez pas de préférence, comment faites-vous pour choisir ? insista-t-elle.

– Vous êtes trop curieuse.

– Et vous, trop cachottier, répliqua-t-elle en croisant les bras. Mais très bien. Je n'ai pas besoin d'en savoir davantage sur votre compte.

– En effet.

Après avoir transporté son butin jusqu'à une grande table, Dante prit place dans un fauteuil en cuir. Malgré sa pose détendue de chat prenant le soleil, il feuilletait les ouvrages avec une intensité fiévreuse. Dès qu'il en reposait un, il en attrapait un autre, visiblement en quête de quelque chose.

– Vous ne resterez pas ici assez longtemps pour tout lire, lui signala Alessa, qui s'en voulut d'être aussi mesquine.

– On parie ? Regardez-moi bien.

C'était déjà ce qu'elle faisait. Avec attention.

Ses tympans bourdonnaient. C'était la première fois qu'elle prenait conscience du poids du silence, de cette pulsation qui, paradoxalement, empêchait d'entendre quoi que ce soit d'autre.

De temps à autre, les voix des Fontes résonnaient à travers les murs, la faisant tressaillir.

Elle s'approcha de la porte et tendit l'oreille.

– *Come la cosa indugia*… murmura Dante.

– … *piglia vizio*, termina-t-elle à sa place. « Plus on attend, plus le risque est grand. » Je sais. C'est pour ça que je vérifie qu'ils ne sont pas partis sans moi. Mais je ne les espionne pas.

– Non, non. Bien sûr.

Elle s'assit sur le bras d'un fauteuil, tambourinant des talons contre le cuir. Ses chaussures souples ne faisaient pas beaucoup de bruit. Elle frappa plus fort, mais cela ne suffit pas à attirer l'attention de Dante.

Pour une fois qu'elle avait envie de se disputer avec lui, il l'ignorait. Elle s'empara d'un globe terrestre posé sur la table et le fit tournoyer du bout du doigt. Les continents étaient teintés de gris, symbole de destruction, tandis que les îles conservaient des couleurs vives.

Le peuple d'Altari vivait en reclus sur son bout de terre enneigé, achetant peu et vendant encore moins. Alessa se demanda comment ces gens avaient réagi face au récent afflux de Fontes saveriens. Pour sa part, si elle avait pu embarquer à bord d'un bateau, elle aurait mis les voiles vers Tanp, le paradis tropical situé aux antipodes de son île. Les marins qui en revenaient évoquaient des eaux aussi claires que du cristal et des fruits absolument divins. Malheureusement, les boutures qu'ils rapportaient ne prenaient jamais.

– Vous avez déjà envisagé de partir ? demanda-t-elle.

– De Saverio ? répondit Dante sans lever la tête. Tous les jours.

– On a encore un peu de temps devant nous. Je suis sûre que certains capitaines préféreraient passer le Divorando ailleurs qu'ici. Il paraît que Tanp est superbe. Le climat y est plus doux et la Finestra sûrement plus efficace.

Son garde fronça les sourcils.

– Je préférerais aller sur le continent et me battre.

– C'est une très mauvaise idée. Les scarabeos dévastent tout à chaque Divorando.

– Faux. Ils viennent directement ici pour se nourrir. Quel intérêt de manger de l'herbe quand on peut se régaler de délicieux êtres humains ?

– Vous pensez pouvoir survivre sans la protection de l'armée ?

– L'armée ne m'a jamais aidé jusqu'ici.

– Alors pourquoi êtes-vous resté ?

– Je n'ai pas les moyens de partir. Et puis, j'ai promis de vous garder en vie pour que vous sauviez Saverio.

– C'est vrai, souffla-t-elle. Je dois sauver Saverio.

Ses nerfs vibraient si fort qu'ils menaçaient de faire exploser ses os. Elle avait envie de lui arracher son livre des mains et de le balancer contre le mur. Tout pour rompre ce silence.

Insensible à la brûlure de son regard, Dante s'enfonça un peu plus dans son siège.

– Vous voulez que je vous laisse un peu d'intimité ? proposa-t-elle.

– Je suis en train de lire, pas de prendre un bain.

Alessa se laissa glisser de l'accoudoir pour se caler dans le fauteuil, attrapa un coussin et le serra contre sa poitrine.

– Vous êtes bien ? s'inquiéta-t-elle.

– Le siège est confortable. Et la compagnie supportable.

Elle posa son menton sur le coussin.

– C'est la chose la plus gentille qu'on m'ait dite depuis des années.

Son ventre se mit à gronder, et elle plaqua sa main dessus.

– Vous n'avez pas une petite clochette à agiter pour qu'on vous apporte à manger ? demanda Dante en baissant son livre. C'est ce que font les gens riches, non ?

– Oui, bien sûr, on *raffole* des clochettes. Mais je donne un grand banquet ce soir en l'honneur des Fontes ; je ne voudrais pas me couper l'appétit. Vous pourrez dîner dans le réfectoire avec les soldats si vous ne voulez pas assister au carnage.

Dante renifla.

– Je préférerais m'arracher les yeux avec une petite cuillère rouillée…

– Ça, c'est à vous de voir.

Elle n'aurait pas dû le laisser dire du mal des soldats mais, pour une fois que la critique ne lui était pas destinée, elle n'allait pas protester.

– Qu'est-ce qu'ils vous ont fait de si terrible ? lui demanda-t-elle.

– Ils se plaignent. Tout le temps.

Oh. Et donc, au fond, c'était de sa faute à elle.

– Il faut dire qu'ils pensaient avoir l'honneur de servir l'illustre Duo Divino, lui rappela-t-elle. Au lieu de ça, ils se retrouvent coincés avec la pire catastrophe de l'histoire de Saverio. Ce n'est pas pour ça qu'ils ont signé.

– Justement, ils ont signé. C'est leur travail.

Elle soupira.

– La dernière fois que je me suis aventurée en ville, les enfants se sont moqués d'eux puis se sont enfuis en hurlant à ma vue.

– S'ils ne vous traitent pas avec respect, ils n'en méritent pas non plus.

Alessa avait une grosse boule dans la gorge.

– Je ne mérite pas le leur.

– Ça, ça reste à prouver. Votre mentor, la femme…

– La *signora Renata*. L'ancienne Finestra. Tout le monde connaît son nom.

– Oui, bref. Elle a eu l'air impressionnée quand vous lui avez crié dessus tout à l'heure. Un peu comme un bouledogue face à un chiot énervé.

– Merci, je me sens beaucoup mieux, d'un coup.

– Finestra ?

Kamaria, debout sur le seuil, les observait avec une expression étrange.

Alessa jeta son coussin et s'empressa de se relever, gênée d'avoir été surprise dans une posture indigne.

– Oui ? Vous avez besoin de quelque chose ?

– On s'apprête à descendre.

– Parfait. J'arrive.

Une fois Kamaria partie, la Finestra fit rouler ses épaules en regrettant de ne pas porter d'armure.

– *È meglio cader dalla finestra che dal tetto*, murmura Dante.

« Mieux vaut tomber de la fenêtre que du toit. » L'un des proverbes préférés de la mère d'Alessa.

– Très drôle. À votre avis, ils vont me traverser ou me jeter du balcon ?

Son garde du corps se leva et glissa un petit volume relié de cuir dans sa poche arrière.

– Il n'y a qu'une façon de le savoir.

Dix-huit

Chi vive tra lupi, impara ad ululare.
Qui vit avec les loups apprend à hurler.

• 28 JOURS AVANT LE DIVORANDO •

Alessa occupait la place d'honneur en bout de table, d'où elle avait une vue imprenable sur les regards malheureux et les tressaillements des Fontes.

À sa droite, Nina, tête basse, chuchotait une prière.

Lorsque la Finestra souleva sa fourchette, la jeune fille sursauta et renversa son verre.

En face d'elle, Saida grimaça pendant que Kaleb poussait un grognement.

Les lèvres tremblantes, Nina attendit qu'un domestique répare les dégâts à l'aide d'une pile de serviettes.

Alessa se creusa l'esprit en quête de vieux souvenirs qui offriraient une amorce de conversation.

– Kamaria, tu joues toujours de la guitare ?

– Oui, pourquoi ? répondit la Fonte en tripotant ses couverts.

– Comme ça. Et toi, Nina, ça se passe bien à la chorale du temple ? Ton solo de la semaine dernière était magnifique.

– Merci beaucoup, marmonna Nina.

– Je n'arrête pas de lui dire qu'elle a une voix d'ange, intervint doucement Josef. Mais elle ne me croit pas.

– Et Saida, comment avance ton projet ? continua Alessa.

– Aussi bien que possible. Je suis sur les desserts, en ce moment.

La Finestra poursuivit ses efforts pendant qu'ils dégustaient du melon et du prosciutto en guise d'entrée. Les Fontes répondaient du bout des lèvres ; à côté d'eux, Dante était un incorrigible bavard.

Les cuisiniers avaient préparé un festin à la hauteur des sauveurs divins, estimant sans doute que les Fontes méritaient de se régaler une dernière fois. Mais Alessa fut la seule à faire plus que picorer – avec son garde qui, assis sur une chaise près de la porte des cuisines, terminait sa troisième assiette.

Pendant qu'ils attendaient la suite, il étira ses jambes et croisa ses bras derrière sa tête. Cette attitude sans gêne fit retomber la tension et suscita des regards en coin, comme quand quelqu'un glousse durant la messe.

Kaleb claqua des doigts en direction de Dante.

– Rends-toi utile et apporte-nous une autre bouteille, tu veux ?

– On dit « s'il te plaît », lui fit remarquer Alessa.

Dante sortit une bouteille d'un placard et l'abattit sur la table, faisant trembler les assiettes, avant de regagner sa chaise.

– Ça devient impossible de trouver des domestiques corrects, grommela Kaleb en poussant du bout de sa fourchette ses gnocchis frais nappés de beurre à l'ail.

– C'est un garde du corps, pas un domestique, l'informa la Finestra.

– Alors, comment ça va se passer ? enchaîna Kaleb sans transition. Vous allez nous torturer jusqu'à ce qu'on tombe un à un, et le dernier debout sera déclaré vainqueur ?

Nina, au bord des larmes, ne se rendit même pas compte qu'elle pliait sa cuillère en deux.

– Arrête, souffla-t-elle.

– Pourquoi ? répliqua Kaleb. Je devrais prétendre qu'on est ravis d'être ici ? Flattés de devenir des agneaux sacrificiels ?

– Ça suffit, ordonna Josef, tout rouge. Tu frôles le blasphème.

– Tu as toujours été un sale type, ajouta Kamaria en brandissant son couteau à beurre mais, là, tu vas trop loin.

Saida poussa un gros soupir.

– Je viens de lire un super livre sur les bienfaits de la pensée positive. Je vous le recommande.

– La pensée positive n'a sauvé ni Emer, ni Ilsi, ni Hugo, rétorqua Kaleb. Et elle ne nous empêchera pas de nous faire tuer.

– Je n'ai l'intention de tuer personne, le rassura Alessa. Mes précédents Fontes n'ont pas succombé à un seul contact. Nous avons... persisté, parce qu'ils avaient accepté leur rôle et étaient dévoués à leur mission. Ce n'est pas ce que je vous demande. Je pense – je suis même sûre – qu'à force d'entraînement, je peux apprendre à modérer ma force.

– Vous voyez ? lança Saida avec un optimisme à toute épreuve. Pensée positive et entraînement. Ça va bien se passer.

– Et si cette fichue secte réclame nos têtes avant ? insista Kaleb.

La dernière trace de sourire s'effaça du visage d'Alessa.

– Ils n'en ont pas après vous. C'est moi qu'ils veulent éliminer. Et si je pensais que cela pouvait sauver Saverio, je les laisserais faire.

Elle fit une pause, le temps qu'ils digèrent ses paroles.

– Mais pour le moment, aucune de leurs théories n'est prouvée.

Nina redressa la tête.

– De quoi parlez-vous ?

Kamaria se massa les tempes.

– Tu vis enfermée dans une grotte, ou quoi ? Une bande de cinglés racontent partout que notre Finestra est un imposteur, et que le seul moyen de faire s'éveiller la vraie sauveuse, c'est de... enfin, je te laisse imaginer.

Elle adressa une grimace navrée à Alessa.

– Ah, le Padre Ivini ? fit Nina. Il est venu s'exprimer devant mon groupe de prière la semaine dernière. Pourquoi le traites-tu de fou ? Chacun communie avec Dea à sa façon et a le droit d'avoir une opinion, même si elle diffère de la nôtre.

– Pas si cette opinion pousse à assassiner la sauveuse élue par Dea, railla Kamaria.

– Ça m'étonnerait qu'il ait donné un tel ordre.

Josef toussota pour la faire taire avant qu'elle ne s'enfonce davantage.

Alessa se retenait de crier. De tous les scénarios catastrophes qu'elle avait imaginés, aucun n'impliquait de passer son premier repas avec les Fontes à discuter de sa mort.

– De toute façon, conclut-elle, rien ne prouve que mon décès entraînerait l'éveil d'une autre Finestra. Alors vous allez devoir vous contenter de moi.

– Rien ne prouve le contraire non plus, souligna Kaleb.

Kamaria leva son verre dans sa direction.

– Tu essaies de jouer la provocation pour être éliminé ? Bravo, c'est réussi.

– Merci, ricana Kaleb en faisant naître une petite étincelle entre son pouce et son index. Comment va ton frère, Kamaria ? Oh, zut, suis-je bête. Il s'est enfui. Je comprends mieux pourquoi je n'ai pas d'appétit : ça doit être les relents de trahison qui m'écœurent.

Kamaria le fusilla du regard.

– Eh bien, *moi*, j'ai foi dans les dieux, déclara Saida. Et en notre Finestra.

Au moins, il y en avait une qui faisait des efforts.

– Dea ne commet pas d'erreurs, murmura Nina sans grande conviction.

Ce repas était un désastre.

– J'aimerais vous épargner, jura Alessa. Mais Saverio a besoin de moi, et j'ai besoin d'un Fonte. Je vais vous prouver ma bonne volonté afin que, le moment venu, l'un d'entre vous se porte volontaire.

– Et si personne ne le fait ? s'inquiéta Nina.

– Alors ce sera au Consiglio de choisir. Pas à moi. Je sais ce que ça fait de se voir confier un rôle non désiré. Je n'imposerai plus jamais cela à personne.

– Je voudrais porter un toast, lança Kaleb en remplissant son verre à ras bord. À celui d'entre nous qui mourra le premier. Santé !

Dix-neuf

Non è prudente aprire vecchie ferite.
Il est imprudent de rouvrir les vieilles blessures.

• 28 JOURS AVANT LE DIVORANDO •

Alessa posa ses gants pliés sur la nappe et contempla la table encombrée d'assiettes encore intactes et de verres vides. Lorsqu'un serveur entra avec des gobelets givrés remplis de limoncello, les Fontes s'excusèrent, prétextant être épuisés. Ils se levèrent si vite que leurs chaises laissèrent presque des sillons sur le sol.

Dante en attrapa une et s'assit à califourchon, le menton sur une main.

– Ils ont vraiment peur de vous, hein ?

– Évidemment, répliqua Alessa en serrant le poing. Je suis le monstre qui hante leurs cauchemars.

Le regard du jeune homme se radoucit. C'était si subtil que, la veille encore, elle ne l'aurait même pas remarqué.

Puis il s'empara d'une bouteille de vin et en inspecta le contenu à travers le verre bleu cobalt.

– Ils l'ont ouverte devant moi. Elle n'est pas empoisonnée, le rassura la Finestra. Malheureusement.

Dante vida les dernières gouttes et en prit une autre. Il planta l'un de ses couteaux dans le bouchon de liège et l'arracha d'un geste habile. Lorsqu'il inclina la bouteille vers Alessa, celle-ci secoua la tête.

Elle ne s'était pas rendu compte qu'elle fixait le tatouage de son poignet, jusqu'à ce qu'il hausse les sourcils.

– Vous regrettez ? lui demanda-t-elle.

– Évidemment.

Elle n'avait pas le droit de le juger ni de l'interroger sur son passé. Elle avait sans doute tué autant que lui. Par ailleurs, comme il n'avait pas été banni, cela signifiait qu'il n'avait pas commis de meurtre de sang-froid – c'était peut-être une bagarre qui avait mal tourné. Mais de tout son entourage, il était l'un des rares à pouvoir comprendre ce qu'elle éprouvait.

– Ça doit être terrible d'avoir sous les yeux un rappel constant de la pire erreur de sa vie.

Le jeune homme caressa sa marque d'un air absent.

– Si j'oubliais, ils mourraient une seconde fois. Ils ne le méritent pas.

Pour Alessa, la culpabilité et la tristesse étaient un fardeau dont il était impossible de se débarrasser. Dante, lui, semblait considérer les regrets comme un cadeau, parce qu'ils lui permettaient de préserver ses souvenirs.

Elle essaya de sourire et échoua lamentablement.

– En tout cas, heureusement qu'on ne tatoue pas les Finestras. Je serais vite à court de place.

– Vous voulez en parler ?

Seuls les fantômes d'Alessa soupirèrent dans le silence qui suivit. Elle portait l'histoire d'Emer en elle depuis si longtemps, sans personne à qui la confier.

– La première fois, j'étais… surexcitée.

Les mots coulaient tout seuls, tel du sang suintant d'une blessure.

– Après ces années d'attente, poursuivit-elle, j'étais affamée, pressée de ressentir une connexion physique, ne serait-ce qu'un infime contact avec quelqu'un.

– Affamée ?

Elle rougit.

– Je ne vois pas de meilleure façon de le décrire.

– Vous aviez envie de lui.

– Non. Enfin, je ne sais pas. Peut-être. Mais ce n'est pas la question. Je voulais simplement retrouver ma place dans la société, redevenir une fille normale qu'on n'aurait plus besoin de tenir à l'écart. Emer était doux, gentil, je savais qu'il se montrerait patient pendant que j'apprendrais à contrôler son – notre – pouvoir. Je sentais qu'on pourrait devenir amis, voire davantage.

– Ça a été rapide ?

Alessa déglutit.

– Non. Et je n'ai fait qu'aggraver les choses. On m'avait prévenue que je pourrais éprouver un choc lors de notre premier contact, alors, quand il m'a embrassé la main, je me suis concentrée. Je n'ai pas remarqué qu'il ne bougeait plus, jusqu'à ce qu'il s'effondre. J'aurais dû le laisser et courir chercher du secours, mais je n'ai pas compris que c'était de ma faute. C'était pourtant évident... la même chose était arrivée à un de mes camarades le jour où j'étais devenue Finestra – sauf que ce n'était pas un Fonte, juste un garçon qui avait eu la malchance de me toucher au mauvais moment. Bref, j'ai essayé de rassurer Emer. Et j'ai appelé à l'aide. Je voulais qu'il sache que j'étais là, qu'il n'était pas seul.

Alessa serrait son verre si fort que ses jointures blanchissaient.

– Parce que c'est ce que j'aurais voulu, à sa place. Personne ne devrait souffrir ou mourir seul. Mais le temps que le médecin arrive et que je prenne conscience de ce que j'avais fait, il était déjà mort.

– Qu'aviez-vous fait ? l'interrogea Dante d'une voix douce.

Les assiettes se brouillèrent devant les yeux d'Alessa, telle une nature morte peinte à l'aquarelle.

– Je lui avais tenu la main.

Dante dormait encore quand Alessa pénétra dans le salon le lendemain matin, épuisée et vidée.

Comme pour compenser le fait qu'il passait son temps à grogner, Dea l'avait doté d'un visage extrêmement séduisant. À moins qu'il ait hérité à la fois de la beauté et du charme, mais qu'il ait développé son mauvais caractère par esprit de contradiction.

Lorsqu'il ouvrit les yeux, le cœur de la Finestra cessa de battre une seconde.

– Bonjour, la belle au bois dormant, lança-t-elle. Notre mission nous attend.

Pour Renata, « apprendre à se connaître » passait forcément par les armes. La première activité des Fontes consisterait donc à se taper dessus avec des épées émoussées, même si Alessa doutait que cela renforce leur sentiment de camaraderie. Ils ne formaient pas une équipe. Ils étaient de quasi inconnus, aussi malheureux les uns que les autres, qui évitaient de se regarder.

Ils s'alignèrent le long du mur. L'ancienne Finestra passa devant eux, corrigeant leur posture et leur demandant de repousser un ennemi invisible. Alessa, pour sa part, préférait se représenter le combat comme une danse. Pour elle qui n'avait jamais dansé avec personne, la lame devenait une partenaire, répondait à ses moindres gestes et dessinait des arcs argentés dans les airs. Au fur et à mesure qu'une saine fatigue envahissait ses muscles, la jeune fille oublia tout le reste.

Lorsque Renata claqua des mains, elle eut l'impression de plonger dans un lac gelé. Elle lâcha son épée d'entraînement, que tout le monde regarda rouler sur le sol.

– Pas très rassurant, marmonna Kaleb.

Avec un sourire navré, Renata confia les rênes à la Finestra avant de s'excuser. Son absence créa un étrange et désagréable sentiment d'intimité dans la salle, qu'Alessa tenta d'ignorer en astiquant sa lame avec une vigueur excessive.

Kaleb jeta la sienne par terre.

– Quelqu'un peut m'expliquer pourquoi on s'entraîne à manier l'épée alors qu'on a des pouvoirs magiques ?

Kamaria lui décocha un regard noir.

– On n'a pas tous grandi dans une villa entourée de hauts murs. Les gens moins privilégiés que toi – autrement dit, *tout le monde* – savent combien c'est important d'apprendre à se défendre.

Kaleb leva les yeux au ciel.

– Parce que tu as subi beaucoup d'agressions, peut-être ?

– Demande-lui, insista Kamaria en désignant Dante. Je parie qu'il sait de quoi je parle.

Le garde du corps se redressa en voyant que l'attention se tournait vers lui.

– Pardon ?

– N'est-ce pas que c'est utile de savoir se battre ?

– Oh, oui, bien sûr. Si vous voulez appeler ça comme ça, répliqua Dante, le sourire aux lèvres.

– Ça t'amuse ? s'énerva Kaleb. Si tu as un problème, viens me le dire en face.

Dante se leva.

– Vous croyez que les scarabeos vont crier « en garde » avant de vous dévorer ?

– On s'en fiche. On a des pouvoirs.

– Vous ne tiendrez pas assez longtemps pour vous en servir.

– D'où les armes, conclut Kaleb en montrant les râteliers au mur.

– Une arme ne vaut pas plus que celui qui la manie.

– Dante, intervint Alessa.

Les gardes du corps étaient censés se fondre dans le décor, pas débattre de qui avait la plus grosse épée.

Kaleb serra les poings.

– Normalement, un Fonte a des années pour se préparer. Nous, on doit rattraper notre retard à cause d'*elle*.

– Attention, le prévint Dante, dont le regard menaçant ne suffit pas ébranler le Fonte.

– Tu n'as pas d'uniforme. Tu n'es donc même pas soldat. Alors que sais-tu de tout ça ?

Bombant le torse telle une oie offensée, Kaleb alla se planter devant Dante.

Un battement de cils plus tard, il relevait brusquement le menton, un couteau sous la gorge.

– Je sais repérer les faiblesses de mon adversaire.

Kaleb écarquilla les yeux pendant que le garde du corps faisait pression sur la lame.

– Ça suffit, ordonna la Finestra.

Même si Kaleb méritait d'être remis à sa place, elle n'aurait pas dû laisser les choses aller aussi loin.

Dante ne broncha pas.

– Repos, insista-t-elle.

Lentement, il baissa son couteau.

– Merci, conclut Alessa en raccrochant son épée. Vous n'aidez pas.

Nina mordillait le bout de sa tresse.

– Est-ce que... est-ce que les scarabeos ont des faiblesses ?

Dante plia et déplia ses doigts.

– Tout le monde en a.

Le portrait de l'une de ces créatures ornait le mur. Alessa s'en approcha en essayant de se rappeler les autopsies qu'elle avait pratiquées.

– Je n'ai jamais prêté attention à leurs vulnérabilités. Je vais me renseigner.

Alessa repéra le mince volume usé qu'elle cherchait sur la plus haute étagère de la bibliothèque, dans la section consacrée aux scarabeos. Même en sautant, elle ne parvint qu'à l'effleurer du bout des doigts. Alors qu'elle cherchait un marchepied autour d'elle, elle sentit brusquement la chaleur du corps de Dante dans son dos. Elle inspira profondément, puis se plaqua contre les livres, dont une partie tomba de l'autre côté.

Dante attrapa celui qu'elle voulait puis fit le tour de l'étagère afin de remettre les autres ouvrages à leur place. Apparemment, ça ne le dérangeait pas de se faire battre jusqu'au sang par des inconnus, mais il ne supportait pas qu'on abîme de vieux livres poussiéreux.

Reprenant ses esprits, Alessa feuilleta le texte tout en se dirigeant vers les Fontes. Les diagrammes semblaient s'animer sous ses doigts, et les scarabeos d'encre ramper sur les pages avec un tel réalisme qu'elle frissonna.

– Là. Vous voyez l'endroit où les différentes parties de la carapace se rejoignent ?

Elle posa le livre sur la table, prenant soin de rester de l'autre côté. Les Fontes tendirent le cou pour mieux voir sans oser avancer, alors elle poussa l'ouvrage vers eux et retira sa main.

– Dante, quelles attaques vous semblent les plus adaptées pour atteindre ce point vulnérable ?

Il émergea de derrière les étagères.

– Je suis censé vous garder en vie, pas jouer les professeurs.

– Tuer les scarabeos est un excellent moyen de me garder en vie.

– Mon boulot sera terminé d'ici-là.

Si Alessa n'avait pas eu autant besoin de ce livre, elle le lui aurait jeté à la tête, rien que pour le plaisir de voir son air scandalisé.

Josef se racla la gorge.

– Dante, je m'excuse pour le comportement déplorable de Kaleb. Nous serions tous heureux d'entendre tes conseils.

– Je ne connais que les bagarres de rue. Je ne suis pas un soldat.

– Les scarabeos non plus, lui rappela Kamaria. Ça m'étonnerait qu'ils respectent le moindre code d'honneur. Alors autant apprendre des techniques utiles. Comme ton truc de tout à l'heure avec le couteau, par exemple.

Alessa ne demandait pas mieux que d'assister à une petite démonstration de sa part, même si ses raisons différaient probablement de celles de la Fonte. Dante était plutôt agréable à regarder quand il bandait ses muscles mais, à sa connaissance, Kamaria préférait les filles.

– Vous aurez quoi, comme armes ? demanda son garde du corps.

– Des baïonnettes et des épées longues, répondit Kamaria.

– C'est bien ce qu'il me semblait. Du coup, pourquoi on vous donne ces cours d'escrime ?

– Parce que c'est la tradition ? supposa Nina.

L'expression de Dante se radoucit.

– Le jour du Divorando…

– Le jour du Divorando, on est censés utiliser nos pouvoirs pour repousser l'invasion, affirma Kaleb, renfrogné mais moins insolent qu'avant. Les dieux nous ont accordé ces dons pour qu'on puisse se défendre. Les armes sont plus décoratives qu'autre chose.

– Pas étonnant qu'autant de *Finestre* et de *Fonti* soient blessés, commenta Dante, les sourcils froncés. À votre place, je ne resterais pas planté là à attendre de me faire étriper.

– *Finestre* et *Fonti* ? répéta Kaleb en ricanant.

– *Si, stronzo*, répliqua Dante. Dans la langue des anciens, le pluriel de *fonte* est *fonti*, pas *fontes*. *Finestre, Fonti, scarabei*. Et je ne parle même pas de *ghiotte* qui est accordé n'importe comment. Mais bien sûr, un *somaro* comme toi ne risque pas de le savoir.

– Félicitations, Dante, intervint Alessa. Vous venez d'être promu. En plus de garde du corps, vous êtes maintenant consultant officiel de la Cittadella en matière de combat.

Si les yeux du jeune homme avaient été aussi mortels que ses couteaux, elle se serait vidée de son sang.

– Vous pouvez au moins *essayer* de n'agresser personne cet après-midi ? demanda Alessa à Dante tandis qu'ils attendaient les autres pour la deuxième session d'entraînement de la journée. C'est déjà assez difficile comme ça ; autant éviter qu'ils aient peur de vous aussi.

– Kaleb est un sale con.

Elle eut du mal à garder son sérieux.

– On est tous sous pression. Je suis sûre qu'il finira par se calmer.

– Ça m'étonnerait. Les gens ne changent pas.

– C'est faux.

– Si, c'est vrai. Kaleb est né con et le restera jusqu'à sa mort.

– N'oubliez pas que c'est aussi un Fonte. Si vous vous en prenez à lui, on vous enverra sur le continent, et il continuera sa vie de sale con pendant que vous vous ferez grignoter jusqu'aux os par les scarabeos. Alors arrêtez un peu.

– Une traversée gratuite, commenta Dante, songeur. Ça pourrait valoir le coup.

Alessa lui indiqua une chaise dans un coin.

Kamaria arriva la première. Elle promena son regard dans la pièce jusqu'à repérer Dante, qui avait sorti un mouchoir pour lustrer ses couteaux, ne prêtant plus attention à quoi que ce soit d'autre.

– Finestra, salua-t-elle.

– Kamaria. Merci d'être venue.

– Bah, de rien. Ce que Kaleb a dit à propos de mon frère hier soir… Shomari ne voulait pas… Enfin, je ne pense pas que… (Soupir.) Il n'a jamais su résister à un pari, et ses copains ne sont pas très malins. Bref, je suis sûre qu'il l'a regretté dès son réveil le lendemain.

– Je ne te ferai pas payer les décisions de ton frère, si c'est ce qui t'inquiète.

– Non, mais…

Renata entra à son tour dans un tourbillon, et Kamaria s'écarta sans terminer sa phrase. Puis Tomo et les autres les rejoignirent.

– Ah, Kamaria, bienvenue, lança l'ancien Fonte en entraînant le groupe dans un coin de la salle.

Renata se tourna vers Alessa, aussi concentrée qu'un général une veille de bataille. La jeune fille ne put s'empêcher de jeter des coups d'œil furtif vers les autres.

L'ancienne Finestra grimpa sur un rebord de pierre accolé à un mur. Au-dessus d'elle, une grosse araignée était en train de tisser sa toile, dont les fibres soyeuses formaient un motif complexe. Elle la désigna du doigt.

– Que se passera-t-il si je tire sur l'un de ces fils ?

– Il se cassera, répondit Alessa.

– En effet. Approche.

Nouveau regard en direction des Fontes. Nina s'empressa de détourner la tête. Après être montée à son tour sur le rebord, Alessa attrapa l'extrémité du fil comme le lui indiquait Renata.

– Maintenant, tire. Doucement.

La toile changea de forme mais demeura intacte.

Du coin de l'œil, Alessa surprit Dante qui l'observait. L'araignée indignée interrompit son travail pour aller se réfugier un peu plus loin.

– Maintenant, essaie de la remettre en place sans rien abîmer.

Ce fut plus difficile. Alessa dut faire rouler le fil entre ses doigts pour qu'il se décolle sans se briser mais, bientôt, la toile reprit son aspect initial.

– Tu vois ? sourit Renata. Le pouvoir d'un Fonte est lié à son âme. Si tu l'arraches d'un coup, tu risques de rompre cette connexion. Il faut y aller en douceur, tirer juste assez sur son don pour l'amener à la partie de ton esprit qui contrôle ta force, puis relâcher. Ce n'est pas un combat, c'est un échange.

Alessa fronça les sourcils.

– Je crois que je vois.

Elle n'en était pas sûre.

– Je sais que tu es stressée. J'ai été à ta place.

Pas tout à fait.

– Finestra ? appela Tomo. Je viens d'annoncer aux Fontes que je ferai la première démonstration.

Renata sauta lourdement à terre.

Alessa pensait que les Fontes tireraient à la courte paille pour savoir qui passerait le premier ; elle ne s'attendait pas à ce que ce soit Tomo. Il n'avait rien dit de ses intentions avant d'être entouré de témoins et, maintenant, ni Renata ni elle ne pouvaient refuser sans révéler leurs doutes. Elles étaient coincées.

L'ancienne Finestra la dévisagea.

– Stratégie ?

Même si sa remplaçante et elle n'avaient jamais été proches, l'homme qu'elle aimait se retrouvait sur la ligne de mire. Sa peur était palpable.

– Ne pas trembler, respirer lentement, sans forcer, faire le vide à l'intérieur, récita Alessa.

– Ensuite ?

– Effleurer du bout des doigts.

– Et quand tu sentiras le pouvoir ?

– Contrôler et retenir.

Tomo ouvrit les mains, paumes vers le ciel, tandis qu'Alessa s'avançait vers lui.

Tous les yeux étaient rivés sur eux. Elle retira ses gants trempés de sueur. Puis elle redressa la tête sans oser regarder l'ancien Fonte en face. Elle ne pouvait pas. La simple perspective de voir sa lumière s'éteindre…

Non. Elle refusait d'y penser.

Il attendait.

Tout le monde attendait.

Alors Alessa prit une grande inspiration et approcha ses doigts des siens.

Vingt

Chi semina spine, non vada scalzo.
Qui sème des épines ne marche pas nu-pieds.

• 27 JOURS AVANT LE DIVORANDO •

Le vent sifflait dehors ce soir-là, mais la chambre de Tomo était aussi étouffante qu'une crypte.

Il était appuyé contre une montagne d'oreillers, le teint gris et les yeux aussi noirs que deux flaques d'encre.

À son chevet, Renata se retourna en entendant entrer Alessa.

– Il se repose, prévint-elle.

– Je ne resterai pas longtemps. Je venais juste voir si…

– Approche, petite, murmura Tomo avec un sourire las, tout en lâchant la main de sa compagne. Si tu allais nous préparer du thé, mon amour ?

Renata lança un regard perçant à la Finestra avant de quitter la pièce.

– Assieds-toi, assieds-toi. Laisse ta culpabilité dehors, continua l'ancien Fonte. Je ne suis qu'un vieil homme fatigué. Ça faisait longtemps que je n'avais pas fait de crise. L'excitation des derniers jours a eu raison de moi, voilà tout.

Il tapota le lit à côté de lui, sans doute pour lui montrer qu'il n'avait pas peur d'elle, mais Alessa préféra s'asseoir sur un fauteuil de brocard. Elle ne se faisait pas confiance.

– Vous n'êtes pas vieux, Tomo.

Il sourit.

– Question de point de vue. Quand j'avais ton âge, un homme de quarante ans me paraissait frôler la centaine.

– Je suis tellement soulagée que vous alliez bien. J'ai cru que…

Elle ferma les yeux une seconde, submergée par le souvenir de la couleur désertant le visage du Fonte.

– C'était très courageux de votre part de vous porter volontaire.

– Malheureusement, ça n'a pas arrangé les choses. Renata m'a dit que vous aviez dû interrompre la leçon.

– Tout le monde s'inquiétait pour vous. On reprendra demain matin.

– J'en suis navré.

– Il n'y a pas de quoi. Reposez-vous. Je peux y arriver sans vous.

Les paupières de l'homme se fermaient toutes seules.

– Je sais. Tu es née pour rassembler les foules, Alessa.

L'écho de son prénom résonna derrière elle tandis qu'elle s'éclipsait, les larmes aux yeux.

– Il va s'en sortir ? l'interrogea Dante.

– Je l'ignore. Mais si les Fontes n'étaient pas encore terrifiés, ça devrait achever de les traumatiser.

– Vous l'avez touché ? Ça s'est passé si vite que je n'ai rien vu.

– À peine. Mais peu importe. Le but de l'entraînement d'aujourd'hui était de les rassurer. Au lieu de ça, le précédent Fonte a fait une crise cardiaque sous leurs yeux. J'aurai de la chance s'ils sont encore là demain.

Alors qu'ils regagnaient leur étage, des sanglots, faibles mais distincts, leur parvinrent de la bibliothèque. Alessa fit signe à Dante de s'arrêter.

– Je vais me porter volontaire, dit la voix de Josef. Tu pourras rentrer retrouver ta famille.

En voulant reculer, Alessa se heurta au mur formé par son garde du corps.

– Et ta famille à toi ? gémit Nina. Tu ne crois pas qu'elle a assez souffert comme ça ?

– Je suis sûr que pour l'élu, tout ira bien, affirma Josef.

– Bien ? Comme pour Tomo, ou pire ? Renata était une bonne Finestra, et elle l'a quand même épuisé. Imagine un peu ce que *celle-là* pourrait faire.

« Celle-là. » Alessa se recroquevilla sur elle-même.

– Je suis plus vieux et plus fort que toi. Je tiendrai le coup.

– Kaleb devrait se dévouer. Il ne manquerait à personne.

Sauf que Kaleb ne ferait jamais ça, tout le monde le savait. Il prendrait ses jambes à son cou avant même qu'Alessa ait fini de remercier ceux qui accepteraient de rester.

– Non, je vais le faire, déclara Nina d'une voix tremblante.

La Finestra se représentait parfaitement son petit menton dressé et les larmes qui perlaient au bord de ses cils. Le portrait d'une martyre.

Dante laissa échapper un soupir de compassion.

Alessa ne put s'empêcher d'éprouver une pointe de jalousie derrière sa culpabilité. Pauvre et délicate Nina, dont le courageux sacrifice donnait aux autres l'envie de la protéger.

Elle aurait aimé avoir cette chance. Les gens ne l'aidaient que si elle les payait ou parce que les dieux le leur imposaient. La compassion, la gentillesse, l'amour, l'amitié, toutes ces émotions si précieuses qui faisaient le sel de la vie lui étaient interdites.

Entendant des bruits de pas, elle voulut s'enfuir, mais elle n'eut pas le temps d'atteindre la porte de sa suite avant que le couple de Fontes ne sorte de la bibliothèque.

Ils tressaillirent à sa vue.

– Oh, bonsoir, bredouilla Alessa. J'ignorais que vous étiez là.

Josef serra très fort la main de Nina.

– Finestra. Comment va le signor Miyamoto ?

– Bien. Il va bien. Il est conscient et se sent déjà beaucoup mieux. Il fait souvent ce genre de crises, malheureusement, et avec l'excitation des derniers jours…

Elle se mordit la lèvre avant d'ajouter :

– Dites aux autres qu'il les salue, mais qu'il ne pourra pas assister à notre entraînement de demain. J'ai demandé aux cuisiniers de nous faire monter quelque chose ; ainsi, nous n'aurons pas à nous habiller pour le dîner.

Nina évitait son regard mais Josef la remercia.

– Nous sommes conscients que ce n'est pas de votre faute, ajouta-t-il. Tout ce qui se passe. Je voulais juste que vous sachiez que personne ne vous en veut. En tout cas, pas moi.

Alessa déglutit péniblement.

– Merci.

Puis Josef luit fit la révérence avant d'entraîner Nina vers la suite des Fontes.

Si elle avait pu descendre l'escalier et sortir de la Cittadella, Alessa aurait continué tout droit jusqu'au point le plus reculé de l'île. À défaut, elle devrait se contenter de la bibliothèque.

Josef ne lui en voulait pas. Pour Tomo ? Ou pour Ilsi ? Dans un cas comme dans l'autre, elle s'en voulait assez pour eux deux.

Lorsqu'elle franchit le seuil de la bibliothèque, perdue dans ses pensées, elle faillit entrer en collision avec Kaleb.

Il bondit en arrière, les yeux écarquillés.

– Oups. Vous aussi, vous avez entendu ça ?

Alessa posa une main sur son cœur battant.

– Tu les espionnais ?

– Non. Je cherchais un truc à boire, se justifia Kaleb en brandissant la carafe en cristal qu'il avait dû prendre sur une desserte. Mais les amoureux maudits se sont pointés, et j'ai été obligé de supporter leurs niaiseries. Pourquoi, vous, vous les espionniez ?

– Bien sûr que non. Et je t'interdis de te moquer d'eux quand tu les reverras.

– Aucun risque, ricana Kaleb. Le temps que je vide ça, j'aurai le cerveau si lessivé que je ne me souviendrai de rien.

Il bouscula Dante en sortant.

– Vous croyez qu'il va se servir de ça contre eux ? demanda Alessa à son garde, les poings serrés.

– Probable. Il est infect depuis son arrivée ici. Je ne vois pas pourquoi il arrêterait.

– Ah oui, c'est vrai, soupira Alessa. Les gens sont incapables de changer.

– J'ai dit que les gens ne changeaient pas.

– C'est pareil.

– Pas tout à fait.

Dante tapota le dessus de la desserte avant d'ajouter :

– Je ne savais pas qu'il y avait un stock de bouteilles ici.

– Elles sont tellement vieilles qu'elles ne doivent plus avoir beaucoup de goût.

– *Chi ha bisogno s'arrenda*, répliqua-t-il avec un clin d'œil.

Elle sourit et prit note de vérifier plus tard ce que cela signifiait. Trop agitée pour s'asseoir, elle attrapa une échelle à roulettes appuyée contre une étagère et entreprit d'y grimper.

Un bruissement lui fit baisser les yeux.

– Vous essayez de regarder sous ma jupe ?

– Ne prenez pas vos désirs pour des réalités. Je la tenais pour éviter que vous tombiez sur les fesses. Je n'ai aucune envie de vous rattraper.

– Oh, Dante, roucoula-t-elle. Vous savez comment faire battre le cœur des filles.

– Si je voulais faire battre le vôtre, vous seriez au courant.

Elle lança un livre vers son visage d'une beauté agaçante, sachant qu'il le cueillerait au vol.

– *Le Siège d'Avalin*, lut-il, bloquant l'échelle d'un pied afin de le feuilleter.

Alessa fronça le nez.

– Super. On reste dans le thème.

De tous les ouvrages de la Cittadella, il avait fallu qu'elle tombe sur le récit du seul Divorando auquel Saverio avait failli ne pas survivre.

– La Finestra a paniqué, c'est ça ?

– Oui. Elle est rentrée en courant pour se cacher. Les portes de la Fortezza ont cédé, des fleuves de sang ont dévalé les rues, des centaines de gens ont été massacrés, jusqu'à ce que son Fonte réussisse à la convaincre de remonter sur le Pic. Un petit conseil, sautez le chapitre sept.

Évidemment, Dante, s'y rendit aussitôt.

– « Les orphelins abandonnés. » On est loin des rivières de sang. S'il y a eu des orphelins, c'est la preuve que certains ont survécu.

– Parfois, la survie est pire que la mort.

– Pas faux.

– Ce n'est pas le passage le plus horrible, juste le plus triste. Les bébés ont été placés dans des centres d'hébergement et, en l'espace de quelques mois, la plupart ont cessé de pleurer et de s'alimenter, raconta Alessa, les larmes aux yeux. Seule une poignée s'en est sortie.

Elle redescendit de son échelle mais, trouvant Dante trop proche et trop grand, elle remonta sur le premier barreau et se dressa sur la pointe des pieds. Il ne remarquerait peut-être pas qu'elle avait subitement grandi de quinze centimètres.

Une lueur amusée dans le regard, le garde du corps recula.

– Et ?

Alessa sauta à terre.

– Et quoi ? Ah, les bébés rescapés. Eh bien, la nourrice qui s'occupait d'eux avait perdu sa famille durant le siège. Pour compenser, elle les prenait tout le temps dans ses bras. Elle leur chantait des chansons, elle les berçait, elle leur parlait. Ou elle les serrait simplement contre elle. Et ça a suffi. On leur avait procuré un abri et de la nourriture, mais ce dont ils avaient le plus besoin, c'était de contact humain. Les orphelins qui en étaient privés se sont laissés mourir.

– Et vous comprenez ça.

Alessa rougit.

– Pas complètement, mais ça me parle. Voilà.

Dante fit claquer le livre sur sa paume.

– Qui que vous touchiez, c'est pareil ?

– A priori, oui. Plutôt ironique, n'est-ce pas ? Je pourrais tuer pour tenir la main de quelqu'un, mais si je le fais... je le tue.

– À la base, votre isolement est supposé vous permettre de mieux apprécier le caractère sacré de votre mission ?

– C'est ça. On interdit aux Finestras toute relation avec les autres afin qu'elles gardent le cœur pur et se consacrent entièrement à leur tâche. Cela nous permet de prendre conscience que chaque contact est précieux.

– Ça semble paradoxal.

– En tout cas, ça a fonctionné. Ça m'a donné encore plus envie d'avoir un Fonte.

Les sourcils de Dante se rejoignirent.

– Vous vous êtes sacrément fait avoir, Finestra.

– Alessa, dit-elle doucement, trois syllabes étranges et maladroites dans sa bouche. Je m'appelle Alessandra Diletta Paladino. Et tu peux me tutoyer.

– Je croyais que tu n'étais pas censée avoir de nom.

– Je ne suis pas non plus censée tuer mes Fontes ni héberger un homme dans ma suite.

– Tu vas le leur donner aussi ? demanda Dante en désignant le mur.

– Je devrais peut-être. Au moins, ils sauraient qui maudire. Mais non.

– Pourquoi me le dire, à moi ?

– Je ne sais pas.

Elle se laissa tomber dans un fauteuil et tira une couverture sur sa poitrine.

– Je suis fatiguée d'être un titre et pas une personne. Évite juste de l'utiliser quand on n'est pas seuls.

Il la dévisagea d'un air pensif.

– Alessandra. La protectrice choisie des dieux.

– Comment tu sais ça ?

– Trop de religion quand j'étais petit.

Elle aussi avait vécu ça.

– Tes parents étaient pieux ?

– Non.

– Mon nom complet signifie « la bien-aimée des dieux, brave protectrice de l'humanité ». Dea a dû se sentir obligée de me choisir, avec ça.

– Ta famille te rend visite, parfois ?

– Je suis la Finestra, tu te rappelles ? Je n'ai plus de famille.

– Oui, Alessa, je me rappelle.

L'entendre prononcer son nom la fit frissonner.

– Donc, reprit-il. Ta famille. Tu en avais une.

– Oui, soupira-t-elle. Et je l'ai toujours, mais pas pour ceux qui ont la foi.

– Tes parents sont très croyants ?

– En effet. Ils ne m'ont pas adressé la parole depuis le jour de mon départ.

– Ils devraient avoir honte.

– Tu es injuste.

Il ne semblait pas de cet avis.

– Des frères et sœurs ?

– J'avais – oh, et puis zut – *j'ai* un jumeau. Adrick. Il m'apporte parfois des colis, ou bien il s'assied derrière le mur du jardin pour me parler malgré l'interdiction.

– Et tu étais heureuse ? Aujourd'hui, tu as l'air un peu…

Il chercha ses mots, faisant tourner sa main dans les airs comme s'il feuilletait un dictionnaire imaginaire.

– Accablée. Ils te manquent beaucoup ?

– Bien sûr. On m'a arraché une partie de moi. Mon père me surnommait son petit chat, parce que j'étais toujours fourrée sur ses genoux. J'étais très affectueuse, presque trop. Je faisais honte à Adrick en voulant lui donner la main devant ses copains.

– Ça a dû être un sacré choc.

– Devenir Finestra, c'est un peu comme se noyer. Tu vis ta vie sans te rendre compte que tu respires et puis, tout à coup, tu te retrouves sous l'eau. L'air devient alors une chose précieuse dont tu n'aurais jamais pensé être privé un jour.

– Je ne m'en apercevrais sans doute même pas.

– C'est triste.

Il haussa les épaules.

– Dommage que ça ne soit pas toi, la Finestra, railla Alessa. De l'espace à ne plus savoir qu'en faire, une bataille épique, personne pour t'embêter… Les dieux se sont clairement trompés de candidat.

– Les dieux ne veulent pas de moi.

Comme elle ne savait pas quoi répondre à ça, elle changea de sujet :

– Tu sais qui je suis, maintenant, mais toi tu ne m'as toujours pas donné ton nom de famille.

– Mon nom de famille ? s'amusa Dante. *Luce mia*, tu ne connais même pas mon prénom !

– Ce n'est pas Dante ?

– Je m'appelle bien Dante, mais ce n'est pas mon prénom, répliqua-t-il avec un sourire mystérieux.

Alessa se rapprocha.

– Alors c'est quoi ?

– Je ne te le dirai pas.

– Pourquoi ? s'indigna la jeune fille. Pour le plaisir de m'embêter ?

– Bien sûr que non. Même si c'est un bonus appréciable.

– Je parie que tu as un nom ridicule, genre Eustice. Je devrais te surnommer comme ça, pour la peine.

Il ricana.

– Surnomme-moi comme tu veux. Mais ne t'attends pas à ce que je réponde.

– Comment on dit « crétin » dans la langue des anciens ?

– *Stronzo.*

– Et « salaud » ?

– *Bastardo.* Tu veux que je te les note ? proposa Dante en se dirigeant vers la porte.

– Oui, ça pourrait m'être utile.

Il s'effaça pour la laisser passer. Salaud, mais galant.

Vingt-et-un

Chi pecora si fa, il lupo se la mangia.
Qui se déguise en mouton se fait manger par les loups.

• 26 JOURS AVANT LE DIVORANDO •

L'île se mit à trembler durant le petit-déjeuner, comme si elle aussi mourait de peur. La deuxième secousse ramena Alessa à l'étage, dégoulinante de jus d'orange et pestant contre les dieux qui auraient pu envoyer des messages à base de nuages et d'arcs-en-ciel. Mais non, bien sûr, ils préféraient se servir de catastrophes naturelles pour leur compte à rebours.

Le temps qu'elle se change et rejoigne la salle d'entraînement, le séisme était terminé. Crollo avait maintenant décidé de faire pleuvoir un océan sur leurs têtes. Elle entreprit d'arranger les coussins qu'elle avait apportés pour rendre l'endroit plus accueillant et adoucir les chutes, mais les coups de tonnerre l'empêchaient de se concentrer.

Kamaria était appuyée contre le mur, incarnation de l'ennui dans son pantalon couleur fauve et sa blouse aux lacets défaits. Nina était plantée derrière Josef, dont elle copiait les mouvements telle la marée suivant la lune. Elle portait une robe rose pâle qui ne changeait pas beaucoup de ses habituelles tenues blanches.

L'air hautain de Kaleb avait cédé la place à une mauvaise humeur renfrognée. Pour bien faire comprendre à tout le monde qu'il n'avait aucune envie d'être là, il s'était vêtu de noir de la tête aux pieds. Les jambes écartées, les bras croisés, il fusillait du regard quiconque avait l'audace de le dévisager.

Saida s'aperçut qu'Alessa l'observait et s'avança vers elle. Elle avait choisi des couleurs vives comme pour contrer le pessimisme ambiant, avec une superposition de jupons tous plus gais les uns que les autres. Ses yeux maquillés de bleu se mariaient parfaitement avec le foulard noué dans ses cheveux.

– Tu peux t'asseoir, si tu veux, déclara Alessa avec un geste en direction des coussins.

Saida campa ses épaules en arrière et la regarda bien en face.

– Merci, mais je préfère rester libre de mes mouvements.

Pour pouvoir t'enfuir au besoin.

La Finestra se massa les doigts afin de faire circuler son sang, même si les autres se fichaient sans doute pas mal qu'elle ait les mains froides.

Dans un coin, Renata les observait avec attention, articulant sans bruit une litanie de « doucement, attention, doucement » qui faisait écho aux pensées d'Alessa.

La jeune fille avait les paumes si moites qu'elle craignait de lâcher prise. Enfin, sur un signe de tête de Saida, elle lui attrapa le poignet entre le pouce et l'index.

Son pouvoir enfla brusquement en elle, tel un courant incontrôlable, avide de ce dont il avait été si longtemps privé. C'était trop, trop vite.

La Fonte poussa un gémissement. Alessa s'écarta pour la laisser souffler.

– Merci, Saida. On recommencera plus tard. Josef ?

Ce dernier avait apporté un verre d'eau à figer. Il eut la présence d'esprit de le poser par terre pour éviter qu'il se brise en mille morceaux.

Alessa prit les mains douces et fraîches de Josef dans les siennes, puis fixa le verre. Rien ne se passa. Un frisson naquit au niveau de son sternum et se propagea dans ses membres. Cela pouvait aussi bien être le don de Josef qu'une manifestation de panique.

Il résista plus longtemps que Saida, répétant qu'il allait bien sans desserrer les dents. Peut-être craignait-il de vomir s'il ouvrait la bouche.

Ce n'était que le premier jour. Ils avaient encore du temps.

Un peu.

Pas assez.

Kamaria s'approcha à son tour avec une bougie fichée sur un support en métal.

– Moi aussi, j'ai prévu des accessoires, dit-elle d'une voix calme.

Elle posa l'objet sur le sol et prit les mains d'Alessa.

La Finestra ne pouvait plus se libérer. Elle allait blesser Kamaria, ou pire...

Reprends-toi, s'intima-t-elle en se donnant mentalement une claque. Elle inspira à fond et réfréna son pouvoir jusqu'à ce que sa faim dévorante s'apaise. Alors, et alors seulement, elle tenta de capter l'étincelle de Kamaria, qu'elle voyait flotter dans son esprit telle une flamme agitée par le vent. Malheureusement, elle restait hors d'atteinte.

Renata lui avait conseillé de penser comme une chanteuse – à force, elle commençait à perdre le fil de toutes ces métaphores. Ces différentes tentatives étaient aussi frustrantes qu'essayer de se rappeler une mélodie ou un mot oublié. La réponse était là, quelque part en elle, et elle *savait* intuitivement ce qui était censé se passer. Mais plus elle se concentrait, moins elle y arrivait.

Lorsque Kamaria desserra son étreinte, toutes deux se séparèrent avec un soupir de soulagement. La jumelle, un peu tremblante, lui adressa un salut théâtral accompagné d'un sourire en coin.

La flamme de la bougie n'avait pas même pas vacillé.

Trois Fontes, zéro résultat.

Un frisson glacé parcourut la colonne d'Alessa. Elle avait tellement peur de les tuer qu'elle n'avait pas réfléchi à une autre possibilité, presque aussi effrayante : les garder en vie, mais ne jamais accéder à leur pouvoir.

Kaleb la rejoignit d'un pas lent, si raide qu'il menaçait de se briser en deux au moindre mouvement. Ses mains étaient froides et très grandes – un détail sans intérêt qui pourtant la frappa. Dès qu'elle ouvrit son esprit, une décharge électrique remonta le long de son bras, l'obligeant à lâcher prise.

– La vache, s'écria Kaleb en se tenant la main. Ça fait mal !

– Désolée, s'excusa la Finestra. Je ne voulais pas…

Un petit éclair scintillait entre ses doigts.

– À toi, la Rouquine, lança le jeune homme à Nina qui, recroquevillée derrière Josef, chuchotait une prière à Dea. Au boulot. Les gros méchants insectes arrivent.

– Tu es vraiment horrible, Kaleb.

Des larmes de colère brillaient dans les yeux de la jeune fille. Elle pleura pendant tout son passage, secouée de tels sanglots qu'Alessa eut du mal à maintenir le contact. Cette fois, elle n'essaya même pas d'utiliser le pouvoir qu'elle percevait. Chaque chose en son temps. Avant de déterminer si Nina pouvait devenir sa Fonte, elle devait d'abord la rassurer.

Après une deuxième série d'essais durant laquelle elle parvint à ne faire mourir personne, Kaleb déclara la séance terminée. Il sortit, l'air si menaçant que personne n'osa le retenir – et surtout pas Alessa. Il serait capable de mettre le feu à la Cittadella si elle le contrariait.

Les autres le suivirent un à un, à l'exception de Kamaria.

– Je peux vous demander quelque chose ?

– Bien sûr.

– La Finestra et le Fonte ont-ils le pouvoir de racheter un crime capital ?

Alessa lui jeta un regard perplexe.

– Ne vous inquiétez pas, je ne suis pas une tueuse en série. Je pensais à mon frère. Quoi qu'en disent les autres, Shomari n'est pas un déserteur, je vous jure. Comme je vous l'ai déjà expliqué, il ne sait pas dire non à un pari. Ses amis l'ont défié de monter à bord d'un bateau, puis ils se sont enfuis au réveil de l'équipage. Sho a dû se cacher pour ne pas avoir d'ennuis, puis paniquer quand ils ont levé l'ancre. Et maintenant, le voilà officiellement considéré comme un lâche. Il n'a rien emporté.

– On m'a toujours dit que la désertion était une offense impardonnable, murmura Alessa. Mais peut-être que dans certaines conditions...

– Si sa sœur devenait votre Fonte, par exemple ?

C'était tentant d'acquiescer pour s'assurer la bonne volonté d'une excellente candidate. Mais Alessa refusait d'utiliser le frère de Kamaria comme moyen de pression.

– Peut-être, répéta-t-elle. Je ne peux rien te promettre.

– Je comprends. Désolée, on ne vous facilite pas vraiment la tâche.

Alessa s'essuya discrètement les yeux pendant que la Fonte quittait la pièce.

– Tais-toi, ordonna-t-elle à Dante qui l'observait avec insistance.

– Je n'allais pas parler.

– Ils sont tous vivants.

– Oui.

– J'ai apprécié l'attitude de Saida. Josef y a vraiment mis du sien. Kamaria m'a paru forte et motivée. Quant à Kaleb, eh bien… c'est Kaleb.

– J'étais ravi de le voir se tortiller de douleur.

– Sois gentil, le gronda-t-elle.

– Je ne suis pas quelqu'un de gentil.

– Je commence à penser le contraire.

Elle ne put s'empêcher de pouffer en voyant l'expression scandalisée de son garde. Elle rit bientôt aux éclats, les larmes coulant sur ses joues sans qu'elle sache si c'était de la tristesse ou de la joie.

– Euh, ça va ? lui demanda Dante.

– Très bien. Inigo ?

– Non.

– Alberto ?

– Toujours pas, grogna-t-il en lui tenant la porte.

– Ranieri ?

– Tu refroidis.

– Julian ? Amadeo ?

– OK, *piccola*, ça suffit pour aujourd'hui.

Un véritable déluge s'était mis à tomber pendant leur entraînement. L'eau dégoulinait des gouttières et de violentes rafales balayaient les rideaux de pluie, si bien que même les passages couverts du cloître n'offraient aucune protection.

Alessa et Dante allaient devoir patauger dans la cour pour rejoindre l'escalier. Non loin de là, un groupe de serviteurs se disputait pour savoir quel était le meilleur moyen d'écoper l'eau dans les cuisines. Si la Cittadella, perchée au sommet de la ville, était déjà inondée, elle n'osait pas imaginer ce que cela donnait ailleurs.

– On court ? proposa-t-elle à son garde.

Des gouttes de pluie perlaient au bout de ses cheveux tandis qu'il contemplait le ciel. Quoi qu'ils fassent, ils allaient être trempés.

– Allons-y.

Alessa rassembla ses jupons avant de s'élancer sous la pluie battante. Même si elle n'y voyait presque rien, elle tira la langue en passant à la statue de Crollo.

C'est alors qu'un grondement sourd s'éleva.

– Qu'est-ce que…

Dante la poussa violemment en avant alors que la statue s'écrasait derrière eux. Des éclats de marbre s'éparpillèrent dans toute la cour.

Alessa tituba mais parvint à garder l'équilibre. D'une poigne de fer, son garde la tira vers l'escalier.

– C'est bon, elle ne va pas tomber une deuxième fois, protesta Alessa, incapable de se libérer de cet étau. Tu ne peux pas toucher la Finestra, imbécile ! Le tremblement de terre est fini.

– Il n'y a pas eu de tremblement de terre. Et ce n'était pas non plus un accident.

Alessa essaya de se retourner.

– Tu as vu quelqu'un ?

– Non, il pleuvait trop.

Une fois au pied de l'escalier, il la lâcha et repoussa ses cheveux en arrière.

Puis, d'une main trempée, il désigna la tempe d'Alessa.

– Tu saignes.

– Hein ? fit-elle en se touchant la joue.

À nouveau, Dante la tira par le coude, mais ses jupons trempés s'entortillaient autour de ses jambes et l'empêchaient d'avancer.

– Pour l'amour de Dea… Attends.

Alessa défit les crochets qui retenaient la partie inférieure de sa robe et roula le tissu mouillé en boule. Les bas vert forêt qu'elle portait au-dessous étaient presque aussi épais qu'un pantalon, sans parler de ses cuissardes de cuir – probablement fichues.

Le regard de Dante descendit, puis remonta aussitôt.

– Oh, je t'en prie, soupira-t-elle. Comme si tu n'avais jamais vu les jambes d'une fille.

– Avance, grommela-t-il.

Une fois dans sa chambre, Alessa courut examiner sa blessure dans la salle de bains. L'entaille qu'un fragment de marbre avait ouverte sur sa tempe était nette, aussi longue que son doigt et plutôt superficielle. Elle n'aurait pas besoin de points, dieu merci, car il aurait fallu qu'elle se recouse elle-même et elle se serait sans doute évanouie. D'abord l'oreille, maintenant le visage… À ce rythme, elle ressemblerait à une Finestra vétérane avant même que le Divorando ait commencé.

Dante la rejoignit.

– J'ai trouvé de la pommade. Ne bouge pas.

Comme il tendait un doigt vers elle, elle recula d'un bond, trébucha contre les toilettes et s'affala dans la baignoire.

– Tu as perdu la tête ? Si tu touches ma peau, tu *mourras*.

Dante cligna des yeux.

– Ah oui, c'est vrai. Tiens.

Il lui lança le tube sur les genoux.

Elle avait mal au dos, sa tempe l'élançait, et elle devait être ridicule avec ses jambes qui dépassaient de la baignoire. Lui, par contre, au lieu de ressembler à un rat mouillé, était encore plus beau que d'habitude avec ses cheveux bouclés, sa chemise blanche translucide plaquée sur sa poitrine et son pantalon qui – non, elle ne regarderait *pas* son pantalon.

– Tu te moques de moi ? grommela-t-elle en tournant le bouchon. Ça te fait rigoler qu'on ait encore essayé de me tuer ?

Dante porta son poing à sa bouche.

– Depuis que je te connais, il y a toujours quelqu'un qui essaie de te tuer.

Elle lui jeta la pommade à la tête, mais il la rattrapa au vol.

– La prochaine fois que je te dis d'avancer, tu es priée de m'obéir sans poser de question.

– D'accord. Et toi, la prochaine fois, tu es prié de ne pas m'arracher le bras. On ne bouscule pas la Finestra.

– Ça marche. Tu as fini ? l'interrogea-t-il en désignant la pommade.

Alessa se redressa sur ses coudes et fixa le poignet du jeune homme. Deux lames entrecroisées, entourées d'un cercle de lettres minuscules – le tatouage qui le désignait comme un criminel, comme un tueur. Un tatouage *à moitié effacé*.

Dante baissa la main, mais pas assez vite.

– Il est faux ! s'écria Alessa. Tu t'es marqué tout seul.

Vingt-deux

Si dice sempre il lupo più grande che non è.
Le loup se prétend toujours plus grand qu'il n'est.

• 26 JOURS AVANT LE DIVORANDO •

Dante cessa aussitôt de rire.

– Pourquoi ? demanda Alessa en sortant de la baignoire. Pourquoi te faire passer pour un criminel ? Un paria ?

– Ça ne te regarde pas.

Il abattit le tube de pommade sur un placard et sortit.

Laissant une traînée humide derrière elle, la jeune fille le suivit.

– J'essaie juste de te comprendre.

– Tu ne devrais pas.

– Si tu n'es pas marqué, tu n'as pas besoin de laissez-passer pour la Fortezza. Alors pourquoi avoir accepté de travailler pour moi ?

Il ne voulait pas – ou ne pouvait pas – la regarder dans les yeux.

– Parce que les hommes deviennent idiots devant une fille qui pleure.

– Je n'y crois pas. Tu m'as menti.

Il fit volte-face, les yeux lançant des éclairs.

– C'est toi qui es venue me chercher, tu te souviens ? Tatouage ou pas, je suis un paria. Je n'ai ni maison, ni famille, ni amis.

– Je t'ai dit que…

Elle s'interrompit, soudain saisie de vertige.

– Je pensais que tu savais ce que je vivais mais, en fait, tu n'as jamais tué personne.

– À t'entendre, c'est un défaut. Peut-être que je n'ai simplement pas été arrêté.

– C'est le cas ?

– Je n'ai pas pu les sauver. Ça revient au même.

Dante gardait les yeux baissés, les mains serrées sur le manche de ses couteaux comme si c'était la seule chose qui lui permettait de garder les pieds sur terre.

Alessa était incapable de rester en colère face à une telle détresse.

– Tes parents ?

– Entre autres, oui.

– Pour ce que ça vaut, je suis bien meilleure confidente que Finestra.

– Tu n'as pas envie d'entendre ma triste histoire.

– Bah, je ne suis plus à une tragédie près.

Elle haussa les épaules avec un cynisme qui fut récompensé par un demi-sourire.

– Moi, je t'ai bien raconté la mienne, insista-t-elle, un soupçon de provocation dans la voix.

Dante se tourna vers la porte-fenêtre dégoulinante du balcon, les poings crispés, les lèvres pincées. Alessa s'apprêtait à renoncer quand il parla enfin.

– Ils ont été lynchés. Les voisins qu'on connaissait depuis toujours se sont retournés contre eux, les ont traînés hors de la maison et les ont battus à mort.

Elle frissonna.

– Mais pourquoi ? Qu'avaient-ils bien pu…

– Rien, cracha-t-il. Ils n'avaient absolument rien fait pour justifier ça.

– Évidemment. Je ne voulais pas…

– Ils n'étaient pas parfaits, mais personne ne mérite de subir un tel sort.

– Bien sûr que non. J'ai juste du mal à concevoir qu'on fasse une chose pareille sans raison.

– Oh, ces assassins en avaient sûrement une. Les gens se trouvent toujours de bonnes raisons. Quitte à les inventer.

– Je suis vraiment désolée. Tu avais quel âge ?

– J'étais bien assez vieux.

Même si son garde était en colère contre lui-même et pas contre elle, elle ne put s'empêcher de frémir.

– Quel âge ?

– Douze ans. Mais j'étais déjà grand. Et costaud. J'aurais pu me battre, leur donner une chance de s'enfuir.

Pourtant, je n'ai rien fait, avoua-t-il d'une voix si creuse qu'elle sembla aspirer tout l'air de la pièce. Je me suis caché. J'ai tout entendu et je n'ai rien fait.

– Ce n'est pas de ta faute.

– Bien sûr que si, murmura-t-il en se passant la main dans les cheveux.

– Tu n'étais qu'un enfant.

– Et c'était ma famille. J'aurais dû mourir avec eux.

Il n'y avait rien à ajouter. Aucune parole de réconfort ne pouvait atteindre Dante, qui s'était refermé sur lui-même. Et Alessa savait, sans l'ombre d'un doute, qu'un seul mot de travers briserait la fragile ligne de vie qu'il venait de lui lancer.

C'était terrible de ne pas pouvoir soulager le chagrin de quelqu'un. Les lois de la physique reposaient sur des forces, des réactions similaires ou opposées, un équilibre. Mais les émotions, elles, n'obéissaient à aucune règle. Et la compassion qui broyait le cœur de la jeune fille n'était d'aucune aide pour Dante. Partager son fardeau ne l'allégerait pas. Les mains de la Finestra, voleuses de pouvoir, de force et de vie, étaient incapables de dissiper la souffrance de son garde du corps.

Alors elle ne dit rien, mais elle ne partit pas non plus. En restant près de lui, elle lui offrait au moins la chaleur de sa présence.

Dante contemplait la ville trempée de pluie en contrebas – une ville que, bien sûr, il ne voyait pas.

Même s'il y eut plus de grimaces que de pleurs les jours suivants, au bout d'une semaine d'entraînement, les Fontes sursautaient toujours en voyant arriver Alessa.

Tomo, qui avait retrouvé ses forces, les observait maintenant depuis une distance raisonnable tandis que la Finestra essayait tour à tour leurs différents dons, y compris celui de Nina. Modifier la matière avait toutefois quelque chose de troublant qui lui retournait le ventre, comme si c'était contre nature.

À l'issue d'une après-midi particulièrement longue, les Fontes et Alessa étaient assis autour de la table du dîner, aussi flétris que des fleurs en pleine sécheresse. Tomo et Renata s'étaient joints à eux pour un dîner paisible composé de poisson au beurre blanc. La qualité de la cuisine s'était nettement améliorée à la Cittadella depuis l'arrivée de leurs hôtes. Personne n'avait l'énergie de parler, à part pour répondre aux questions hésitantes de Saida sur leurs recettes de famille respectives. Ce projet semblait enchanter Tomo, qui se dérida un peu ; apparemment, lui aussi était un grand amateur de pâtisserie. Tandis qu'il suggérait un certain nombre d'idées à Saida, Renata sourit et promit d'y réfléchir de son côté, et tout le monde parut soulagé de pas avoir à parler pendant un petit bout de temps.

Tomo et Saida continuèrent à débattre des mérites comparés de la farine de riz et de la gélatine pour la réalisation d'un dessert dont Alessa n'avait jamais entendu parler. Kamaria, elle, fixait le bougeoir le plus proche d'un regard vide. Son pouvoir faisait lentement enfler puis rétrécir les flammes, comme si les bougies respiraient. Dérangé par la fumée, Kaleb soupirait avec insistance, mais elle ne s'en aperçut pas ou décida de l'ignorer.

Finalement, le silence retomba.

– Je crois que vous avez mérité une pause, déclara Tomo en tapotant sa chaise avec sa canne toute neuve.

Alessa réprima un gémissement. Une *pause* ? Elle pensait que la journée était terminée.

– Tu souhaites encore les faire travailler ? s'étonna Renata. Ils m'ont tous l'air bien fatigués.

– J'ai commandé des douceurs, annonça Saida. Peut-être que le sucre nous redonnera un peu d'énergie.

– C'est adorable, ma chère, répondit l'ancienne Finestra. Pardon, Tomo, mais je crois qu'ils ont eu leur dose.

– Oh, je suis désolé, s'excusa son compagnon. Je me suis mal exprimé. Je ne parlais pas de faire une pause ce soir, mais demain. Toute la journée.

Renata se raidit.

– Cela ne me paraît pas indiqué.

– Le repos est aussi essentiel à l'entraînement que le sommeil à l'étude. Une journée de coupure, de prière et de moments en famille nous fera du bien. Je ne connais pas de meilleur moyen de motiver les troupes que de leur rappeler ce pour quoi elles combattent. De plus, Maestra Pasquale doit venir demain matin. La Finestra sera donc occupée à poser pour son portrait officiel.

Alessa ne fut pas la seule à jeter un coup d'œil à la rangée de tableaux accrochés au mur – des siècles de Duo Divino, solennellement immortalisés à la peinture à l'huile, lui rendirent son regard. Au premier abord, ces gens ne se ressemblaient pas beaucoup. Il y en avait de tous les genres, tailles, corpulences et couleurs de peau. Mais ils avaient un point commun : ils posaient toujours par deux. Finestra et Fonte.

Maestra Pasquale, qui avait donné des cours de dessin à la jeune fille lors de son arrivée à la Cittadella, était heureusement assez douée pour pouvoir ajouter le Fonte plus tard. Cela ferait une anecdote amusante à raconter aux futurs visiteurs. À condition, bien entendu, qu'Alessa parvienne à choisir un Fonte et à triompher avec lui lors du Divorando. Sinon, il n'y aurait plus de Cittadella dans un mois.

Renata se massa le front.

– Autant terminer la première moitié dès maintenant, en effet… Bien, vous pouvez tous prendre un jour de congé, céda-t-elle à contrecœur. Mais je compte sur vous pour être là une heure plus tôt après-demain, afin de donner le meilleur de vous-mêmes. Et j'espère que vous choisirez sagement vos occupations d'ici-là.

Après avoir lancé un regard hostile aux portraits, elle se leva dans un tourbillon de jupons bordeaux et tendit la main à Tomo, assailli de remerciements.

– Alors ça, commenta Saida après leur départ, ça se fête. Je suis bien contente d'avoir craqué pour un assortiment de cannoli au chocolat.

Telle une magicienne, elle sortit un carton de pâtisseries de sous sa chaise. Les Fontes piochèrent dedans avec joie.

Josef, Nina et Kamaria emportèrent leur dessert. Kaleb ne fit qu'une bouchée du sien et se resservit avant que la boîte ait fini de faire le tour de la table.

– Ils viennent d'Il Diletto, dit Saida. C'est la *pasticceria* de votre famille, n'est-ce pas, Finestra ?

Alessa fixa le logo familier sur lequel venait de se poser son pouce.

– La Finestra n'a pas de famille.

– Oui, bien sûr. Mais j'ai pensé que…

– Attendez, intervint Kaleb, la bouche pleine. Vous êtes la sœur d'Adrick Paladino ?

La gorge d'Alessa se serra.

– Encore une fois, la Finestra n'a pas de…

– Oui, oui, soupira Kaleb en agitant la main. La Finestra jaillit, pure et immaculée, des entrailles sacrées de Dea. On sait.

Il lécha le sucre glace resté sur le bout de son ongle manucuré et insista :

– Vous ne ressemblez pas du tout à Adrick. À part les yeux, peut-être.

Inutile de s'accrocher au mythe des origines divines si les autres refusaient de jouer le jeu.

– J'ignorais que tu connaissais mon frère, et encore moins la couleur de ses yeux.

Kaleb rougit.

– Il est partout. Impossible de l'éviter.

Saida, amusée, tendit le carton à Dante.

– Vous n'aurez qu'à vous partager le reste, tous les deux. Kaleb, tu viens ? Tout le monde va se battre pour la douche avant qu'on sorte les cartes. Je n'ai pas envie de me laver encore la dernière.

– Pfff, répliqua Kaleb. Tu crois que je vais rester ici alors qu'il n'y a pas d'entraînement demain ?

Saida le suivit jusqu'à la porte.

– Mais on est au beau milieu d'une partie de Chiamata !

La voix du jeune homme lui répondit depuis le couloir :

– Essayez la Scopa. Josef et Nina sont tellement collés l'un à l'autre qu'ils seront ravis de faire équipe.

Dante prit la boîte de pâtisseries et la présenta à Alessa, qui refusa.

– Tu peux y aller aussi, si tu veux, proposa-t-elle en jouant avec le petit pendentif en argent qu'elle portait autour du cou. Tu n'avais pas prévu de rester coincé avec moi aussi longtemps quand tu as accepté ce poste.

Dante lui jeta un coup d'œil étrange.

– Ça ne me dérange pas.

Elle ne put s'empêcher d'insister, comme on appuie sur une dent douloureuse pour voir si elle est toujours sensible.

– Tu es sûr ? Ça doit être la folie en ville, avec le Divorando qui approche.

– Tu penses que je suis un fêtard ?

– Je n'ai aucune idée de ce que tu es. Tout ce que je sais, c'est que tu ne t'appelles pas vraiment Dante, que tu lis beaucoup, que tu tapes sur des inconnus pour de l'argent, que tu mémorises des proverbes dans la langue des anciens et que tu te fais passer pour un sale type – sans que l'ombre d'une preuve vienne étayer cette théorie. Bref, très cher Pas-Dante Pas-de-nom-de-famille, tu es un mystère absolu.

Il se pencha en avant sur sa chaise.

– Et les mystères, ça t'énerve, hein ?

– Un peu.

– Eh bien, voici une information authentique sur moi : je déteste la plupart des gens et la plupart des fêtes.

– Incroyable. Moi, j'adorais faire la fête. Et j'adorais les gens. Quand ils n'avaient pas peur de moi.

À la réflexion, une bonne dose de sucre était exactement ce dont Alessa avait besoin.

Ignorant sa main tendue vers la boîte, Dante poursuivit son inspection méthodique de l'assortiment de cannoli.

– Moi, je n'ai pas peur de toi.

– Youpi, un de moins ! se réjouit-elle en brandissant le poing. La victoire est proche.

Il gloussa et goba une pâtisserie feuilletée en une seule bouchée.

Vingt-trois

Lupo non mangia lupo.
Les loups ne mangent pas les loups.

• 20 JOURS AVANT LE DIVORANDO •

De retour dans sa suite, Alessa réfléchit à voix haute à ce qu'elle allait porter pour sa séance de pose du lendemain. Dante l'ignorait complètement, affalé dans un fauteuil avec un nouveau livre.

La jeune fille vida son armoire, les bras chargés de soie rubis, de taffetas argenté et de dentelle violette, puis elle suspendit une demi-douzaine de robes qu'elle avait portées une seule fois, voire jamais, sur le paravent séparant son lit du reste de la chambre.

Elle dut se racler bruyamment la gorge (et même taper une fois du pied) avant que Dante relève la tête assez longtemps pour voter en faveur d'une tenue cramoisie. Alessa ne se fatigua pas à lui demander son avis sur les bijoux ou les chaussures. Une fois son choix fait, elle disposa le tout près de la robe.

Puis elle revint dans la partie salon et prit le petit volume à reliure de cuir que son garde du corps avait laissé ouvert sur un guéridon. Elle suivit du bout des doigts la dédicace inscrite à l'intérieur.

Per luce mia.

– C'est pour moi ?

Dante se redressa brusquement.

– Non.

– Désolée, s'excusa-t-elle en reculant. Je ne voulais pas me montrer indiscrète.

– Ça va, répondit-il, le visage sombre. Tu peux le feuilleter. Mais je te préviens, il est écrit dans la langue des anciens.

Alessa ouvrit une page au hasard.

– *O mangiar questa minestra o saltar della finestra*, ânonna-t-elle. Ça parle de ministres et de sauter par la fenêtre, c'est ça ?

– Non, la *minestra*, c'est une soupe. « Mange la soupe ou saute par la fenêtre. » Autrement dit, c'est à prendre ou à laisser.

– Ah, je commençais à me demander d'où tu tenais ta collection de vieux proverbes. Tu as appris ce bouquin par cœur ?

– Celui-là et bien d'autres. Le « saint homme » qui m'a recueilli à la mort de mes parents m'obligeait à lire la Verità tous les jours. C'était pratique : comme elle est énorme, je pouvais cacher des livres plus petits derrière.

– Je vois. Tu as vécu chez lui longtemps ?

– Beaucoup trop. Il m'a fallu trois ans pour m'enfuir.

– C'est horrible.

Elle aurait voulu en savoir plus, comprendre ce qu'il avait traversé, à la fois durant sa captivité et après. Mais son instinct lui soufflait qu'une véritable amie changerait de sujet.

Sentant des marques dans le cuir de la couverture, elle retourna le livre et découvrit qu'un nom y était gravé.

E. Lucente.

– Je le savais ! s'exclama-t-elle. Tu t'appelles Eustice !

Dante secoua la tête, un sourire amusé sur les lèvres.

– Le E est pour Emma. Ma mère.

– Zut. Mais bon, au moins, je connais ton nom de famille. *Lucente.* « Lumière ». Et Dante, ça veut dire…

– Éternel.

– Lumière éternelle. Joli. Tu m'as déjà appelée *Luce mia*, non ?

Dante croisa et décroisa les bras.

– C'était le surnom qu'elle me donnait.

Le cœur d'Alessa se serra en songeant au petit garçon qu'il avait été.

– J'ai vu que tu avais un nouveau livre ; c'est quoi ? Il te plaît ?

Il lui décocha un regard en coin.

– À toi de me le dire. Je l'ai trouvé près de ton lit.

La jeune fille pâlit.

– Rends-le-moi.

– Bien sûr. Dès que je l'aurai terminé.

– Tu ne peux pas le lire. Il est à moi. Enfin, non, pas vraiment. Il n'avait rien à faire dans la bibliothèque, alors je l'ai retiré. Pour le jeter.

– Le *jeter* ?

– Oui, parce qu'il est… indécent.

Les oreilles d'Alessa étaient brûlantes.

– Apparemment, il a plu à quelqu'un. La moitié des pages sont cornées.

Les lèvres de Dante frémissaient comme s'il réprimait un sourire.

Pour se donner une contenance, Alessa entreprit de secouer et replacer les coussins.

– Si tu le dis.

– Ça correspond aux meilleurs passages.

Les meilleurs passages ? Il voulait dire les plus scandaleux. Mais comme la jeune fille n'était pas censée avoir lu ce livre ni avoir marqué les pages en question, elle ne pouvait ni acquiescer ni nier. Et ce fumier le savait.

– Les descriptions sont très, hum, explicites, continua-t-il. Je vais te donner un exemple : « Lorsque le Prince Régent se retourna, dégainant la plus royale de ses épées, la damoiselle étouffa un cri. Une arme aussi impressionnante ne pouvait… »

Il fut interrompu par un jet de coussin, qu'il écarta en riant.

– Allez, avoue. Combien de fois tu l'as lu ?

– Je t'ai dit que je n'avais jamais…

– Une dizaine ? Une centaine ?

– Tu es cruel, tu sais ?

– Oui, je sais, répondit-il d'un ton si sérieux qu'elle se demanda si elle devait s'excuser – avant qu'il ne retrouve son sourire en coin. Mais je dois *absolument* découvrir qui, du prince ou du vaurien, notre intrépide héroïne va choisir. Ne me gâche pas le suspense !

Elle redressa la tête, telle une Finestra digne et hautaine.

– Je ne ferais jamais ça. Il faut vraiment être une personne abjecte pour révéler la fin d'un livre.

– C'est vrai. De toute façon, tu ne peux pas. Vu que tu ne l'as pas lu.

– En effet.

– Blague à part, tu n'as aucune raison d'être gênée. C'est parfaitement normal.

– Quoi, de lire ?

– D'apprécier ce genre de littérature. Réceptacle sacré ou pas, tu restes humaine.

– Ça se discute.

Il se pencha en avant.

– Non. Quels que soient ton titre et ton don, tu restes humaine. Ne laisse pas ces bêtises religieuses te retourner la tête.

– Ces « bêtises religieuses » ?

– Mets les dieux et les déesses sur un piédestal si ça te chante, mais les rituels, les règles, l'isolement… Tu as conscience que ça ne vient pas d'eux, j'espère ? Tout ça a été décidé par des mortels. Des hommes, le plus souvent. On a la sale habitude d'enfermer ce qui nous effraie. Et rien n'effraie plus un homme qu'une femme puissante.

Alessa était incapable d'imaginer qu'on puisse convoiter son pouvoir, mais il y avait tellement de choses qu'elle ignorait sur la nature humaine... D'ailleurs, n'avait-elle pas perçu une pointe de jalousie chez Adrick la dernière fois qu'ils s'étaient parlé ?

Dante la dévisageait.

– S'il y a des parties du marché qui ne te conviennent pas, rien ne t'oblige à les respecter. Conserve les traditions dont tu as besoin et débarrasse-toi des autres. Un peu d'audace !

– Tu veux de l'audace ? répliqua-t-elle en attrapant le livre. Dans ce cas, je reprends ça.

Le garde la suivit des yeux tandis qu'elle allait s'asseoir sur le balcon.

– Les Fontes parlaient de jouer aux cartes, tout à l'heure, reprit-il. Tu devrais te joindre à eux.

– Je les ai déjà torturés toute la journée, soupira Alessa. Ça m'étonnerait qu'ils aient envie de me voir.

– Tu ne le sauras pas si tu n'essaies pas. Les amis, ça se gagne.

– Je ne forcerai personne à devenir mon ami.

– Ha ! Et moi, alors ?

Les mains posées sur le dossier de son fauteuil, il lui chuchota à l'oreille.

– Ne me dis pas que tu as peur ?

Alessa secoua la tête d'un air indigné, lui envoyant ses cheveux dans le visage.

Il les repoussa en riant.

– Tu sens encore le verger.

– Je sens divinement bon, tu veux dire ? Ma Nonna me prépare des savons et des gommages avec les citrons de son jardin et du sel de mer. C'est bon pour le teint.

– Je prends note. On te laisse rendre visite à tes grands-parents ?

– Non. Je n'ai même pas le droit de leur écrire, mais les règles ne précisent pas où je dois faire mes emplettes. Je leur commande un panier tous les mois. Nonna me glisse toujours un petit mot secret dans l'emballage.

– Je comprends mieux d'où tu tiens ton côté rebelle.

– Je porte aussi le même nom qu'elle, et j'ai hérité de sa faiblesse pour les animaux errants. Si elle te rencontrait, elle te gaverait de pâtes et te reprocherait d'être trop joli garçon.

– Tu me trouves joli garçon ?

Alessa rosit.

– Non. Mais elle, sûrement. Et tu serais content, tu n'aurais même pas besoin d'ouvrir la bouche. Quand elle ne chantonne pas, elle parle toute seule ; impossible d'en placer une. À force de vivre avec mon Nonno qui est sourd, elle oublie que ce n'est pas le cas de tout le monde.

– Donc… conclut-il en faisant traîner le mot, c'est un peu toi en plus âgée ?

– Ce n'était sûrement pas un compliment, mais je le prends comme tel.

– Pas de problème, du moment que ça te donne confiance en toi, *luce mia*. Allez, on y va.

Elle ne bougea pas.

– En avant, marche !

Elle agrippa les bras du fauteuil et cala ses chevilles derrière les pieds, mais Dante le fit basculer en avant, ne lui laissant pas d'autre choix que se lever ou de s'affaler par terre.

– Je te déteste.

– Je m'en remettrai.

En traversant le couloir, ils distinguèrent des voix, suivies d'un rire provoqué par une plaisanterie qu'Alessa n'avait pas entendue. Tout ce qu'elle désirait depuis des années se trouvait derrière cette porte. Elle n'avait qu'à frapper.

Terreur. Espoir. Deux facettes d'une même pièce, tournoyant si vite qu'on ne pouvait plus les distinguer.

Elle garda le bras levé devant le battant jusqu'à avoir une crampe, puis l'abaissa.

– Je n'y arrive pas.

– Comment comptes-tu affronter un essaim de *scarabei* si tu n'oses même pas frapper à une porte ?

– S'incruster dans une soirée où on n'a pas été invité, c'est pire qu'un combat à mort.

– Contente-toi de les saluer.

Alessa se raidit tandis qu'un nouvel éclat de rire résonnait à l'intérieur de la suite.

– Bon, je vais le faire à ta place, résolut le jeune homme.

Elle lui bloqua le passage et agita un index menaçant devant son visage.

– Je te l'interdis !

– Trouillarde.

C'est alors que la porte s'ouvrit et qu'Alessa se retrouva nez à nez avec Saida, aussi surprise qu'elle.

– Finestra ! Il y a un problème ?

À l'arrière-plan, Josef lâcha ses cartes et Nina se leva si vite qu'elle fit tanguer la table, rattrapant son verre juste avant qu'il se renverse. Si elle était aussi maladroite hors de la Cittadella, alors Josef devait souvent utiliser son pouvoir pour les empêcher d'être trempés.

– Non, non, pas du tout, répondit Alessa en lissant sa jupe. Je voulais simplement m'assurer que vous n'aviez besoin de rien.

Saida cligna des yeux.

– Euh, non, je ne crois pas. Les gars ?

Ils firent tous non de la tête.

Alessa se rendit compte qu'elle hochait la sienne depuis un moment et cessa aussitôt.

– Parfait.

Nouveau hochement.

– Bien, dans ce cas, passez une bonne soirée.

– Vous aussi.

– Merci.

Saida referma derrière elle sans tirer le verrou. C'était déjà ça.

Dante fit la moue.

– Bon. Tu aurais peut-être dû apporter quelque chose à boire pour les détendre.

– Nina n'a que quinze ans !

– Des biscuits pour elle et de l'alcool pour les autres.

– Tu ne pouvais pas y penser avant, au lieu de me laisser plantée là comme une empotée ?

Il l'observa du coin de l'œil tandis qu'ils regagnaient leurs appartements.

– Au moins, tu auras essayé.

Elle leva les yeux au ciel.

Frustrée et vibrante d'énergie refoulée, elle refusa d'entrer dans le jeu de Dante lorsqu'il brandit un nouveau roman à l'eau de rose devant elle.

– Celui-là est pas mal, avoua-t-elle. Mais tu ne vas pas encore te plonger dans un livre, j'espère.

– Tu me donnes des ordres, maintenant ?

– Je t'en donne tout le temps. C'est juste que tu n'y obéis pas. Dante, reprit-elle après une pause, tu es mon seul ami.

– Et le pire, c'est que c'est réciproque. Dea, qu'est-ce qu'on est pathétiques !

– La qualité prime sur la quantité. Bref, je vais te demander un service, très gentiment, comme ça tu seras obligé d'accepter.

– Mmh ?

– S'il te plaît, tu veux bien... jouer avec moi ?

Elle sourit en le voyant tiquer. Puisqu'il prenait plaisir à se moquer de ses lectures, elle se vengerait en glissant des sous-entendus coquins dans toutes leurs conversations.

– D'accord, fit-il. Je fais une descente dans la bibliothèque ou tu as de quoi boire ici ?

– Je suis la Finestra. Une guerrière ordonnée par les dieux.

– Ça veut dire non ?

– Ça veut dire qu'il serait inconvenant…

Elle écarta une miche de pain rassis et grimpa sur le plan de travail de la cuisine afin d'atteindre le placard le plus haut.

– *Extrêmement* inconvenant de conserver de l'alcool dans ma chambre.

La première bouteille qu'elle trouva contenait du limoncello, censé être servi frais. Elle hésita puis, voyant Dante arquer un sourcil, elle la reposa.

Perchée sur la pointe des pieds, elle attrapa une lourde carafe du bout des doigts et la fit glisser vers elle, l'autre main prête à la récupérer lorsqu'elle basculerait.

Dante fut plus rapide qu'elle. Alessa se retourna, prête à lui faire la leçon. Et elle cessa soudain de respirer.

Il se tenait quasiment entre ses genoux, si proche qu'elle pouvait compter les taches d'or dans ses yeux. Des yeux qui se posèrent sur ses lèvres.

– Recule ! s'écria-t-elle. Je ne veux pas avoir une autre mort sur la conscience.

Serrant la carafe avec plus de précaution que si sa vie était en jeu, Dante s'écarta un peu. Pas assez.

– Ça serait bien fait pour moi, répondit-il en retirant le bouchon afin de boire une gorgée. Hum, c'est bon, ça !

– En plus d'être rongée par la culpabilité, je serais obligée de recruter un nouveau garde du corps.

Alessa saisit deux verres à whisky avant de descendre de son perchoir.

– Tiens. Les gens civilisés se servent de ça.

– Fascinant, fit Dante en lui tendant la carafe.

Comme elle refusait de la prendre, il la posa en soupirant.

Alessa se versa un fond d'alcool, replaça le bouchon et garda le récipient en otage.

– On joue ?

– Hein ?

– On joue à un jeu ?

Elle avait besoin de se changer les idées pour supporter l'échec de sa vie sociale.

– Quel jeu ?

– Un jeu à boire.

Elle sirota délicatement une petite gorgée, attendant de voir s'il allait relever le défi.

Son garde s'affala sur une chaise, ses coudes heurtant la table.

– Je t'écoute.

– Action ou vérité. À chaque manche, tu dois choisir entre les deux.

Dante inclina sa chaise en arrière, en équilibre sur deux pieds. Un de ces jours, il allait atterrir sur les fesses. Elle espérait être là pour le voir.

– Et si tu refuses le gage ou la question, tu dois boire.

Un sourire s'épanouit lentement sur le visage du jeune homme.

– Ça me va.

– Tu vas dire non à tout, c'est ça ?

– Ouais.

Les pieds de la chaise se reposèrent lourdement sur le sol.

– *Non*, prévint-elle en serrant la carafe contre elle. Je ne te servirai pas si tu triches.

Il lui fit signe de la main.

– C'est bon, vas-y. Mais tu n'as pas le droit de me demander mon nom.

– Il est si affreux que ça ?

– Ce n'est pas ce que j'ai dit.

– Je te ferai cracher le morceau, d'une manière ou d'une autre. C'est devenu mon seul but dans la vie. Je suis prête à tout. Broyeur à doigt, chevalet de torture, tout y passera.

– J'aimerais bien voir ça.

– Tu es chatouilleux ?

– Pas du tout.

– Je suis sûre que si. Je parie que tu glousserais comme une petite fille, lança-t-elle avant de tenter une autre approche. Si tu me le dis, je double ton salaire !

Les yeux de Dante pétillèrent.

– Aucune somme d'argent ne peut surpasser le plaisir de te faire enrager. J'emporterai ce secret dans ma tombe.

– Allez…

– OK. Je te l'avouerai sur mon lit de mort.

– J'attendrai donc ce jour avec encore plus d'impatience.

– Bon, on joue, ou pas ?

Même si elle s'amusait, Alessa ne voulait pas prendre le risque qu'il se ravise.

– Je vais commencer par une question facile. Ton endroit préféré ?

– Hum... Une petite plage, tout au bout de l'île.

– Tu veux bien me la décrire ? réclama Alessa.

Il souleva son verre de quelques centimètres, le laissa retomber sur la table, puis recommença.

– C'est une plage.

– Quel genre de plage ?

– Le genre où la terre rencontre la mer.

Elle secoua la carafe, dans laquelle on entendit clapoter le liquide.

– S'il te plaît. Je ne suis pas allée à la plage depuis des années.

– Elle est entourée de hautes falaises. Comme il faut emprunter un étroit sentier pour y accéder, peu de gens font l'effort d'y aller. Mais l'eau... Je n'ai jamais vu une couleur pareille.

– Ça a l'air magnifique, soupira Alessa.

En récompense, elle lui servit quelques gouttes. Puis elle cala la carafe entre ses cuisses, là où il n'oserait pas aller la chercher.

– À ton tour.

– Si tu pouvais faire ce que tu veux avant le Divorando, ce serait quoi ? l'interrogea-t-il.

– Facile. Apprendre à contrôler mon pouvoir pour arrêter de tuer tout le monde.

– Non, non. Un jeu est censé être drôle. Choisis autre chose, ordonna Dante en portant son verre à ses lèvres.

– Perdre ma virginité.

Il s'étrangla. Rouge et les larmes aux yeux, il se frappa plusieurs fois la poitrine.

– C'est mieux ? fit Alessa, rayonnante.

– Beaucoup mieux. Action.

– Hum… Dis quelque chose de gentil sur Kaleb.

– Non.

Il but une nouvelle gorgée.

– Doucement ! protesta-t-elle en riant. À ce rythme, la partie ne va même pas durer cinq minutes.

– Ne t'inquiète pas. Je peux encaisser, promit-il en se tapotant les abdominaux. Quant à Kaleb… je dirais que ça lui va bien, l'électricité.

– Je ne comprends pas.

– Tu as déjà été frappée par la foudre ? Ça n'a rien d'agréable.

– Tu as vraiment la poisse, on dirait.

– Je ne l'ai pas reçue de plein fouet, heureusement. À part ça, je me suis cassé plusieurs os, dont le nez, j'ai été poignardé, brûlé et j'ai failli perdre un doigt.

– Les dieux doivent te haïr.

– Oh que oui.

– Comme moi.

– Tu es la sauveuse, lui rappela-t-il. Après le Divorando, tu n'auras plus jamais à travailler de ta vie. On écrira des sonnets sur toi.

– Ou alors, je vais tuer tous les Fontes de l'île, les habitants de Saverio mourront jusqu'au dernier, et ce sera de ma faute.

Elle posa le verre frais contre sa joue.

– Je déteste faire du mal aux autres.

– Ah bon ? Je n'avais pas remarqué.

– Je n'ai qu'une mission. Une seule. Pourquoi je n'y arrive pas ?

Il la dévisagea en se mordant la lèvre inférieure.

– Tu étais affamée.

– Hein ?

Elle détacha son regard de sa bouche. Ses yeux bruns et chauds comme du fondant au chocolat saupoudré d'éclats de caramel l'empêchaient de se concentrer.

– Quand tu as touché ton premier Fonte, tu as dit que tu étais affamée. Est-ce que tu as déjà eu vraiment faim dans ta vie ?

Elle fronça le nez.

– Tout le monde a déjà eu faim.

– Je ne te parle pas de sauter un repas, mais de *mourir* de faim. Au point de manger de la terre pour combler le vide de ton estomac.

– Non, je ne crois pas.

– Quand on est dans cet état-là et qu'on met la main sur de la nourriture, on sait qu'il faut y aller doucement, pour ne pas être malade. Mais on ne peut pas s'empêcher de se jeter dessus.

Alessa fixa le fond de son verre comme s'il renfermait les réponses à ses questions. Elle n'y vit que son reflet déformé.

– D'accord…

– Si j'ai bien compris, ils te gardent enfermée ici pour te priver de tout lien avec le monde extérieur.

Il attendit qu'elle relève la tête et soutint son regard.

– Ils t'ont affamée, résuma-t-il. Alors tu t'es gavée dès que tu en as eu l'occasion.

Le ventre d'Alessa se noua.

– Tu veux dire que je suis tellement seule et pathétique que j'aspire la vie des autres ? Super.

– Tu n'y es pour rien.

– Dans les livres, mourir de solitude a quelque chose de romantique. Mais *tuer* quelqu'un pour ça, c'est un talent.

Dante se pencha vers elle.

– Peut-être que si tu étais moins affamée, tu te contrôlerais mieux.

– Tu suggères quoi ? Un petit encas affectif ?

– Quelque chose comme ça, oui, répondit-il en tambourinant sur la table du bout des doigts. Tu ne peux pas prendre un animal de compagnie ?

– Un animal ?

– Oui, une bestiole poilue et apprivoisée. Genre un chat.

Il mima des griffes.

Alessa but une nouvelle gorgée de whisky, dont la brûlure la fit tousser.

– Tu me proposes un chat. Pour combler le vide immense et béant de mon âme. Un *chat*.

– Pourquoi pas ? Grâce à lui, tu verrais peut-être dans le noir.

– Si je ne le tue pas.

– Il aurait la peau couverte de fourrure. Ça devrait l'immuniser, non ?

– Je n'en sais rien, et je n'ai aucune envie de le découvrir. Je ne me pardonnerais jamais de tuer un gentil petit chaton.

– Pourtant, tu as déjà…

– Tué trois personnes ?

Dante eut la courtoisie de paraître gêné.

– Eux, au moins, ils étaient consentants, soupira Alessa. Un animal ne peut pas exprimer son accord.

Voyant qu'il n'était toujours pas convaincu, elle le prévint :

– Si à mon réveil demain je trouve un chat dans ma chambre, je vous jette tous les deux à la rue.

Il éclata de rire et essaya de lui voler son verre, car le sien était vide. Elle le repoussa d'un geste.

Et si c'était possible ?

Elle avait toujours cru devoir se résigner à sa solitude et s'en voulait que les regrets emplissent chez elle l'espace réservé au divin. Mais les paroles de Dante venaient de semer le doute dans son esprit.

Peut-être qu'elle avait lutté contre le courant et nagé dans la mauvaise direction depuis le début.

Après avoir été échaudée si souvent, serait-ce une folie que de se jeter à l'eau une dernière fois ?

Vingt-quatre

I frutti proibiti sono i più dolci.
Le fruit défendu est le plus désirable.

• 20 JOURS AVANT LE DIVORANDO •

Vers minuit, Alessa s'aperçut que son chemisier était humide. Elle avait dû renverser quelque chose dessus à un moment donné, mais elle ne se souvenait pas quand. Tout en louchant, elle essaya de poser son doigt sur le bout de son nez – oups, sur sa joue. Non, sur son menton.

– Ce n'est pas du whisky, bafouilla-t-elle.

Dante était étalé en travers d'un fauteuil, une jambe sur l'accoudoir. La bouche ouverte et un œil fermé, il inspectait une statuette en bois.

– Non, c'est l'eau que je t'ai apportée il y a une heure. Tu t'en es vidé la moitié dessus. Ça t'a dégouliné sur la poitrine.

Alessa protesta.

– N'importe quoi. Et même si c'était vrai, tu n'es pas censé parler du sein d'une femme.

– *Le* sein ? Au singulier ?

Il lança la statuette, un objet précieux vieux de deux siècles, sur un coussin à côté de lui.

Alessa se leva et attendit, très droite, que la pièce cesse de tourner autour d'elle.

– C'est du langage soutenu.

– On dit la poitrine ou le décolleté, mais je t'assure que les seins viennent généralement par deux. De même que moi, j'ai deux jambes et un entrejambe.

– Je suis mal placée pour parler de ça.

– De quoi, de grammaire ?

– De ton entrejambe. Et toi, tu es prié de regarder les filles dans les yeux.

– C'est ce que je fais ! Mais tu t'es mise à piailler parce que c'était super froid. Et ensuite, tu as repris un whisky. Bon, c'est à qui de jouer ?

– À moi, je crois.

– Chante-moi quelque chose.

– Non merci. Je chante comme une casserole.

La gorgée suivante descendit un peu rapidement.

– Vas-y, toi, ajouta Alessa.

Elle ne pensait pas qu'il s'exécuterait, jusqu'à ce qu'il entonne, d'une voix douce comme du miel :

– J'ai embarqué ma belle à bord de mon bateau…

Oh non. La chaleur de l'alcool couplée à celle de son timbre menaçait de la faire fondre.

– Pour lui faire goûter aux plaisirs de la mer…

C'était trop injuste.

– Et quand on a remis les pieds sur la terre ferme…

Dante prit une grande inspiration, un éclat malicieux dans le regard.

– C'est moi que ma belle a goûté.

Alessa rejeta la tête en arrière et s'esclaffa.

– *Bravissimo*. Une voix angélique pour un chant démoniaque.

– *Grazie*. À ton tour.

– Je ne chanterai pas.

– Ta couleur préférée, alors.

– Vert. Tu es nul. À moi. Combien de personnes as-tu embrassées ?

Il fronça les sourcils le temps de faire le compte.

– Sept. Non, huit. Attends, les jumelles, ça compte pour une ou deux ?

– Ce sont des êtres distincts, donc deux. Mais c'est dégoûtant. On ne touche pas à la famille.

– Elles n'étaient pas de *ma* famille. Et je ne refuse jamais un baiser à une jolie fille.

Alessa s'attendait à un chiffre plus élevé. Malgré tous les défauts du jeune homme, elle se serait volontiers portée candidate si elle ne lui avait pas fait courir un danger mortel. Après quelques verres, Dante devenait nettement plus charmant. À moins qu'elle ne soit plus capable d'en juger ? Le whisky brouillait ses repères et la rendait peut-être moins exigeante. Elle s'aperçut que son verre penchait sur le côté.

Ou alors, c'était le sol. Ou elle. Elle ne savait plus trop.

De quoi parlaient-ils, déjà ?

Elle rassembla ses esprits.

– Je serais sans doute comme toi, si je pouvais. Mon unique tentative a viré à la tragédie.

Dante sourit.

– Question d'entraînement.

– Alors tu peux ajouter « embrasser » à la liste des choses que je ne saurai jamais faire.

– Hé ! Je suis sûr que tu finiras par contrôler ton pouvoir.

Alessa gloussa, ignorant la petite voix intérieure qui lui soufflait qu'elle regretterait tout cela le lendemain matin.

– Dis-moi... Dans l'hypothèse complètement hypothétique où on ferait abstraction de la mort dans d'atroces souffrances... Est-ce que tu pourrais envisager de m'embrasser ?

– Hypothétiquement ? demanda-t-il, la langue à peine moins pâteuse.

– Oui.

– Je crois que j'aurais du mal à ne pas penser aux atroces souffrances.

Il trinqua avec elle.

– Mais c'est *hypothétique*, insista-t-elle en lui donnant un léger coup de pied. Ça ne t'engage à rien. C'est si difficile que ça de faire semblant de me trouver jolie ?

– Ce n'est pas ce que tu m'as demandé.

– Alors je reformule, dit-elle en écartant ses cheveux de son visage. Tu me trouves jolie ?

– Oui. Ton plat préféré ?

Elle fit gonfler ses boucles avec une fierté exagérée. Elle méritait bien quelques points supplémentaires pour avoir réussi à arracher un compliment à ce grincheux.

– Tes questions sont vraiment pourries.

– J'essaie de nous ramener sur un terrain moins glissant. Ta plus grande peur ?

– Moins glissant, tu parles. Qu'on meure tous.

– Banal.

– Et que ce soit de ma faute. Ça m'effraie davantage que la mort de tous mes concitoyens. Je suis vraiment horrible.

– Ce n'est pas moi qui te jugerai, répondit Dante, faisant rouler son verre entre ses doigts. Ton passe-temps favori ?

– À part l'assassinat ? Je n'en ai pas. Je devrais me mettre au tricot.

– Tu as l'alcool triste, tu sais ?

– De toute façon, c'est ton tour. J'ai encore le droit de changer d'avis pour le chat ?

– Ah, donc tu valides ma théorie ?

– Celle selon laquelle je suis tellement pathétique et seule que je vampirise mes partenaires ? Allez, on va dire que oui. Il va me falloir plusieurs chats.

Le jeune homme posa son verre et se leva.

– J'ai une idée.

– Quoi ?

– Je vais te faire un câlin pour que tu puisses sauver le monde.

Alessa s'écarta si vite qu'elle renversa sa chaise.

– Non. Mauvais plan.

– Tu es couverte du menton jusqu'aux pieds, et je mesure une bonne tête de plus que toi. À moins que tu te tordes le cou pour coller ton visage contre le mien, je ne risque rien.

Retranchée derrière le divan, Alessa lui décocha son regard le plus sévère.

– C'est trop dangereux.

– Tu veux un câlin ou pas ?

Désespérément.

Elle déglutit avant de réclamer :

– Mets des gants.

Il en sortit une paire de sa poche et secoua la tête, partagé entre l'amusement et l'exaspération.

Lorsqu'il s'avança vers elle, elle recula encore.

– Ta figure.

Dante leva les yeux au ciel, puis son regard s'arrêta sur la collection d'écharpes colorées suspendue près de la porte. Attrapant un foulard violet, il en glissa une extrémité dans le col de sa chemise et enroula le reste autour de sa tête. De ses mains gantées, il écarta les pans du tissu afin d'y voir quelque chose.

– Tu es passée où ?

Alessa se mordit la langue.

Dante attendait, les bras ouverts.

Alors, mue par le courage, le désespoir ou peut-être l'inconscience provoquée par l'alcool, elle se blottit contre lui.

À la seconde où ils se touchèrent, chaque parcelle de son corps se contracta si violemment qu'elle aurait été incapable de bouger, même si elle l'avait voulu.

Il était si chaud.

Ce fut la seule pensée qui lui vint. Elle avait oublié combien un corps humain pouvait être chaud.

Elle hésitait à poser ses mains dans son dos. Mais quand il referma ses bras autour d'elle, si fort et sûr de lui, elle l'imita, les paumes bien à plat.

Muscle après muscle, elle se détendit jusqu'à poser une joue contre sa poitrine.

Le battement régulier du cœur de Dante s'accéléra.

Elle tressaillit, car elle ne voulait surtout pas lui faire peur. Il ne s'écarta pas. Elle n'avait jamais rien éprouvé d'aussi agréable, rien. Ce câlin était officiellement la plus belle chose qui lui soit arrivée.

Pitoyable.

Elle s'en moquait. Elle avait l'impression de respirer enfin après des années passées en apnée. Lovée dans ce cocon de chaleur et de bien-être, elle oublia le reste du monde. Tous ses sens étaient apaisés par ces bras qui l'étreignaient et par cette pulsation sourde contre sa joue…

Elle redressa brusquement la tête.

La voix de Dante lui parvint, étouffée, à travers sa cage thoracique.

– Tu t'es endormie.

– Possible.

– Pour de vrai ?

– Juste une seconde.

– Ça alors. D'habitude, ce n'est pas trop ce qu'on espère quand on enlace une femme, mais je suppose que c'est bon signe.

Alessa acquiesça, son menton frottant contre le tissu de sa chemise.

– Ça va mieux ? reprit-il. Tu es satisfaite ?

Satisfaite ? Loin de là.

Mieux ? Oui.

Elle marmonna une réponse volontairement inintelligible.

– Quoi ?

Sans la lâcher, Dante rajusta son foulard ridicule d'une main.

– Rien, dit-elle en se collant un peu plus contre lui. Ne t'inquiète pas, ce sera bientôt fini.

– Prends ton temps.

Lorsqu'elle recula enfin, elle tituba à peine.

– Et maintenant, tu veux bien me dire ton nom ? S'il te plaît ?

Il se gratta la lèvre.

– Sauve le monde, et je te le dirai. Plutôt pas mal, non, comme motivation ?

– Ça me paraît cher payé pour une information aussi basique au sujet d'un employé.

– À prendre ou à laisser, répliqua Dante en bâillant. Bon, je vais me doucher. Bois de l'eau. Tu me remercieras plus tard.

Alessa se dirigea vers l'évier et remplit un grand verre, dont elle renversa une bonne partie sur le chemin de son lit. Elle mourait d'envie de s'allonger.

Sa chemise de nuit était dans le placard de la salle de bains, où elle ne pouvait pas faire irruption pendant que Dante se lavait. Alors elle se contenta de retirer sa robe et de se glisser sous les draps en combinaison. Grâce à une manœuvre acrobatique, elle parvint à se pencher pour récupérer son verre en gardant le drap plaqué contre sa poitrine.

Elle en but la moitié d'une traite avant de s'arrêter et de contempler l'eau tiède avec dégoût. Aller chercher de la glace impliquait de traverser la pièce en courant avant le retour de Dante. C'était une mauvaise idée et, dans son état, la catastrophe assurée.

Elle allait devoir faire sans.

Alors qu'elle rassemblait toute sa volonté pour boire une nouvelle gorgée, le jeune homme sortit de la salle de bains, drapé d'une simple serviette.

Alessa en resta bouche bée.

– Désolé. J'ai oublié de prendre des vêtements de rechange. Ça va ?

Elle le dévisageait. Et elle n'avait aucune envie d'arrêter. Elle leva une main.

– Ne bouge pas.

Il regarda autour de lui, comme s'il se demandait s'ils étaient en danger, puis il croisa les bras.

– Pourquoi ?

– Tu m'as conseillé d'être plus audacieuse.

– Et ?

– Puisqu'il y a un homme à moitié nu dans ma chambre, je profite audacieusement du spectacle.

Il se passa les doigts dans les cheveux, amusé.

– Ce n'est pas tout à fait ce que je voulais dire.

– Tu ne peux pas choisir comment les gens interprètent tes conseils. Je réfléchirai à d'autres exemples d'audace plus tard. Pour le moment, je te regarde. À moins que tu sois timide ?

– Timide ? s'esclaffa-t-il en se passant la langue sur les dents. Loin de là.

Il tourna lentement sur lui-même.

– Voilà. Tu en as vu assez ?

Une question dangereuse.

– Ça ira. Je vais te laisser t'habiller.

– Comme si tu pouvais m'en empêcher.

– Je suis capable de te tuer avec mon petit doigt.

– J'en tremble.

Elle lui jeta un coussin qu'il attrapa et cala sous son bras avant d'aller chercher ses vêtements sur le divan.

– Si tu continues, tu n'auras plus d'oreiller pour dormir.

Le sourire aux lèvres, Alessa s'allongea. Enfin, quelqu'un la traitait comme une personne normale. C'était plus qu'elle n'en espérait depuis longtemps.

Vingt-cinq

Le bestemmie sono come la processione :
escono dal portone e ritornano dallo stesso.
Les injures sont comme des processions :
elles repartent comme elles sont venues.

• 19 JOURS AVANT LE DIVORANDO •

Elle était en train de mourir. Forcément. Son crâne semblait bien décidé à se fendre en deux alors que, à sa connaissance, les os ne faisaient pas ça. Elle tangua et essaya de se raccrocher dans le vide.

Dante la retint par le coude.

– Doucement.

– Combien de fois…

Malgré ses efforts, elle ne réussit pas à le repousser et finit par renoncer. Le monde tournait trop.

– Détends-toi. Je porte des gants, toi aussi, et tu as des manches longues.

– C'est bien connu, il n'y a rien de plus efficace que d'ordonner à quelqu'un de se détendre. J'ai tellement mal à la tête…

– Tu aurais dû boire plus d'eau.

Alessa se libéra, trouva le mur de la salle à manger et appuya son front contre la pierre froide.

– Je meurs.

– Mais non. Tu as juste la gueule de bois.

– Pas toi ?

– Non, pourquoi, ça t'embête ?

– Tout à fait. J'aurais pris plaisir à te voir souffrir.

– Moi qui pensais qu'on était amis…

L'étaient-ils ? Alessa n'avait pas eu d'amis depuis l'âge de treize ans. Peut-être que pour les adultes, une nuit de beuverie suffisait ? Elle avait du mal à réfléchir à cause de la douleur assourdissante – car oui, la douleur pouvait faire du bruit. Elle décida donc de marcher un peu. De toute façon, le devoir l'appelait.

– Parfois, le mieux, c'est de soigner le mal par le mal, affirma Dante. Je crois qu'il reste un fond de bouteille.

La jeune fille réprima un haut-le-cœur.

– On dirait un conseil inventé par un patron de bar pour se faire plus d'argent.

– Assieds-toi. Il faut que tu manges quelque chose.

L'estomac d'Alessa faisait des saltos dans son ventre. Elle avait le front couvert de sueur brûlante et poisseuse. Après s'être assurée que personne ne la regardait, elle pressa un verre d'eau fraîche contre sa joue avec un soupir de soulagement.

Dante posa un petit pain devant elle, lui adressa un regard insistant, puis retourna prendre sa place près de la porte.

La Finestra écarta son assiette et déglutit plusieurs fois.

Kaleb était déjà parti mais les autres Fontes se régalaient de jus de fruits et de pâtisseries, pressés de profiter de leur journée de congé.

– On a trop fait la fête hier soir ? s'amusa Kamaria pendant que Nina et Josef discutaient de la messe à laquelle ils allaient assister.

Ils hésitaient même à en enchaîner plusieurs, par sécurité.

– Et vous, Finestra, quels sont vos projets ? l'interrogea Saida. Vous aurez le droit de sortir après votre séance de pose ?

Alessa contempla sa fourchette d'un air désespéré et renonça à manger.

– Je n'ai nulle part où aller.

– Oh. Désolée.

Cela présentait toutefois un avantage : la seule chose qu'elle devrait faire pour survivre à cette journée, ce serait rester assise.

Mais ce ne fut pas si simple.

Il fallut une heure à Maestra Pasquale pour être satisfaite de sa posture. Elle ne pouvait pas la guider physiquement, et la Finestra avait du mal à suivre ses indications.

Avec ses cheveux gris argent, sa silhouette androgyne et ses traits aussi ciselés que ses statues, l'artiste était également dotée d'un sens de l'humour caustique. Comme Alessa ne savait jamais si elle plaisantait ou pas, elle avait appris depuis longtemps que mieux valait éviter de rire à ses remarques.

Enfin, Maestra Pasquale prit place derrière son chevalet et commença ses croquis. Quand elle n'ordonnait pas à son ancienne élève de tourner la tête, de cambrer le dos, de lever ou de baisser le menton, elle la questionnait sans relâche sur les concepts de *sfumato* et de *chiaroscuro*.

Bien avant la fin de la séance, Alessa conclut que poser pour un tableau était l'une des tâches les plus difficiles au monde. Sa seule consolation était l'air ébahi de Dante lorsqu'il l'avait vue arriver dans sa robe rouge. Depuis, il ne la quittait plus du regard, assistant à son calvaire de loin.

– Magnifique *contrapposto*, commenta Maestra Pasquale en le regardant. Finestra, vous voyez la ligne douce de la jambe, et la manière dont le léger décalage du torse souligne à la fois les épaules et les hanches ?

Dante ouvrit de grands yeux perplexes pendant que la jeune fille acquiesçait, pensive.

Maestra Pasquale claqua des doigts.

– Vous devriez passer me voir à mon studio ; je cherche justement un modèle pour ma prochaine sculpture.

– Oui, tu devrais, renchérit Alessa sans desserrer les dents, pour ne pas « casser l'arrondi de la nuque » une troisième fois. Maestra Pasquale est réputée pour son sens du détail anatomique.

– C'est vrai, confirma l'artiste en rangeant son matériel. Et je paie bien. Mais pas la peine de venir si vous êtes une petite fleur fragile.

Alessa se massa le cou.

– Oh, Dante n'est pas timide.

– Parfait. Voici ma carte. Finestra, ce fut un plaisir. Je reviendrai lorsque votre Fonte sera prêt.

Elle tendit un petit rectangle de papier à Dante et disparut dans le jardin.

Le garde du corps jeta la carte vers Alessa, qui la ramassa par terre.

– Je rêve ou tu viens de proposer mes services comme modèle nu ?

– Tu passes le plus clair de ton temps planté dans un coin à bouder. Autant te faire payer.

– Tu me paies déjà, sans que j'aie besoin de retirer mes vêtements.

Arrivé au troisième étage, il s'arrêta brusquement.

– Ça ne t'embête pas si je sors faire une course ? Tu devrais être en sécurité si tu fermes la porte à clé. Je n'en aurai pas pour longtemps.

Le cœur et le ventre d'Alessa se nouèrent à la perspective de passer le reste de la journée seule, enfermée dans sa chambre, pendant que les autres retrouvaient leur famille et leurs amis. Même Dante avait mieux à faire que lui tenir compagnie.

– Tu dois rendre visite à quelqu'un ?

– Non. Juste vérifier un truc.

– Tu as laissé une bougie allumée ?

– Quelque chose comme ça.

Malgré les heures vides et solitaires qui s'étendaient devant elle, elle se força à sourire et lui donna congé.

– Attends, dit Dante, je dois d'abord te montrer le système de barricade que j'ai…

À peine le seuil franchi, il se raidit.

– Stop. Quelqu'un est venu ici.

Alessa inspecta la pièce. La seule chose qui sortait de l'ordinaire était une assiette de biscuits à la verveine posée sur la table. Leur parfum acidulé flotta jusqu'à ses narines tandis qu'elle admirait leur décor de zestes de citron confit.

– Tout va bien, soupira-t-elle. On m'a juste apporté des gâteaux.

– D'habitude, les domestiques laissent la nourriture dans le couloir. Combien de personnes ont la clé de ta suite ?

– Je ne sais pas trop. La femme de chambre qui vient faire le ménage et changer les draps, et…

Elle se tortilla, mal à l'aise.

– On va faire remplacer les serrures, décréta Dante.

Puis il s'empara de l'assiette et la renifla.

– Tu comptes aussi les lécher, ou je peux en prendre un ? lui demanda Alessa, les bras croisés.

Le jeune homme croqua un petit morceau qu'il recracha aussitôt dans sa main.

– *Daphne.*

– Qui ça ?

– *Daphne gnidium.* Un poison tellement amer que tu n'en aurais sans doute pas avalé assez pour que ça te tue. Mais tu aurais passé un mauvais quart d'heure. Tu as de la chance d'être tombée sur un assassin amateur.

Elle s'assit et expira lentement.

– Comment sais-tu quel goût a ce poison ?

– J'étais un enfant stupide.

Il vida le reste des biscuits dans la poubelle, examina l'assiette et la jeta elle aussi.

– À partir de maintenant, c'est moi qui t'apporterai à manger. Une des domestiques mourait d'envie de me faire visiter les cuisines. Je vais aller la trouver.

Apparemment, une tentative d'empoisonnement était quelque chose d'on ne peut plus banal dans la vie du Loup.

Ou pas.

Dante se tapota la jambe avec son couteau.

– Ça m'embête, cette histoire. J'hésite à te laisser sans protection.

– Emmène-moi avec toi.

– La ville est dangereuse.

– La Cittadella aussi, visiblement. Mes parents sont boulangers ; ils sauront peut-être qui a préparé ces biscuits. Ça m'étonnerait qu'ils cachent des assassins dans leur réserve. Tu n'auras qu'à me déposer là-bas le temps de faire ta course.

Dante fronça les sourcils.

– Je ne sais pas…

– Personne ne me reconnaîtra. Je ne m'habillerai pas en Finestra, et la moitié des gardes sont occupés à sauver les réserves des sous-sols qui ont été inondés l'autre jour.

– Enfreindre les règles, c'est une manie, chez toi ?

– Crois-le ou non, c'est très récent.

Elle joignit les mains sous son menton en un geste suppliant.

– S'il te plaît, Dante. Même s'ils ne savent rien à propos des biscuits, j'aimerais les voir. Rappelle-toi ta théorie sur les causes de mon problème. Ça pourrait m'aider.

– Ou empirer les choses.

– Pitié…

Elle eut du mal à masquer sa satisfaction lorsqu'il grogna finalement son assentiment. Il ne fallait surtout pas qu'il prenne conscience de sa tendance à le manipuler en lui faisant les yeux doux. Sinon, il ne céderait plus jamais.

Après avoir remis la robe rouge sur son cintre, elle fouilla dans son armoire et opta pour une tenue bleue toute simple dont les manches longues dissimuleraient ses gants, et un collant doré si clair que ses jambes paraîtraient nues de loin. Elle ne voulait pas rentrer chez elle dans la peau de la Finestra. Elle se démaquilla, se fit une raie au milieu et se tressa les cheveux dans le dos.

Face à son reflet, elle eut l'étrange sensation de ne pas se tenir devant un miroir, mais devant une fenêtre sur une autre vie. La vie qu'elle aurait pu avoir. Elle tenta d'afficher un sourire insouciant, avant de s'apercevoir que cela ne lui allait pas. Il n'y avait pas d'autre Alessa. Pas d'autre vie. Elle n'avait plus que ça.

La petite devanture était plus jolie qu'autrefois. Les lettres d'or de l'enseigne avaient été repeintes, les fenêtres remplacées par des panneaux de verre biseauté.

– Pas mal, commenta Dante, qui se demandait sans doute pourquoi Alessa fixait la vitrine au lieu d'entrer.

– Ils ont fait bon usage de leur compensation financière.

Elle aurait dû se réjouir que les sommes versées mensuellement à ses parents en échange de leur sacrifice – c'est-à-dire elle – aient permis à l'entreprise familiale de prospérer. Mais elle était incapable de cacher son amertume.

– Tu veux que je t'accompagne ? proposa son garde du corps.

– Non. Reviens me chercher quand tu auras fini.

Ce serait déjà assez pénible comme ça sans témoin.

À cette heure tardive, la boulangerie était déserte et les étalages presque vides. Enveloppée par le parfum de levure et de sucre qui avait bercé son enfance, Alessa claqua la porte derrière elle et retourna l'écriteau.

– On s'apprête à fermer, mais il nous reste quelques pains… commença son père, qui sortait de la réserve en s'époussetant les mains sur son tablier.

Il se figea à la vue de sa fille.

Il avait les cheveux plus longs et plus gris qu'avant, le visage plus marqué – mais son expression était la même que la dernière fois qu'ils s'étaient parlé. Un mélange de désarroi et de respect teinté de mélancolie.

– Finestra, dit-il en tendant les bras vers elle avant de les laisser retomber. Qu'est-ce qui vous amène ?

Elle souffrait de ne pas pouvoir le serrer contre elle.

– Bonjour, Papa. S'il te plaît, appelle-moi par mon prénom.

Il jeta un coup d'œil autour de lui.

– Alessa. Ma petite chérie, comme tu as grandi !

– Tu m'as manqué, avoua-t-elle, des larmes coulant sur ses joues.

Il contourna le comptoir tout en gardant ses distances.

– Toi aussi, tu nous manques. Je ne comprendrai jamais pourquoi les dieux font certains choix, même si je garde la foi. J'imagine que ce n'est pas facile pour toi.

C'était le moins qu'on puisse dire. Si elle s'écoutait, elle se transformerait en une mare sanglotante. Alors elle renifla et sortit un des biscuits empoisonnés de sa poche.

– Tu sais qui m'a envoyé ça ?

Son père fronça les sourcils.

– Je n'en ai pas préparé depuis un moment. Adrick m'a donné un coup de main, hier. C'est peut-être lui. Pourquoi ?

Le pouls d'Alessa accéléra soudain avec le bruit de pas qui approchait dans l'escalier.

– Marcel, tu as retourné l'écriteau ? demanda sa mère avant de s'arrêter net, comme clouée au sol.

– Mama.

– Finestra, répondit celle-ci en lui faisant la révérence. Avec tout le respect que je vous dois, vous ne devriez pas être ici.

La déception étreignit le cœur naïf de la jeune fille.

– Je sais ce que préconise la Verità, Mama. Je ne resterai pas longtemps.

– Dans ce cas, vous savez aussi ce que les dieux attendent de nous. Vous n'auriez jamais dû venir.

– Je voulais juste…

Les mots s'étranglèrent dans la gorge d'Alessa. Pourquoi était-elle venue, au fond ? Pour élucider un mystère dont elle ne souhaitait pas connaître la clé ? Pour chercher de l'amour là où elle n'en trouverait plus ? Ou simplement pour mettre un point final à ce chapitre de son histoire ?

– … vous dire au revoir.

Sa mère se détournait déjà. Alessa ne vit pas son visage lorsqu'elle marmonna un bref :

– Au revoir.

Son père, lui, signa discrètement « Je suis désolé ».

Alessa ne répondit pas. Elle ne pouvait pas lui demander de prendre parti, mais elle était blessée qu'il ne le fasse pas.

Treize ans. Pendant treize ans, sa mère avait été son soleil, et maintenant elle ne voulait même pas la regarder en face pour lui faire ses adieux.

En cet instant, quelque chose se dessécha et mourut dans l'âme d'Alessa.

– Adrick est là ?

La froideur de sa voix fit tressaillir son père.

– Non, il est encore chez l'apothicaire. Pourquoi…

Elle franchit le seuil avant qu'il ait terminé sa phrase.

Elle aurait dû attendre Dante, mais le rejet de sa mère et la douleur qu'elle avait lue dans les yeux de son père lui étaient trop insupportables. Il fallait qu'elle parle à Adrick, pour étouffer dans l'œuf cette sensation de ne plus avoir personne.

Au coin de la rue, elle faillit heurter un groupe de membres de la Fratellanza en robe blanche massés devant chez l'apothicaire.

Protégeant son visage de ses mains, Alessa courut se réfugier dans la petite ruelle qui séparait l'officine de la boutique du tailleur voisin.

Pour une fois, Dea était de son côté. Adrick se trouvait justement là, une caisse vide dans les bras. Une dizaine d'autres était disposée en demi-cercle dans la minuscule cour qui s'ouvrait derrière le bâtiment.

– Qu'est-ce que tu fiches ici ? s'exclama le jeune homme, choqué de la voir.

– Il faut qu'on discute.

– Non. Il faut que tu partes. Tout de suite.

Alessa fouilla dans sa poche et en sortit le biscuit qui s'émiettait.

– Qui a commandé ça à la boulangerie hier ?

Son frère pâlit.

– Je ne m'en souviens plus.

– Ah ? Mais tu te rappelles avoir ajouté du poison à la recette de Papa, ou quelqu'un d'autre s'en est chargé ?

Adrick s'empoigna les cheveux.

– Je t'expliquerai tout plus tard. Va-t'en, vite. Ce ne pas ce que tu…

Il redressa brusquement la tête en entendant des voix dans la boutique. Tout son corps se raidit.

– Qu'est-ce qui t'arrive ? s'étonna Alessa.

– Je passerai à la Cittadella ce soir, promis. *S'il te plaît*. File.

L'inquiétude de son jumeau finit par lui faire oublier sa colère. Alors elle s'enfuit, fourrant le biscuit dans sa poche.

Bien que les membres de la Fratellanza aient disparu, tous les visages qu'elle croisait lui semblaient ennemis. Les gens ne voyaient que ce qu'ils voulaient voir ; une fille vêtue d'une tenue simple et propre comme la sienne n'attirait pas vraiment l'attention. Pourtant, dans sa panique, elle avait l'impression qu'un énorme projecteur était braqué sur elle et que des dizaines de regards soupçonneux la fixaient.

La rue était bondée. Alors qu'elle hésitait entre retourner à la boulangerie ou essayer de trouver Dante dans le quartier du Tonneau qu'il fréquentait autrefois, elle reconnut sa silhouette au loin. C'était presque gênant qu'elle l'ait repéré aussi facilement. Un simple aperçu de l'arrière de son crâne avait suffi.

Comme il s'éloignait dans la direction opposée, elle l'appela. Il ne se retourna pas.

Elle allait devoir lui courir après.

Pendant qu'elle se faufilait entre les passants pour ne pas le perdre de vue, Dante bouscula un homme qui venait en sens inverse. Ils se défièrent du regard tels des chats sauvages cherchant la bagarre.

Alessa croisa deux femmes qui la fixèrent avec un peu trop d'insistance. Elle tira sa capuche sur son front et tenta de se fondre dans la foule. Lorsqu'elle releva la tête, Dante n'était plus là.

Elle faillit passer sans la voir devant une petite ruelle, mais la voix du jeune homme la fit stopper net. Il était là, tout au bout du passage, en train de se disputer avec un type en robe blanche.

Alessa se tapit derrière une pile de tonneaux, le cœur au bord des lèvres.

L'homme, grand et trapu, avait le crâne rasé. Ce n'était pas Ivini. Malheureusement, le soulagement de la jeune fille fut de courte durée.

– Et qu'est-ce que j'y gagne ? siffla-t-il.

Dante lui répondit sur le même ton venimeux, mais la plus grande partie de sa phrase fut noyée par des cris en provenance de la rue principale, où une charrette s'était renversée. Alessa ne saisit qu'un seul mot : « Tuer ».

De petites étoiles lui brouillèrent la vue.

S'agissait-il d'une menace… ou d'une promesse ?

L'homme serra les poings.

Dante lança ses couteaux dans les airs, puis les rattrapa par le manche.

Alessa retint son souffle.

L'atmosphère était électrique ; les deux hommes se dévisageaient, prêts à frapper. Aucun des deux ne parla ni ne bougea pendant un long moment.

Enfin, Dante rangea ses armes en ricanant.

– *Vai a farti fottere.*

L'autre cracha par terre et s'en alla. Il était si concentré sur le jeune homme qu'il ne vit pas Alessa en passant.

La colère de celle-ci enfla comme une vague.

Sa mère se souciait si peu d'elle qu'elle lui avait à peine dit au revoir, son frère préparait une réunion alors que la Fratellanza traînait dans les parages, et maintenant Dante passait un marché dans une ruelle avec un des hommes d'Ivini. Des secrets, toujours plus de secrets, amoncelés les uns sur les autres.

Elle n'avait nulle part où aller. Et de toute façon, elle ne quitterait pas cette ruelle sans un début de réponse à ses questions.

Dante regardait de l'autre côté lorsqu'elle sortit de sa cachette. Elle attendit qu'il se retourne, qu'il rougisse de honte et lui explique ce que tout cela signifiait.

Sans s'apercevoir de sa présence, il prit son élan et donna un coup de poing si violent dans le mur qu'il aurait dû se briser les os.

Il frissonna de la tête aux pieds, puis recommença. Encore. Et encore. Chaque coup était plus rapide, plus fort que le précédent. Des morceaux de plâtre tombaient sur le sol.

Alessa réprima un cri.

Sa pauvre main. Il allait la réduire en miettes, si ce n'était pas déjà fait.

Elle fit un pas en avant – pour l'arrêter, ou lui hurler dessus, elle n'aurait pas su le dire.

Quand son pied se posa sur une bouteille brisée, Dante fit volte-face si brusquement qu'elle n'eut pas le temps d'ouvrir la bouche.

Les yeux brillants d'une rage terrifiante, il la frappa des deux poings au niveau de l'abdomen.

Bouche bée, elle baissa la tête et contempla les doigts de son garde serrés sur le manche des couteaux.

Du sang s'écoulait entre ses jointures.

Dante poussa un cri rauque et retira ses lames, qui tombèrent sur le sol.

Son protecteur. Son assassin.

Alessa eut à peine le temps de murmurer son nom avant que ses jambes se dérobent sous elle.

Vingt-six

Piove sul bagnato.
Un malheur n'arrive jamais seul.

• 19 JOURS AVANT LE DIVORANDO •

Dante s'agenouilla pour ralentir sa chute.

Pourquoi ?

La trahison et la souffrance résonnaient en elle. Le monde se réduisait peu à peu à ces deux bras qui l'entouraient.

Cherchant des réponses dans ses yeux, elle n'y lut que de l'horreur.

Les lèvres du jeune homme remuaient en silence, répétant le mot *non*.

Ne me prends jamais par surprise.

Il l'avait prévenue. Plusieurs fois.

Elle ne l'avait pas écouté.

Il n'y aurait pas de mort glorieuse et héroïque pour elle, finalement.

Dante l'allongea par terre, une main sous sa tête, si bien qu'elle sentit à peine les dalles de pierre dure.

Elle devait lui rappeler de ne pas toucher sa peau, mais tout devenait noir.

L'ombre de Dante se pencha sur elle, lui arrachant un cri de douleur.

L'avait-il à nouveau poignardée ?

Non. Il faisait pression sur ses plaies, secouant la tête comme s'il n'arrivait pas à déterminer leur gravité. La vérité se lisait sur ses traits. Il avait frappé pour tuer, et il ne ratait jamais son coup.

Certaines blessures n'étaient pas soignables.

Dante finit par renoncer à endiguer le saignement. Il prit les mains d'Alessa dans les siennes, couvertes d'un sang si épais qu'on aurait dit que lui aussi portait des gants.

Même si elle l'avait voulu, elle aurait été incapable de se libérer.

Je lui ai tenu la main.

Il n'avait pas oublié.

Dante tira sur les gants, dont le cuir trempé résista. Tant mieux. C'était une très mauvaise idée. Alessa serra les doigts, mais elle était trop faible pour lui résister. Bientôt, elle sentit des paumes rugueuses sur les siennes et l'entendit réprimer un gémissement.

Un cœur pouvait-il se gonfler et se briser en même temps ?

Elle ne voulait pas qu'il meure, mais un flot de chaleur dorée lui parcourut soudain la peau. C'était l'énergie vitale du jeune homme, qui la ranimait de l'intérieur et s'épanouissait dans sa poitrine. Une sensation d'euphorie l'envahit, si merveilleuse qu'elle en oublia presque qu'elle était en train de le tuer. Même sur son lit de mort, il fallait encore qu'elle *prenne*.

Les mains de Dante se contractèrent brusquement. Son souffle déjà court se fit syncopé.

Le cœur d'Alessa battait de plus en plus lentement.

Son garde s'affaissa sur elle, les doigts toujours noués aux siens.

Ils allaient mourir tous les deux.

Mais pas seuls.

Personne ne devrait mourir seul.

Vingt-sept

Chi è all'inferno non sa ciò che sia cielo.
Celui qui est en enfer ignore à quoi ressemble le ciel.

• 19 JOURS AVANT LE DIVORANDO •

L'au-delà sentait l'urine et le pain de seigle, mais Alessa entamait sa vie après la mort avec un homme dans les bras. Les dieux tenaient visiblement à la récompenser malgré tous ses échecs ; elle n'allait pas chipoter pour des détails.

Elle promena ses doigts sur la colonne vertébrale de l'inconnu, tâta les bandes de muscles de chaque côté. Il remua et gémit, sa barbe de trois jours lui frottant la peau.

Si elle avait su que ce serait si agréable, elle n'aurait pas autant redouté la mort.

Pourtant, le sol était dur, froid, et tout son corps la faisait souffrir. Non loin d'eux, quelqu'un cessa de brailler une chanson paillarde le temps de vomir tripes et boyaux.

Ce n'était pas… normal.

Elle se força à ouvrir les yeux, scrutant la pénombre jusqu'à distinguer la forme d'un mur de briques et d'une tête posée sur sa poitrine, inclinée de telle sorte que le visage demeurait invisible. Les muscles de l'homme mystérieux se contractèrent sous ses mains. Il poussa un nouveau grognement.

Ce n'était pas l'au-delà. Ni un inconnu.

Dante.

Qui n'appréciait visiblement *pas du tout* d'être couché sur elle.

Alessa retira aussitôt ses mains et tendit le cou le plus loin possible. Le front du jeune homme était toujours en contact avec sa gorge, mais elle ne pouvait pas le repousser sans le toucher, ce qui…

Elle se traîna sur les pavés et se débattit de son mieux. C'était presque aussi difficile que se libérer d'une avalanche. Dans un dernier effort, elle parvint à dégager le haut de son corps.

Un couteau tinta sur le sol, et les souvenirs affluèrent.

Des yeux noirs, une rage mortelle, des lames plantées dans sa chair. Quelque chose – la peur, le choc, la perte de sang – avait engourdi sa douleur, mais elle savait ce qui l'attendait.

Elle était fichue.

Lui, non. Pas encore.

Lorsqu'elle roula sur le côté, son bras se posa dans une flaque tiède et visqueuse. L'image de Dante horrifié par ce qu'il venait de faire la glaça. Ce genre de culpabilité pouvait pousser quelqu'un à retourner son arme contre lui.

Elle porta sa main ensanglantée à sa bouche et sentit le goût de rouille sur ses doigts.

Pourvu que ce soit le mien.

Elle ramassa le gant imbibé qui gisait sur le sol et s'en servit pour tourner la tête de Dante vers elle.

Il avait le teint gris et les yeux clos.

Elle se pencha sur lui, guettant son souffle. Au même instant, le jeune homme aspira une grande bouffée d'air et se redressa, heurtant violemment la pommette d'Alessa.

Elle recula en poussant un petit couinement, auquel il répondit par une flopée de jurons.

– Oh, ton nez, s'écria-t-elle.

– Ça va aller.

Il s'assit, tâta l'arête visiblement cassée et baissa la tête.

– Non, ça m'étonnerait, insista-t-elle.

Lorsqu'il la regarda à nouveau, son visage avait repris son aspect habituel.

Ça alors, par Dea !

– Tu saignes ? lui demanda-t-il.

Stupéfaite, Alessa inspecta ce corps qui ne lui semblait plus être le sien.

– Je… je ne crois pas.

Le devant de sa robe était raide et glacé, pas humide de sang chaud.

– Bouge-moi cette fichue main, que j'y voie quelque chose.

– Je ne peux pas. Si je cesse de faire pression sur ma blessure, elle va se remettre à saigner.

Dante lui attrapa le poignet à travers sa manche et lui écarta le bras. Alessa retint un hoquet lorsqu'il déchira un peu plus sa robe afin de dévoiler sa peau pâle, tachée de sang mais intacte.

Impossible.

– Je ne pensais pas que ça fonctionnerait, dit-il en se couvrant la bouche.

Il tremblait. Alessa, pliée en deux, inspecta son abdomen.

– Je ne comprends pas.

– Tu es sûre ?

Il l'observait, tendu. Il n'y avait qu'une explication plausible.

Le pouls de la Finestra résonnait dans ses oreilles.

– Tu es un ghiotte.

Vingt-huit

Chi nasce lupo non muore agnello.
Chassez le naturel, il revient au galop.

• 19 JOURS AVANT LE DIVORANDO •

Ce n'était pas tous les jours qu'on recevait une blessure mortelle, puis qu'on faisait demi-tour aux portes de la mort avant de découvrir que son seul ami se trouvait être une créature cauchemardesque. Cela faisait beaucoup d'un coup.

Les ghiottes étaient maléfiques. C'était un fait, pas une opinion. Pourtant, Dante ne correspondait pas à cette description. Il ne pouvait pas.

Au début, Alessa crut qu'il n'allait pas lui répondre. Elle espérait même qu'il éclate de rire, et qu'ils s'émerveillent tous les deux de l'absurdité de ce qu'elle venait de dire.

Mais il acquiesça.

– Tu es un ghiotte, répéta-t-elle.

Ses pensées étaient si embrouillées qu'elle ne parvenait plus à les démêler. Alors elle s'empara de la plus importante et se concentra dessus.

– Tu t'es servi de ton don pour me soigner.

– Non, la corrigea-t-il. C'est toi qui as fait ça.

– Parce que tu m'as pris les mains en *sachant* que ça arriverait. Dante, tu m'as sauvé la vie ! s'exclama-t-elle, euphorique.

L'expression du jeune homme s'assombrit.

– Je suis ton garde du corps. C'est mon travail.

Il se leva et épousseta son pantalon, même si c'était vain. Couvert de sang et de crasse, il était irrécupérable.

Une tempête d'émotions se déchaînait dans l'esprit d'Alessa – horreur, gratitude, peur et admiration.

– Dante, tu m'as tenu la main, *et tu n'es pas mort.*

Il parut mal à l'aise.

– Pendant une minute, j'ai bien cru que j'allais y rester.

– Mais…

– Ne t'emballe pas. Je n'ai aucun pouvoir utile, lui rappela-t-il en parcourant la ruelle d'un regard inquiet. Il faut que tu rentres à la Cittadella et que je fiche le camp d'ici.

Alessa tâtait son ventre miraculeusement indemne.

Alors, d'un geste impatient, Dante la remit sur ses pieds.

Elle tangua comme si elle était ivre et contempla avec fascination ses mains ensanglantées. L'une était gantée, l'autre non.

Son garde l'observait avec la mine lasse du dernier client sobre d'une auberge à minuit passé. Puis il l'entoura de son bras et l'entraîna.

Il était en vie.

Elle était en vie.

Comment, au nom de Dea, était-ce possible ?

Elle gloussa, grisée par le soulagement – et sans doute un peu par le choc. Puis elle posa sa main sur la taille du jeune homme. Une bouffée de chaleur l'envahit au contact de ce corps dont elle sentait bouger les muscles fermes à chaque pas.

Accrochés ainsi l'un à l'autre, ils devaient ressembler à deux amoureux en quête d'un coin tranquille. Si l'on faisait abstraction du sang, bien sûr. Elle rit à nouveau. Sans être experte en la matière, elle avait lu assez de livres pour savoir que ce n'était pas un élément habituel des rendez-vous clandestins.

Dante, toujours aussi renfrogné, devait quasiment la porter. Ils longèrent des ruelles sombres qu'il connaissait visiblement par cœur, jusqu'à déboucher devant la grotte du port.

Une fois à l'intérieur, il la poussa vers le sentier. Au lieu d'éclaircir les idées d'Alessa, cette marche forcée avait eu l'effet inverse. Saisie de vertige, elle dut s'appuyer contre le mur et se sentit glisser malgré elle. Dante la rattrapa et cala un genou entre ses jambes afin de la maintenir debout.

– Dis donc, ricana-t-elle, tu aurais quand même pu m'inviter à dîner avant.

Il soupira et, avec des gestes saccadés, fouilla sous la cape de la Finestra pour trouver la clé.

Le visage pressé contre sa chemise, elle inspira son odeur. Cela lui semblait parfaitement naturel, même si, à la réflexion, c'était sans doute déplacé. On ne pouvait pas lui en tenir rigueur. Si ses blessures avaient disparu par magie, la perte de sang commençait à lui monter à la tête et faisait tomber ses dernières inhibitions.

– Oups, murmura-t-elle. Ça tourne.

Dante ne répondit pas. Évitant son regard, il se concentra sur l'ouverture de la grille. Il avait le souffle court et ne ressemblait plus au garçon qui l'avait taquinée parce qu'elle lisait des romans coquins, avant de l'enlacer pour qu'elle puisse sauver le monde. Il était redevenu l'animal pris au piège qu'elle avait aperçu sur son balcon, le soir où elle l'avait engagé et ramené chez elle.

Il avait peur d'elle. Évidemment. Comme tout le monde. Maintenant qu'il avait goûté à la douleur atroce qu'elle pouvait provoquer, il ne serait plus jamais serein.

– Je suis désolée, s'excusa-t-elle en fourrant ses mains dans ses poches. Je ne te toucherai plus.

– Hein ? fit-il en se tournant vers elle. Non, ce n'est pas… Je n'ai pas… Tu veux que je te porte ?

– Du calme, répliqua-t-elle avec un mouvement de la main qu'elle espérait rassurant. Je peux marcher.

Pour prouver ses dires, elle reprit sa route d'un pas hésitant.

Il y avait autre chose qui la tracassait. Quelque chose qui l'avait énervée ou surprise. À force de fouiller dans ses souvenirs flous, cela lui revint enfin.

– Qui était cet homme ? Et pourquoi vous vous disputiez ?

Dante se raidit et tira la grille derrière eux.

– Aucune importance.

– Si, ça en a. Tu as rencontré un disciple d'Ivini, l'homme qui veut ma mort, puis tu as failli me tuer. J'ai le droit de savoir ce qui se passe.

Il l'avait aussi soignée, ce qui invalidait un peu son raisonnement, mais Dante n'avait visiblement pas envie de s'appesantir sur le sujet.

– C'est le type qui m'a recueilli après la mort de mes parents. Persuadé qu'un enfant pouvait être réformé, il a proposé à leurs agresseurs de s'occuper de moi. Pour sauver mon âme immortelle, tout ça.

Il la poussa dans le dos pour la faire avancer.

– Je l'ai aperçu dans la foule le soir où on s'est rencontrés. Après toutes ces années, je n'étais pas certain qu'il m'ait reconnu, mais je voulais m'assurer qu'il garderait le silence. Et que personne ne découvrirait mon secret. C'est raté, conclut-il en ouvrant la dernière grille avant de lui rendre la clé. Tiens, verrouille derrière toi.

Pourquoi cette phrase sonnait-elle comme un adieu ?

– Tu ne viens pas ?

Il se passa la main dans les cheveux.

– Je… Je dois… Je ne peux pas…

Cet homme qui affrontait des adversaires deux fois plus grands que lui, qui faisait taire d'un regard les Fontes énervés et qui ne reculait jamais devant les mains meurtrières d'Alessa, tremblait maintenant comme une feuille parce qu'elle avait découvert la vérité sur son compte.

– Dante, je n'en parlerai jamais à *personne*.

Il laissa échapper un souffle haché.

– Tu sais ce qui arrivera si ça se sait ?

Un ghiotte dans la Cittadella. Un rat dans la cuisine. Villageois en colère, torches et fourches brandies. Elle pourrait s'estimer chanceuse si elle ne terminait pas au bûcher avec lui.

– Choisis ton foutu Fonte, reste dans la Cittadella et oublie-moi.

– Viens au moins récupérer tes affaires, murmura-t-elle.

– J'en achèterai d'autres.

– S'il te plaît. Prenons le temps d'en discuter.

– Il n'y a rien à ajouter.

C'était trop, trop vite. Il lui échappait alors qu'elle n'avait pas encore fini de digérer la nouvelle. *Accorde-moi une seconde, bon dieu.*

– Alors tu auras à nouveau mon sang sur les mains, déclara-t-elle. Il y a environ soixante-dix pour cent de chances que je tombe dans l'escalier, que je dégringole jusqu'en bas, que je me brise la moitié des os et que je m'ouvre le crâne. Et comme tu ne seras pas là pour me soigner, je mourrai pour la deuxième fois de la journée dans une mare de sang. Quelle fin tragique, après avoir survécu aussi miraculeusement tout à l'heure.

Il faisait toujours la tête, mais elle percevait autre chose derrière sa colère et sa peur.

Comme un soupçon d'espoir.

– S'il te plaît, insista-t-elle.

Elle porta une main tremblante à son front et s'affaissa contre la grille. Jouer ainsi de sa faiblesse était un coup bas, mais aux grands maux les grands remèdes.

Dante rinça ses couteaux dans l'évier, les essuya sur un torchon propre, puis les lava et les sécha une deuxième fois avant de les ranger dans leurs étuis.

Il faisait les cent pas dans la pièce quand Alessa partit prendre son bain, et les faisait toujours quand elle jeta un coup d'œil derrière le paravent avant de s'habiller.

C'était un ghiotte.

Une créature qui n'avait presque rien d'humain.

Démoniaque, égoïste, corrompue jusqu'à la moëlle.

Elle était censée le craindre. Le haïr. Cette découverte aurait dû tout changer.

Mais ce n'était pas le cas.

Un ghiotte lui avait pris les mains dans cette ruelle au risque d'y rester, dans l'espoir insensé de la sauver. Un ghiotte avait mis sa fierté et sa sécurité en jeu, acceptant de s'enrouler la tête dans un foulard ridicule afin de la serrer dans ses bras, juste parce qu'elle en avait désespérément besoin.

Depuis le moment de leur rencontre, Dante avait tenté de la convaincre qu'il était cruel, méchant et froid. Mais ses actes contredisaient ses paroles. Ghiotte ou pas, c'était toujours Dante. Et il n'avait pas davantage choisi son destin qu'elle.

Elle le trouva en train de frotter sa chemise de lin blanc tachée de sang. Lorsqu'il l'entendit approcher, il jeta le vêtement dans l'évier et s'appuya sur le rebord des deux mains.

– Je jure de ne rien dire, répéta-t-elle de la voix calme que l'on prend pour apaiser un chien qui gronde. Mais je dois savoir une chose.

Il ne se retourna pas.

– Dans les histoires, on prétend que les ghiottes sont des démons déguisés en hommes. C'est vrai ? Es-tu… quelque chose d'autre ? En-dessous ?

– Tu me demandes si j'ai des cornes ?

Même si c'était exactement ce qui inquiétait Alessa, elle jugea plus sage de ne pas répondre.

– Non, soupira-t-il. Pas de cornes, pas de queue fourchue, pas de griffes. Je suis tel que tu me vois.

Elle expira lentement. Ce n'était donc pas un monstre, du moins pas plus qu'elle. Par conséquent, sa décision était prise.

– Personne n'a besoin d'être au courant.

Dante parut plus agacé que reconnaissant.

– Trop tard. À ton avis, pourquoi j'ai menacé cet homme ? Il sait déjà que je suis en ville, et aucun pot-de-vin ne pourra le faire taire s'il découvre que je vis à la Cittadella. C'est une chose de laisser un ghiotte en liberté, une autre de l'autoriser à dormir sur le divan de la Finestra.

– Alors on fera en sorte qu'il ne l'apprenne jamais. Dante, je t'en prie. Tu ne peux pas partir. Pas maintenant, alors que je comprends enfin tout ce qu'on a en commun…

– En *commun* ? C'est-à-dire ?

– Plein de choses. Pour commencer, on sait ce que c'est qu'être craints et haïs. Et on a tous les deux des dons qu'on n'a pas demandés.

– Tu parles d'un don, railla-t-il.

– Tu es capable de te soigner. Moi, je ne fais que tuer les gens.

Les doigts de Dante se crispèrent un peu plus sur la porcelaine.

– Mon pouvoir a causé beaucoup de morts.

Alessa ferma les yeux.

– C'est pour ça qu'ils ont lynché tes parents.

– Oui. Alors que ta famille est payée pour avoir engendré la sainte Finestra. Comme je disais, on n'a rien en commun. Tu es une sauveuse. Moi, une abomination. On t'a installée dans un château tandis qu'on m'enfermait dans une remise et qu'on essayait de chasser le diable de mon corps à coups de bâton.

L'estomac de la jeune fille se souleva.

En effet, leurs vies étaient différentes. Mais sous la surface, dans les recoins cachés, brisés, lacérés de leurs âmes… ne voyait-il donc pas tout ce qui les rapprochait ?

– Je suis désolée de ce qui t'est arrivé. Tu ne méritais pas ça, et tes parents non plus. Mais…

Alessa s'interrompit, sidérée par l'idée qui venait de lui effleurer l'esprit.

– Peut-être que ton pouvoir pourrait aider les autres !

– Comment ça ? Tu veux que je devienne ton Fonte ? Bonne chance. Le seul talent que je te transmettrais, ce serait de mourir assez lentement pour assister à la fin du monde.

– Non, bien sûr que non. Mais je pourrais m'entraîner sur toi.

– Me torturer, tu veux dire.

– Sans te tuer.

– Je ne suis pas invincible. Si tu forces trop, je mourrai.

– Tu restes plus résistant que n'importe qui. Tu n'arrêtes pas de répéter que tu te moques du danger. En quoi est-ce différent de se battre pour de l'argent ? Tu pourrais m'aider à sauver Saverio.

– Cette île n'a jamais rien fait pour moi.

– Des *enfants* mourront dans d'atroces souffrances.

– Les enfants grandissent et deviennent aussi cruels que les autres.

– Moi non plus, je ne voulais pas de ce rôle. Mais je fais l'effort d'essayer.

– Parce que tu es la sauveuse. N'oublie pas que je suis égoïste. Tout ça, ce n'est pas mon problème.

Elle avait envie d'effacer le dédain de son visage à coups de gifles.

– Bien tenté, Dante, mais c'est trop tard. Je te connais. C'est impossible que tu sois insensible à la mort de milliers d'enfants. Tu n'as même pas été capable de supporter qu'on maltraite une fillette.

– De quoi tu parles ?

– Je t'ai vu, avec la petite mendiante. Tu es intervenu pour que le disciple d'Ivini lui fiche la paix.

Le jeune homme rejeta la tête en arrière.

– Ne fais pas de moi un héros juste parce que je déteste les brutes. Je suis *exactement* ce dont on m'accuse.

– Je me fiche pas mal des légendes. Au fond, tu es quelqu'un de…

Il l'interrompit en levant les deux mains.

– Stop ! Tu ignores tout de moi. Tu n'as pas la moindre idée de ce que j'ai fait et de qui j'ai blessé.

– Alors raconte-moi. Convaincs-moi. Prouve-moi que tu es mauvais. Je te mets au défi d'y arriver.

Il s'empoigna les cheveux.

– Très bien ! Une personne a essayé de m'aider quand je me suis enfui. Une seule. De toute ma vie. Et je l'ai tuée.

Vingt-neuf

Quando l'amico chiede, non v'è domani.
Quand c'est un ami qui demande, on ne remet pas au lendemain.

• 19 JOURS AVANT LE DIVORANDO •

Le sang d'Alessa se figea dans ses veines.

– Je ne te crois pas, affirma-t-elle d'une voix qui manquait cruellement de conviction.

– Tu devrais. Après ma fugue, une petite fille m'a trouvé sur la plage. Elle ne devait pas avoir plus de dix ans. Elle a trébuché sur le corps ensanglanté d'un inconnu à peine conscient et, au lieu de s'enfuir, elle a décidé de prendre soin de moi. Elle m'a vu guérir. Je n'ai pas pu le lui cacher.

Alessa réprima un frisson. Le Dante qu'elle connaissait – ou qu'elle pensait connaître – n'aurait jamais tué une fillette innocente pour la faire taire. Mais peut-être qu'elle ne le connaissait pas du tout.

– Alors j'ai menti, reprit-il avec un rire amer. Je lui ai dit que j'avais découvert la Fonte della Guarigione au sommet d'une falaise. Elle voulait savoir où, elle n'arrêtait pas de me harceler. J'ai continué à mentir, à la placer de plus en plus haut, à la rendre inatteignable. Mais la petite refusait de lâcher prise.

Une enfant curieuse. Un terrible secret. Et Dante, en fuite et prêt à tout pour cacher la vérité.

Alessa avait la nausée.

Les yeux du jeune homme brûlaient comme des braises.

– J'ai retrouvé son corps un matin, écrasé sur les rochers en contrebas.

Elle ravala ses larmes tandis que ses genoux flanchaient de soulagement.

– C'était un accident. Tu n'as pas fait exprès.

– Ça ne change rien.

– Si. Je suis bien placée pour le savoir.

– Arrête, la rabroua Dante. On n'a rien à voir, tous les deux. Tu touches les gens et ils meurent, mais ce n'est ni ta décision ni ta faute. Alors que *tous ceux* à qui je tenais sont morts, et ça a *toujours* été de ma faute. Toi, tu donnes. Moi, je prends.

– Personne ne t'y oblige.

– Les gens ne changent pas.

– Je l'ai fait, pourtant, insista-t-elle, la voix vibrante de colère contenue. J'ai changé tellement de fois que j'ai perdu le compte. Quand je suis devenue Finestra, j'étais une gamine naïve qui croyait tout ce qu'on lui racontait et obéissait sans poser de questions, même quand son instinct lui soufflait le contraire. Petit à petit, je me suis repliée sur moi-même jusqu'à ne plus être qu'une coquille remplie de douleur et d'amertume. Et puis tu es arrivé. Tu ne m'idolâtrais pas, tu n'avais pas pitié de moi non plus. Tu t'es rendu compte que j'essayais de me rendre invisible, et ça m'a énervée. Alors, pour te prouver le contraire, j'ai changé.

Alessa se redressa de toute sa hauteur afin de le fixer droit dans les yeux.

– Je me moque de ce que disent les autres. Ton don a beau faire partie de toi, il ne te définit pas. Tu peux décider d'être différent.

Il lui lança un regard dur.

– Je n'en ai pas envie. Et bien que tu sembles penser le contraire, ajouta-t-il en les désignant tour à tour, il n'y a rien entre nous. On n'est pas semblables, on n'est pas amis, on n'est rien. Je vais terminer ce foutu boulot parce qu'on a passé un marché, mais ça s'arrête là.

– Tu es vraiment un sale con.

– Content que tu l'aies enfin compris.

La fureur envahit Alessa. Elle aurait voulu enfoncer ses doigts dans ce visage borné, arracher son âme de son corps une bonne fois pour toutes. Malgré son pouvoir, il n'aurait aucune chance.

À la place, elle se contenta de quitter la chambre. Si un assassin choisissait ce moment pour l'attaquer, il le regretterait.

Pendant cinq ans, elle s'était convaincue que c'était son don et son rôle qui tenaient les autres à l'écart.

Que si une seule personne prenait la peine de passer du temps en sa compagnie, elle s'attacherait à elle. Pas à la Finestra ou à la sauveuse. À elle, Alessa.

Pourtant, même après avoir recueilli ses confidences, Dante restait de marbre. Il n'était là que pour l'argent. Quelle idiote elle était, incapable de faire la différence entre un ami et un employé.

Elle avait besoin d'air. D'une échappatoire.

Entendant des voix approcher, elle courut se réfugier dans les cuisines désertes.

Dans l'ombre, quelqu'un chuchota son nom. Pas son titre. Son *nom*. Une silhouette noire s'avança vers elle.

Elle recula et, alors qu'elle cherchait la porte ouverte dans son dos, elle rencontra la cuisse musclée de Dante.

– Au nom de Crollo, te voi… commença-t-il, avant de la contourner d'un bond pour plaquer l'intrus contre le mur.

Une lame refléta la lumière du couloir, et quelqu'un poussa un cri. Alessa aurait reconnu cette voix entre mille.

– Arrête ! s'écria-t-elle. C'est mon frère !

L'espace d'une seconde, elle crut que Dante allait trancher la gorge d'Adrick. Mais il finit par reculer, la pointe de son couteau toujours levée vers lui.

– Qu'est-ce que tu fais ici ? demanda Alessa à son jumeau.

– Et *lui* ? Ce n'est pas un Fonte.

– C'est mon garde du corps.

Adrick scruta le jeune homme de la tête aux pieds, visiblement sceptique.

– Pourquoi il est à moitié nu ?

Dante avait attrapé une chemise avant de la suivre, mais il n'avait pas pris la peine de la boutonner.

– On est au beau milieu de la nuit, répliqua-t-il.

– En effet, fit Adrick, toujours aussi soupçonneux.

– Dante, tu peux nous laisser une minute ?

Il fronça les sourcils.

– Appelle si tu as besoin de moi.

Le frère d'Alessa s'approcha de la porte-fenêtre, la faible lueur du jardin éclairant son visage tandis qu'il jetait un coup d'œil furtif autour de lui.

– Adrick, comment es-tu entré ?

Il frotta ses mains sur son pantalon.

– Je connais quelqu'un. C'est qui, ce type ? Il ne se battait pas sur les quais, à une époque ?

La Finestra soupira.

– Je te l'ai dit, c'est mon garde du corps. Et oui, il se battait au Tonneau. Mais assez bavardé. Qu'est-ce qui s'est passé aujourd'hui ? Qui a essayé de me tuer ? Et pourquoi ?

– Je n'en sais rien.

– Menteur.

– Écoute, ça n'a plus d'importance.

– Ah bon ? Parce que j'ai la furieuse impression que tu as préparé une fournée des biscuits de Papa, puis que tu les as donnés à quelqu'un qui y a ajouté du poison avant de me les livrer. Tu n'as même pas l'air surpris. *Pourquoi* ?

Adrick se raidit.

– Je vais tout t'expliquer mais, avant, dis-moi que tu as choisi un Fonte. Ça fonctionne, cette fois ?

Elle recula.

– Oui. Enfin, presque. C'est compliqué.

– Ma question est pourtant simple.

Elle croisa les bras.

– La réponse ne l'est pas.

– Alors ça veut dire non. Et comme tout le monde ici est au courant, tu as dû engager un voyou sur les quais pour te protéger.

Le visage du jeune homme se plissa comme s'il se retenait de rire. Puis, alors qu'Alessa se préparait à ses moqueries, il laissa échapper un sanglot.

– Tu as échoué. Et tu n'as plus le temps.

– Tu ne crois plus en moi ? Sérieux ? Adrick, je te jure que je fais tout mon possible…

– Je sais. Je *sais* que tu essaies, dit-il d'une voix rauque et accablée. Comme d'habitude. Tu *essayais* de préparer le dîner, mais tu faisais tout brûler et on devait se contenter de bouillon. Tu *essayais* de rédiger un devoir parfait, mais tu l'oubliais à la maison et je devais aller le chercher pour toi. Tu as *essayé* d'être une bonne Finestra, mais tu as tué tous tes Fontes, m'obligeant à bosser pour deux et mettant nos vies en danger.

Chacun de ses mots infligeait à Alessa une blessure qui ne guérirait jamais. Une vie entière de culpabilité et de honte revenait la heurter de plein fouet. Et le pire, c'est qu'elle voyait combien il en coûtait à son frère de dire tout ça.

Elle était un fardeau. Une ratée. Adrick le savait mieux que quiconque car, depuis le début, il faisait le ménage derrière elle.

– Je suis désolé, murmura-t-il, plus grave qu'il ne l'avait jamais été. Mais essayer ne suffit pas toujours. Je n'ai aucune envie d'en arriver là, et pourtant… C'est peut-être ma raison d'être. Peut-être que je suis né pour ça.

Les larmes aux yeux, il sortit un petit flacon de sa poche.

Alessa recula, inondée d'une sueur froide.

– Qu'est-ce que c'est, Adrick ?

S'il avait décidé de la trahir, qu'il l'avoue au moins à voix haute.

– Tu as été chargée d'une mission divine, petite sœur. Et aujourd'hui, c'est à moi d'accomplir la mienne. Je n'ai jamais voulu te faire de mal.

– Alors arrête.

– À ton avis, pourquoi t'ai-je demandé de partir tout à l'heure ? Tu crois que mes camarades auraient été aussi prévenants ? Moi, au moins, je m'assurerai que tu ne souffres pas. Tu ne comprends pas ? C'est ta seule issue. Tu seras une héroïne et nous serons tous sauvés. J'ai préparé cette potion spécialement pour toi.

Les larmes coulaient sur ses joues.

Alessa avait envie de hurler, de lui défoncer la poitrine à coups de poings, de s'accrocher à son cou et de le supplier de revenir sur sa décision. Mais elle resta parfaitement immobile, osant à peine respirer.

Adrick pressa le petit flacon bleu au creux de sa paume et referma ses doigts gantés dessus.

Elle contempla son poing blotti entre les mains de son frère. Ils n'avaient pas eu de contact aussi intime depuis des années.

– Tu comptes me la faire avaler de force ?

Il ferma les yeux.

– Non. Je sais que tu feras ce qu'il faut.

Dante apparut alors sur le seuil de la porte.

– C'est l'heure.

– Au revoir, petite sœur, dit Adrick en s'essuyant les yeux. Je veillerai à ce que personne n'oublie ton sacrifice.

Puis il partit, et le garde s'approcha, le front plissé.

– Qu'est-ce qu'il voulait ?

Ah, parce que maintenant, il se souciait d'elle ? Après lui avoir renvoyé son amitié en pleine face, il s'attendait à ce qu'elle lui ouvre à nouveau son cœur ?

– Inutile de faire semblant.

– Je ne pensais pas ce que j'ai dit tout à l'heure.

– Ne te fatigue pas. Je n'ai pas envie d'en parler.

Elle courut vers la porte-fenêtre et l'ouvrit à la volée.

Un vent glacial fit bouffer ses jupons autour de ses jambes, tandis qu'une pluie givrée lui fouettait le visage.

Malgré ses gants, le bout de ses doigts la picota dès qu'elle mit le pied dehors.

– Drôle de nuit pour une promenade, commenta le jeune homme.

– J'ai besoin de réfléchir.

– Il y a de meilleurs endroits pour ça.

– Et de meilleurs compagnons. Si tu veux terminer le travail pour lequel je t'ai engagé, vas-y. Mais reste dans l'ombre.

Puisqu'il ne voulait pas être son ami, il serait son ennemi. Un de plus.

– Je peux dire un mot ?

– Non.

Cela lui fit du bien de le rabrouer ainsi.

Avec leurs branches couvertes de givre, les arbres ressemblaient à des statues de verre. Frissonnante, Alessa poursuivit sa route.

Dante ne la quittait pas d'une semelle.

– J'essaie de m'excuser.

– Pas la peine.

Il poussa un gros soupir.

– Écoute, jusqu'ici, les gens ont toujours voulu me tuer en découvrant qui j'étais. J'ai paniqué.

Il lui barra le passage, le regard plus intense que jamais sous ses cils scintillants de neige.

– S'il te plaît, Alessa, tu veux bien rentrer ?

– Non.

– Bon, c'est d'accord ! grogna-t-il finalement. Tu pourras t'entraîner sur moi.

– Pourquoi ? Tu te fiches pas mal du sort de Saverio.

– Je ne propose pas d'aider Saverio mais de t'aider *toi*.

– Laisse tomber, fit Alessa en fermant les yeux. C'était une idée stupide. Tu n'as même pas de don qui pourrait m'être utile.

– Qu'est-ce que tu veux, à la fin ?

La pluie froide dessinait des larmes sur les joues de la jeune fille.

– Rester seule.

– Je ne parle pas de là, tout de suite. Tu prétends vouloir être une héroïne, mais tu adores jouer les victimes. Tu prétends vouloir être mon amie, mais tu refuses de me pardonner. Tu prétends avoir besoin de mon aide, mais tu ne l'acceptes pas. Alors explique-moi !

La jeune fille désigna le haut mur qui entourait le jardin, et le monde au-delà.

– Sauver Saverio. C'est mon rôle.

– Ça, c'est ce que les autres attendent de la Finestra. Je t'ai demandé ce que tu voulais, *toi*.

– Ça ne compte pas.

– Je crois que tu as la trouille.

Elle leva les yeux au ciel.

– Une nuée de démons va s'abattre sur nous et je serai le seul rempart contre eux. Bien sûr que j'ai la trouille !

– Ce n'est pas ce que je veux dire. Tu as peur de te perdre.

– Ça fait partie de ma mission. Perdre mon nom, ma famille, ma vie.

– Exactement. Et tu n'es pas prête à ça, ce que je peux comprendre. Si tu veux y arriver, tu dois décider ce que toi, tu retires de tout ça. Donc je me répète : qu'est-ce que tu veux ?

– Que ça s'arrête ! s'écria-t-elle en se détournant. J'en ai assez de devoir être courageuse et seule. J'aimerais qu'on me fasse un câlin quand je suis triste, comme n'importe quelle fille normale avec une maison et une famille normale. Je voudrais tenir la main de quelqu'un, l'embrasser dans une ruelle sombre, nager toute nue dans l'océan, faire toutes ces choses ridicules que je ne connaîtrai jamais.

– Les ruelles sombres, c'est très surfait.

Alessa éclata d'un rire qui frôlait l'hystérie.

– Merci pour le tuyau. Même s'il ne me servira pas.

– Si tu espères contrôler ton pouvoir, mener une vie normale et embrasser des garçons dans toutes les rues de la ville après le Divorando, tu n'as qu'à te raccrocher à ça.

Il frissonna avant d'ajouter :

– Et maintenant, on peut rentrer, s'il te plaît ?

Elle chercha une répartie cinglante, mais ses dents claquaient si fort qu'elle fut incapable de parler.

– Bon, ça suffit. J'invoque mon autorité de garde du corps. Suis-moi.

Dante lui saisit le poignet et la tira derrière lui.

La chaleur de la cuisine ne suffit pas à apaiser les tremblements de la jeune fille. À chaque respiration, des cristaux de glace tombaient de ses jupons trempés.

Dante entreprit de racler la couche de neige durcie dont ils étaient recouverts.

– Au risque de te décevoir, ce n'est pas en mourant d'hypothermie que tu sauveras Saverio.

Alessa ravala la grosse boule qui lui obstruait la gorge.

– Peut-être que si, justement.

Il la regarda.

– Tu n'y crois pas vraiment.

– Moi, non, mais d'autres oui.

– Qu'est-ce que c'est que ça ?

Dante venait d'apercevoir le flacon dans sa main.

– Le parfum de ma mère, répondit-elle après une seconde d'hésitation.

Il l'arracha sans peine à ses doigts engourdis, le déboucha, passa un doigt sur le goulot et le porta à ses lèvres.

– Non ! s'écria Alessa en essayant de le lui reprendre.

– Il y a quoi, là-dedans ? insista-t-il en cachant le récipient dans son dos.

La jeune fille serra les dents, la lèvre inférieure tremblante.

Alors il vida le contenu du flacon dans un citronnier en pot et le planta tête en bas dans la terre. Il s'apprêtait encore à la sermonner, comme si c'était de sa faute si son propre frère la poussait au suicide. Mais il avait visiblement besoin de se défouler sur quelqu'un, or il n'y avait qu'elle.

– Je l'aimais bien, cet arbre, parvint-elle à articuler avant de fondre en larmes.

Pestant dans sa barbe, il la serra contre son torse. Elle s'agrippa à lui, cherchant sa chaleur à travers les couches de tissu mouillé. Puis elle lui raconta tout dans un torrent de mots. Comment elle avait accumulé les échecs toute sa vie, comment son frère avait tenu le compte, comment il y voyait la preuve qu'elle n'était pas taillée pour le rôle qui lui incombait désormais. Comment chaque minuscule bêtise et erreur d'enfance lui était maintenant reprochée par la personne sur qui elle pensait pouvoir compter envers et contre tout. Ivini lui avait volé le dernier membre de sa famille – et elle lui avait facilité la tâche.

Elle sentait que Dante luttait pour se contrôler, brûlant d'envie de pourchasser Adrick. Elle empoigna sa chemise à deux mains et s'y accrocha de toutes ses forces. S'il la quittait maintenant, elle tomberait en miettes.

– Et s'il avait vu juste ? souffla-t-elle. Peut-être que je n'ai jamais été destinée à jouer ce rôle. Dea a commis une erreur en me choisissant. Tout le monde l'a compris depuis longtemps, à part moi. Même toi, tu penses que les dieux ont renoncé à nous – à moi.

– Parce que maintenant, tu écoutes ce que je dis ? Les gens comme Ivini gagnent leur vie en faisant croire aux peureux qu'ils détiennent les réponses. Mais ceux qui crient le plus fort sont rarement ceux qui savent.

– Ce n'est pas pour autant qu'il a tort.

– Ni qu'il a raison. Allez, laisse-moi essayer.

Avait-elle le choix ? Avait-elle *jamais* eu le choix ?

– Tu réfléchis trop, insista-t-il en lui soulevant le menton de sa main gantée. Tu fais la maligne mais, quand il s'agit de passer à l'action, il n'y a plus personne.

Elle retint son souffle.

– Ne me tente pas.

– Si, justement ! Tu prétends que je peux me racheter. Donne-m'en l'occasion.

– Et toi qui répètes sans arrêt que tu n'es pas un héros…

Une petite flamme s'alluma dans le cœur d'Alessa. Une étincelle d'espoir, de peur, ou d'autre chose encore.

– Je n'en suis pas un, affirma-t-il, ses lèvres esquissant un sourire. L'héroïne, c'est toi. Tout ce que je fais, c'est demander à une fille de me tenir la main.

Trente

Come la cosa indugia, piglia vizio.
Plus on attend, plus le risque est grand.

• 18 JOURS AVANT LE DIVORANDO •

La journée du lendemain parut interminable à Alessa. Les séances d'entraînement se déroulèrent à peu près de la même façon qu'avant leur congé – si on pouvait qualifier de « congé » une expérience de mort imminente et une tentative d'assassinat par son propre frère. Seule la vue d'un défilé de glacières à roulettes dans la cour la sortit de sa torpeur.

C'était une surprise organisée par Josef, qui mit un peu trop de temps à leur expliquer que ces appétissantes glaces venaient de la *gelateria* de sa famille.

Alessa resta en arrière pendant que les autres faisaient leur choix parmi la sélection de parfums proposés. Par politesse. Et aussi parce qu'elle appréhendait de plus en plus la soirée à venir, lors de laquelle Dante se laisserait torturer à son tour.

Il avait survécu à son toucher mortel une fois. Cela ne signifiait pas que ce serait toujours le cas.

À côté d'elle, Josef bombait fièrement le torse en regardant ses camarades se servir.

– J'ai toujours pensé que le parfum préféré des gens en disait long sur eux.

– Ah oui ?

– Le mien, c'est la vanille. Parce que c'est…

Il la dévisagea, attendant qu'elle termine à sa place.

Banal, avait-elle envie de dire – mais ce n'était sans doute pas la bonne réponse.

– Subtil et complexe, conclut-il en souriant.

– Bien sûr.

Elle demanda une boule chocolat noir et une boule framboise au glacier pétrifié, à qui Josef prit le bol des mains pour le lui tendre.

– Dis-m'en plus, réclama-t-elle.

Elle n'avait pas encore eu l'occasion de discuter avec lui en tête à tête. Si ce sujet permettait de le dérider, cela lui convenait.

– La plupart des gens trouvent la vanille un peu fade, alors que c'est un parfum très nuancé. Les notes varient selon l'origine des gousses et la façon dont on les prépare avant de les incorporer au mélange.

Josef contempla sa glace encore intacte. Grâce à son pouvoir, elle ne risquait pas de fondre.

– J'ai conscience de ne pas être très bavard mais, comme la vanille, je suis moins ennuyeux qu'il n'y paraît.

Alessa acquiesça, pensive.

– Et mon choix, que dit-il de moi ?

Josef rougit.

– Je ne me permettrais pas, Finestra.

– Nina, dans ce cas. Hum, stracciatella... douce et contradictoire ?

Le Fonte battit des paupières, interloqué.

– Je la connais trop bien. Je ne serais pas objectif.

– Tu ne peux pas m'exposer ta théorie d'analyse de la personnalité par les glaces, puis me laisser sur ma faim !

Ses yeux se posèrent sur Dante à l'autre bout de la pièce. Aussi guindé soit-il, même Josef risquait de déceler sa curiosité pathétique si elle ne faisait pas attention. Elle pencha donc pour une option moins risquée.

– Et Kamaria ?

– Moitié menthe, moitié café au lait. Elle change de parfum à chaque fois qu'elle passe à la boutique.

Alessa réfléchit.

– Je dirais... qu'elle cherche le dépaysement et l'aventure, parce qu'elle a horreur de l'ennui.

Le regard de Josef pétilla.

– Bravo.

– C'est très amusant ! À Kaleb, maintenant.

– Fraises à la crème. J'ai encore du mal à cerner le personnage.

– Moi aussi. Rose. Sucré… Non, je ne vois pas, avoua Alessa en haussant les épaules.

Ils cessèrent de parler un moment pour déguster leur dessert.

– Citron, lança soudain Josef.

– Pardon ?

– C'est ce qu'a pris le signor Dante. Au cas où vous vous poseriez la question. Mais ce n'était peut-être pas le cas.

– Non, pas du tout.

N'insiste pas trop, c'est louche.

– Et ça veut dire quoi ? Que c'est quelqu'un d'amer ?

Josef parut presque offensé.

– Le citron est acidulé, pas amer ! Rien à voir. D'après la critique parue dans la rubrique culinaire du journal, notre *limone* présente « un équilibre quasi-parfait entre douceur et acidité – appétissant, riche et complexe. Le cœur de Saverio incarné dans une boule de glace. Un classique. » Ma famille a passé des années à concocter cette recette. C'est notre spécialité.

Alessa lécha sa cuillère.

– Bien sûr. Le parfum idéal. Toutes mes excuses.

Dante les observait de loin, comme s'il avait deviné qu'ils parlaient de lui.

Avec un sourire exagérément large, Alessa prit une nouvelle cuillerée de glace. Si elle voulait paraître détachée, c'était raté. Ses yeux se fermèrent malgré elle tandis qu'elle se délectait de l'accord sensuel entre le fondant du chocolat et la fraîcheur de la framboise.

Lorsqu'elle revint sur terre, Josef était passé à Saida, et le garde du corps attaquait sa glace au citron comme s'il lui en voulait personnellement.

– Il va bien falloir que tu t'y mettes, commenta Dante, les coudes sur les genoux.

Alessa faisait les cent pas devant lui. Elle avait repoussé l'instant fatidique aussi longtemps que possible, mâchant chaque bouchée de son dîner avec une lenteur infinie.

– On a failli mourir hier, lui rappela-t-elle avant de réprimer un bâillement. Tu ne crois pas qu'on devrait se coucher tôt ?

Elle lui avait déjà fait perdre connaissance une fois. Le deuxième contact pourrait lui être fatal.

– J'ai changé d'avis, conclut-elle. C'est une mauvaise idée.

– Si on attend d'en avoir une meilleure, on mourra tous. Et comme je suis plus vieux que toi, je…

– Pfff, à peine. Tu sais quel âge j'ai, au moins ?

Il répliqua en faisant traîner les mots d'un ton agacé :

– Quel âge as-tu ?

Alessa sourit, ravie d'avoir réussi à l'énerver.

– Dix-huit ans.

– C'est bien ce que je disais : je suis plus vieux que toi. Donc…

– De combien, exactement ?

– J'ai dix-neuf ans. Ou vingt. Arrête de m'interrompre.

– Tu ne connais pas ton âge ?

– Je ne me promène pas avec un calendrier et je n'ai pas fait attention à la date depuis plusieurs semaines. Pourquoi faut-il toujours que tu poses autant de questions ?

– Je ne sais pas. J'en pose beaucoup ?

– Ha ha. Maintenant, laisse-moi terminer. En tant qu'aîné, je...

Il s'attendait visiblement à être coupé une nouvelle fois, mais elle le dévisagea d'un air innocent, les mains croisées sur les genoux.

– Je peux te dire qu'il vaut toujours mieux se débarrasser rapidement des corvées. Plus on fait traîner, pire c'est.

Elle le savait déjà, du haut de ses dix-huit ans ; mais c'était plus facile à dire qu'à faire.

– D'abord, explique-moi comment ça marche. Un ghiotte peut guérir de n'importe quoi ?

Dante tripota un petit fil qui dépassait de son fauteuil.

– Non, il y a des limites, sans quoi mes parents seraient toujours en vie. Si tu me coupes la tête ou si tu m'écrases sous un mur, je serai fichu. Mais je peux me remettre des blessures bénignes, surtout si elles sont répétées. La première fois que je me suis cassé le bras, ça m'a fait un mal de chien. À la troisième, je m'en suis à peine aperçu. Et c'est passé plus vite, aussi. Je crois que ça fait partie du... don, mais je n'en suis pas sûr.

– C'est pareil pour tous les ghiottes ?

– Si j'en croise un autre un jour, je lui demanderai.

– Tu ne sais pas comment ça fonctionnait pour tes parents ?

– J'étais petit. Je n'ai pas pris de notes. Et puis c'était un sujet qu'on n'évoquait pas. Pour moi, en tout cas, si les dégâts sont importants, ou si je suis fatigué ou affamé, ça prend plus longtemps.

Alessa laissa échapper un souffle d'air entre ses lèvres entrouvertes.

– Et là, tu as faim ? Soif ? Envie de dormir ?

– Non, ça va. Commençons par l'historique. Je sais comment ça s'est terminé avec ton premier Fonte, mais pour les autres ?

La jeune fille se frotta les bras et tenta de se rappeler.

– Le cœur d'Ilsi a cessé de battre durant notre quatrième tentative. Hugo a tenu quelques secondes avant de s'écrouler et de s'ouvrir le crâne sur la table. Je ne saurais pas te dire si c'est ça ou moi qui l'a tué.

Dante fit la moue, comme si elle venait de lui réciter une liste de courses et non une série de morts horribles.

– On va rester assis, alors. Viens par ici.

À peine avait-elle posé les fesses sur un siège qu'elle se releva.

– J'ai les mains glacées.

– Dans ce cas… fit Dante en se claquant les cuisses comme s'il allait se lever, tu n'as qu'à t'asseoir sur mes genoux. Ça te réchauffera.

– Et puis c'est trop dangereux. Avec les Fontes, ça vaut le coup d'essayer, pour accéder à leurs pouvoirs. Mais toi, tu es…

– Inutile ? lança-t-il d'un ton mi-moqueur mi-vexé. Je n'ai rien à t'offrir pour défendre Saverio, alors tu ne vois pas l'intérêt de m'ajouter à ton tableau de chasse ?

Alessa se massa les tempes.

– Non, ce n'est pas ce que…

– Tu as raison. Je ne manquerais à personne.

– Si, à moi, dit-elle en se retenant de pleurer.

C'était à cause de ses larmes que Dante se retrouvait dans ce pétrin. Pas question de recommencer.

– Je ne vais pas mourir, promit-il.

– Tu n'en sais rien.

– Rien n'a encore réussi à me tuer.

– C'est un argument ridicule. N'importe qui de vivant pourrait en dire autant.

– Aie foi, Finestra, insista-t-il en lui adressant un clin d'œil.

Elle s'était déjà tenue devant lui sans ses gants, mais elle ne les avait jamais retirés *pour lui*. Tandis qu'elle faisait glisser le tissu sur ses avant-bras, elle se vit soudain à travers ses yeux. Des poignets aux veines bleu pâle, des paumes claires, des doigts minces. Son cœur battait très fort contre ses côtes.

– Si je sens la moindre crispation, je te lâche, prévint-elle en le voyant tendre les mains. Pose-les sur la table, paumes vers le haut. Grandes ouvertes.

Il soupira mais fit ce qu'elle lui demandait.

– Tu perçois quand même la douleur, n'est-ce pas ? vérifia-t-elle.

– Oui.

– Alors comment se fait-il que tu sois aussi calme ?

– Redouter la douleur ne l'évitera pas. Respire, ou je te donne un coup dans les flancs. C'est ce qu'on fait avec les mules récalcitrantes.

– Tu es vraiment horrible.

– Oui. Allez.

Elle plaça ses mains entre eux et les baissa lentement jusqu'à ce que leurs doigts se frôlent. Puis, le souffle court, elle les plaqua sur les siennes. Comme le reste de sa personne, elles étaient à la fois fortes et souples, rêches et gracieuses.

Dante poussa un petit grognement tandis qu'elle était submergée par un torrent de force. *Oui, plus, encore, donne, oui.* Son pouvoir exigeait d'être satisfait, tel un océan aspirant un navire vers les profondeurs. Pour ne pas perdre pied, elle se concentra sur le visage du jeune homme et résista à cette envie dévorante jusqu'à ce que la vague retombe.

Les mâchoires serrées, son garde n'avait pas bougé.

Lorsqu'elle retira enfin ses mains, ils expirèrent en même temps.

– Je t'écoute, fit Alessa. C'était comment ?

– Supportable, répondit-il en faisant craquer ses doigts. Recommence.

– Pas tout de suite.

Elle alla chercher de l'eau et des biscuits salés. Si la faim et la soif représentaient des facteurs de risque, elle le gaverait au moindre signe de faiblesse.

Par habitude, elle posa le tout au centre de la table et s'assit, avant de se rendre compte, non sans stupéfaction, qu'elle aurait pu le servir directement.

Dante refusa la nourriture mais vida la moitié de son verre.

– Cette fois, c'est toi qui vas poser tes mains sur la table. Comme ça je pourrai retirer les miennes au besoin.

Bien qu'elle soit réticente à l'idée de lui céder le contrôle, il était mieux placé qu'elle pour jauger sa douleur. Lorsqu'ils se touchèrent à nouveau, la faim était moins forte, ce qui lui permit de prêter davantage attention au reste. Elle compta en silence, prit note de la texture de sa peau, du battement régulier de son pouls sous ses doigts, de tout ce qui le rendait *vivant*.

Il lâcha lorsqu'elle atteignit cinquante-deux.

– Alors ? l'interrogea-t-elle.

– C'était mieux. La première fois, j'ai eu mal. Là, c'était… pénible, mais pas désagréable.

– Je ne vois pas la différence.

– Il y en a pourtant une.

– Je ne crois pas. Pénible et désagréable sont synonymes.

– Pas toujours.

– Donne-moi un seul exemple d'expérience à la fois pénible et agréable ?

– Un massage. Après un combat, ça fait un bien fou, et en même temps… *aouch*.

– Un quoi ?

– Un massage. On te pétrit le corps pour détendre les muscles douloureux. Tu n'as jamais essayé ? Oh, je suis bête. Tu ne peux pas.

– Tu payes quelqu'un pour te *pétrir* ?

Qui essayait-elle de convaincre ? Elle aurait été prête à payer, elle, pour le toucher de cette façon.

– Un bon massage, ça n'a pas de prix. Je pourrais supplier, voler, tout ce que tu veux. Il y a une fille qui vit au-dessus du Tonneau…

Il inclina la tête, un petit sourire aux lèvres.

– Huiles parfumées, draps propres, des mains absolument magiques.

– Épargne-moi les détails, merci.

La scène était si vive dans l'esprit d'Alessa que ses joues devinrent brûlantes.

Dante lui jeta un regard soupçonneux.

– À quoi tu penses ?

Elle releva le menton.

– Au jour où je t'ai vu dans cette arène de combat. J'étais triste qu'un visage aussi beau se fasse démolir.

Il ne s'attendait pas à ça.

– Euh, merci. Maintenant, regarde-moi dans les yeux, tu veux ? J'étais en train de t'expliquer qu'une chose peut être à la fois pénible et agréable.

– Et moi, je te dis que ces deux adjectifs sont incompatibles.

– Ça dépend, je t'assure. Il faudrait que je trouve le bon exemple…

Il agita les mains devant lui, comme s'il essayait d'attraper une image qui lui échappait. Puis son regard se posa sur une pile de livres.

– Ah, je sais : le désir sexuel.

Les joues de la Finestra étaient à deux doigts de prendre feu.

– Je t'ai prié de m'épargner les détails !

Il se mordit la lèvre pour ne pas éclater de rire.

– Aucun rapport. Écoute-moi. Même si tu es enfermée ici depuis un bout de temps, tu dois quand même avoir des… pulsions.

D'un geste, il montra les romans d'amour.

– Donc tu vois ce que je veux dire : pénible, mais aussi agréable.

Elle resta de marbre. Des dizaines de pensées troublantes avaient beau se bousculer dans son esprit, il n'était pas question qu'elle réagisse.

Dante claqua des doigts.

– Le sport ! J'aurais dû commencer par ça.

– Oui, tu aurais dû.

Il rit un peu plus longtemps que nécessaire.

– Tu sais, quand on a les muscles endoloris après un long entraînement ? Pénible, mais agréable.

– D'accord, céda-t-elle. Et là, quand je t'ai touché, ça ressemblait à ça ?

– Non, avoua-t-il.

Évidemment. C'était pire. Elle aurait aimé que la discussion s'arrête là, mais elle avait besoin de comprendre pour s'améliorer.

– J'ai ressenti comme un bourdonnement, expliqua Dante. Une vibration. Ça ne faisait mal que lorsque ça devenait trop rapide, trop intense. Au début, ça m'a coupé le souffle, et puis petit à petit ça s'est apaisé pour devenir une espèce de ronronnement.

– Je rêve, tu es vraiment obsédé par les chats !

– Tu me fais penser à eux.

– Parce que je suis douce et adorable ?

– Non.

– Mystérieuse et élégante ?

– Clairement pas. Par contre, tu ne restes jamais tranquille sur ta chaise et tu ne supportes pas qu'on lise en ta présence.

Alessa poussa un soupir contrarié et déplia ses jambes. Ses orteils touchaient à peine le sol.

– Ce n'est pas de ma faute, la plupart des chaises sont trop hautes pour moi. Je ne suis pas à l'aise.

– Mille excuses. En tout cas, la prochaine fois que tu me touches, réfléchis comme un chat.

Une image parfaitement ridicule vint alors à l'esprit d'Alessa : les yeux soulignés d'un grand trait d'eye-liner, elle ondulait des hanches en une démarche féline. N'importe quoi.

Dante se tapota le genou d'un air absent.

– On pourrait aussi comparer ça à des étirements. Si tu forces brusquement sur le bras de quelqu'un, tu risques de le déboîter. Il faut y aller en douceur pour que la douleur reste gérable. Tout est une question de vitesse et d'intensité. Autre exemple : si tu poses ton front contre celui d'une autre personne, ça va. Mais si tu le fais trop vite, tu l'assommes. Tu comprends ?

– En d'autres termes, il faut que j'arrête de donner des coups de boule aux gens ?

– C'est un peu ça. Ne pense pas à ton pouvoir, concentre-toi sur le toucher. Puisque tu n'es pas blessée, il n'y a rien chez moi qui puisse t'intéresser.

S'il savait à quel point il se trompait...

Alessa prit une grande inspiration.

– Promets-moi d'arrêter si ça devient trop dur.

– Croix de bois, croix de fer, si je mens je vais en enfer.

Il fit glisser ses mains sur la table.

– Évitons d'en arriver là, répondit-elle.

Deux de ses Fontes avaient supporté des contacts répétés, mais aucun n'était allé au-delà de quatre.

La Finestra ferma les yeux et rassembla ses esprits. Ne pas prendre, ne pas forcer, ne pas voler. Juste toucher.

Alessa se pencha par-dessus le dossier du divan, la joue à quelques centimètres des lèvres entrouvertes de Dante. Elle retint son souffle jusqu'à ce qu'une bouffée tiède et rassurante lui effleure la peau.

Son corps et son âme étaient aussi essorés qu'une vieille serpillère. Après des heures d'entraînement, elle avait besoin de se reposer. Mais chaque fois qu'elle se mettait au lit, elle paniquait et courait vérifier que le jeune homme était simplement endormi.

Tout au long de la séance, elle avait redouté que la tentative suivante soit celle de trop. Mais plus son angoisse montait, plus Dante était calme. Les aiguilles de la pendule tournaient, leurs contacts se prolongeaient, et rien ne se passait.

Lorsqu'il avait enfin accepté d'arrêter, elle vibrait d'une tension nerveuse sur laquelle elle aurait été incapable de mettre des mots. Chaque frôlement était gravé dans sa mémoire. Sa peau la picotait, rendue hypersensible par la fièvre.

Lors des derniers essais, son garde avait affirmé qu'il ne sentait plus rien. Pourtant, il devait accuser le coup, car il s'était endormi comme une pierre sans même se déshabiller.

Alessa vérifia à nouveau sa respiration. Toujours vivant.

Elle parvint finalement à se glisser dans son lit et à y rester, les yeux rivés au plafond.

Dante, avec son regard sombre, ses cheveux ébouriffés, son humour sarcastique et sa mauvaise humeur. Dante qui dormait dans sa chambre depuis des jours et lui tenait les mains sans souffrir. Si elle pouvait lui toucher les mains, rien ne l'empêchait de lui toucher les lèvres…

Concentre-toi, Alessa.

Ce n'était pas le moment. Mais après le Divorando, peut-être ? L'excitation que cette perspective suscitait en elle n'allait pas l'aider à trouver le sommeil.

Ses yeux avaient beau se fermer tout seuls, elle ne cessait de se réveiller en sursaut juste avant de sombrer. Elle repensait alors aux paumes de Dante enserrant ses poignets, au pouls qu'elle avait senti battre sous ses doigts.

La soirée la plus merveilleuse de sa vie. Mais aussi l'une des plus déchirante.

Enfin, elle pouvait toucher quelqu'un sans lui faire de mal. Malheureusement, le pouvoir de cette personne ne lui permettrait pas de sauver Saverio.

Trente-et-un

Un diavolo scaccia l'altro.
Un diable chasse l'autre.

• 17 JOURS AVANT LE DIVORANDO •

Dante prenait son nouveau rôle aussi sérieusement que le reste, et ils firent encore une demi-douzaine d'essais avant le petit-déjeuner. Il aida Alessa à fermer son collier, lui passa un muffin, replaça une mèche de ses cheveux derrière son oreille. Elle commençait à mieux percevoir la différence, subtile mais bien réelle, entre les contacts qui « ronronnaient » et ceux qui le faisaient grimacer – de moins en moins fréquents.

Ils avaient une heure à tuer avant le début de l'entraînement. Comme Dante craignait qu'elle finisse par percer le sol à force de faire les cent pas, ils se rendirent à la bibliothèque.

– Tu souffres d'une addiction à la lecture ? Je dois m'inquiéter ? lui demanda la jeune fille en le voyant poser une deuxième pile d'ouvrages sur la table. Les livres ne sont pas en voie d'extinction, tu sais.

– Je fais des recherches.

Elle parcourut les titres, dont la moitié était rédigés dans la langue des anciens. Il y avait des manuels d'histoire, des traités religieux, et une poignée de ce qui semblait être des recueils de contes.

– Sur quoi ?

Son garde du corps jeta un coup d'œil méfiant pardessus son épaule.

– Mes semblables. On a très peu de sources en dehors des légendes, qui ne sont pas toujours vraies – comme le prouve cette histoire de cornes. Ça m'étonnerait que je sois le dernier. Beaucoup de ghiottes ont été bannis, pas tués ; ils ont dû s'installer quelque part.

Alessa se laissa tomber sur une chaise. À côté de lui. Car elle pouvait maintenant prendre ce risque sans que cette proximité fasse bouillonner son sang. Ou du moins, plus pour la même raison.

L'image des ghiottes en liberté provoquait en elle une sensation de malaise, comme si elle avait trop mangé. C'était injuste : si Dante était quelqu'un de bien, on pouvait raisonnablement supposer qu'il n'était pas le seul. Mais on ne se débarrassait pas comme ça de préjugés inculqués depuis des années.

Elle attrapa un livre sur la pile et le feuilleta. Ses gants rendaient la tâche difficile alors, après avoir pris une seconde pour savourer la nouveauté de cette situation, elle les retira.

Un coup sourd résonna contre le mur qui les séparait de la suite des Fontes.

Encore vingt minutes avant la prochaine séance de torture.

Dante était un cas très rare, pour ne pas dire unique. Certes, Alessa parvenait de mieux en mieux à modérer ses pulsions avec lui, mais cela ne voulait pas dire qu'il en irait de même avec les autres.

Elle prit une grande inspiration et compta jusqu'à trois.

– Qu'est-ce que tu fais ? lui demanda-t-il.

– C'est une technique de relaxation. Je contrôle mieux mon pouvoir quand je suis calme.

Elle expira, vidant ses poumons jusqu'à ce que sa poitrine se creuse.

– Tu n'es jamais calme.

Nouvelle inspiration.

– Je sais. C'est bien le problème.

Une main sur son livre, Dante tendit l'autre vers elle sans la regarder.

– Donne.

Le corps d'Alessa eût du mal à comprendre qu'il ne s'agissait que d'un exercice. Surtout quand son garde se lassa de garder leurs mains en l'air et les posa sur ses cuisses.

Par chance, il resta concentré sur sa lecture, épargnant à Alessa de devoir expliquer pourquoi elle rougissait.

Elle reprit sa quête du mot « ghiotte », marquant toutes les pages où elle le croisait.

Pendant ce temps, Dante lui caressait la paume du bout des doigts, faisant remonter des frissons dans son bras.

Était-ce une plaisanterie ? Un test ? Comment était-elle censée lire dans de telles conditions ?

Le jeune homme se pencha sur son volume, les sourcils froncés, et se mit à tracer des cercles sur son poignet.

Le livre que tenait Alessa aurait pu se réduire en poussière ; elle ne l'aurait même pas remarqué.

– Attention, la prévint Dante d'une voix distraite. Tu te laisses emporter.

Elle retira aussitôt sa main et se leva, si vite qu'elle faillit renverser sa chaise.

– On devrait y aller. Il ne faut pas qu'on arrive les derniers.

Dans la salle d'entraînement, Dante s'installa à sa place habituelle près du mur. Chaque fois que les Fontes réagissaient à la douleur, il baissait les yeux vers ses couteaux pour ne pas les voir. Alessa savait déchiffrer ses attitudes, désormais. C'était plus pénible pour lui d'assister à ces exercices que d'y participer.

Kaleb s'avança d'un pas lent. La Finestra lui effleura les paumes en guettant sur son visage le moindre signe de souffrance. Elle y lut de la peur, de la confusion et du doute, mais rien de plus.

Dante hocha discrètement la tête en signe d'encouragement.

– Qu'est-ce qui se passe ? s'étonna Kaleb. Pourquoi ça fait moins mal ?

Il n'y avait que lui pour se plaindre d'une chose pareille.

– C'est à ça que sert l'entraînement, répliqua-t-elle.

Toutefois, le plus dur restait à venir.

– Je vais essayer de puiser dans ton pouvoir, le prévint-elle.

Elle inspira profondément, laissa son don se déployer et sentit ses cheveux se dresser sur sa nuque, électrisés par l'énergie de Kaleb.

Qui lâcha aussitôt prise.

– Désolée, s'excusa Alessa.

Le Fonte fronçait les sourcils au lieu de crier. C'était un net progrès.

Elle ne voulait pas se réjouir trop vite mais, à la fin de la séance, il n'y avait plus de doute : elle s'améliorait. Elle était désormais capable de retenir sa pulsion et se sentait plus proche d'un capitaine de navire que d'une prisonnière enchaînée au mât.

– Ça s'est bien passé, non ? commenta-t-elle en remettant ses chaussures dans le vestiaire.

Dante le lui confirma d'un grognement.

Lorsqu'elle releva la tête vers lui, un pied en l'air, elle perdit l'équilibre. Elle tendit une main pour se rattraper mais sous-estima la distance qui la séparait du mur et le heurta violemment. Avec une grimace, elle inspecta ses phalanges rougies.

Dante s'accroupit, poussa un soupir exaspéré et referma ses doigts sur ceux de la jeune fille. Une expression d'inconfort se peignit brièvement sur ses traits, puis disparut en même temps que la douleur d'Alessa.

– Voilà. Fais un peu attention, tu veux ? Et ne viens pas me reprocher de t'avoir soignée.

– Je croyais ça ne te faisait plus mal ?

– En effet. Sauf si tu es blessée. Quand j'utilise mon pouvoir, je ressens ce que tu ressens.

Il s'aperçut qu'il lui tenait toujours la main et la lâcha.

– Oh. Je vois. C'est logique. Dans ce cas, tu peux m'aider à me relever ?

Il la hissa sur ses pieds.

– Se toucher, c'est bien, mais il faudrait maintenant que je puise dans leurs pouvoirs. Tu as vu la réaction de Kaleb ?

Dante ricana.

– Sois gentil ! le gronda-t-elle.

– Je me tue à te dire que je ne le suis pas.

– Et moi, je me tue à te répondre que je ne te crois pas. Tu as accepté ce poste parce que j'ai *pleuré*.

– Ce qui fait de moi un imbécile, pas un saint, grommela Dante en se frottant le menton. Et puis, ce n'était pas la seule raison. S'il y a bien un endroit où je peux trouver les informations que je cherche, c'est ici.

– C'est pour ça que tu traînais dans le coin le soir du gala ?

Il se tira l'oreille d'un air coupable.

– En effet.

Comme le jeune homme ne faisait plus confiance aux domestiques, ils passèrent dans les cuisines avant de remonter, les bras chargés d'assiettes sous cloche dont le fumet d'ail et de pancetta faisait saliver Alessa.

– Comment faire pour passer à l'étape supérieure, à ton avis ? l'interrogea-t-elle en ouvrant la porte. J'ai l'impression de devoir dessiner quelque chose que je n'ai jamais vu.

Dante posa le plateau sur la table et réfléchit.

– Tu connais la vieille fable sur les aveugles et l'éléphant ? continua-t-elle. Je suis comme eux : obligée de faire le tri entre des dizaines de sensations en une fraction de seconde. Et si possible sans tuer personne.

– Mais percevoir un pouvoir et l'utiliser, ce n'est pas la même chose, n'est-ce pas ?

– Oui et non. Je dirais que, par défaut, mon corps essaie d'accaparer les dons des Fontes. Je dois faire un effort pour m'en empêcher. Avec toi, ce n'est pas aussi... impérieux. Quoique, ça dépend. Dans la ruelle, ça m'a submergée.

– Parce que tu étais en train de mourir. Tu avais *besoin* de mon pouvoir.

Le jeune homme mit la table pendant qu'elle allait chercher une bouteille de limoncello au frais.

– Ça va être compliqué de travailler ça si tu ne souffres pas, conclut-il.

La première bouchée de pâtes fit temporairement oublier ses problèmes à Alessa. Cependant, elle était comme un chien à qui on a donné un os ; même le plus délicieux des repas ne pouvait pas la distraire bien longtemps.

– Je pourrais me casser le pouce…

– Hors de question. Mange.

– Pour utiliser un don de guérison, il faut que je sois blessée.

– Non. Je refuse.

Elle donna un coup de pied dans la table mais ne parvint qu'à érafler le bout de sa chaussure.

– Fracture de l'orteil ? railla Dante.

– Malheureusement, non.

Les yeux plissés, elle se jeta sur les étuis qu'il portait à la ceinture.

– Qu'est-ce que tu… protesta-t-il en s'écartant. Attends, tu ne veux quand même pas te poignarder ?

– Non, juste me piquer le doigt.

Il lui adressa un regard menaçant.

– Je te laisserai te vider de ton sang.

– Ça m'étonnerait. Allez, donne.

Il repoussa sa main d'une tape et se réfugia derrière une chaise. Alessa feinta à gauche, fit un petit bond à droite, et sa jupe s'accrocha dans un guéridon. Une statuette bascula et, malgré les efforts de Dante pour la rattraper, atterrit directement sur le pied de la jeune fille, entaillant sa peau nue.

Partagée entre le rire et les larmes, elle appuya sur la blessure.

– Et voilà, annonça-t-elle entre ses dents serrées. J'ai gagné.

– Félicitations.

– Que tu le veuilles ou non, on va réessayer.

Pour une fois, il sembla accepter sa défaite.

– N'oublie pas, vas-y douce…

Troublée par une goutte de sang qui coulait sur le tapis, elle lui prit les mains.

Aussitôt, la douleur disparut et la plaie se referma. Elle se retrouva plantée là, le souffle court, tandis que son garde se massait les tempes.

– Ça va ? s'inquiéta-t-elle. Assieds-toi avant de tomber.

Il secoua la main, fit un pas en avant et tituba. Prenant soin de ne pas toucher sa peau, Alessa le conduisit jusqu'au divan où il s'assit en clignant des paupières.

– Je vais bien. Juste la tête qui tourne.

– Désolée.

– Arrête de t'excuser. Tu feras plus attention la prochaine fois.

– Tu es sûr que ça va aller ?

Il avait visiblement retrouvé ses esprits, car il se rendit compte qu'elle approchait discrètement de ses couteaux.

– Je ne te laisserai pas te faire de mal, prévint-il en lui attrapant le poignet.

– Il faut bien que je m'entraîne !

– Je vais trouver autre chose.

– Je pourrais me couper avec du papier ?

Consterné, son garde se prit la tête entre les mains.

Après quelques sessions supplémentaires de ce qu'Alessa appelait « la pratique du toucher », Dante s'affala dans son fauteuil préféré avec une histoire de ghiottes. Elle fit de son mieux pour ne pas le déranger, mais elle ne tenait pas en place.

Il leva les yeux vers elle, agacé.

– Va te coucher.

– Je ne suis pas fatiguée.

C'était son corps, sa décision. Or, dormir était la dernière chose dont elle avait envie. Elle voulait faire la fête. Marquer le coup. Il n'y avait eu ni coupure avec du papier ni autre type de blessure, car Dante avait menacé de démissionner si elle se faisait du mal. À la place, elle avait essayé de peaufiner la maîtrise de ses pulsions. C'était moins spectaculaire que de puiser dans le pouvoir de son garde, mais cela impliquait de le fixer attentivement et d'étudier ses expressions. La moindre crispation, la moindre dilatation des pupilles étaient révélatrices. Elle apprenait en le regardant, et elle ne s'en lassait pas.

Elle ne se lassait pas de lui.

De son amitié. De ses secrets. De ses sentiments. De sa peau.

– Tu ne veux pas lire un livre ? suggéra-t-il.

– Impossible. Je suis une vraie pile électrique.

Pour la première fois depuis des années, elle pouvait *toucher* quelqu'un, et elle ne pensait plus qu'à ça. Le contact sous toutes ses formes. Le frôlement d'une main, une étreinte, une épaule accueillante. Et d'autres choses encore, dont elle ne pouvait que rêver.

Tel un animal sortant d'hibernation, affamé et obsédé par un unique besoin, elle mourait d'envie de connaître ce qu'on lui avait refusé pendant si longtemps.

– Je renonce, soupira Dante en glissant un couteau dans son livre en guise de marque-page. Je ne peux pas me concentrer si tu papillonnes comme ça autour de moi.

– Je ne papillonne pas ! protesta-t-elle en croisant ses mains dans son dos pour les empêcher de… papillonner.

Il fallait qu'elle tempère ses ardeurs. Elle pourrait – peut-être – se contenter d'une relation platonique, à condition d'avoir le droit de se blottir dans les bras de Dante. De se rappeler qu'elle était une personne sous son masque de Finestra. Mais il serait parti dans quelques jours, et elle était trop lâche.

Même pour une fille normale, ce n'était pas évident de demander ça à un garçon. Lui demander quoi, d'ailleurs ? De l'enlacer ? De lui tenir les mains pour des raisons moins nobles que la survie du monde ?

– Je n'ai jamais entendu personne soupirer aussi fort de ma vie, grommela Dante.

– Pardon. C'est une sale habitude que j'ai.

– Soupirer ?

– Gigoter. J'ai toujours eu du mal à me tenir tranquille.

– Je ne vois pas ce que ça a de compliqué. Ne bouge plus et endors-toi.

– Facile à dire. Quand j'étais bébé, mon père devait m'emmaillotter des pieds à la tête pour me calmer.

– Ça ne m'étonne pas. Bon, viens par ici mettre fin à mes souffrances.

– Très drôle. Je pourrais vraiment te tuer, je te rappelle.

– Je ne parle pas de ça. Je ne suis pas bon à grand-chose, mais j'ai un corps chaud. Et un livre à finir.

Si le cœur de la jeune fille fit un bond dans sa poitrine, ses pieds refusèrent de bouger.

– Mon offre expire dans dix secondes, prévint Dante.

Elle courut vers lui. Il était très grand et prenait quasiment toute la place dans le fauteuil. Désignant l'espace triangulaire entre ses jambes, il lui fit signe de pivoter sur elle-même, comme s'il tentait de dresser le chiot le plus récalcitrant du monde.

Alessa s'assit au bord du coussin, les mains sur les genoux.

– Tu peux penser moins fort ? réclama-t-elle, soulagée de ne pas voir son expression. Je t'entends te moquer de moi dans ta tête.

– On dirait que tu es perchée sur une planche de clous.

– Je n'ai plus l'habitude.

– De quoi ?

– De me blottir contre quelqu'un. De se câliner. Je ne sais pas quel mot tu emploies.

– Aucun des deux.

– Les loups ne se câlinent pas ?

– Pas quand la louve est raide comme un piquet. Le loup aurait trop peur de se faire mordre.

Il la prit par la taille et la souleva légèrement afin de la placer exactement là où il le voulait. Puis il referma son autre bras autour d'elle. Sans lâcher son livre.

– Essaie de te détendre, d'accord ? Et décale-toi un peu parce que, là, je ne vois rien.

Elle cala sa tête sous le menton de Dante, troublée par la façon dont sa poitrine montait et descendait à chaque respiration. Les mots se brouillaient devant ses yeux.

– Tu veux bien lire ? lui demanda-t-elle.

– C'est ce que je suis en train de faire.

– À voix haute, je veux dire. Tu as une belle voix, et ça fait longtemps qu'on ne m'a pas raconté une histoire pour m'endormir.

Il feuilleta son livre pour revenir au début.

– Il y a bien longtemps, sur une île perdue au cœur d'une mer oubliée, la lune et le soleil refusèrent de partager…

Il se raidit en la sentant remuer pour trouver une position plus confortable. Il aurait sans doute préféré qu'elle s'en aille. Mais, comme il ne dit rien, elle resta là.

Même s'il y avait plus confortable qu'un torse musclé, elle pourrait s'y habituer. Bercée par sa voix aussi ronde et chaude qu'un verre de whisky, elle laissa l'histoire se dérouler derrière ses paupières closes. Des amants maudits, une guerre tragique au paradis.

Elle devinait le corps brûlant du jeune homme à travers sa chemise de nuit. Réchauffée jusqu'aux os, elle se sentit partir.

– Je rêve ou tu viens de fondre ? fit Dante d'une voix comique.

– Vantard.

Il toussa.

– Pas dans ce sens-là ! C'est juste que je ne pensais pas qu'un être humain puisse se ramollir à ce point.

– Comme je disais, ça faisait longtemps.

– Désolé que tu sois tombée sur moi. Je ne m'y connais pas beaucoup en « câlins ».

Elle lui tapota le bras.

– Tu te débrouilles très bien.

– Tu es en manque et j'ai le mérite d'être là, c'est ça ?

– Exactement. Merci.

– À ton service, Finestra, bâilla-t-il tout près de son oreille. Maintenant, *s'il te plaît*, va te coucher.

Trente-deux

Per piccola cagione pigliasi il lupo il montone.
Le moindre prétexte suffit au loup
pour s'emparer du mouton.

• 16 JOURS AVANT LE DIVORANDO •

Alessa n'avait jamais vraiment pris la mesure des talents de guerrière de Renata. Quand l'ancienne Finestra recruta Dante pour leur faire une démonstration, elle fut donc aussi ébahie que les Fontes.

Ils tournaient en rond, frappaient, paraient, aussi agiles et légers l'un que l'autre, insensibles au fracas métallique des armes. Ils étaient éblouissants.

– Trêve ! réclama Renata en riant.

Des mèches s'étaient détachées de son chignon et elle souriait de toutes ses dents, ravie d'avoir enfin un adversaire à sa hauteur. Alessa éprouva une soudaine bouffée d'affection et de camaraderie pour cette femme qui avait été à sa place autrefois.

– Dante, je te confie le reste de l'entraînement. Ils ont besoin de travailler… eh bien, un peu tout.

Le jeune homme oublia sa réserve renfrognée quand Josef exécuta un lancer de couteau parfait, puis quand Nina bloqua une frappe à l'aide de son bō. Il esquissa même un sourire en voyant Saida danser à travers la pièce après avoir réussi à mettre une flèche dans le mille.

– Hé, arrête ça, Nina ! protesta Kaleb, dont l'épée se recourbait comme une fleur fanée sous le regard innocent de la jeune fille.

Même si Alessa ne pouvait pas participer aux combats au corps à corps, elle prenait note des conseils prodigués par Dante à Kamaria et Saida. Tout le monde s'interrompit lorsque le garde proposa à Kaleb de l'affronter.

– Pas d'armes, précisa-t-il. Pas de coups de bottes. On évite l'entrejambe et les yeux. Je n'ai pas envie de te tuer aujourd'hui, mais si tu me prends en traître, je n'hésiterai pas.

De taille et de poids équivalents, bien que de niveaux différents, les deux garçons se postèrent l'un en face de l'autre, plus détendus qu'ils ne l'avaient été depuis des jours. Tout enfant gâté et fainéant qu'il soit, Kaleb avait écouté la leçon. Il parvint à bloquer plusieurs attaques de Dante avant que celui-ci accélère la cadence.

Déséquilibré par un croc-en-jambe, le Fonte s'étala violemment au sol.

Alessa s'écarta d'un bond tandis qu'il roulait jusqu'à elle.

– Finis-le, allez, murmura Saida.

Josef donna un petit coup de coude à Nina, qui suivait la joute avec un peu trop d'intérêt.

– Quoi ? fit-elle en haussant les épaules, les yeux rivés sur les deux hommes qui s'empoignaient. C'est pédagogique.

Enfin, Kaleb se rendit en riant. Son adversaire et lui restèrent étendus sur le dos, à bout de souffle.

– Beau combat, lança-t-il à Dante en lui tapotant l'épaule.

Pendant que les autres quittaient la salle, en sueur et contents d'eux, Alessa et Dante s'attardèrent afin de rassembler les armes.

La Finestra rangea un sabre sur le râtelier puis s'essuya le front.

– Quand as-tu trouvé le temps d'apprendre l'escrime, le combat à mains nues, le maniement du couteau et celui de la lance alors que tu passes tes journées à lire ?

– On apprend beaucoup en lisant, répondit son garde, qui se penchait pour récupérer un bō. Après ma fugue, j'ai travaillé pour tous ceux qui voulaient bien me transmettre leur savoir. Et puis, j'apprends vite. Ça aussi, c'est un don.

Un sourire se peignit sur les lèvres d'Alessa.

– J'ai une idée.

– Elle ne me plaît pas.

– Tu ne sais même pas ce que c'est !

– Mais je te connais. Ça me suffit. Pas touche ! ordonna-t-il en cachant son sabre dans son dos.

– Je n'ai pas l'intention de me couper avec, rassure-toi. Je veux juste t'affronter. À mains nues.

– Je fais deux fois ta taille.

La jeune fille lui enfonça un doigt dans les côtes.

– Et moi, je suis une guerrière.

– Qui utilise des pouvoirs magiques. Tu n'as aucune notion de lutte, surtout contre quelqu'un de plus grand et de plus fort que toi.

– Moi, non, mais toi, si. Tu viens de dire que c'était un *don*.

– Tu comptes retourner mes talents contre moi ?

– Non. Plutôt les amplifier afin de t'écrabouiller.

Dante s'accroupit et lui fit signe d'avancer.

– Essaie donc, pour voir.

Alessa bondit de joie. Elle retira ses gants et leva ses poings devant son visage.

– Au secours, gémit son garde. Tu as tout faux.

Il lui ouvrit les doigts et repositionna ses pouces.

Quelques secondes s'étirèrent ainsi, les yeux dans les yeux et les mains jointes. Peu à peu, le corps entier de la jeune fille se mit à vibrer à une fréquence inaudible. Elle se demanda si Dante en était conscient.

– Tu sens ça ? l'interrogea-t-elle, car il fallait bien que l'un d'eux rompe le silence.

Pour sa part, elle éprouvait une avalanche d'émotions qui n'avaient pas grand-chose à voir avec le combat.

– Possible, répondit-il d'une voix si calme et détachée qu'elle eut envie de hurler. Mais je ne sais pas trop ce que tu es en train de me voler.

Le moment était venu de dépenser toute l'énergie qu'elle avait accumulée.

– Attends-toi à être surpris.

Les pieds fermement ancrés sur le sol, elle leva à nouveau les poings.

Dante tenta une première frappe, à vitesse modérée.

Alessa la para sans réfléchir, mue par des réflexes qui n'étaient pas les siens.

– Génial ! s'exclama-t-elle en retroussant les lèvres.

Son adversaire recula avec une expression d'effroi exagéré. Ils se tournèrent autour. La Finestra en profita pour l'inspecter des pieds à la tête, repérant son centre de gravité, son poids, les parties vulnérables de son corps.

Quant à lui, il dansait d'un pied sur l'autre, comme s'il attendait patiemment qu'un bébé fasse ses premiers pas. Quel insolent. Sûr de sa supériorité, il la sous-estimait, ce qui revenait à se sous-estimer lui-même. Car c'était son don qu'elle utilisait.

Elle s'élança et le toucha au ventre.

Il toussa.

– Ça ne me plaît pas trop, en fait !

– À moi, si, répliqua-t-elle en le frappant dans les côtes. Oh, zut, ça s'estompe déjà.

– C'est tout de suite moins drôle, hein ?

Le coup suivant fut si faible qu'il le bloqua à mi-chemin. Alessa sourit. Il n'apprendrait donc jamais.

– Merci !

D'un mouvement fluide, elle se dégagea, saisit le poignet du jeune homme et pivota sur elle-même, lui tordant le bras dans le dos.

Dante tomba à genoux, partagé entre l'agacement et le rire.

– C'est pas juste !

– La vie n'est pas juste.

Chaque fois qu'elle lui touchait la peau, elle excellait au combat. Mais au bout d'une minute ou deux, l'écho s'éteignait et elle se retrouvait complètement dépassée.

Mieux valait éviter que les choses s'éternisent. Elle projeta Dante face contre le tapis, posa un genou entre ses épaules et l'autre sur le sol.

– J'ai gagné !

Alors qu'elle levait les poings, triomphante, il roula sur le côté. Elle perdit l'équilibre et s'affala vers l'avant, en travers de son torse.

– Pas encore, rétorqua-t-il.

Avec un sourire satisfait, il lui attrapa les bras, prenant soin d'éviter ses mains. La dernière lueur de pouvoir disparut ; Alessa cessa de se débattre. À chaque inspiration, sa poitrine se plaquait un peu plus contre celle de son garde.

Si proche de lui qu'elle pouvait compter ses cils, elle vit passer une lueur dans ses yeux. Il prenait conscience de ce qu'elle avait déjà réalisé à propos de leur position.

Alors, paniquée, elle déposa un rapide baiser sur sa joue. Ce contact infime suffit à raviver son don et elle se libéra. C'était un échec total du point de vue romantique, mais une manœuvre habile.

Le jeune homme se plia en deux et lui attrapa la cheville.

Alessa lui tapa sur la main, ce qui le fit rire mais la rendit encore plus forte.

– Je n'utilise même pas… Aïe ! La moitié des techniques que je connais…

Il arrêta le genou de la jeune fille juste avant qu'il atteigne sa cible.

– Parce que je n'ai pas envie de te… Hé !

Elle avait réussi à lui faire une clé au cou – du moins, il lui semblait que cela s'appelait ainsi. Elle serra jusqu'à ce qu'il vire au rouge foncé et frappe plusieurs fois sur le sol.

– Oh, pardon ! s'excusa-t-elle avec un sourire enjôleur. J'avais oublié le signal.

La tête posée sur ses genoux, Dante respirait péniblement.

– Félicitations. Tu as gagné. Grâce à mon talent. Autrement dit, j'ai gagné.

Elle ouvrit la bouche pour protester, mais le fourbe en profita pour la faire basculer sur le dos, à l'aide d'un enchaînement très compliqué qu'elle devrait lui demander d'expliquer plus tard.

À califourchon sur elle, il lui ramena les bras au-dessus de la tête.

– Je t'ai eue.

Quelqu'un poussa un cri perçant.

Tous deux redressèrent la tête et découvrirent les Fontes sur le seuil, bouche bée et horrifiés par le spectacle de leur divine sauveuse agressée par son garde du corps.

Kaleb empoigna une épée vieille de quatre siècles et la pointa sur Dante.

– Lâche-la ou je te tue.

Trente-trois

Bocca chiusa non prende mosche.
Bouche fermée ne gobe pas de mouches.

• 16 JOURS AVANT LE DIVORANDO •

Dante lâcha les poignets d'Alessa – comme si c'était l'aspect le plus problématique de leur situation –, et ils se relevèrent d'un bond.

– Je… il… on a trébuché, bégaya la jeune fille.

Kaleb baissa son épée d'un millimètre.

– Il n'essayait pas de vous tuer ?

– Non, pas du tout. On est juste, euh, tombés.

Le fait que le Fonte se montre aussi protecteur lui aurait réchauffé le cœur s'il n'avait pas été à deux doigts d'assassiner son garde du corps.

– Ça alors, railla Kamaria. Vous êtes *tombés*. Dans cette position.

Saida se plaqua une main sur la bouche mais ne parvint pas à réprimer un gloussement.

– Vous vivez loin de vos parents depuis trop longtemps si vous croyez qu'on va avaler ça, insista Kamaria en levant les yeux au ciel.

– Vous étiez en train de le *toucher*, souligna Nina. Et il *souriait*.

Elle ne se rendait sans doute pas compte de ce que cette phrase pouvait avoir de vexant.

Saida riait franchement, maintenant, mais elle était bien la seule. Nina semblait aussi choquée que si elle avait reçu une gifle, Josef arborait l'air outragé d'un moine qui aurait accidentellement pénétré dans les bains des femmes, et Kaleb était hors de lui.

– Comment est-ce possible ? voulut-il savoir.

Alessa ouvrit la bouche, sans qu'aucune explication brillante ne lui vienne.

– C'était une grimace de douleur.

– Je n'ai pas eu cette impression, affirma Nina.

– Dante est un bagarreur. Il est costaud.

Cette demi-vérité ne les apaisa pas. Elle allait devoir se montrer un peu plus honnête.

– Il m'aide à m'entraîner.

– Pourquoi ? l'interrogea Kaleb.

Le garde du corps se racla la gorge.

– Je suis prêt à tous les sacrifices pour le bien de Saverio. Quand Dea m'appelle, je réponds.

Alessa lui marcha discrètement sur le pied.

– Je ne te savais pas aussi pieux, s'étonna Nina, les yeux plissés.

– La vraie question, c'est de quelle manière, intervint Kamaria, qui les fixait avec une insistance troublante. Il n'a pas de pouvoir.

– Non, bien sûr que non ! s'exclama la Finestra. Cependant, je peux absorber ses talents dans d'autres domaines. Et il me fait des retours sur… le niveau de douleur. Un peu comme une jauge.

Nina inclina la tête sur le côté.

– J'aurais cru que le contact d'une Finestra serait insupportable pour le commun des mortels. C'est un sacrifice très généreux.

– Oui, merci à toi, renchérit Kaleb en posant son épée par terre. Même si tu restes un crétin.

Dante marmonna quelque chose dans la langue des anciens.

– Bien, reprit Alessa en souriant. Maintenant que les choses sont claires, j'espère que vous garderez cela pour vous. J'ai conscience que cette approche n'est pas très orthodoxe. Mais tous les moyens sont bons, n'est-ce pas ?

Elle se mordit la joue et attendit, soulagée que leur ébahissement ne se transforme pas en colère.

– On était venus vous inviter à jouer aux cartes avec nous, déclara Nina d'une voix plus sèche que d'habitude.

– Oh, fit Alessa, un peu perdue. Et vous avez changé d'avis ?

– Mais non, soupira Kamaria. Ça nous est arrivé à tous d'être surpris en plein… « entraînement ».

Les joues de la Finestra s'empourprèrent.

– Je… merci. Ça me ferait très plaisir. Mais à une condition : que vous cessiez de me vouvoyer.

Josef était un excellent joueur et un très mauvais perdant. Avec sa capacité presque mystique à mémoriser les cartes de chacun et à calculer ses coups en fonction, il avait remporté les trois premières manches. À chaque victoire, il se rengorgeait un peu plus. Mais depuis que Kaleb lui avait ravi son meilleur atout, il faisait la tête. Nina, à l'inverse, jouait très mal et encourageait tous les autres, qu'ils soient dans son équipe ou pas.

Kaleb lança les dés.

– Arrête de me sourire comme ça à chaque fois que je te bats, grogna-t-il. Ça me gâche le plaisir.

La jeune Fonte fit bouffer sa jupe avec un sourire malicieux.

– C'est le but.

– Je me couche, annonça Saida avec un gros soupir. Josef m'a pris toutes mes bonnes cartes – comme d'habitude.

Alessa piocha un Crollo et l'ajouta à sa main, puis jeta un coup d'œil par-dessus son épaule. Dante avait refusé de participer sous prétexte qu'il était en service. Il pencha la tête pour voir son jeu, se gratta le nez avec deux doigts puis fixa un regard insistant sur Kaleb, assis à côté d'elle.

Elle se racla doucement la gorge.

– C'est mon tour, Kaleb, pas le tien. Et avant de lancer le dé, j'aimerais te prendre cette carte.

Le jeune homme grommela et la jeta sur la table.

– Je croyais que tu n'avais jamais joué. Comment se fait-il que tu sois aussi forte ?

Alessa se mordit la lèvre avant de poser une paire de Dea et Crollo devant elle.

– Les dieux sont avec moi, je suppose.

Les sourcils froncés, Kaleb observa Dante qui dansait d'un pied sur l'autre derrière eux.

– Une minute... Vous ne seriez pas en train de tricher, vous deux ?

– Arrête d'accuser tous les autres quand tu perds, Kaleb, grommela Saida.

– Pas *tous* les autres. Juste la Finestra.

– Si tu es aussi mauvais joueur, tu ferais mieux de laisser tomber et de réfléchir à une recette pour mon livre. J'attends toujours ta contribution.

Kaleb grimaça.

– Je t'ai déjà expliqué que je n'y connais rien en pâtisserie. Les desserts arrivent sur la table, et je les mange. Point.

Une jeune domestique en tablier frappa à la porte.

– Pardonnez-moi, le minuteur de mademoiselle vient de sonner.

– Oh, se réjouit Saida. Mon *rasgulla* a fini de refroidir !

Elle avait apparemment réussi à amadouer le personnel et obtenu l'autorisation d'utiliser les cuisines. Au bout de quelques minutes, elle revint avec une grande casserole qui dégageait des effluves de lait et de sucre.

– On a bien mérité une petite récompense, déclara-t-elle en servant des boules blanches cotonneuses sur de petites assiettes.

– Malin, ronchonna Kaleb. Comme ça, tu peux en profiter pour regarder nos cartes.

– D'où tiens-tu cette recette, Saida ? demanda Josef, qui se leva pour l'aider et heurta « accidentellement » la chaise de leur camarade.

– C'est une spécialité de ma famille, répondit-elle en souriant. Pas mal, hein ?

C'était même délicieux. Sucré, un peu collant, avec un soupçon de parfum floral.

– Il y a de l'eau de rose dedans ? devina Alessa.

– Bien vu, la félicita Saida, impressionnée. Et toi, Dante, tu aurais des recettes à partager ?

Plusieurs émotions défilèrent sur le visage du garde, qui secoua finalement la tête.

– Pousse-toi, ordonna Kamaria à Kaleb afin d'échanger de place avec lui.

– Je te préviens, répondit-il, si tu touches à mon jeu, je récupère tes gains.

– Mais quel gamin !

Pendant que Josef leur expliquait le mécanisme du comptage des cartes, que ses principes lui interdisaient d'employer pour tricher, Kamaria se pencha vers Alessa.

– Contrairement à Nina, je ne suis pas aussi naïve qu'un lapin de six semaines.

– Hein ?

– Ton petit combat de lutte avec le signor Bougon… Tu as effectivement fait des progrès auxquels je veux bien croire qu'il ait contribué. Mais il était *content* que tu le touches, ce qui est assez improbable. Pardon, je ne voulais pas être méchante. Je sais que tu ne fais pas exprès de nous faire mal. Bref, explique-moi : en quoi est-il différent ?

– Qu'est-ce que ça peut bien faire, du moment qu'il nous aide ?

Kamaria réfléchit.

– Tu marques un point. Mais méfie-toi. Je ne serai sans doute pas la seule à me poser cette question.

L'heure passée dans les bras de Dante la veille avait laissé Alessa sur sa faim. Elle repoussa le moment d'aller se coucher, le regarda plier sa chemise puis s'étendre sur le divan, les mains derrière la tête.

Puis elle poussa un gros soupir, et il battit des cils comme s'il avait senti son souffle de loin.

Enfin, elle se dirigea vers son lit. S'arrêta. Se retourna. Soupira à nouveau.

– Tu viens ou pas ? lança Dante d'une voix ensommeillée.

Elle ressortit de derrière le paravent.

– Je pensais que tu voulais dormir. Tu as changé d'avis ?

– Non. Mais toi, tu ne t'endors qu'à côté d'un corps chaud. Alors cesse de tourner en rond et viens t'allonger. Ne t'inquiète pas. Je garderai mes mains loin de toi.

Bien sûr. Il se moquait éperdument des règles de la bonne société mais, dès qu'il s'agissait d'elle, il se transformait en saint. Cela dit, elle ne voulait surtout pas lui laisser le temps de se raviser.

– Tu n'es vraiment pas douée, grommela-t-il en l'aidant à s'installer.

Ils furent bientôt blottis l'un contre l'autre telles deux petites cuillères dans un tiroir.

Alessa frissonna en sentant l'haleine du jeune homme sur sa nuque.

– Tu as froid ?

– Un peu, avoua-t-elle, priant pour qu'il ne détecte pas son trouble.

Il attrapa une couverture sur le dossier du divan et la drapa autour d'elle.

Elle aurait pu lui proposer qu'ils s'installent sur son lit, mais cela lui paraissait beaucoup plus compromettant. Alors elle resta muette. Et la banquette présentait un avantage : elle était si étroite qu'ils devaient se coller l'un à l'autre pour ne pas tomber. Elle recula encore de quelques centimètres, remua les hanches, cala ses fesses contre…

Oups. Ce n'était sans doute pas une bonne idée de se tortiller comme ça. Elle ne bougerait plus d'un poil. Pas même un frémissement. Elle resterait aussi immobile qu'une statue. Et elle essaierait de ne rien sentir. Ou plutôt… de *tout* sentir. Sans gigoter.

Elle fixait l'obscurité devant elle en se demandant si Dante était aussi conscient de son corps qu'elle l'était du sien. Ou s'il regrettait son invitation. Peu à peu, enveloppée par sa chaleur et bercée par le battement régulier de son cœur, elle s'assoupit.

Elle flottait, suspendue dans l'espace qui séparait le jour de la nuit et les pensées des rêves. Une couverture sur la plage, une main calleuse sur sa peau. Avec des lèvres pareilles, Dante devait s'y connaître en baisers.

Il laissa échapper un léger grognement, et elle rouvrit les yeux.

Soit elle dormait et faisait le plus beau rêve de sa vie, soit c'était lui qui dormait et… Quand il se pressa contre elle, elle rougit jusqu'aux oreilles. Il dormait et faisait un rêve *très* agréable. Ou alors, ils étaient tous les deux éveillés et il tentait de savoir si elle était ouverte à d'autres activités. Ce qui était le cas. Mais comme elle n'avait pas réagi, il devait supposer que non.

À nouveau, le souffle du jeune homme chatouilla son oreille. Elle perdit le fil de ses pensées.

Respire, s'ordonna-t-elle.

Les lèvres de Dante effleurèrent un point sensible au creux de son cou, allumant un brasier dans son bas-ventre. Puis il posa ses doigts sous le sein d'Alessa comme si c'était la chose la plus naturelle du monde. Pourtant, il avait promis de garder ses mains loin d'elle – et voilà qu'il faisait tout le contraire.

Parle. Elle ouvrit la bouche et gémit doucement.

Ce n'était pas un menteur. Il devait être endormi.

– Dante ? murmura-t-elle.

Insiste, Alessa.

Elle répéta son nom, un peu plus fort.

Le garde sursauta comme si elle venait de lui jeter un seau d'eau glacée, puis il recula brusquement et bondit par-dessus le dossier.

– Je suis désolé, s'excusa-t-il. Je ne sais pas ce qui s'est passé. Combien de temps… Je veux dire, combien de fois… Non, ne me réponds pas. C'est de ma faute. Pas de la tienne. Tout est de ma faute.

Quelque chose se brisa dans le cœur de la jeune fille à la vue de son expression horrifiée.

À quoi s'était-elle donc attendue ?

– Dante, tout va bien.

– Non.

– Tu dormais, le rassura-t-elle en ramenant ses genoux contre sa poitrine.

Il lâcha un chapelet de jurons.

– Peu importe. Ça ne se fait pas. Je vais partir tout de suite et tu ne me reverras jamais.

Il commença à rassembler ses affaires mais, dans la précipitation, en semait au fur et à mesure autour de lui.

Alessa serra les poings.

– Tu te trompes. C'est moi la responsable.

– Alors que je t'ai tripotée ? Je ne crois pas.

– Je ne t'ai pas réveillé. Enfin, pas tout de suite.

Morte de honte, elle se sentit devenir cramoisie. Elle s'était liquéfiée sous ses doigts pendant qu'il rêvait de quelqu'un d'autre, mais elle ne pouvait pas se taire par fierté, sinon il s'en irait.

Il se pencha afin de ramasser une chaussette.

– Je comprends que tu aies paniqué. Se réveiller comme ça, avec les mains d'un type collées sur toi…

– Dante, je ne dormais pas !

Il se figea si longtemps qu'elle crut que le silence allait voler en éclats.

– Je… j'ai cru que toi non plus, avoua-t-elle, les bras croisés devant sa poitrine. Je suis désolée. C'est de ma faute. Pas de la tienne.

Dante poussa alors un soupir interminable, comme s'il essayait de vider tout l'air de ses poumons.

– J'avais promis de garder mes mains loin de toi.

– Tu dormais. Pas moi. Tu ne peux pas t'en vouloir.

– Mais c'était ma…

– Écoute, on n'a qu'à dire que les torts sont partagés et promettre de ne plus jamais se toucher sans autorisation, d'accord ?

Il regarda la porte.

– Dante, si tu disparais, je serai obligée de leur expliquer pourquoi. Je t'en supplie, ne m'oblige pas à faire ça.

Il ne voulait pas d'elle, mais elle ne voulait pas qu'il parte.

Il se mordit la lèvre.

– Je suis quand même désolé.

Pas autant qu'elle…

Trente-quatre

Molti che vogliono l'albero fingono di rifiutare il frutto.
Quand on désire l'arbre, on feint de refuser le fruit.

• 15 JOURS AVANT LE DIVORANDO •

Dante et Alessa s'ignorèrent autant que cela leur était possible dans un espace aussi restreint. La jeune fille avait hâte de commencer l'entraînement. Torturer ses amis serait le meilleur moyen d'oublier la brûlure du rejet.

En cette dernière journée avant le Carnevale, Crollo gratifia Saverio d'une vague de chaleur brûlante. Entre les températures excessives et l'imminence de l'apocalypse, tout le monde était de mauvaise humeur lorsque la Finestra pénétra dans la salle.

Il y faisait plus chaud à chaque minute qui passait. Alessa et Josef associèrent leurs efforts afin de rafraîchir l'atmosphère, mais il ne put supporter son contact assez longtemps pour que l'effet soit durable. Quant aux tentatives de Saida pour éventer ses camarades, elles ne firent que déplacer de l'air aussi chaud et lourd qu'une couverture.

– Je ne tiendrai jamais le coup toute la journée, prévint Kaleb. J'ai l'impression de respirer de l'eau bouillante.

– Et où veux-tu aller ? répondit Kamaria. C'est pareil sur toute l'île.

– Il y a l'océan.

– On ne peut pas descendre à la plage, objecta Alessa. On doit s'entraîner, et puis, ce sera bondé.

– Ça dépend, intervint Dante. Moi, je connais un endroit.

La Finestra aurait dû refuser, ou du moins hésiter avant d'accepter. Mais la perspective de passer leur dernière séance ensemble au bord de l'eau plutôt que dans cette salle étouffante était trop tentante.

Une heure plus tard, une file de lanternes avançait le long d'un tunnel de plus en plus poussiéreux.

Kamaria ralentit pour se mettre au niveau d'Alessa alors qu'ils approchaient du bout de l'île et commençaient à respirer de l'air frais.

– Alors, vous avez continué votre combat de lutte dans ta chambre hier soir ? Raconte-moi tout.

Alessa laissa échapper un petit rire crispé.

– D'accord, pas tout, tempéra la Fonte. Je ne te demanderai pas ce qui le rend différent de nous. Mais puisqu'il l'est… est-ce qu'il t'a embrassée ?

La Finestra se mordit la joue.

– Non.

– Bizarre. Il en crève d'envie, affirma Kamaria en baissant la voix, car elles allaient rattraper les autres.

– Non, justement. C'est bien le problème.

– Oh, je t'en prie ! Ce mec a tellement envie de toi que son caleçon va bientôt prendre feu.

Éblouie par le soleil, Alessa se protégea les yeux. Kaleb et Dante venaient de pousser la lourde grille qui barrait l'entrée du tunnel.

– Au moins, comme ça, il sera obligé de l'enlever, répliqua-t-elle.

Kamaria explosa de rire et le garde du corps se retourna pour la fusiller du regard.

La Finestra rougit lorsque la Fonte souffla, à un millimètre de son oreille.

– Et *ça*, ma petite, c'est ce qui s'appelle de la jalousie !

Alessa réprima un gloussement et pria pour que le changement de luminosité suffise à masquer son trouble.

– Regardez où vous mettez les pieds, conseilla Dante.

Il cala la grille avec une pierre, puis en ajouta une deuxième par précaution.

Le temps qu'Alessa et Kamaria émergent sur une étroite corniche, Kaleb était déjà en train de dévaler les marches taillées dans la paroi abrupte, faisant voler des cailloux autour de lui. Josef, Nina et Saida le suivaient à une allure plus prudente.

C'était la plage que Dante avait citée lorsqu'Alessa l'avait interrogé sur son endroit préféré. Et elle comprenait pourquoi. La crique en contrebas formait une anse naturelle, un triangle jaune pâle encadré de hautes falaises. L'eau bleu azur léchait le sable clair et les vagues moussaient comme des bulles de prosecco au pied des quelques arbres et buissons qui s'accrochaient à la pierre avec détermination. Un peu plus loin, une étendue d'herbe verte ne demandait qu'à accueillir une petite cabane depuis laquelle une jeune fille aurait pu regarder approcher un bateau à rames dans le soleil couchant.

Dante jeta un coup d'œil à la Finestra et à Kamaria.

– Besoin d'aide ?

– Non, ça va. Par contre, Saida a l'air de peiner.

Les jupons diaphanes de celle-ci s'accrochaient aux rochers et, dans ses efforts pour les libérer, elle s'aventurait dangereusement près du bord. Dante lui prit le bras et l'accompagna jusqu'au pied de la pente.

– S'il est jaloux, reprit Alessa lorsqu'il ne fut plus à portée de voix, pourquoi a-t-il bondi du divan hier soir au moment où ça devenait enfin sérieux ?

– Oh oh, ricana Kamaria. Donc vous êtes passés à la vitesse supérieure ! Je veux des détails ! Non ? Pfff, tu n'es pas drôle.

Une fois sur le sable, Alessa retira ses chaussures et s'assit à l'ombre d'un citronnier noueux. Kaleb avait couru droit dans l'eau, tout habillé, et projetait de grandes gerbes dans les airs. Nina, ravie, entraîna Josef à sa suite, l'obligeant à sautiller sur un pied puis sur l'autre pour remonter son pantalon.

Kamaria prit son temps et ôta ses vêtements sans la moindre pudeur, tout en poursuivant leur conversation.

– Les gens torturés et colériques comme lui, ce n'est pas pour tout le monde, signala-t-elle en faisant passer sa chemise par-dessus sa tête.

Alessa essaya de rester concentrée sur ses yeux et de ne pas rougir.

– Si tu n'as pas envie d'attendre qu'il règle ses problèmes, il y a des relations plus simples pour les gentilles filles innocentes comme toi.

La ceinture de Kamaria atterrit sur le sable.

– Ce n'est pas tant de l'innocence qu'un manque d'occasions.

Kamaria se tortilla pour se débarrasser de son pantalon.

– En tout cas, si le ronchon ne fait pas l'affaire, tu…

– Hé ! les interpella Dante. Vous venez ?

– Une Finestra ne se promène pas à moitié nue, répliqua Alessa, le menton fièrement levé.

– Comme tu voudras.

Il retira sa chemise. Les muscles de son dos ondulèrent lorsqu'il se baissa pour défaire ses lacets.

Alessa se rendit soudain compte qu'elle avait la bouche ouverte et la referma dans un claquement.

– Il fait de plus en plus chaud, ici, non ? la taquina Kamaria.

– Aucune idée, avoua-t-elle en cachant sa tête entre ses genoux. J'ai atteint mon point de fusion il y a déjà un moment.

– Sans blague !

Kamaria s'avança nonchalamment vers les vagues, la courbe bronzée de ses hanches oscillant à chaque pas.

– On ne sera peut-être plus là dans un mois, lança-t-elle finalement par-dessus son épaule. Alors si tu veux quelque chose, ne traîne pas.

Seule sur le sable, le dos dégoulinant de sueur, Alessa regarda les autres s'amuser.

Saida, occupée à remonter ses jupons au-dessus de ses genoux, se retrouva sous les tirs croisés d'une violente bagarre d'éclaboussures entre Kamaria et Kaleb.

Pendant qu'elle leur courait après pour se venger, Alessa retira son collant. Elle avait fait retoucher toutes ses jupes pour que la fente remonte plus haut, car elle étouffait dans ces tenues censées être portées jambes nues. Mais sans rien dessous, cela devenait presque indécent – en ville, du moins. Ici, avec Kamaria qui sautait de rocher en rocher en sous-vêtements, et Nina qui n'avait gardé que sa combinaison, Alessa avait l'impression d'être une horrible prude.

Elle n'avait jamais eu aussi chaud et ne s'était jamais sentie aussi mal à l'aise de sa vie. N'y tenant plus, elle haussa les épaules, défit sa jupe puis y emballa collant, chemisier et gants. Seulement vêtue d'une fine tunique, elle se leva pour absorber les rayons du soleil qui lui picotaient déjà la peau et pour sentir le sable brûlant sous la plante de ses pieds.

Comme tous les enfants de Saverio, elle avait passé une bonne partie de ses premières années à courir en culotte sur la côte, les cheveux raidis par le sel et la peau incrustée de sable. Même si elle n'était jamais venue sur cette plage en particulier, elle avait l'impression d'être de retour chez elle.

Au moment où ses yeux croisèrent ceux de Dante, le jeune homme détourna le regard et plongea, filant sous l'eau jusqu'à un énorme rocher qui se dressait au milieu de la crique.

Rassemblant son courage, Alessa le rejoignit et se hissa sur la pierre.

– On va rester encore longtemps sans se parler ?

Il garda les yeux rivés sur l'horizon.

– Je peux tenir facilement deux jours.

– Je n'en doute pas, soupira-t-elle en ramenant ses genoux contre sa poitrine. Je vois bien que tu es contrarié.

– Oui.

Parfait. Formidable. Quelle bonne idée elle avait eu d'aborder le sujet.

– Je suis désolée. J'imagine que tu as été très déçu de te réveiller et de me trouver dans tes bras, alors que tu devais rêver de la fille aux doigts magiques.

– Quoi ? Je n'ai jamais dit que j'étais déçu. Et pourquoi crois-tu que je rêvais de quelqu'un d'autre ?

Une minute.

– Attends, tu rêvais de moi ? Et c'était agréable ?

En un éclair, elle retrouva la sensation de ce corps pressé contre le sien.

– Ça me paraît plutôt évident, répondit Dante au lieu de nier.

– Alors pourquoi as-tu paniqué quand je t'ai dit que j'étais d'accord ?

– Parce que tu ne l'es pas vraiment. Tu es désespérée et à court d'options. C'est toi-même qui me l'as dit.

– Je plaisantais.

– Ça ne change rien. Bientôt, tu seras la personne la plus adulée de Saverio, et moi je retournerai sur les quais avec la vermine. Quand on meurt de faim, on est prêt à se jeter sur un bout de pain dur. Tu ferais mieux de te réserver pour un vrai repas.

– Tu n'es pas un bout de pain dur. Et je suis encore capable de décider toute seule.

– Tu m'as engagé pour veiller sur toi jusqu'à ce que tu choisisses ton Fonte. Je ne te laisserai pas faire une chose que tu regretteras.

– Espèce de fils de... Debout, ordonna-t-elle, les dents serrées.

Il obéit, les bras croisés et un air de défi sur le visage.

– Tu m'autorises à te toucher la poitrine ? l'interrogea-t-elle.

– Pourquoi ?

– Je vais te pousser à l'eau. C'est tout ce que tu mérites.

– Tu me demandes la permission de me noyer ?

– Non, celle de te *toucher*. Si je veux te tuer, je me passerai de ton consentement.

– Tu sais, insista le jeune homme sur le ton patient d'un professeur, tu me remercieras un jour de...

Il atterrit dans l'eau en faisant un plat retentissant qui, espéra Alessa, lui brûlerait la peau pendant de longues heures.

Lorsque le soleil de plomb se coucha et que la température redescendit à un niveau supportable, les jeunes gens s'assirent en cercle autour d'un feu allumé par Kamaria avec du bois flotté. Grâce à son pouvoir, elle fit danser les flammes bleu lavande que Saida stimulait à l'aide d'une petite brise. Nina, elle, se chargea de distribuer le pique-nique.

Kaleb désigna Dante du menton.

– Qu'est-ce qui se passerait si tu nous touchais en même temps que lui ?

– Ce n'est pas pour ça que j'ai signé, mais c'est une super idée ! Deux pour le prix d'un ! ricana Kamaria, arrachant à Kaleb une grimace dégoûtée.

Puis il se tourna vers Alessa.

– Tu as dit qu'il te servait de « jauge ». Ça pourrait t'aider à tempérer ton pouvoir quand on s'entraîne. Ce serait plus utile que de le faire en tête-à-tête avec lui.

– Ça dépend du but recherché, marmonna Kamaria.

Alessa lui envoya du sable sur le pied.

À n'importe quel autre moment, elle aurait sauté sur ce prétexte pour prendre la main de Dante. Mais là, il avait du mal à la regarder en face.

– Pourquoi pas, acquiesça Saida. On doit tout tenter, non ?

Nina entoura ses genoux de ses bras.

– Je suis d'accord, si ça peut limiter les risques que quelqu'un meure.

– Dante ? lança Alessa d'une voix tendue.

Il ronchonna et vint se placer au milieu du cercle.

Les yeux fixés sur un point derrière l'épaule de la Finestra, il tendit une main vers elle et l'autre au-dessus de sa tête, le pouce à l'horizontale – sans doute pour symboliser la fameuse jauge.

Le cœur d'Alessa fit un bond lorsqu'il posa sa paume contre la sienne. Le pouce monta vers le ciel.

Saida gloussa et la Finestra elle-même ne put s'empêcher de sourire. Le pouce redescendit.

– Visiblement, le rire est efficace, commenta Josef. C'est vrai que c'est plutôt drôle.

Drôle et tragique à la fois.

Alessa prit la main de Josef et essaya de se convaincre qu'elle ne touchait que lui. Elle devait se concentrer sur son pouvoir. Dante n'était rien de plus qu'un appareil de mesure. Une girouette aux longs cils. Un pluviomètre dont les cheveux en bataille retombaient sur des yeux chocolat parsemés de taches d'or. Un thermomètre à…

– La vache, c'est froid, siffla le thermomètre.

– Moi, ça va, dit Josef.

Alessa rassembla les bribes de pouvoir qui palpitaient en elle et se tourna vers les vagues. Elle laissa la sensation monter en puissance, puis la relâcha.

Nina poussa un cri de joie en voyant l'eau de mer se figer en une sculpture cristalline.

– Super ! se réjouit Kamaria. Pas vrai ? On tient le bon bout.

À la nuit tombée, Alessa décida de rentrer. Comme les autres avaient envie de se baigner une dernière fois, Dante et elle regagnèrent les tunnels seuls.

Elle ne voulait pas lui faire la tête. Elle voulait se délecter de son visage, en mémoriser les moindres traits.

Mais il faisait trop noir pour ça.

Dante contempla la grille qui séparait la Fortezza de la Cittadella.

– Si on referme derrière nous, ils ne pourront pas rentrer.

– Ne la ferme pas.

– Je ne peux pas laisser une porte d'accès à la Cittadella ouverte. C'est un peu la règle numéro un des gardes du corps.

– D'accord, alors on va rester dans le coin et on leur ouvrira. Je pourrais te couper les cheveux, en attendant, proposa Alessa après une seconde de réflexion. Je le faisais pour mon frère et je me coiffe aussi toute seule depuis des années. Tu n'as pas envie d'être beau pour mon mariage ?

– Bien sûr que si, Finestra. Je t'en prie, rends-moi donc présentable.

La jeune fille l'entraîna vers les cuisines désertes, où elle dénicha une paire de ciseaux. Elle le fit asseoir puis, debout derrière lui, elle lui passa les mains dans les cheveux sous prétexte d'en étudier la texture. Un plaisir pur lui parcourut les veines, aussi stimulant qu'une double dose d'expresso.

Les boucles épaisses et emmêlées s'enroulaient autour de ses doigts comme pour les retenir. Lentement, elle fit courir ses ongles sur le crâne de Dante en descendant jusqu'à la nuque. Il frissonna.

– J'adorais qu'on joue avec mes cheveux, avoua-t-elle en souriant. Tu ne trouves pas ça super relaxant ?

Dante se racla la gorge avant de répondre :

– Oui, c'est ça. Relaxant.

Elle se mit au travail en commençant par l'arrière, avant de remonter vers les tempes. Il la regarda tirer sur les mèches pour s'assurer qu'elles étaient bien de la même longueur. La paume de la main posée sur sa joue, elle se pencha pour mieux voir.

Les yeux du jeune homme plongèrent dans son décolleté et il déglutit bruyamment. Le chemisier d'Alessa devait lui offrir une vue dégagée jusqu'à son nombril. S'il tenait à les punir tous les deux en gardant ses mains pour lui, elle n'allait pas lui faciliter la tâche.

Les lèvres pincées, elle coupa encore quelques millimètres. À défaut de mieux, elle comptait profiter à fond de son attention.

Dante remua sur son siège.

– Tu as fini ?

– Pas tout à fait. Ça me plaît bien de t'avoir à ma merci.

– Je ne pensais pas que ça durerait aussi longtemps, gémit-il, du désespoir dans les yeux.

– Eh si, répondit-elle. Plus c'est long, plus c'est bon.

Un muscle se contracta sur la mâchoire du garde.

– Je n'arrive pas à savoir si tous ces sous-entendus sont volontaires ou pas.

– Bien sûr que oui. De tout ce que j'ai lu dans mes romans à l'eau de rose, c'est la seule chose que je peux mettre en pratique.

Enfin, elle posa les ciseaux.

– Voilà. Tu es magnifique.

Les yeux dorés cherchèrent les siens, et elle soutint son regard.

– Tu sais, continua-t-elle en choisissant ses mots avec soin, quand je t'ai vu, dans cette arène, je t'ai trouvé d'une beauté terrifiante. Alors qu'à ce moment-là je ne t'appréciais même pas. J'ai eu envie de toi bien avant de comprendre que c'était envisageable. Je sais que ce n'est pas le moment, mais après le Divorando…

– Après le Divorando, tu pourras choisir qui tu veux, la coupa-t-il, à la fois malheureux et résigné.

– Et si je te choisis, toi ?

– Tu ne le feras pas. Tu trouveras quelqu'un du même genre que ton premier Fonte. Rien à voir avec moi.

– En effet, tu es très différent d'Emer. Il était doux et gentil, et celle que j'étais à l'époque aimait ça. Elle ignorait encore tout ce qui l'attendait. Et elle n'avait aucune chance de survivre. Elle ne serait sans doute pas tombée amoureuse de quelqu'un comme toi, mais je ne suis plus elle.

BOUM BOUM BOUM.

Dante se leva d'un bond.

– Qu'est-ce que c'était ?

Alessa glissa les ciseaux dans sa poche.

– Je ne sais pas, mais ce n'est pas bon signe.

Le garde attrapa le premier soldat qu'ils croisèrent dans le couloir.

– Que se passe-t-il ?

L'homme avala sa salive.

– Une foule en colère s'est rassemblée devant les portes. Elle exige de voir la Finestra.

Trente-cinq

Le rose cascano, le spine restano.
Les roses fanent, les épines restent.

• 15 JOURS AVANT LE DIVORANDO •

« Ils ne pouvaient pas attendre un jour de plus ? s'énerva Dante, faisant sursauter le soldat.

– Laisse-le partir. Il n'y est pour rien. »

Avec ses cheveux poisseux de sel et sa jupe pleine de sable, Alessa n'était pas en état de s'exprimer devant les habitants de Saverio. Mais elle n'avait pas le temps de se changer.

Plus ils approchaient de l'entrée, plus les coups sourds résonnaient. La Finestra ne ralentit pas avant d'avoir atteint les marches de la Cittadella.

– Où est son Fonte ? demandait le Padre Ivini, planté au milieu de la foule, ses cheveux argentés lissés en arrière et ses yeux bleus luisant d'un éclat mauvais. Pourquoi tant de secrets ?

Les manifestants s'écartèrent en voyant approcher la jeune fille.

– Ah, *Finestra*, fit Ivini.

Adrick se tenait au milieu des disciples, vêtu d'une de leurs robes blanches ridicules. Alessa lui lança un regard venimeux. Plusieurs émotions défilèrent sur le visage de son frère – colère, déception… soulagement ?

– Oseriez-vous douter des choix de Dea ? s'exclama-t-elle d'une voix qu'elle espérait vibrante de courroux.

– Oh non, susurra Ivini. Je sais exactement pourquoi *Crollo* vous a élue. Son ultime ruse provoquera notre perte si nous ne réagissons pas. Admettez-le : votre contact ne sauve pas. Il ne peut que tuer.

La panique enfla dans la poitrine d'Alessa tandis que des murmures s'élevaient autour d'eux.

– Gardes, veuillez escorter cet homme hors de la piazza.

Le capitaine Papatonis et ses soldats échangèrent des regards incertains.

– Les gens ont peur, Finestra, dit-il. Personne ne vous a encore vue utiliser vos pouvoirs. Ce serait un bon moyen de les rassurer.

– Absolument, confirma Ivini avec un sourire satisfait. Faites venir votre Fonte et montrez-nous de quoi vous êtes capable, afin que nous puissions dormir sur nos deux oreilles.

C'était plus facile à dire qu'à faire. Peu importait qu'Alessa ne se soit pas encore décidée ; aucun de ses candidats n'était là.

– Le lien entre Finestra et Fonte est sacré, récita-t-elle, puisant dans les préceptes qu'elle avait lus un millier de fois. Vous ne pouvez pas me forcer à accomplir un acte d'union divine devant des inconnus.

– C'est pour une bonne cause, insista le Padre.

– Capitaine ? reprit la jeune fille. Vous êtes marié. Si je vous en donnais l'ordre, accepteriez-vous de convoquer votre épouse, de vous déshabiller et d'effectuer votre devoir conjugal sous nos yeux ?

Papatonis devint rouge vif.

– Bien sûr que non !

– Vous n'êtes donc pas prêt à avoir des relations intimes en public. Intéressant. Dans ce cas, pourquoi devrais-je le faire ?

Ivini plissa les yeux.

– Dans ce cas, posez vos mains sur n'importe qui. Cela n'aura rien de sacré.

– Vous portez-vous volontaire ?

Rien que pour l'entendre hurler, cela en vaudrait la peine. Mais Alessa avait déjà du mal à contrôler son pouvoir quand elle était calme et concentrée. En cet instant, il se déchaînait en elle, aussi imprévisible et furieux que le reste de sa personne. Si elle touchait Ivini, elle le blesserait, voire pire. Certes, elle ne demandait pas mieux que de voir la lumière s'éteindre dans ses yeux, mais elle devrait emporter cette image dans sa tombe, car la foule ne la laisserait jamais s'en tirer.

– Moi, je veux bien, lança Dante en s'avançant.

Alessa se força à ricaner comme si cette mascarade était indigne d'elle.

Les gens les observaient. Ils attendaient. Son cœur battait à se rompre.

– Quel courage, le félicita Ivini, rongé par l'impatience. Finestra, le moment est venu de prouver que vous êtes sincère.

Alessa le détailla de la tête aux pieds, les lèvres retroussées en une grimace de dégoût. Puis, faisant mine de se résigner à toucher un être inférieur, elle tendit la main vers Dante.

– Bien en vue, réclama Ivini.

Elle leva les yeux au ciel, ce qui lui valut quelques rires. Puis elle brandit ses deux mains au-dessus de sa tête pour montrer à la foule qu'elle ne portait pas de gants, avant de les placer de chaque côté du visage de Dante.

On entendait les mouches voler.

Une seconde s'écoula, puis une autre. Le jeune homme, qui avait l'air de s'ennuyer, fourra ses poings dans ses poches.

Alessa se tourna alors vers Ivini.

– Combien de temps vais-je devoir rester plantée là avant que vous admettiez vous être trompé ?

Des ricanements résonnèrent. Le Padre fulminait.

Enfin, la jeune fille chassa Dante d'un claquement de doigts méprisant.

– Si nous en avons terminé, j'ai plus important à faire qu'apaiser vos soupçons, *Padre*. Et j'imagine que les braves gens de Saverio souhaitent reprendre leurs préparatifs pour le Carnevale. J'ai hâte de vous présenter officiellement mon Fonte demain soir.

Cette annonce ne suscita pas de grands hourras, mais pas non plus de huées, ce qui était déjà bien. Tête haute, Alessa s'apprêta à regagner la Cittadella.

Dès qu'ils furent en sécurité à l'intérieur, Dante voulut la ramener à l'étage.

– Les Fontes, lui rappela-t-elle. Ils sont toujours bloqués dehors.

Au bas des marches, ses jambes se dérobèrent sous son poids. Elle dut s'appuyer au mur le temps de reprendre son souffle. Si Dante ne l'avait pas enlacée, elle aurait sans doute glissé jusqu'au sol.

– *Dea*, murmura-t-il tout contre ses cheveux. J'ai cru qu'ils allaient te lyncher. Et je n'aurais jamais pu tous les affronter.

C'était pourtant ce qu'il avait fait.

Pour couper court à la litanie de scénarios catastrophe qui tourbillonnait dans sa tête, Alessa l'attira à elle et l'embrassa.

Dante se figea.

Lorsqu'elle entrouvrit les lèvres et caressa les siennes du bout de la langue, il perdit soudain toute retenue. Ses mains étaient partout à la fois – sur le visage d'Alessa, ses cheveux, sa taille. Il la plaqua contre la porte et se pressa contre elle, les reins en avant, comme s'il essayait de noyer son désespoir dans le raz-de-marée qui la submergeait.

Ils avaient pris un risque, et cela avait payé. Mais la respiration haletante du jeune homme révélait à quel point ils avaient eu chaud.

– Toc, toc, appela Kaleb en faisant bouger la grille. Il y a quelqu'un ?

Dante laissa tomber son front sur l'épaule d'Alessa et réprima un grognement.

Il ne dit pas un mot pendant qu'elle ouvrait aux autres. Seule Kamaria contempla les joues rougies de la Finestra avec un sourire entendu, avant de gravir l'escalier à la suite de ses camarades qui bavardaient. Personne à part elle ne remarqua leur gêne.

Une fois en haut, Alessa décida qu'un petit discours s'imposait. Le lendemain serait leur dernier jour tous ensemble.

– Je suis très heureuse d'avoir appris à vous connaître, déclara-t-elle. Le Consiglio vous recevra demain matin un à un avant d'émettre son avis. J'espère…

Elle déglutit avant de continuer.

– J'espère que l'un d'entre vous se portera volontaire, car je n'ai pas plus envie de m'en remettre au hasard que de laisser les anciens décider à ma place. Quoi qu'il en soit, je vous suis reconnaissante de vos efforts et… fière que vous m'ayez accordé votre amitié. Vous n'avez pas idée de ce que cela signifie pour moi.

Saida renifla bruyamment, puis tout le monde éclata de rire avant de se souhaiter une bonne nuit.

Une fois la porte de la suite refermée, Alessa et Dante se retrouvèrent seuls. Les lèvres de la jeune fille palpitaient encore du souvenir de leur baiser. Leurs regards se croisèrent.

– Au lit, dit Dante.

Elle rougit, le cœur battant.

– Sans moi, précisa-t-il en s'asseyant sur le divan. Tu touches au but. Ne me laisse pas te distraire maintenant.

– Je ne peux pas ignorer ce que je ressens pour toi.

– Ce qu'on ressent ne compte pas. Certaines choses sont impossibles.

Le lendemain soir, elle se tiendrait sur ce balcon avec le Fonte de son choix.

Le surlendemain, elle serait mariée. Et Dante ne serait plus là.

Trente-six

Al povero mancano tante cose, all'avaro tutte.
Le pauvre manque de tas de choses,
mais l'avare manque de tout.

• 14 JOURS AVANT LE DIVORANDO •

L'aube du lendemain semblait trop belle pour être honnête. Pas de pluie glacée ni de chaleur brûlante, pas de nuages menaçants. D'ailleurs, pas de nuages du tout. Pas de brise non plus, mais la température était si parfaite que ce n'était pas un problème. Le monde au-delà du balcon d'Alessa résonnait du chant des oiseaux sous un ciel azuréen.

Elle avait dormi seule, dans son lit, mourant d'envie de rejoindre Dante pour passer ces dernières heures avec lui. Mais il se montrait encore plus distant que d'habitude.

Elle décida de glisser autant de sous-entendus que possible dans chacune de ses phrases, dans l'espoir de le faire rire et d'oublier sa propre angoisse à la perspective des adieux.

Les Fontes seraient bientôt séquestrés par le Consiglio pour une série d'interminables entretiens. Leurs forces et leurs faiblesses seraient pesées et mesurées, puis on les classerait par ordre de préférence. Ensuite, Alessa découvrirait qui restait et qui se portait volontaire – s'il y en avait un.

D'ici-là, elle n'avait rien d'autre à faire que s'inquiéter. Au cas où on la ferait appeler, elle avait enfilé l'ample robe blanche qu'elle portait lors de toutes ses rencontres avec le Consiglio. Comme ça, au moins, elle était à l'aise à défaut d'être détendue.

Elle choisit d'aller se ronger les sangs dans le jardin, qui offrait aussi davantage d'espace à Dante pour faire les cent pas. Elle cueillit une petite fleur pâle sur un buisson et la piqua dans son chignon. Puis une autre.

Il y avait de bonnes chances que Kamaria se propose et, si Alessa devait choisir, elle serait en tête de sa liste. Mais le parfum de trahison laissé par la disparition de Shomari était difficile à ignorer.

Kaleb serait sans doute beaucoup moins motivé. Nina était trop fragile. Le pouvoir de Saida était compliqué à utiliser. Josef ferait un excellent partenaire de combat mais, depuis son arrivée à la Cittadella, elle ne l'avait quasiment jamais vu sourire. Même si cela n'aurait pas dû entrer en ligne de compte, affronter le Divorando sans une once d'humour avait quelque chose de déprimant.

Au bout d'une heure, le chignon de la jeune fille était entouré d'une couronne de pétales. Elle entreprit alors de composer un bouquet.

– Ça va durer longtemps ? l'interrogea Dante. Pour info, tu as du pollen plein les cheveux.

Alessa s'épousseta de son mieux, à l'aveugle.

– Emer et Ilsi ont été approuvés par le Consiglio en une demi-heure. Pour Hugo, il a fallu une journée entière. J'étais persuadée qu'ils allaient le renvoyer chez lui et m'obliger à recommencer.

Dante cessa ses allées et venues.

– Tu ne parles jamais de lui.

– Ce n'était pas quelqu'un de très intéressant. Il était aussi fade qu'un bol de crème à la vanille. Je l'avais choisi parce que j'en avais assez de tuer des gens que j'aimais.

– Oh. Et aujourd'hui, c'est mieux ou c'est pire ?

– Les deux, avoua-t-elle. Je les apprécie. Tous. Même Kaleb. Et même si je contrôle mieux mon pouvoir, l'un d'entre eux va devoir m'aider à affronter l'Armageddon.

Une ride se forma entre les sourcils de Dante. Il s'approcha, lui prit le menton et lui baissa la tête – plutôt que l'inverse, comme elle l'avait espéré. Puis il souffla sur ses cheveux pour en chasser le pollen.

– Tu savais que le mot *finestra* servait de racine à plein d'autres ? Comme défenestrer, par exemple.

– Oui, répondit-il d'un ton méfiant. Ça veut dire jeter quelqu'un par la fenêtre.

Elle ricana.

– Ou briser une fenêtre. Ce qui est aussi une métaphore pour…

– Je t'interdis de terminer ta phrase.

Alessa battit des cils en toute innocence.

– … déflorer une vierge.

Dante ne put s'empêcher d'éclater de rire.

– Pour ma défense, je n'ai jamais touché à tes fleurs !

– Il n'est pas trop tard.

– Est-ce un effet secondaire de toutes ces années de pureté forcée avec des romans tendancieux pour seule distraction ? Les centaines de pensées coquines refoulées ont fini par prendre le dessus ?

– Possible, répondit-elle avec un sourire en coin. À moins que ça n'ait au contraire tempéré mes ardeurs. J'aurais peut-être été encore pire sans ça. Tu imagines ?

– Que Dea me vienne en aide, non, je ne préfère pas.

Dante écarta une boucle de son front, sur lequel elle retomba aussitôt. Lorsqu'Alessa tendit la main pour la remettre en place, il serra les dents.

– J'ai besoin de me dépenser, dit-il.

Avec un soupir, la jeune fille le suivit jusqu'au terrain d'entraînement situé à l'angle du bâtiment. Dante se mit aussitôt à faire des tractions.

– Je peux t'aider ? lança-t-il en remarquant qu'elle le dévorait du regard.

– Oh oui, de bien des façons, répliqua-t-elle.

Il se laissa tomber à terre en grognant afin d'enchaîner avec des pompes.

– Depuis que tu t'es comparé à un morceau de pain dur, j'ai une terrible envie de glucides.

Il s'interrompit, secoua la tête et reprit ses exercices.

– *J'adore* le pain. Surtout la baguette. Longue, épaisse, encore chaude et tartinée de…

Il s'étala à plat ventre, hilare.

– Assez. Je t'en supplie. Tu es vraiment la championne des métaphores lubriques.

– Ce n'était que l'échauffement. N'oublie pas que j'ai grandi dans une boulangerie. Veux-tu que je t'expose ma passion pour les pâtisseries ?

Il se leva et se frotta les paumes.

– Je ne suis *pas* un gâteau.

– Bien sûr que si. Une de ces tourtes mystérieuses qui pourraient être salées, mais dont la couche de pâte croustillante révèle une délicieuse garniture aux fruits.

– Tu me compares à une *tourte* ?

– C'est toi qui as commencé.

Quelqu'un toussa discrètement. Une domestique patientait non loin d'eux.

– Pardonnez-moi, mademoiselle. Les entretiens sont terminés et les Fontes souhaitent vous voir.

Alessa ne savait pas trop à quoi s'attendre en entrant dans la bibliothèque, mais certainement pas à ça. Nina, en larmes, était agrippée à Josef. Saida se tenait la tête entre les mains, Kamaria hurlait à tout le monde de se taire et Kaleb vidait une carafe qui, quelques heures plus tôt, était encore à moitié pleine de vodka.

– Hé ! lança Dante.

Comme les Fontes ne réagissaient pas, il claqua violemment la porte pour s'assurer de leur attention.

– Que se passe-t-il ? s'enquit Alessa.

Les cris reprirent de plus belle. Les sanglots de Nina éclipsaient les paroles calmes et précises de Josef, tandis que Kaleb semblait faire du bruit juste pour le plaisir. Saida lui reprocha de faire preuve d'une telle immaturité « compte tenu des circonstances ».

– Vous voulez bien vous taire ? tonna Kamaria. Pour l'amour de Dea. Bande de poulets sans tête.

La Finestra profita de l'accalmie pour reposer sa question, et Kamaria fit signe aux autres de ne pas l'interrompre.

– On s'est tous portés volontaires, expliqua-t-elle. À commencer par moi, vu que je suis clairement le meilleur choix.

Le soulagement d'Alessa fut de courte durée.

– Mais les vieux croûtons du Consiglio n'ont pas trop apprécié les dernières décisions de mon frère – la ferme, Kaleb ! Alors, bien que je sois *clairement le meilleur choix*, ils ont recommandé Josef à l'unanimité. Du coup, Kaleb est vexé, Saida estime que tu mérites un Fonte plus investi, Nina est dans tous ses états, et moi, au risque de me répéter, je pense toujours être la mieux placée. Quoi qu'en dise ce ramassis de vieillards confits dans leur jus !

Alessa cligna des yeux. Deux fois.

Kamaria croisa les bras.

– Bien entendu, la décision finale te revient. Quand tu m'auras choisie, je me battrai contre chaque membre du Consiglio qui refusera de donner son accord. Vas-y. On t'écoute.

De tous les scénarios auxquels la Finestra s'était préparée, aucun n'allait aussi loin dans l'improbable.

Kamaria avait vu juste quant à ses préférences, mais elle avait fait une promesse. Et bien qu'elle n'ait pas prévu que plusieurs Fontes se proposent, cela ne changeait rien : elle s'était engagée à ne pas trancher. Ils avaient joué le jeu, tout comme le Consiglio. Le seul moyen de ne pas trahir sa parole était d'accepter le verdict officiel.

– Je suis désolée, Nina, dit-elle. Mais je dois me plier au…

– Non ! Tu ne me le prendras pas !

Le don de la jeune fille se déchaîna en même temps que sa rage, faisant exploser la fenêtre la plus proche.

Une pluie d'éclats de verre mortels s'abattit sur le monde.

Dante protégea Alessa, dont les oreilles tintèrent dans le silence qui suivit – ce qui ne l'empêcha pas d'entendre :

– Ce n'est pas une, mais cent statues que j'aurais dû te jeter dessus !

La Finestra enfonça ses ongles dans ses paumes. Une vitrine se mit à enfler et à trembloter telle une bulle sur le point d'éclater, tandis qu'une nouvelle rafale de verre balayait la pièce.

– Arrête, Nina ! ordonna Josef. Qu'est-ce qui te prend ?

La colère de la jeune fille se liquéfia dans les larmes.

Kamaria, roulée en boule sur le sol, se tenait la jambe. Une tache de sang s'étalait sur son pantalon couleur chamois.

Dante souleva le menton d'Alessa et la dévisagea.

– Tu n'as rien ?

– Non, ça va, répondit-elle en se dégageant. Kaleb, c'est grave ?

Le jeune homme faisait pression sur la blessure de Kamaria.

– Le saignement diminue. Elle va s'en sortir, mais elle gardera une vilaine cicatrice.

Alessa se tourna vers son garde du corps, qui était en train d'extirper un gros fragment de son épaule. Il s'appuya au mur et se laissa glisser jusqu'au sol. La Finestra se maudit intérieurement et courut se placer devant lui pour le dissimuler aux regards. Elle ne lui demanda même pas comment il allait ; la vue du muscle et de l'os exposés lui retournait l'estomac. Il serait bientôt guéri, mais sa manche déchirée ne suffisait pas à camoufler l'ampleur des dégâts.

– Aide Kamaria. Je vais me débrouiller, lui assura Dante.

– Je sais, mais eux risquent d'en douter.

Elle chercha désespérément autour d'elle de quoi couvrir la chair à vif qui commençait déjà à cicatriser.

Les portes s'ouvrirent à la volée et des soldats contemplèrent, bouche bée, la pièce jonchée de bris de verre et de flaques de sang.

– C'était un accident, affirma Alessa. Rapportez-nous la trousse de secours. Vite !

Ils mirent un moment à réagir. Toutefois, en tant que gardes de la Cittadella, ils étaient chargés de protéger sans discuter la Finestra et le Fonte. Leur entraînement finit donc par reprendre le dessus.

– Saida et Kaleb, portez Kamaria jusqu'au canapé. Et surélevez sa jambe.

– Et lui ? s'enquit Kaleb, les yeux rivés sur Dante.

– Allez ! insista Alessa en se penchant pour lui boucher la vue.

– Je suis désolée, pleurait Nina. Je ne voulais blesser personne. C'était un accident.

Contrairement à la statue…

La Finestra grinça des dents. Le plus urgent, c'était de soigner Kamaria et de préserver le secret de Dante. Elle se soucierait plus tard de cette histoire de trahison.

Saida revint en courant, les bras chargés de bandages. Elle se heurta à Nina qui, désireuse de se faire pardonner, tenta de les lui arracher des mains. Les yeux au ciel, Saida lui en donna la moitié et apporta le reste près du canapé où Kamaria se reposait, un bras sur les yeux.

Alessa ne parvint pas à empêcher Nina d'approcher. Le regard de la jeune fille se posa sur l'épaule de Dante, qui tentait en vain de couvrir les dernières traces de sa blessure avec son autre main.

Nina se figea et poussa un cri perçant.

– Quoi ? s'exclama Saida. Qu'est-ce qui se passe ?

Le souffle court, Nina désigna le garde du corps.

– Ghiotte !

Kamaria grogna.

– Oh, fit Saida. Je m'en doutais.

Les lèvres retroussées sur les dents, Dante se releva d'un bond tandis que Kaleb les rejoignait. Il n'avait jamais autant ressemblé à un animal pris au piège. Le cœur d'Alessa se serra.

Kaleb s'arrêta à une distance prudente et lança :

– Je comprends mieux pourquoi tu remportes tous tes combats. Ça explique pas mal de choses.

– Ça ne vous choque pas plus que ça ? s'offusqua Nina. C'est à cause de *lui* qu'elle a tué Emer, Ilsi et Hugo !

– Je ne connaissais même pas Dante quand mes Fontes sont morts, lui rappela Alessa. Jusqu'ici, il n'a fait que nous aider.

Nina secoua la tête.

– Non, il est maléfique. C'est un assassin.

– Comme tu as failli le devenir aujourd'hui ? Ou le jour où tu as utilisé ton pouvoir pour m'écraser sous une statue ?

Nina fondit en larmes.

– Je ne le voulais pas. J'avais peur.

– Pour l'amour de Dea, Nina, tu as essayé de tuer la Finestra ! s'énerva Kaleb. Alors ne viens pas nous donner de leçons. Dante a eu mille occasions de nous supprimer. Pourtant, à ce que je vois, tu es la seule dont on doive se méfier.

– Nina, intervint Josef, les mâchoires crispées. Si ça se sait, on aura des problèmes.

C'était un euphémisme. Si les habitants de Saverio soupçonnaient qu'un ghiotte s'était infiltré dans la Cittadella, ils lui reprocheraient toutes les morts causées par Alessa. On ne pourrait plus les raisonner.

– Je vais partir, déclara Dante.

– Non !

Alessa n'aurait pas su dire qui avait crié le plus fort entre Saida, Kamaria et elle.

– Moi je vote pour qu'il reste, déclara Saida. Et pour que Nina parte.

Kaleb haussa une épaule.

– Je ne dirai rien à personne. Mais Nina est encore plus bavarde que croyante, et elle passe sa vie à prier. Ça m'étonnerait qu'elle puisse garder ça pour elle.

– Nina, reprit Alessa, je n'ai aucune envie de te bannir, mais je le ferai si tu m'y obliges. Ou alors, tu peux conserver ta place dans la Fortezza, sous ma protection, en échange de ta parole. Tu dois me jurer d'emporter ce secret dans ta tombe.

Josef se redressa de toute sa hauteur.

– Je te donne *ma* parole. Si elle prévient qui que ce soit, tu pourras me bannir aussi.

– Nina ?

Celle-ci fusilla la Finestra du regard.

– Je ne dirai rien, à une condition : choisis quelqu'un d'autre que Josef.

Un amour contre un autre.

Alessa acquiesça.

– Josef, ramène-la chez elle.

Toujours en larmes, Nina se laissa conduire jusqu'à la porte. L'expression de marbre du Fonte se fissura lorsque, au moment de la franchir, il lança un regard navré derrière lui.

– Alors, comment ça se passe ? se renseigna Kaleb. Tu ne peux causer aucun mal à Dante ?

– Si, et je l'ai déjà fait. Mais il est beaucoup plus difficile à tuer que vous autres, ce qui m'a permis d'apprendre à maîtriser mon don. Exactement comme je vous l'ai déjà expliqué. Pour te donner une image, je dirais que son pouvoir fonctionne un peu à la manière… d'une valve de décompression.

Saida ricana bruyamment.

– Pardon. C'est plus fort que moi.

Alessa l'ignora.

– Tout ce que je sais, c'est que je me contrôle mieux avec lui – Saida, arrête – qu'avec vous. C'est très précieux. Sans Dante, vous auriez tous souffert davantage.

Kaleb faisait les cent pas autour du garde.

– Un vrai ghiotte en chair et en os… J'étais persuadé que vous aviez des cornes. Je suis déçu.

– Finestra, reprit Saida, je ne pense pas que Kamaria soit en état de se battre. Ça ne laisse que Kaleb et moi. Qui vas-tu choisir ?

Quelques heures plus tard, la bibliothèque était impeccable et il ne restait plus qu'un seul Fonte dans la Cittadella. Les autres avaient fait leurs adieux à regret, promettant de revenir le lendemain pour la cérémonie officielle.

Au bout du compte, Alessa n'avait pas vraiment eu à choisir. Elle n'avait jamais réussi à utiliser correctement le pouvoir de Saida. Kamaria étant toujours alitée, Kaleb était sa seule option. Très pâle, il avait néanmoins accepté sa mission de bonne grâce, puis s'était incliné devant elle et avait prononcé quelques mots à propos de l'honneur et du devoir. Saida avait éclaté en sanglots tandis que Kamaria se mordait la lèvre, dissimulant son émotion sous un air courroucé.

Alessa et son partenaire sortirent pour saluer la foule massée en contrebas.

Des milliers de personnes vêtues de leurs plus beaux atours arpentaient les rues, telle une rivière multicolore, depuis la Cittadella jusqu'aux portes de la ville et au-delà. Tout le monde était invité à participer au Carnevale, même les marqués. Une dernière occasion pour les Saveriens de profiter des plaisirs de l'existence avant que les grilles de la Fortezza soient fermées à clé, et que les parias se retrouvent piégés à l'extérieur. Les visages rayonnaient, chacun étant déterminé à s'amuser comme jamais. Aucun plaisir ne pouvait rivaliser avec l'ultime célébration d'avant la bataille.

Alessa agita la main jusqu'à en avoir mal au bras, jusqu'à ce que les vivats retombent assez pour que le

Grand Maître annonce le début des festivités. Avec un rugissement de joie, les habitants de l'île enfilèrent leurs masques et se détournèrent de leurs sauveurs pour se concentrer sur un sujet nettement plus important : la vraie vie.

Le lendemain, une fois les confettis et les détritus balayés, Alessa et Kaleb seraient unis devant Dea et les représentants du clergé, liés pour toujours par le sens du devoir et des responsabilités. Il serait son compagnon de chaque instant jusqu'au Divorando, son partenaire dans tous les sens du terme, celui avec qui elle affronterait la mort et, si possible, sauverait leur île de l'annihilation.

– Excellent, commenta Renata lorsqu'ils rentrèrent enfin. Tout s'est déroulé à merveille. Maintenant, je vais vous laisser en tête-à-tête. Je me dois également de vous rappeler, ajouta-t-elle, visiblement gênée, que l'usage régulier du don de la Finestra prévient les grossesses. Mais une fois le Divorando terminé, il vous reviendra d'appliquer, hum, d'autres méthodes.

Kaleb jeta un coup d'œil paniqué à Alessa, qui se mordit le poing pour ne pas éclater de rire et lui adressa une moue ironique. Le fait qu'il soit aussi soulagé de savoir que les effets secondaires de son pouvoir seraient inutiles était vraiment hilarant. En tant que partenaire de combat, Kaleb présentait presque toutes les qualités requises. En tant qu'amant… loin de là.

De toute façon, le cœur de la jeune fille était déjà pris.

Dante était assis dans la chambre, le visage illuminé par les feux d'artifice. Dehors, les musiciens dégainaient leurs instruments. Une mélodie entraînante se mêla bientôt aux rires, aux crépitements des pétards et aux cris de joie.

Les trois jeunes gens échangèrent des regards embarrassés pendant que Renata quittait la suite.

– Elle voulait dire que… commença Kaleb.

– Oui, confirma Alessa. La Finestra et le Fonte demeurent stériles aussi longtemps qu'ils se servent de leurs pouvoirs. Dea n'est pas stupide : affronter les nausées matinales en même temps que les scarabeos serait un peu compliqué, tu ne crois pas ?

Dante inspectait le sol avec attention.

– Hum, fit Kaleb, remuant la tête et le genou en rythme. C'est bon à savoir, même si j'aurais préféré l'ignorer. En fait, j'aimerais oublier toute cette conversation.

Alessa gloussa.

– Tu devrais aller profiter du Carnevale.

– Hein ? Mais je ne peux pas !

– Pourquoi ? La plupart des gens portent des masques ou du maquillage qui les rend méconnaissables. Personne n'en saura rien. Mariage symbolique ou pas, un futur époux a le droit d'enterrer sa vie de garçon.

Et une future mariée, de passer une nuit avec l'homme qu'elle aimait avant de s'unir à un autre.

Kaleb n'hésita qu'une seconde, puis il courut vers la porte en la remerciant.

Dante contempla le ciel rougeoyant.

– Ils vont mettre le feu à la ville s'ils continuent comme ça.

– Toujours aussi optimiste, à ce que je vois.

Alessa vint se poster derrière lui, posa le front entre ses épaules et l'enlaça.

Dante lui étreignit les mains et désigna le mur, sur lequel étaient exposés une dizaine de masques de Carnevale à paillettes.

– À quoi servent-ils ?

– Ma mère disait que c'était pour pouvoir embrasser « accidentellement » les maris ou les femmes des autres.

Il rit.

– Mets-en un. J'ai envie de voir ce que ça donne sur toi.

– Ils sont très précieux. Ce sont des cadeaux d'ordination offerts par les précédents Maîtres du Carnevale.

– Justement. C'est parfait.

Le jeune homme se leva et décrocha un masque rouge parsemé de poudre d'or, avec deux cornes noires incurvées. Il se retourna en le tenant devant son visage.

– Alors ?

– On dirait un démon vengeur.

Il choisit ensuite un modèle bleu pâle et argent, aux contours découpés en forme d'ailes.

– Ce qui fait donc de toi la sauveuse sacrée.

Quelque chose planait dans l'air, comme un parfum de fatalité qu'elle ne pouvait ignorer. Au matin, il partirait. Elle ne lui avait pas demandé s'il comptait se réfugier dans la Fortezza, car elle redoutait sa réponse.

Même si elle réussissait à sauver Saverio, rien ne garantissait qu'ils survivent tous les deux.

Les yeux brillants, Dante lui tendit le masque.

– Qu'est-ce que tu en dis, Finestra ? Une dernière nuit de folie avant la fin du monde ?

Trente-sept

Contro l'amore e la morte non vale essere forti.
Face à l'amour et à la mort, on ne peut pas lutter.

• 14 JOURS AVANT LE DIVORANDO •

Alessa et Dante se frayèrent un chemin le long d'une avenue bordée de restaurants et de bars, à l'atmosphère saturée par l'odeur de vin et d'ail. Des grappes de badauds riaient derrière leurs masques de travers, embrassaient de vieux ou de nouveaux amis. Sur le coin d'un trottoir, un chanteur d'opéra interprétait une aria, tandis que des danseurs de salsa flamboyants tourbillonnaient plus loin et qu'un groupe de mariachis jouait un classique à quelques rues de là. Le résultat, cacophonique, formait un vacarme parfait et jubilatoire. Alessa s'imprégna autant que possible de la joie féroce et de l'amour désespéré qui régnaient.

Dante marchait à côté d'elle, vêtu de la même façon que la première fois qu'elle l'avait vu : pantalon fauve usé et chemise blanche légèrement effilochée. Elle avait opté pour une tenue assortie composée d'une jupe rose, de chaussons à semelles de cuir et d'une blouse ivoire aux manches amples. Deux hommes en longue robe blanche les croisèrent sans leur accorder un regard. Personne n'avait la moindre raison de soupçonner qu'elle était la Finestra, si guindée et si apprêtée lors du dernier gala donné en son honneur.

Dante attrapa une *chiacchiera* sur un plateau, remerciant le généreux pâtissier qui s'éloignait déjà pour offrir ses beignets à d'autres chanceux. Après avoir coupé la friandise en deux, le jeune homme en tendit la moitié à Alessa.

Le parfum de citron et de liqueur de mandarine la fit saliver. Ses lèvres effleurèrent les doigts de Dante, sur lesquels elle aurait voulu s'attarder. Mais un nuage de sucre glace lui chatouilla le nez, l'obligeant à reculer pour éternuer.

Elle rajusta son masque et fit signe à son garde de la suivre jusqu'à un stand de chocolats de l'autre côté de la rue. Il avait été dévalisé ; il ne restait plus que trois petits dômes à moitié fondus.

– La soie, c'est cher, déclara Dante en lui retirant un gant pour qu'elle puisse se servir sans se tacher. Tu m'en donnes un ?

Alessa croqua une truffe.

– Certainement pas.

Le masque qui dissimulait la partie supérieure du visage de Dante rendait sa bouche encore plus attirante.

Soudain, il l'attrapa par le poignet pour lui éviter de heurter un homme soûl – du moins, c'est ce qu'elle crut. Mais il en profita pour porter la main de la jeune fille à ses lèvres. Elle frissonna, une vague de chaleur brûlante se propageant jusqu'à ses pieds. Puis Dante recommença, gobant le dernier chocolat avec un sourire de Loup.

Elle n'eut pas le temps de protester, car deux danseurs la bousculèrent et la firent tomber dans ses bras.

Le souffle court, elle plongea ses yeux dans les siens et se pressa contre lui, prête à danser, à l'embrasser, à…

– Ça va ? demanda le jeune homme en s'écartant.

Non. Parce que tu viens de laisser passer ta chance, et parce que tu pars demain pour que j'en épouse un autre, gémit-elle intérieurement.

– Voleur, dit-elle à voix haute en se léchant le doigt avec une moue boudeuse.

– Il ne fallait pas me tenter, se justifia-t-il.

Il la fixait avec une telle intensité qu'elle comprit soudain le sens de l'expression « regard de braise ».

– Tu n'as qu'à demander gentiment, et je serai tout à toi, répliqua-t-elle en battant des cils.

Dante manqua de s'étouffer.

– Mais oui, c'est bien eux ! lança une voix pâteuse.

Dante retint d'une main le garçon qui allait s'étaler sur eux, et à qui il fallut une bonne minute pour retrouver son équilibre.

– Désolé, continua Kaleb, dont les dents blanches étincelaient sous son masque vert jade. Je ne m'avan – m'aden – m'attendais pas à vous croiser ici. Mais je ne dirai rien à personne. Vous ne trouvez pas que je ressemble à un héros ?

Il prit la pose, un pan de tissu écarlate drapé sur l'épaule.

– Tout ce qui me manquait, c'était le costume, ajouta-t-il en articulant bien chaque syllabe.

Sa diction ralentie par l'alcool et sa posture ridicule provoquèrent un véritable fou rire chez Alessa.

– Tout à fait, acquiesça-t-elle. Je suis admirative.

Elle avait envie de le chasser, d'oublier que c'était *lui* qu'elle devrait épouser le lendemain. Mais Kaleb avait l'air si penaud qu'elle n'eut pas le cœur de le décevoir.

– Ça m'étonnerait, soupira-t-il. J'ai vraiment été nul jusqu'ici. Je vais me rattraper.

Dante se détourna et fit mine d'être absorbé par les festivités.

– Il n'est jamais trop tard pour devenir la personne que l'on souhaite, assura Alessa. J'en sais quelque chose.

– Tu pourras m'expliquer comment faire ? On est partenaires, maintenant.

– Oui.

– C'est beaucoup plus marrant par ici, en tout cas, conclut Kaleb en renversant une statuette que Dante rattrapa au vol.

– Profite de ta soirée, l'encouragea Alessa. Mais essaie de dessoûler d'ici demain. J'aimerais autant que tu te souviennes de la cérémonie. Le secret, c'est de boire beaucoup d'eau.

Kaleb lui adressa un salut tremblant avant de la serrer maladroitement contre lui, la tête renversée en arrière pour ne pas toucher sa peau.

– Tes amis ont continué sans toi, lui signala Dante en l'écartant d'une main ferme. Et si tu les rattrapais ?

Le Fonte s'éloigna, les laissant continuer leur promenade. Ils s'arrêtèrent ici et là pour admirer les danseurs qui tournoyaient, lancer quelques pièces dans l'étui d'un joueur de mandoline ou rire devant un spectacle de marionnettes montrant une Finestra en train de tabasser un scarabeo en peluche sous les hourras de la foule.

– Si seulement c'était aussi facile, soupira la jeune fille.

– Ça le sera peut-être.

– Je l'espère, avoua-t-elle en se concentrant sur les visages joyeux qui l'entouraient.

Les rues étaient si bondées qu'ils pouvaient à peine avancer au milieu de la masse compacte des corps. Les résidents des beaux quartiers servaient à boire aux durs-à-cuire des quais, des villageois ébahis côtoyaient des marins bruyants ou écoutaient avec ravissement les récits des colons rentrés du continent, qu'on reconnaissait à leurs vêtements démodés et leur air bravache. Il fallait beaucoup de cran pour quitter volontairement le confort de Saverio. Alessa ralentit en passant près d'un un groupe qui riait aux larmes devant une femme en tunique sans manches, à la peau brunie par de longues journées au soleil. Elle racontait en criant à tue-tête, imitation à l'appui, comment son compagnon effrayé par des histoires de fantômes avait atterri dans un canal désaffecté au milieu des ruines.

Mais le rire de la jeune fille s'étrangla vite dans sa gorge. Plus le combat durerait longtemps, plus il y aurait de morts parmi ces gens. Les soldats, les marqués et leurs enfants trop jeunes pour se réfugier sans eux dans la Fortezza. Ces rues chatoyantes deviendraient bientôt un champ de bataille, et elle serait leur dernière défense.

– Par ici, dit Dante.

Les doigts noués aux siens, il la guida entre les fêtards. Elle ne voyait plus que des poitrines et des dos avec, au centre, le roc formé par son garde qui fendait la foule avec assurance. Ils émergèrent enfin de la marée humaine et débouchèrent dans une rue si étroite qu'il dut lui lâcher la main pour passer devant elle.

Alessa ne put résister.

Sentant qu'elle s'arrêtait, Dante se retourna et constata qu'elle regardait autour d'elle en agitant les sourcils d'un air entendu.

– Je te l'ai déjà dit, s'esclaffa-t-il, s'embrasser dans une ruelle sombre, c'est très surfait !

Bientôt, l'océan s'ouvrit devant eux, si beau sous le soleil couchant qu'Alessa eut du mal à croire qu'il puisse exister quoi que ce soit de cruel et de laid en ce monde.

Ils n'étaient pas les seuls festivaliers à avoir eu cette idée. Le cœur lourd, elle observa les couples éparpillés sur le sable.

La silhouette, la façon de se mouvoir de Dante suscitaient en elle une centaine de désirs interdits. Et elle savait que, quoi qu'il arrive le lendemain ou lors du Divorando, elle n'oublierait jamais l'écho rauque de sa voix lorsqu'il était fatigué, le plissement de ses yeux lorsqu'il se retenait de rire, les proverbes ridicules qu'il dégainait à la moindre occasion.

À quoi bon rêver d'une vie après la bataille où la Finestra de Dea et le ghiotte de Crollo seraient heureux pour toujours ?

Les rochers devinrent des galets, puis les galets du sable. Dante attendit qu'elle se mette pieds nus et enfonce ses orteils dans le sable encore tiède. L'océan les rendait silencieux alors que la ville continuait à chanter au loin. Alessa dut faire de grands pas pour suivre le rythme du jeune homme, ses chaussures oscillant au bout de ses doigts telles des boucles d'oreilles.

Puis ils ralentirent et se rapprochèrent peu à peu, jusqu'à ce que le dos de leurs mains se frôle.

Ainsi, sans vraiment se toucher, ils s'arrêtèrent et se tournèrent vers le large. À l'horizon, on distinguait une bande de terre acérée dominée par un sommet plus haut que les autres. Là-bas, en cet instant-même, les démons remontaient inexorablement vers la surface.

– C'est difficile d'imaginer qu'une chose aussi belle puisse être mortelle, n'est-ce pas ? remarqua Alessa.

– Oui, très difficile, souffla Dante.

Elle s'aperçut alors qu'il avait cessé d'admirer la mer pour la contempler, elle.

Elle soutint son regard. Sans rire, sans le provoquer. Comme une fille attendant qu'un garçon l'embrasse.

Ce qu'il fit.

L'océan soupira avec eux comme si lui aussi rêvait de cet instant depuis longtemps. Les lèvres de Dante se posèrent sur les siennes, légères, porteuses d'une interrogation. Ils oublièrent tout le reste, la fin du monde, le mariage imminent d'Alessa.

Même si son sang bouillonnait, elle se força à rester patiente. L'heure n'était pas à l'ardeur mais à la chaleur tendre. À la lenteur. Aux présentations. Elle le connaissait, il la connaissait, mais pas de cette façon.

Dante posa son front contre le sien sans un mot. Les battements du cœur de la jeune fille répondaient à son pouce qui lui caressait la main, exprimant ce qu'ils n'osaient pas dire.

Je suis désolée.

Tu vas me manquer.

J'espère.

Je veux.

– Ramène-moi à la maison, réclama-t-elle enfin. J'ai envie de m'endormir avec toi une dernière fois.

Il l'embrassa encore avant de lui prendre la main.

Une dernière nuit.

Sa chambre ne lui avait jamais paru aussi petite ni son lit aussi vaste. Alessa se mordit la lèvre pendant que Dante retirait ses chaussures. Puis il resta planté là, les sourcils froncés, encore tout habillé.

Merveilleux. Ils étaient aussi empotés l'un que l'autre. Bien entendu, Dante devait avoir une idée de ce qui allait se passer, mais il ne savait pas davantage par où commencer.

– Quand tu as parlé de dormir… commença-t-il en se frottant la nuque.

– Je ne voulais pas dire « dormir », le rassura Alessa. Enfin, si, mais…

Il s'approcha et lui caressa la joue.

– Tu es toute rouge.

– Merci de me le faire remarquer.

Elle se dressa sur la pointe des pieds, sans réussir à l'atteindre.

– Tu es beaucoup trop grand. Je fais comment, moi, pour t'embrasser ?

– Grimpe sur une chaise, suggéra-t-il avant de se pencher vers elle en riant.

– Tu sens quelque chose ? demanda-t-elle, soudain gênée.

– Il va falloir que tu sois plus précise.

– Mon… mon don. Qu'est-ce que ça fait quand je n'essaie pas de m'en servir sur toi ?

– Voyons voir…

Il lui souleva le menton et chercha ses lèvres, lentement, comme s'il voulait que cette nuit dure une éternité, et elle se laissa aller. Les mains de Dante se posèrent sur sa taille, ses baisers se firent plus profonds, jusqu'à devenir ceux d'un homme qui ne croyait plus au lendemain. Enfin, il recula pour reprendre son souffle.

– C'était quoi, déjà, la question ?

– Hum ?

Alessa cligna des yeux, éblouie. Il semblait plutôt ravi de l'effet qu'il avait sur elle.

– Il y a toujours ce… ronronnement, si on peut appeler ça comme ça. Mais je crois que ça me plaît.

– Tu es sûr ?

Il lui répondit par un autre baiser. Sans équivoque.

Elle aurait pu passer sa vie entière à savourer le goût de ses lèvres, la danse de sa langue, le souffle qu'ils s'échangeaient comme la dernière bouffée d'air du monde. Elle aurait voulu prendre son temps, explorer chaque partie fascinante de ce corps, mais ses mains impatientes découvrirent bientôt une bande de peau nue entre le pantalon et la chemise du jeune homme. Elle les glissa dessous, caressant son abdomen aussi ferme et musclé que ses lèvres étaient douces.

Dante l'attrapa par les fesses et l'attira contre lui. Elle se laissa fondre contre les arêtes et les courbes solides de son corps. Quand il referma les doigts sur son sein, elle en oublia de respirer. Incapables de se lâcher le temps de marcher jusqu'au canapé, ils s'affalèrent dessus, les bras et les jambes entremêlés.

Alessa le dévisagea à travers les boucles qui lui tombaient dans les yeux ; elle embrassa son menton, ses lèvres, son cou, enchantée de sentir que son souffle devenait rauque. À trois reprises, il la rattrapa juste avant qu'elle ne tombe, avant de finalement se laisser rouler au sol avec elle. Elle s'accrocha à lui tandis qu'il la soulevait et, sans cesser de rire, la portait jusqu'au lit.

– Il paraît que ces jupons fendus ont été conçus pour les escaliers de Saverio, murmura le jeune homme en semant une pluie de baisers sur son ventre. Mais ça m'étonnerait que personne n'ait pensé à *ça*.

Il enfouit son visage entre les pans de tissu, son haleine réchauffant la cuisse nue d'Alessa. Le monde disparut alors dans un gouffre de velours et de désir. Les mains agrippées à ses cheveux, elle supplia silencieusement Dea de faire durer ce moment pour l'éternité. Puis moins silencieusement.

Dante l'amant, comme Dante le combattant, comptait bien exploiter la moindre de ses faiblesses. Et c'est ce qu'il fit, jusqu'à ce qu'elle se cambre contre lui et laisse échapper un long soupir tremblant.

À bout de forces, elle le regarda se glisser à côté d'elle et lui embrasser le front, les paupières, la gorge – tout ce qu'il pouvait atteindre. Alors, blottie contre lui, elle lui chuchota quelques mots.

– Tu es sûre ? vérifia-t-il.

Elle l'était. Plus sûre qu'elle ne l'avait jamais été de quoi que ce soit. À genoux sur le matelas, elle fit passer sa blouse par-dessus sa tête. Dans la lueur argentée de la lune, son corps lui semblait méconnaissable. Dante la contemplait, fasciné. Puis, comme elle peinait à retirer son jupon, il sortit brusquement de sa transe et le défit pour elle d'un geste du poignet. Elle se retrouva nue, à peine gênée de sentir son regard sur elle.

À son tour, maintenant. Le sourire aux lèvres, elle lui fit lever les bras et se débattit avec sa chemise. Après l'avoir envoyée rejoindre sa jupe par terre, elle se concentra sur les boutons du pantalon. Elle glissa une main à l'intérieur, mais la retira aussitôt en entendant Dante pousser un cri étranglé.

– Ça va, la rassura-t-il, amusé. Tu te souviens ? Pénible mais agréable.

Comme si elle déballait un cadeau longtemps attendu, elle le déshabilla lentement, guettant chez lui un signe d'embarras. Mais il n'en éprouvait pas. Il était sûr de lui. Et les courbes sculptées qu'elle avait admirées avant même de le connaître étaient encore plus belles vues de près.

Alors que ses pensées se dissipaient, Alessa conclut que Dea avait dû consacrer beaucoup de temps et d'effort à la création de Dante, chez qui elle ne décelait pas le moindre défaut. Même s'il en avait, ils n'en seraient pas pour elle. Chaque ligne, chaque surface, chaque centimètre carré de muscle et d'os était plus parfait que le précédent aux yeux de la jeune fille – et sous ses mains.

Dante se laissa explorer jusqu'à n'en plus pouvoir. Puis, avec une grâce féline, il passa au-dessus d'elle.

Tout à coup, elle eut la sensation que chaque seconde de sa vie l'avait conduite à ce moment. Au cours des quelques semaines passées à ses côtés, elle avait appris à s'affirmer, à occuper l'espace qui lui revenait, à s'aimer. Mais il lui restait encore beaucoup de choses à découvrir, comme ce que signifiait ne plus faire qu'un avec quelqu'un, ne serait-ce que temporairement. Le premier élancement douloureux lui arracha un hoquet. Dante s'arrêta aussitôt et la couvrit de baisers jusqu'à ce qu'elle le supplie de continuer.

– Je t'ai fait mal ? s'inquiéta-t-elle lorsqu'il gémit à son tour.

– C'est… C'est *ma* réplique, ça.

Bien que la situation ne prête pas à rire, les yeux de Dante pétillaient, alors peut-être n'était-ce pas un problème. Peu importait, au fond, car avant qu'elle ait pu se faire une opinion, il cambra les reins et elle oublia tout le reste.

Elle sentait qu'il se retenait, que ses lèvres se faisaient douces et caressantes. Petit à petit, elle se détendit. La douleur disparut presque entièrement, réduite à de simples étincelles aussitôt occultées par le pouvoir que le jeune homme partageait avec elle.

– Je ne peux pas…

Elle le fit taire d'un baiser. Même si elle n'était pas prête à atteindre un nouveau sommet, elle voulait le regarder, graver son expression dans sa mémoire.

Lorsqu'il s'effondra sur elle, le corps si lourd et inerte qu'elle le crut endormi, elle lui caressa le dos du bout des doigts et frotta sa joue lisse contre la sienne.

Elle était à l'origine de cette plénitude. Pour une fois, son contact avait procuré du plaisir et non de la douleur. Elle avait toujours considéré son don comme une force négative qu'elle devait réprimer, contrôler, craindre.

Mais voilà qu'elle découvrait une autre forme de pouvoir. Celui de donner, de se connecter à l'autre, de lui communiquer des pensées et des sensations impossibles à exprimer par des mots.

Pendant cinq ans, on lui avait répété qu'elle était une fenêtre sur le divin. Et pour la première fois, à la vue du visage de Dante, elle était prête à y croire.

Il contracta ses muscles afin de s'écarter, mais elle protesta et le retint.

– Je vais t'écraser, prévint-il en soulevant la tête et en l'embrassant sur le nez.

– Je mourrai heureuse.

Il roula sur le côté, l'entraînant avec lui. Elle posa la tête sur sa poitrine.

– Tu ne peux pas mourir ce soir. Tu as le monde à sauver.

Cet instant était trop précieux pour être assombri par les doutes et la peur. Alessa se blottit dans les bras du jeune homme qui lui murmurait des mots doux dans la langue des anciens. Certaines phrases ne nécessitent pas de traduction.

Quand elle rouvrit les yeux, il faisait nuit noire et un courant d'air froid avait remplacé le corps de Dante. Elle tendit les doigts jusqu'à sentir sa peau. Il était assis au bord du matelas.

– Reviens… murmura-t-elle.

Les nuages avaient voilé le ciel pendant son sommeil. Pour leur deuxième fois, ils durent s'en remettre au toucher, au goût, à l'ouïe. À des baisers qui laissaient des traînées brûlantes, à des mots chuchotés qui n'en étaient pas vraiment, à des soupirs émus s'échappant de lèvres entrouvertes.

Trente-huit

A gran salita, gran discesa.
Plus haute est l'ascension, plus violente est la chute.

• 13 JOURS AVANT LE DIVORANDO •

Même si Alessa aurait voulu que cette nuit dure toujours, elle savait que le soleil devrait se lever le lendemain.

Pourtant, il ne le fit pas.

À son réveil, le ciel dehors était sombre et son lit vide, à l'exception de draps roulés en boule. Elle chercha la lampe à tâtons, et dut la rattraper au vol après avoir tiré trop fort sur la ficelle qui permettait de l'allumer.

Dante était assis sur le canapé.

– Reviens te coucher, dit-elle. Il fait encore nuit.

– Non, c'est le matin, répondit-il. Enfin, en théorie. Tu te maries aujourd'hui.

L'horloge fixée au mur confirmait que l'aube était passée depuis longtemps. En guise de cadeau de noces, Crollo leur avait envoyé une journée d'obscurité totale.

Dante lui fit couler un bain, dans lequel elle le convainquit de la rejoindre. Étendue contre son torse, elle regarda les bulles de mousse éclater à la surface de l'eau, dont les rides déformaient les contours de ses jambes nues. Comme il était trop grand pour la baignoire, ses genoux encadraient les hanches de la Finestra telles deux îles dorées. Il la lava avec une délicatesse empreinte de dévotion et, pour une fois, elle se laissa faire.

– Penche la tête en arrière, réclama-t-il.

Alessa ferma les yeux pendant qu'il lui rinçait les cheveux. Elle promena ses doigts sur les cuisses de Dante, jouant avec leur duvet brun. Son souffle se fit plus court mais, fidèle à lui-même, il resta concentré sur sa tâche. Après avoir enduit ses mains de savon, il prit celles de la jeune fille et les massa.

– Ma famille avait un verger, déclara-t-il. Tout près de la plage. Quand je t'ai rencontrée, ça m'a beaucoup perturbé. Une parfaite inconnue me rappelait l'odeur de chez moi.

Il remonta le long de ses bras jusqu'à ses épaules, doucement au début, puis avec plus de force afin de dénouer ses muscles.

– Et maintenant ?

Les pouces de Dante glissèrent le long de ses clavicules. Elle inclina la tête sur le côté.

– Je trouve ça parfait, souffla-t-il, effleurant de ses lèvres la peau rose de sa tempe.

Enfin, lorsque ses orteils furent tout fripés et l'eau presque froide, Alessa s'arracha aux bras de son garde.

Trois mariages. Le quatrième serait différent.

Quand elle était petite, elle avait été demoiselle d'honneur pour les noces d'une voisine. Émerveillée par la foule de femmes qui peaufinaient la coiffure de la mariée, la couvraient de bijoux et la complimentaient, Alessa avait rêvé du jour où elle serait à sa place, entourée d'amour et d'attention.

À trois reprises, pourtant, elle avait dû s'habiller seule.

Cette fois, en ce jour où le soleil refusait de briller, Dante ferma pour elle les boutons de sa robe crème brodée de diamants. La même qu'elle portait le soir du gala, quand elle était tombée nez à nez avec un inconnu au regard méprisant. Debout derrière elle, il souleva ses boucles d'une main douloureusement familière et déposa un baiser au creux de sa nuque. Il n'en fit pas des tonnes, il ne lui dit pas qu'elle était superbe. C'était inutile.

La lune, fidèle sentinelle, veillait sur la ville. Alessa n'aurait pas à s'inquiéter de trébucher dans le noir sur les détritus du Carnevale car, contrairement à ses précédentes expériences, la cérémonie ne se déroulerait pas sur le Pic.

Ce n'était pas le seul détail qui différait. Moins de peur, plus d'espoir. Pas l'espoir naïf d'une toute jeune fille, mais celui né des erreurs et des échecs qu'on a su surmonter.

Elle connaissait Kaleb. Il avait survécu à son contact, et elle avait appris à utiliser son pouvoir. Cette fois, elle allait réussir et embrasser son destin.

Ensemble, ils affronteraient les ténèbres. L'avenir dont elle rêvait était là, presque à portée de main.

Assis sur le lit, Dante la regarda se farder les joues.

L'horloge sonna.

– Il est temps que je parte, déclara-t-il.

Alessa lâcha son pinceau et courut vers lui.

– Tu ne restes pas pour mon mariage ?

Il l'enlaça et l'attira sur ses genoux.

– S'il te plaît, ne me demande pas ça.

La tête enfouie au creux de son cou, elle inspira son odeur.

– Ce n'est pas un vrai mariage, tu le sais bien.

– Même si tu ne partages pas son lit, tu seras sienne. Mon travail est terminé. Et puis, je représente un risque. Si la vérité sur moi éclate, vous serez jugés complices tous les deux.

Ravalant la grosse boule qui lui obstruait la gorge, la Finestra ramena une mèche de cheveux derrière l'oreille de son garde.

– Où vas-tu aller ?

– Tu comptes venir me chercher ensuite ?

– Si tu es d'accord, oui.

– Alessa, soupira-t-il. On n'était pas censés vivre ça, et encore moins continuer. Ni maintenant. Ni jamais.

– Et je ne suis pas censée être veuve. Pas plus que tu n'es censé exister. Peut-être que, cette fois, il était *écrit* que les choses se passeraient différemment. Et si Dea essayait de nous faire passer un message qu'on n'a pas le courage d'écouter ?

– Quel message ? Qu'un ghiotte et une Finestra peuvent défier les lois de la nature et du ciel par pur égoïsme ?

– Je ne suis pas égoïste.

– Crois-moi, mes sentiments pour toi le sont, affirma-t-il en appuyant sa joue contre celle d'Alessa. Tu m'as demandé de m'améliorer et je m'y efforce, mais je ne veux pas te partager. De toute ma vie, je n'ai jamais autant pensé qu'à moi-même.

Puis il attrapa un objet qu'il plaça entre ses mains.

Un livre.

Un petit volume relié de cuir et rempli de proverbes, gravé du nom de sa mère.

– C'est pour toi. Pour que tu te souviennes de moi.

Alessa aurait voulu lui dire tout ce qu'elle pensait et éprouvait en cet instant, mais elle en était incapable sans fondre en larmes. Or, il n'était pas question qu'elle le piège à nouveau de cette façon.

Alors elle accepta son baiser d'adieu et ne résista pas lorsqu'il la remit sur pied pour l'étreindre une dernière fois.

Lorsqu'il s'éloigna, elle ne se retourna pas.

La couverture du livre était encore chaude et un morceau de papier marquait la page où il s'était arrêté. À l'intérieur, sous la dédicace originale, il avait écrit :

Luce mia,

Ma mère m'appelait sa lumière parce que j'illuminais son monde.

Comme tu illumines le mien.

Le temps passé avec toi a été un cadeau et un honneur.

G. D. Lucente

La jeune fille porta une main à ses lèvres pour réprimer un sanglot tandis que ces mots se confondaient avec le souvenir de leurs baisers. Elle n'était pas prête à renoncer à lui. Elle ne le serait jamais. Pourquoi l'avait-elle laissé partir ?

Son cœur lui criait de courir après lui pour l'embrasser encore, le regarder encore, lui faire promettre que ce n'était pas un véritable adieu.

Mais quand elle ouvrit la porte, Kaleb était déjà là.

C'était trop tard.

– Finissons-en, marmonna-t-il, les yeux bouffis et l'air aussi malheureux qu'elle.

– Toujours aussi délicat, à ce que je vois, répondit-elle avec un sourire forcé.

– Désolé. On ne se refait pas.

Elle lui demanda de patienter le temps d'aller poser le livre sur son oreiller. Dante ne pouvait pas vraiment vouloir disparaître de sa vie. Elle refusait d'y croire. Alors qu'elle feuilletait l'ouvrage une dernière fois, le morceau de papier qui servait de marque-page s'en échappa.

Un post-scriptum y était rédigé d'une écriture sobre.

PS : Si tu veux toujours connaître mon vrai nom, ce sera ta récompense à l'issue d'un combat victorieux.

Alessa serra la feuille contre sa poitrine, submergée par le soulagement. Pas d'adieu. Rien de définitif. Il suffisait qu'elle sauve le monde et survive à une guerre contre les dieux. Difficile d'imaginer meilleur discours de motivation.

Kaleb et elle n'échangèrent pas un mot sur le chemin du temple. Le pauvre garçon paraissait terrifié – et encore un peu soûl. Le cliché même du futur marié, malgré l'étrangeté des circonstances.

Renata et Tomo étaient déjà là, assis au premier rang avec le reste du Consiglio. À la grande surprise d'Alessa, Kamaria avait pris place près de l'autel, sa guitare à la main. Elle entonna le Canto della Dea tandis qu'ils s'avançaient.

La Finestra eut du mal à rester concentrée sur Kaleb pendant la cérémonie, car Saida reniflait très fort à côté de Josef, et Kamaria se retenait clairement de rire. Alessa parvint néanmoins à se lever quand on le lui demandait, à courber la tête durant les prières, à réciter les paroles consacrées, et même à pouffer discrètement lorsque le Padre fusilla Kamaria du regard.

Quand tout fut terminé, Kaleb lui sourit. Un petit sourire crispé, mais un sourire quand même.

Jusqu'à cet instant, Alessa n'avait été Finestra que de nom. Désormais, elle l'était pour de vrai. Kaleb était son Fonte, son futur partenaire sur le champ de bataille.

Tomo et Renata vinrent les féliciter, couvrant le Padre et les autres membres du Consiglio de compliments pour la manière dont les choses s'étaient déroulées et affirmant que, grâce à leur ouverture d'esprit, l'île serait mieux protégée que jamais.

– Filez, glissa Renata à sa protégée. On va les occuper.

Plus tôt ils pourraient se changer et reprendre l'entraînement, plus ce serait facile pour Alessa de faire comme si cette journée n'avait rien d'extraordinaire.

– Et maintenant ? l'interrogea Kaleb alors qu'ils remontaient la travée centrale en sens inverse.

– Je ne sais pas. J'imagine qu'on continue à se préparer pour le Divorando.

Les autres les attendaient dans le foyer à l'extérieur du temple. Kamaria était appuyée sur une béquille, Saida s'essuyait les yeux sur sa manche et Josef donna une tape sur l'épaule de Kaleb, tel un vieil homme sévère piégé dans le corps d'un garçon de dix-sept ans.

Lorsqu'ils les applaudirent, Kaleb renifla un peu.

– Il y avait beaucoup de poussière, en bas, se justifia-t-il.

Alessa retira ses gants pour éponger une larme.

– Une dernière fois, tous ensemble ? proposa Kamaria.

Le reste du monde se brouilla lorsqu'ils joignirent leurs mains.

Leurs pouvoirs mêlés firent crépiter la peau de la Finestra et une onde qu'elle n'avait encore jamais ressentie, joyeuse et électrique, enfla dans sa poitrine.

Des éclairs illuminèrent le foyer, auréolés de tourbillons de flocons, pendant que des bourrasques déchaînées dispersaient des nuages de brume. Une écosphère magique palpitait autour d'eux au rythme de la respiration d'Alessa, éclairant leurs visages émerveillés. Des stalactites cristallines valsaient et tintaient en une mélodie aussi étrange que magnifique, comme si la magie elle-même se réjouissait. Et le don de la Finestra ronronnait de satisfaction.

Kamaria, Josef et Saida lâchèrent presque simultanément. Il ne restait plus que Kaleb. L'écho de leurs pouvoirs subsista un instant avant de s'estomper, laissant derrière lui un espace vacant. Alors le manque assaillit Alessa, telle une soif soudaine.

La main de Kaleb devint molle dans la sienne. Il écarquilla les yeux, ses doigts se recourbèrent comme une feuille de papier qui prend feu, et il s'effondra.

Non. Pas cette fois. Les côtes de la jeune fille emprisonnaient ses poumons comme des barreaux de fer.

Sa faute. C'était toujours de sa faute.

– Non. Non. Non, répéta-t-elle avant de reculer le plus loin possible du Fonte mourant.

Tu as échoué. Meurtrière.

Elle avait enfin la réponse qu'elle cherchait. Son verdict. Dea avait parlé.

Elle n'était pas une sauveuse. Elle avait été créée pour tuer. Et elle ne ferait jamais que ça.

Devant elle, au bout du couloir, un escalier ramenait vers la Cittadella.

À sa droite, il y avait le tunnel qui permettait d'accéder à la ville.

À sa gauche, les ténèbres.

Et ceux-ci l'emportèrent. Elle s'enfuit en courant.

Trente-neuf

A torto si lagna del mare chi due volte ci vuol tornare.
On ne peut pas se plaindre de la mer
et y retourner plusieurs fois.

• 13 JOURS AVANT LE DIVORANDO •

Il y avait pire endroit pour mourir.

La lune qui flottait au ras de l'horizon semblait deux fois plus grosse qu'en ville. Alessa s'assit sur une planche de bois flotté qu'elle caressa de la paume jusqu'à ce que quelque chose s'accroche à son doigt. Une écharde. Elle la retira et la jeta dans l'herbe, puis appuya sur la blessure pour faire couler une goutte de sang.

Si elle avait été une autre fille, dans une autre vie, elle aurait peut-être été étendue sur une couverture avec l'homme qu'elle aimait. Ils auraient compté les étoiles, échangé des baisers, contemplé le reflet du clair de lune sur les vagues. Mais cette vie n'était pas pour elle.

Dante avait cité cette plage comme son endroit préféré, et ce serait désormais le dernier que verrait Alessa. Elle s'en contenterait.

Elle n'avait souhaité qu'une chose en échange du sacrifice de plusieurs années de sa vie, de sa famille et de son nom : ne pas être seule lorsque les monstres viendraient. Affronter la mort sur cette falaise avec un partenaire à son côté.

Si elle mourait, ce serait en héroïne.

Si elle souffrait, elle ne souffrirait pas seule.

C'était le marché. La promesse.

Des mensonges. Du début à la fin.

Les dieux avaient formulé leur sentence.

Soit les êtres humains étaient une erreur qu'il fallait rectifier, soit le problème ne venait pas d'eux, mais d'*elle*. Dans un cas comme dans l'autre, elle n'avait pas le choix.

Même si son cœur battait encore, elle incarnait la mort. Elle n'avait pas été créée par Dea pour sauver, mais par Crollo pour faire advenir la fin des temps.

Elle ne pouvait se lier à personne. Elle était incapable de protéger Saverio.

Serait-elle malgré tout accueillie au paradis en récompense de ses efforts ? Ou son âme avait-elle noirci le jour où ses mains s'étaient transformées en armes ?

Essuyant ses larmes d'un revers du bras, elle déchira sa jupe. La dernière trace qu'elle laisserait dans ce monde serait une robe de mariée tachée gisant sur le sol.

Uniquement vêtue de sa fine tunique, elle entra dans l'océan.

Lorsqu'elle n'eut plus pied, elle se mit à nager.

À défaut de se noyer volontairement, elle pouvait continuer ainsi jusqu'à être à bout de forces. La surface se refermerait sur sa tête et une nouvelle Finestra émergerait. Sa famille, ses amis, Dante – tout le monde sauf elle – auraient alors une chance de survivre.

Ivini avait dit que le seul moyen de sauver l'île était de sacrifier la fausse Finestra. Mais tout sacrifice impliquait une perte. Un choix. Celui qu'elle faisait maintenant.

Elle refusait de mourir en victime.

Quitte à ce que quelqu'un l'assassine, autant que ce soit elle.

Un sanglot malvenu lui fit boire la tasse alors qu'elle dépassait le rocher au milieu de la crique. Elle ordonna à son corps de l'accepter, de laisser l'eau envahir ses poumons, mais la panique lui fit agiter les bras dans tous les sens.

Ses mains finirent par toucher la pierre sur laquelle elle se hissa en crachant.

Elle était trop égoïste pour se noyer et sauver le monde.

Les genoux serrés contre la poitrine, elle contempla la mer calme. Le temps et l'espace n'avaient plus vraiment de sens en cette journée d'obscurité perpétuelle.

Un bruit d'éclaboussures au loin la tira de sa transe et l'emplit de colère. Après des années de solitude insupportable, on la dérangeait au moment où elle ne voulait voir personne.

– Je te cherche depuis des heures.

Pas lui. Surtout pas lui. Dante grimpa à côté d'elle sur le rocher.

– Tu m'as trouvée, répliqua-t-elle d'une voix morne. Tu peux partir, maintenant.

Elle n'avait pas besoin de le regarder. Ses souvenirs de lui étaient bien plus précis que ce qu'elle pourrait distinguer dans le noir.

– Ce n'est pas de ta faute, affirma-t-il, une main posée sur sa nuque.

Elle se raidit.

– Si. C'est *toujours* de ma faute.

Son île, son peuple étaient condamnés si elle ne se sacrifiait pas pour eux. Pourtant, elle n'en avait pas envie. Elle voulait se convaincre qu'elle était une fille normale, oublier ce qui existait au-delà de cette plage, rester là pour l'éternité à côté de ce garçon aussi beau que têtu, qui ne se crispait pas lorsqu'elle le touchait et n'avait pas peur d'elle.

C'était peut-être un ghiotte, mais c'était elle le monstre.

– Tu m'entends ? insista-t-il. Kaleb est en vie. Inconscient, mais en vie.

– Comment tu le sais ? Tu n'étais même pas là.

– Je suis revenu juste après ton départ. Les médecins affirment qu'il va s'en tirer.

– Super. Kaleb est vivant.

Si elle parvenait à briser la chappe de plomb qui l'engourdissait, elle serait peut-être soulagée. Heureuse, même. Mais elle ne le souhaitait pas. Les sentiments ne feraient que compliquer la tâche qui lui incombait.

– Je n'ai pas été capable de garder mon Fonte indemne pendant une journée. Je vois mal comment il pourrait survivre à une longue bataille. Je ne peux pas nous sauver.

Elle ne se rendit pas compte qu'elle secouait la tête, jusqu'à ce qu'il lui attrape le visage à deux mains.

Où qu'elle aille, elle serait toujours ramenée à ce Pic maudit où elle échouerait à protéger son peuple et assisterait à la fin du monde. L'amour de Dante n'était qu'un maillon de plus l'enchaînant à une vie dont elle ne voulait pas.

Des larmes brûlantes coulèrent sur ses joues.

– J'en ai tellement assez de m'échiner en vain et de faire du mal aux autres. Je ne veux plus.

– Alors arrête.

– Comme si j'avais le choix !

Elle aurait voulu déchiqueter le ciel avec ses ongles, arracher toutes les étoiles de la voûte sombre pour que les ténèbres deviennent aussi insondables que le vide qu'elle ressentait.

– On a toujours le choix.

Il lui tenait toujours le visage et l'obligea à le regarder dans les yeux.

– Si tu ne veux pas y retourner, on n'y retournera pas. On trouvera une grotte, on la remplira de provisions. On s'y barricadera jusqu'à ce que les *scarabei* meurent d'épuisement.

– Je serais une traîtresse. Une paria. Même si Saverio survivait par miracle, on me bannirait pour toujours.

Il haussa les épaules.

– Et alors ?

Un hoquet de rire étranglé s'échappa de la bouche d'Alessa.

– Des milliers de gens mourraient.

– C'est vrai. On pourrait se construire une petite maison ici, ajouta-t-il en désignant l'étendue d'herbe qui bordait la plage.

– Au milieu d'une terre dévastée par une armée de démons affamés ?

– Les plantes, ça repousse.

– Et en attendant ?

– Je pêcherais nos repas.

Elle soupira.

– Et moi, j'élèverais des poules.

– Je parie que tu leur donnerais des noms et que tu leur parlerais toute la journée.

– Je serais bien obligée, pour ne pas te rendre fou avec mes histoires.

– On pourrait prendre un chat, suggéra Dante en lui caressant la joue.

Il lui dépeignait l'avenir de ses rêves. Au détail près qu'aucun ami ne viendrait jamais dîner chez eux. Aucun membre de leur famille. Ni aucun inconnu. Il n'y aurait que Dante et elle dans leur petite maison sur la plage. Un rêve déformé, perverti.

Elle se jeta sur lui et l'embrassa avec tant de fougue qu'il tomba à la renverse tandis qu'elle s'écorchait les genoux sur la roche. Alors il prit une grande inspiration et, au lieu d'essayer de la raisonner, il l'enlaça.

Avec des gestes pressants, exigeants, elle le mit au défi de la calmer. Mais au lieu d'éteindre le feu qui brûlait en elle, il le raviva un peu plus. Tout le corps d'Alessa s'embrasa, telle une étoile sur le point de mourir et de détruire le monde autour d'elle.

Lentement, les respirations hachées de la jeune fille se transformèrent en sanglots.

Dante la serrait contre lui, promenait ses doigts dans ses cheveux, lui décrivait une réalité qui n'existerait jamais et des jours ensoleillés qu'ils ne connaîtraient pas, de cette voix langoureuse qu'elle aimait tant, douce et chaude comme un verre de whisky. Articulant chaque mot comme s'ils avaient l'éternité devant eux.

Lorsqu'elle s'affaissa contre lui, épuisée et vidée par les larmes, il l'aida à se rasseoir.

– Si on ne meurt pas, on pourra revenir ici ? lui demanda-t-elle.

Dante leva les yeux vers la lune, l'expression soudain vulnérable.

– Tu crois vraiment que tu auras envie de traîner avec un ghiotte quand tu seras adulée par les foules ?

– Je n'ai encore sauvé personne.

Il déposa un baiser sur sa main.

– Détrompe-toi.

Quarante

L'armi dei poltroni non tagliano, né forano.

Les armes des lâches ne coupent ni ne percent.

• 12 JOURS AVANT LE DIVORANDO •

Il était plus de minuit lorsqu'ils regagnèrent la Cittadella, mais Alessa voulait voir de ses yeux comment allait Kaleb.

À son entrée dans la suite, une femme en tenue d'infirmière lui fit la révérence. La médecin de garde, penchée sur l'immense lit à baldaquin, ne leva pas tout de suite la tête.

Le Fonte reposait sous un drap blanc amidonné, immobile, les paupières bleues et les lèvres pâles.

Alessa eut l'impression que les murs se refermaient sur elle.

Ils m'ont menti.

Elle chercha la main de Dante derrière elle, mais il était resté dans le couloir. Elle devrait affronter cette épreuve seule.

– Comment va-t-il ? demanda-t-elle, le souffle court.

Elle se raccrochait au fait qu'un cadavre n'aurait pas eu besoin de soins.

– Il est stable, répondit la médecin, qui la tenait clairement pour responsable. Juste déshydraté et très fatigué. Si on m'avait consultée, je lui aurais déconseillé toute activité trop intense. Mais personne ne l'a fait.

– Alors vous ne pensez pas que… Je veux dire, jusqu'ici, il avait bien résisté.

– De mon point de vue, son malaise résulte d'un ensemble de facteurs. Toute divine qu'elle soit, votre profession est physiquement exigeante. M. Toporovsky aurait dû prendre davantage soin de lui. J'espère que, lorsque votre tour viendra de former le prochain Duo, vous imposerez au Consiglio de recruter des conseillers médicaux. N'en déplaise à certains, nous ne faisons *pas* insulte à Dea en utilisant les connaissances qu'elle nous a octroyées.

Alessa baissa la tête comme une enfant que l'on réprimande, même si, au fond, elle était d'accord. Les membres du Consiglio avaient failli s'étrangler quand Tomo avait suggéré de faire appel à des spécialistes après la mort de son premier Fonte.

– Il devrait se remettre, poursuivit la médecin, à condition de rester au repos *complet* d'ici-là.

– Oui, dottoressa. Bien sûr.

L'infirmière jeta un regard navré au profil angélique de Kaleb, comme si elle soupçonnait la Finestra d'être venue l'achever.

Celle-ci claqua la porte un peu trop fort derrière elle, le bruit résonnant dans les couloirs silencieux.

Dante, appuyé contre une rambarde de pierre, haussa les sourcils l'air de dire :

– Tu vois ?

Elle avait envie de rire. Ou de pleurer. Ou les deux.

Il ouvrit les bras et elle se réfugia contre lui. Son port d'attache au milieu de la tempête, chaud, solide, presque impossible à tuer.

Kaleb était en vie. Et il le resterait aussi longtemps qu'elle garderait ses distances. Techniquement, elle avait toujours un Fonte. Même s'il n'était plus en état de se battre, même s'ils devraient trouver quelqu'un pour le remplacer, elle ne l'avait pas tué.

Puis un cri retentit et ils s'écartèrent d'un bond, leurs visages reflétant la même inquiétude.

Alessa avait peur de regarder, mais elle devait savoir qui avait surpris leur étreinte. Elle se pencha par-dessus la rambarde et découvrit Renata dans la cour, une main pressée sur les lèvres.

Derrière elle, Tomo les fixait, plus échevelé qu'elle ne l'avait jamais vu.

– Ils étaient dans tous leurs états quand je suis parti, murmura Dante.

Alessa n'en revenait pas. Ses mentors gravirent l'escalier à grands pas.

– Par Dea, on t'a crue morte ! s'exclama Renata une fois au sommet.

– Pas encore, répliqua la jeune fille avec un sourire triste.

– Nous craignions de t'avoir perdue, renchérit l'ancien Fonte.

Renata adressa une prière silencieuse au ciel.

– Petite, tu viens de me faire prendre dix ans d'un coup.

Des larmes tremblaient au bout des cils d'Alessa. Ils étaient soulagés qu'elle n'aît rien – *elle*, pas la Finestra. Elle réalisa soudain à quel point elle avait besoin d'entendre ça.

– Je suis désolée. J'ai cru que j'avais tué Kaleb et que les dieux m'ordonnaient de me sacrifier.

– Ma chère enfant... murmura Tomo d'une voix étranglée.

– Bien que j'admire ta détermination, c'était le moment ou jamais de demander une seconde opinion, soupira Renata. Mais je suis fière de toi. Tu étais prête à faire le choix le plus difficile qui soit. Tu as beaucoup grandi.

La culpabilité enfla puis reflua dans la voix de l'ancienne Finestra.

– Que vont dire les gens ? s'inquiéta Alessa.

– Rien, décréta Renata en lissant ses manches comme pour écarter tout ce qui pourrait faire obstacle à leurs projets. Tu vas prendre un autre Fonte, et nous garderons cela pour nous jusqu'à la fin du Divorando. Je n'aime pas mentir, mais le peuple nous pardonnera une fois que tu nous auras tous sauvés.

– Nous sommes simplement heureux que tu ailles bien, assura Tomo avec chaleur.

– Dea a eu pitié de nous. Je vais peut-être fermer l'œil cette nuit, finalement, soupira Renata.

– Allons-y, dit son compagnon en lui prenant le bras. Tu as besoin de dormir et moi de boire un verre.

Alessa les regarda partir, appuyée contre la rambarde. Le silence retomba sur la Cittadella.

Dante écarta ses cheveux de sa nuque afin d'y déposer un baiser.

– Je devrais filer, murmura-t-il sans pour autant la lâcher.

– Nina a juré de ne rien dire, lui rappela-t-elle en se retournant, et ton ancien maître ne se doute pas une seconde que tu es ici. Reste jusqu'au Divorando, pour que je puisse te traîner moi-même à la Fortezza. J'affronterai le combat plus sereinement en te sachant en sécurité. Sinon, tu serais capable de faire un truc inconscient comme tenter de défendre les quais à mains nues.

– Encore cette image de héros, murmura-t-il contre ses lèvres. Je me tue à te répéter que je n'en suis pas un.

Elle glissa ses mains dans les poches arrière du jeune homme.

– Tu peux te mentir à toi-même, mais je ne suis pas dupe.

Quelqu'un se racla bruyamment la gorge, et ils s'écartèrent à nouveau. Renata était de retour, les traits soigneusement dénués de toute expression.

– J'ai oublié de te prévenir que nous avons fait livrer ton armure dans ta chambre.

– Mon armure ?

Alessa n'en aurait pas besoin avant deux semaines.

– Oui, pour la bénédiction des troupes.

Évidemment. Au lever du soleil, la Finestra devrait se présenter devant l'armée au grand complet et une bonne partie des habitants de Saverio, afin de conférer la grâce de Dea aux soldats. Les célébrations du Carnevale étaient terminées, elle avait épousé Kaleb comme prévu le Jour du Repos et de la Repentance ; il était temps d'entamer la dernière ligne droite des préparatifs. Les recrues feraient leurs adieux à leur famille avant d'aller se poster sur toutes les collines, falaises et plages de l'île, l'arme à la main et les yeux tournés vers le ciel. Les personnes en possession de tickets d'entrée pour la Fortezza commenceraient à s'y installer, et les marqués condamneraient leurs fenêtres, construiraient des barricades de fortune ou prieraient avec un désespoir renouvelé.

– Avec un peu de chance, la cérémonie sera si étincelante que personne ne remarquera l'absence de ton Fonte, déclara Renata avant de leur adresser un regard entendu. D'ici-là, si je puis me permettre, mieux vaudrait poursuivre votre *discussion* derrière des portes closes.

Morte de honte, Alessa parvint néanmoins à hocher solennellement la tête. Elle ignorait quelle était la punition réservée à une Finestra qui enfreignait les règles en touchant quelqu'un d'autre que son Fonte avant le Divorando. Mais la discrétion à ce sujet faisait sans doute partie de la courtoisie tacite entre mentor et protégée.

Alessa suivit Dante dans sa suite tandis que les pas légers de Renata regagnaient l'étage inférieur, puis qu'une porte claquait derrière elle. La jeune fille enfouit son visage entre ses mains.

– Pitié, dis-moi que j'ai rêvé ce qui vient de se passer.

Il avait du mal à se retenir de rire.

– Tu trouves ça drôle ? s'offusqua-t-elle. Je n'ai jamais été aussi gênée de ma vie.

– Vois ça comme un rite de passage, lui conseilla-t-il en embrassant les quelques centimètres carrés de sa peau qui n'étaient pas masqués par ses doigts. Tu dois bien te douter que ces deux-là ont eux aussi sauté le pas *avant* la grande bataille.

– Tu étais obligé de me mettre cette image dans la tête ? Et puis, ils étaient mariés. Ils avaient le droit. Moi, je suis une horrible personne qui, au lieu de rester au chevet de son partenaire inconscient, court se faire tripoter par son garde du corps.

– Tu appelles ça se tripoter ?

Dante lui écarta les mains du visage et son sourire s'effaça tandis qu'il la contemplait. Elle comprit qu'il allait encore évoquer son départ, pour la protéger au cas où Nina ne tiendrait pas sa langue. S'il disparaissait, la Finestra aurait une chance de nier les rumeurs en accusant la jeune Fonte d'avoir perdu la tête.

Mais s'il s'en allait... tout serait fini.

Deux armures reposaient sur son lit tels des cadavres de métal. La première avait été fabriquée sur mesure pour Alessa ; l'autre, issue de la collection exposée d'habitude dans la suite des Fontes, était celle qui se rapprochait le plus des mensurations de Kaleb.

– Vous faites à peu près la même taille, observa-t-elle. Et la même corpulence. Sous une armure, personne ne serait capable de vous distinguer.

Dante lui écarta une mèche de cheveux du visage.

– Je ne peux pas être ton Fonte. Tu voudrais que je fasse quoi, que je me soigne jusqu'à ce que les *scarabei* abandonnent et repartent ?

– Pas pendant la bataille, le rassura-t-elle en lui embrassant la nuque. Seulement pour la bénédiction des troupes. Ce sera ma dernière sortie publique. Si mon Fonte n'est pas là, les gens vont se poser des questions.

Elle noua ses mains derrière le dos du jeune homme.

– S'il te plaît, insista-t-elle. Reste encore un peu et sauve-moi une dernière fois.

Le métal était froid, même à travers sa tunique et son collant. Après l'avoir aidée à enfiler sa cotte de mailles, Dante ajusta son plastron puis ses jambières.

Elle porterait des gants pour la bénédiction mais pas le jour J. Ses mains, ses pieds et ses jambes devaient rester nus pour permettre à son Fonte de la toucher, même s'il ou elle n'était plus capable de tenir debout.

Lors de son premier cours d'armement, elle avait demandé pourquoi les casques du Fonte et de la Finestra dévoilaient l'arrière de leur crâne. Tomo lui avait expliqué qu'il était essentiel de pouvoir lever la tête quand on affrontait un ennemi venu du ciel. Et, si tout se passait bien, ils tueraient les scarabeos avant que ceux-ci les approchent de trop près. Les troupes massées sur la colline représenteraient une cible bien plus appétissante que les deux silhouettes perchées sur le pic, protégées par la magie. Du moins, il fallait l'espérer.

– Je ne le pensais même pas en état de s'asseoir, s'étonna Renata en voyant Dante descendre l'escalier de la cour. Comment a-t-il réussi à entrer dans cette armure ?

Le garde releva la visière de son casque.

– Oh, fit la jeune femme. Excellent.

Dante dissimula à nouveau ses yeux, car le capitaine Papatonis arrivait pour les escorter jusqu'à la piazza.

Alessa devait reconnaître que c'était impressionnant, ces milliers de soldats au garde-à-vous, alignés en rangs serrés face à elle. Mais le petit « oh » admiratif qu'elle lâcha lorsqu'ils entamèrent leur démonstration fut noyé par les vivats de la foule.

Au bout de quelques minutes, son regard fut attiré par une tache blanche en mouvement qui lui donna la chair de poule. Ivini et ses disciples venaient d'entrer sur la piazza.

Il ne lui avait encore jamais rien apporté de bon, et elle doutait qu'il vienne lui présenter des excuses. Mais les membres de la Fratellanza se contentèrent de se déployer sur tout un côté de la place. Elle ne pouvait pas les faire expulser à cause d'un mauvais pressentiment.

Renata non plus ne semblait pas ravie de les voir. Elle glissa un mot au capitaine Papatonis, qui s'approcha d'Ivini avec un air de détermination froide.

Alessa fusilla ce dernier du regard puis reporta son attention sur les troupes. Le Padre avait tenté plusieurs fois de se débarrasser d'elle, en vain. Il ne méritait pas qu'elle s'intéresse à lui.

Une fois la parade terminée, le capitaine la rejoignit. Elle s'avança pour donner sa bénédiction, entourée d'un côté par Dante, de l'autre par l'ancien Duo Divino.

– Dea, déesse sacrée de la création, commença Alessa. Nous t'implorons aujourd'hui de guider nos armes vers...

Dans un sifflement de métal, un soldat du premier rang dégaina son épée.

– Engeance de Crollo ! cracha-t-il en s'élançant vers eux.

Le cœur au bord des lèvres, Alessa essaya d'attraper son arme de cérémonie, mais Dante fut plus rapide et se plaça devant elle pour la protéger.

– Reculez, Finestra, cria le capitaine en courant au secours de son garde.

Du moins, ce fut d'abord ce qu'elle crut.

Mais elle comprit bientôt que Papatonis n'avait aucune intention de repousser le mutiné, bien au contraire. Or, Dante ne s'attendait pas à une attaque venue de l'arrière.

Alessa hurla pour le prévenir – trop tard.

Quarante-et-un

Chi ha un cattivo nome è mezzo impiccato.
Celui qui a un mauvais nom est à moitié pendu.

• 11 JOURS AVANT LE DIVORANDO •

La garde de l'épée du capitaine heurta violemment le crâne de Dante, qui s'effondra.

Oubliant ses cinq années de formation et tout son bon sens, Alessa voulut se jeter sur lui. Heureusement, Renata la retint d'une poigne de fer. C'était la première fois qu'elle la touchait.

– Repos, capitaine, ordonna-t-elle d'une voix glaciale qui fit aussitôt retomber la fureur d'Alessa. Expliquez-vous.

– C'est bien mon intention, répondit l'homme.

Deux soldats soulevèrent Dante par les aisselles, et il lui retira brutalement son casque.

– Ce n'est pas le Fonte, annonça-t-il en tirant sur les cheveux du jeune homme pour le forcer à redresser la tête. C'est un imposteur !

La foule réprima un hoquet de stupeur puis recula, horrifiée, comme si elle contemplait un ignoble spectre et non un magnifique jeune homme qu'on venait d'attaquer en traître.

En cet instant, Alessa haït son peuple.

Tomo eut un petit rire gêné.

– Quel regrettable quiproquo. Étant donné les circonstances, nous avons estimé que Kaleb Toporovsky ferait mieux d'utiliser le peu de temps qui lui reste pour se préparer. C'est pourquoi nous avons engagé une doublure. Un petit tour de passe-passe sans gravité.

– Voyons, capitaine, pourquoi l'avoir désarmé et assommé alors que vous pouviez simplement nous poser la question ? renchérit Renata. Très cher, faites donc venir le signor Toporovsky au balcon.

Tomo s'éloigna aussitôt, sa canne martelant les marches à un rythme frénétique.

Alessa cessa de respirer. Une éternité lui sembla s'écouler avant que Kaleb sorte sur le balcon. Tomo le soutenait probablement par derrière, et il risquait de s'évanouir d'une seconde à l'autre, mais il parvint à saluer de la main et à envoyer des baisers à la ronde, aussi souriant que l'invité d'honneur d'une fête d'anniversaire. Les poumons de la Finestra se remplirent à nouveau pendant que les milliers de soldats et de civils admiraient leur Fonte bien vivant.

– Pardonnez-moi, signora, reprit le capitaine, mais ce n'est pas le seul problème.

Dante ouvrit un œil et grogna.

– Si je puis me permettre, intervint Ivini, tourné vers l'assistance pour que personne ne perde une miette de ce qu'il avait à dire. Je vous présente mes excuses pour cette mise en scène. Je me devais néanmoins d'intervenir après avoir été informé par l'une de mes ouailles de la présence d'un démon dans la Cittadella.

– Non, protesta Alessa. Ce n'est pas…

– Tais-toi, siffla Renata. Pour son bien et le tien.

Sans prévenir, le capitaine entailla le visage de Dante d'un coup de couteau.

Alessa bondit, mais Renata la devança.

– Assez !

Le sang coulait de la joue du jeune homme et gouttait sur les dalles blanches. Il ne pouvait pas cacher sa blessure puisqu'il avait les bras repliés dans le dos et une lame sous la gorge.

Dea, aide-moi, supplia Alessa en silence. *Je ne sais plus quoi faire.*

Voyant qu'elle ouvrait la bouche, Dante secoua imperceptiblement la tête.

– Comme vous le constatez, poursuivit Ivini, cette *chose* est un ghiotte.

Le jeune homme plongea son regard dans celui du Padre tandis que les bords de la plaie commençaient à se ressouder. Un grondement d'orage parcourut la foule.

– Grâce à de fourbes ruses, il a réussi à approcher notre Finestra afin de corrompre sa magie et d'affaiblir les Fontes.

Ivini détourna la tête comme s'il était incapable de contempler plus longtemps pareille infâmie.

– Une exécution en place publique serait lui faire trop d'honneur. Mes disciples vont se charger de lui.

– Non, hoqueta Alessa. Ce n'est pas... On ne peut pas...

Tomo, qui était revenu, toussota et la supplia du regard.

– Finestra, vous êtes une âme pleine de compassion, mais peut-être devrions-nous laisser des personnes plus objectives trancher.

L'étreinte de Renata se resserra sur son poignet.

– Tiens. Ta. Langue, marmonna-t-elle.

La jeune fille ne pouvait rien dire. Rien faire. Si elle témoignait la moindre clémence à Dante, si quelqu'un apprenait qu'elle l'avait autorisé à rester en connaissance de cause – ou pire, qu'elle lui avait ouvert les bras...

– Personne ne mourra aujourd'hui, déclara l'ancien Fonte, dont le calme eut l'effet d'une douche froide sur les esprits échauffés. La bénédiction des troupes ne saurait être entachée par le sang.

Ivini, qui jouait à merveille l'horreur indignée, se rendit brusquement compte que son plan pour devenir l'ange sauveur de Saverio, bourreau des démons, était en train de tomber à l'eau.

– Mais, signor... Il a apporté le mal au cœur d'une enceinte sacrée. Il a entaché la pureté de la Finestra par ses péchés. Il doit être puni.

– Et je suis sûre que le Consiglio sera du même avis. Cependant, c'est à lui que cette décision revient, pas à *vous*, souligna Renata.

Alessa tremblait de peur et de rage. Ses aînés faisaient tout leur possible, mais ils avaient les mains liées.

Ivini endossa alors le rôle du martyr accablé par la culpabilité.

– *Finestra sul Divino*. Votre bienveillance est une source d'inspiration. Je vous en supplie, laissez-moi dans ce cas transporter la créature jusqu'au continent. Même si cela doit causer ma perte, ce sera mon ultime acte de pénitence pour avoir contrarié notre sauveuse.

Un sourire satisfait flotta sur ses lèvres lorsque plusieurs voix protestèrent dans la foule.

– Nous ne voudrions surtout pas vous mettre en danger, Padre, répondit Renata avec douceur. Le Consiglio décidera d'un châtiment approprié. Maintenant, capitaine, ramenez le prisonnier à l'intérieur et attendez les ordres.

Alessa se raidit, craignant et espérant à la fois que Dante en profite pour se libérer des deux hommes qui le tenaient. Mais son regard était vide.

Un troisième soldat, une femme, leur emboîta le pas, poussant Dante dans le dos à petits coups d'épée.

– Si tu essaies de fuir, je te tue, grogna-t-elle.

Le cœur de la Finestra se serra. Elle n'avait aucun moyen de pression, à part refuser de se battre. Et personne ne la croirait. Si elle se défilait, Dante mourrait en même temps que tous les autres.

La seule chose qu'elle pouvait faire, c'était s'assurer qu'on ne l'exécute pas. Au moins, dans la Cittadella, il serait à l'abri jusqu'à ce qu'elle trouve une solution ou convainque le Consiglio de le relâcher. Après le Divorando, Dante pourrait regagner le continent, changer d'apparence, se cacher pendant quelques années et se faire oublier.

– Pouvons-nous terminer la bénédiction ? demanda Renata en prenant la place que le jeune homme occupait encore quelques secondes plus tôt.

– J'aimerais d'abord dire un mot à la Finestra, fit Ivini.

– Vous en avez dit plus qu'assez, répliqua celle-ci.

Renata lui serra la main, très fort.

Il avait gagné. Que voulait-il de plus ? L'accuser, encore ? Exiger que Kaleb danse pour prouver qu'il était en forme ?

Les traits tordus par l'angoisse, le Padre se laissa tomber à genoux et baissa la tête. Derrière lui, ses disciples en robe blanche l'imitèrent.

– Finestra… Pourrez-vous m'excuser un jour d'avoir répandu des calomnies sur votre compte ? Je vous assure que je ne désirais qu'une chose : servir Dea. Il est clair désormais que Crollo a été terrassé par la peur devant la puissance de votre don. Le fait qu'il ait envoyé un de ses sbires pour vous ralentir prouve votre valeur. J'aurais dû avoir foi en vous. J'aurais dû comprendre. Je suis profondément navré. Si vous souhaitez me bannir, je partirai dès ce soir.

Renata prit la parole avant qu'Alessa puisse ordonner au religieux de se jeter d'une falaise.

– Cela ne sera pas nécessaire, Padre. L'erreur est humaine.

– Et le pardon, divin, souffla Ivini. Finestra, me pardonnerez-vous ?

La réponse était non. Certainement pas. Mais Renata était maligne, et elle semblait avoir un plan. Alessa ne voulait pas risquer de tout gâcher.

Alors elle gratifia son ennemi juré du sourire le plus douloureux de sa vie.

– Crollo s'est joué d'hommes bien meilleurs que vous. Quel genre de Finestra serais-je si je punissais un dévot pour avoir simplement voulu protéger les siens ?

Ivini, ce fourbe, éclata en sanglots.

Les larmes de crocodile qui inondaient ses joues ne firent qu'attiser la colère d'Alessa – bien qu'elle doive lui reconnaître un certain talent d'acteur.

Ivini se moquait pas mal de son pardon. Ce qu'il voulait, c'était le pouvoir. Il avait profité de ses échecs, l'avait frappée quand elle était à terre, avait conspiré contre elle et soudoyé ses gardes. Mais dès qu'elle avait réussi à garder un Fonte en vie, il s'était trouvé un autre bouc émissaire. Lui, son plus farouche opposant, se positionnait désormais en défenseur de sa cause et humble suppliant. Il était vraiment prêt à tout.

Finis les assassinats et le poison. Puisque Alessa avait réussi à lui échapper, Ivini retournait sa veste dans l'espoir de rallier ses ouailles.

Le sergent instructeur aboya un ordre et les troupes se remirent au garde-à-vous. Puis, avec une symétrie et une coordination parfaite, les soldats posèrent un genou à terre et se frappèrent le torse du poing.

Cette fois, tous regardaient Alessa.

– Félicitations, Finestra, chuchota Renata. Tu as gagné leur amour. Ils se battront à mort pour toi. Et c'est comme ça qu'on remporte une guerre.

Mais à quel prix ?

– Après la bataille, tout sera pardonné. Tu n'as jamais été aussi puissante qu'aujourd'hui. Ton peuple est prêt à satisfaire tes moindres désirs.

– Je veux qu'on libère Dante.

Renata lui lâcha enfin le bras.

– À part celui-là.

Quarante-deux

Ciò che Dio fa è ben fatto.
Tout ce que Dieu a créé est bon.

• 11 JOURS AVANT LE DIVORANDO •

« J'exige de le voir », lança Alessa à la seconde où ils franchirent les portes de la Cittadella.

Renata tenta de la faire taire, en vain. La vie de Dante était en jeu.

– Veux-tu prendre le temps de réfléchir, pour une fois ? soupira son aînée, qui ne lui avait jamais paru aussi vieille. Ton Fonte est cloué au lit, mais le peuple doit croire que tout se déroule comme prévu. Ivini mène les gens par le bout du nez ; or, il vient officiellement de se ranger de ton côté. Ne gâche pas cette chance.

– Elle a raison, renchérit Tomo. On ne doit surtout pas te soupçonner de soutenir le ghiotte.

– Vous savez qu'il n'a rien à voir avec la mort de mes Fontes. Et qu'il n'est pas mauvais. Sans lui, je serais déjà morte une demi-douzaine de fois. C'est injuste.

– La vie est injuste. Tu ne le savais donc pas ? s'étonna Renata, dont le regard se radoucit.

– Laissez-moi au moins le voir, supplia Alessa d'une voix étranglée. S'il vous plaît.

– Très chère... murmura Tomo.

Renata soupira et finit par céder.

– Pas de larmes, ordonna-t-elle. Tête haute. Regard furieux. Entre là-dedans comme si tu t'apprêtais à lui arracher les jambes.

Cela ne serait pas difficile. Alessa avait largement assez de colère refoulée pour paraître convaincante.

Les yeux secs et la posture royale, elle suivit Tomo et Renata jusqu'à la petite cellule de détention où l'on enfermait d'ordinaire les soldats qui avaient besoin de se calmer ou de dessoûler.

Le capitaine Papatonis s'inclina en les voyant arriver.

– Finestra, signor, signora. Je n'ai pas su déceler la menace qui se cachait entre nos murs. Si tel est votre souhait, je vous présente ma démission immédiate.

À choisir, Alessa aurait préféré lui entailler le visage avec l'un des couteaux de Dante.

– Doutez-vous encore de votre Finestra ? l'interrogea Renata.

– Non, murmura le capitaine. Cela ne se reproduira plus jamais. Crollo doit être terriblement effrayé pour avoir eu recours à de telles mesures. Notre Finestra sera l'une des plus grandes de tous les temps.

Renata fixa Alessa avec insistance, jusqu'à ce que celle-ci tende sa paume gantée vers le capitaine.

– Les dagues.

– Oh, oui, bien sûr.

Il alla les chercher.

La jeune fille les examina, puis glissa celle qui était tachée du sang de Dante dans une poche secrète de sa robe. Quant à l'autre, elle la lança en l'air et la rattrapa par le manche, ainsi que son garde le lui avait appris.

Puis, sans prévenir, elle fit un pas en avant et brandit la lame sous le menton du capitaine.

Il releva brusquement la tête, cherchant Tomo et Renata du regard. Ces derniers ne dirent rien. Alessa appuya la pointe de métal tout contre sa pomme d'Adam. Il aurait pu la désarmer, elle le savait. Mais elle était sa Finestra. Si elle décidait de le tuer, il ne se défendrait pas.

– Je vous pardonne, capitaine, déclara la jeune fille. À une condition : à compter d'aujourd'hui, vous me rapporterez directement tout ce qui concerne ma sécurité.

Papatonis acquiesça.

– Et si vous tentez un autre coup fourré de ce genre, conclut-elle, je vous jetterai moi-même en pâture aux scarabeos.

– Merveilleux. Maintenant que c'est réglé, intervint Tomo, nous aimerions parler au prisonnier avant de présenter nos recommandations au Consiglio.

Le capitaine se passa un doigt dans le col pendant qu'Alessa baissait sa dague.

– Est-ce vraiment raisonnable ? hésita-t-il.

– Si, à nous trois, nous n'étions pas capables d'affronter un ghiotte enchaîné, nous ferions de bien piètres sauveurs, répliqua Renata.

– De plus, rappela Tomo, la Finestra est armée.

Le capitaine n'insista pas.

À l'intérieur de la cellule, Dante était assis contre le mur, les chevilles entravées et les mains liées dans le dos. Il aurait pu paraître féroce, voire monstrueux, mais Alessa ne lut que de la peur dans son rictus agressif. Il la fixa comme si elle était son unique bouée de sauvetage.

– Laissez-nous, capitaine, réclama Tomo.

Alessa parvint à attendre que la porte se soit refermée avant de s'agenouiller devant Dante et de l'enlacer. Son corps était aussi raide que de l'acier, aussi cassant que du verre.

– Navré de vous interrompre, mais il nous faut des réponses, reprit l'ancien Fonte. Qu'as-tu à dire pour ta défense, jeune homme ? Pourquoi es-tu venu à la Cittadella ? Pour l'argent ? Pour le pouvoir ?

Dante gratta le sol du bout du pied.

– Parce qu'elle me l'a demandé.

– Aucune autre raison ?

Alessa prit une longue inspiration.

– Dante espérait trouver des informations sur les ghiottes et l'endroit où ils auraient pu se réfugier.

Ainsi que des indices sur l'emplacement de la Fonte di Guarigione – si tant est qu'elle existe encore.

– Pourquoi ? s'étonna Renata. Il possède déjà le don de guérison.

– Je me disais que si je pouvais la localiser, on nous pardonnerait enfin, expliqua Dante avec lenteur, comme s'il devait arracher chaque mot de sa propre chair. Ou qu'au moins on nous laisserait tranquilles.

– Et toi, Finestra ? enchaîna Tomo. Depuis combien de temps étais-tu au courant ?

Alessa posa son front sur les tendons saillants de la nuque de Dante et resta ainsi quelques secondes avant de se relever.

– Un moment. Il m'a aidée à maîtriser mon pouvoir. C'est grâce à lui que tout s'est bien passé… jusqu'à hier.

– T'a-t-il déjà fait du mal ?

Oui. Mais pas volontairement.

– Non, bien que les occasions n'aient pas manqué. Au contraire : il a été gentil avec moi quand tous les autres me rejetaient. Dante aurait un million de raisons de se montrer cruel et impitoyable. Mais ce n'est pas quelqu'un de méchant.

Le jeune homme laissa échapper un soupir tremblant.

– J'avais prévu de partir après le Divorando, pour ne pas compromettre la Finestra davantage.

Celle-ci eut l'impression qu'on lui arrachait le cœur de la poitrine.

– Quand les gens verront que… bégaya-t-elle.

Il secoua la tête.

– Si tu me laisses sortir, ils recommenceront à douter de toi. Je n'en vaux pas la peine.

– Je ne suis pas de cet avis.

Renata fronça les sourcils.

– Tu crois qu'ils te laisseront t'allier avec un ghiotte ? Tu es plus maligne que ça, Alessa. Après le Divorando, vous pourrez vous enfuir tous les deux si ça vous chante. Je suis même prête à vous affréter un navire et à assurer l'entraînement de la prochaine Finestra. Mais pour le moment, nous devons nous concentrer sur la bataille à venir. Sinon, Dante aussi mourra.

– Renata a raison, renchérit Tomo en prenant la main de sa compagne. Je sais que nous t'avons déjà beaucoup demandé, ma chère enfant. Mais Saverio a plus besoin de toi que lui – sans vouloir te vexer, jeune homme.

– Il est juste enfermé, précisa Renata. Tomo et moi allons rapporter les conclusions de cet « interrogatoire » au Consiglio et le convaincre que c'est une punition adaptée. Pendant ce temps, tu vas rendre visite à ton Fonte et vérifier que notre petite mise en scène de tout à l'heure ne l'a pas achevé.

La Cittadella grouillait de soldats qui discutaient à mi-voix du monstre tapi parmi eux. Quant aux domestiques, ils relayaient la nouvelle à qui voulait l'entendre, même si tout le monde à Saverio était déjà au courant.

Alessa lisait davantage d'inquiétude sur les visages qu'elle n'avait perçu de chagrin à la mort de ses Fontes.

La peur et la colère des habitants étaient désormais concentrées sur une nouvelle cible, un ennemi commun. Ils enrageaient de penser qu'un monstre avait osé manipuler leur sauveuse bien-aimée.

Un jeune garde se planta devant elle au pied de l'escalier, mit un genou à terre et réclama son pardon en balbutiant.

Alessa esquissa quelques gestes d'absolution, consciente des regards qui pesaient sur eux. Après des années à espérer un brin de compassion, elle en était enfin inondée – parce que l'homme qu'elle aimait avait endossé la responsabilité du mal qu'elle avait causé.

Kaleb cligna des paupières lorsqu'elle poussa la porte de la suite.

– Tu es conscient, se réjouit-elle. Je suis tellement navrée. Je ne sais pas ce qui s'est passé. Tout allait bien, mieux que bien, même, et puis… J'ai dérapé.

– Stop. Il n'y a rien de plus gênant que les excuses. A priori, il semblerait que j'aie un problème au cœur. Rien de grave, d'après les médecins, mais tes flambées de pouvoir l'ont réveillé.

Un problème cardiaque. Ce n'était donc pas de la faute d'Alessa. Pourtant, il avait supporté jusque-là ses contacts sans faillir.

– Désolée. Enfin, non, pardon. Heu, je veux dire…

– Alors le secret a éclaté au grand jour ?

La Finestra hocha piteusement la tête.

– S'il te plaît, arrête de pleurer. Je ne supporte pas ça.

– Moi qui croyais que le don de Dea était ma plus grande arme… Finalement, les larmes sont beaucoup plus efficaces pour vaincre les hommes.

– Et tu as un sacré arsenal. Où est-il ?

Alessa lissa les draps d'un côté du lit.

– Ils l'ont enfermé dans une crypte vide le temps que le Consiglio délibère.

Kaleb frissonna.

– Comme c'est gothique. Tu veux bien me passer l'eau ?

Elle attrapa le pichet posé près du lit, hésitant à le lui tendre.

– Oh, je t'en prie, ronchonna-t-il. Je n'ai pas peur de toi. Et maintenant, qu'est-ce que tu vas faire ?

– Je ne sais pas. Je n'ai pas encore choisi ton ou ta remplaçante.

– Pourquoi choisir ? Prends-les tous.

– Ça ferait un joli tableau ! Un gang de Fontes sur le Pic. On ne tiendrait même pas.

– Mais si. Un petit câlin de groupe, et vous exploseriez les scarabeos avec une version grand format de la tempête de neige qui a failli me tuer. Avoue que, même si ça s'est mal terminé, c'était assez génial.

Mal terminé. Alessa eut l'impression que son cerveau essayait de lui faire passer un message. Mais ses idées étaient trop confuses et, avant qu'elle ait eu le temps de les décrypter, Tomo et Renata les interrompirent.

– Le Consiglio a rendu sa décision à l'unanimité, annonça l'ancien Fonte. Nous l'avons convaincu de repousser le procès jusqu'au Divorando.

Alessa se leva d'un bond.

– Mais vous aviez dit que…

– Que nous allions *essayer*. Et nous le ferons. Ce n'est pas fini.

Une semaine plus tôt, Alessa aurait été mortifiée de pleurer devant Kaleb, Tomo et Renata. Pourtant, aucun d'eux ne semblait choqué – pas même le Fonte qui venait de lui avouer son aversion pour les larmes.

– Après tout ce qu'il a fait pour nous, résuma Kaleb en se redressant, ils vont le laisser moisir dans une crypte, sans aucune possibilité de fuir si la bataille tourne mal ? Et après, quoi ? Il sera lapidé en place publique ?

– J'espère que non. Malheureusement, nous n'avons pas le choix, soupira Renata. Les gardes lui passeront à manger et à boire à travers la grille de la crypte, mais ils n'auront pas la clé. Nous avons été clairs : nous ne tolérerons aucune disparition mystérieuse ou mort « accidentelle ». Justice doit être rendue.

La justice. Quelle justice condamnait quelqu'un pour ce qu'il était, alors qu'il n'avait rien fait ?

Alessa se raccrocha néanmoins au fait que, dans l'immédiat, Dante était en sécurité. Même s'il serait seul durant le siège, entouré de tombes de marbres et de gens qui le haïssaient.

– Vas-y, lui conseilla Renata en la prenant par les épaules. Pleure. Crie. Tu en as le droit. Ta colère est légitime ; à toi de décider, maintenant, ce que tu veux en faire.

L'ancienne Finestra avait raison. S'offusquer de l'injustice de la situation ne mènerait Alessa nulle part.

– Ton peuple, qui ne t'a jamais vraiment écoutée jusqu'ici, le fera désormais, ajouta son aînée. Remporte la bataille, et nous trouverons un moyen de protéger Dante. Mais pour ça, tu dois d'abord gagner. Au lieu de gâcher son sacrifice, sers-toi du pouvoir qu'il te confère. Il est loin d'être le seul à devoir être sauvé.

Quarante-trois

Belle parole non pascono i gatti.
Les belles paroles ne nourrissent pas les chats.

• 11 JOURS AVANT LE DIVORANDO •

Au coucher du soleil, Alessa s'avança devant la foule rassemblée sur la piazza. Le silence était si profond, l'acoustique si parfaite, qu'elle n'eut même pas besoin de hausser la voix.

– Cette journée est placée sous le signe de la clémence. Le Consiglio a décrété que le ghiotte serait jugé après le Divorando…

Elle s'interrompit, prit une grande inspiration.

– Et j'ai donné mon accord. À l'image de Dea, nous devons nous montrer charitables, indulgents et accueillants. Afin de nous protéger les uns les autres du mal et du chaos.

Son regard se posa sur un homme aux traits acérés, dont les cheveux argentés étaient lissés en arrière.

– Aucune grâce divine n'est plus grande que le pardon, n'est-ce pas, Padre Ivini ?

Ce dernier acquiesça.

– Votre bienveillance envers le démon est aussi sublime à voir que le visage de Dea.

Elle le remercia d'un sourire si mielleux qu'il dut faire mal aux dents du religieux.

Alessa prit ensuite le temps de repérer dans la foule les faciès les plus sales, les joues les plus creusées et les yeux les plus craintifs. Ceux des marqués. Bientôt, les portes de la ville se fermeraient pour de bon, les laissant de l'autre côté. Ils la scrutaient, espérant qu'elle serait assez forte pour repousser l'essaim avant qu'il s'abatte sur leurs maisons délabrées et les dévore.

Chaque jour, de nouveaux villageois arrivaient des hameaux les plus reculés, présentant leur poignet devant les gardes afin de recevoir un laissez-passer pour la Fortezza.

Lorsque le Divorando débuterait, Alessa pourrait compter sur son armée et sa magie. Les marqués, eux, resteraient calfeutrés, priant et croisant les doigts pour survivre jusqu'au matin.

– Il y a cinq ans, j'ai été choisie par Dea pour vous protéger. À l'époque, je n'ai pas compris. Je n'étais ni la plus intelligente ni la plus maligne, je n'étais pas non plus toujours très gentille, et j'avais une fâcheuse tendance à mettre les pieds dans le plat. La tâche du signor Miyamoto et de la signora Ortiz n'a pas été aisée, croyez-moi.

Quelques rires fusèrent, que l'on fit aussitôt taire.

– Dea m'a rendue puissante. Trop puissante, ai-je d'abord pensé. Et puis je me suis raisonnée, car mon don m'a permis de me surpasser. Aujourd'hui, c'est à vous que je lance un défi. J'avais autrefois un frère qui me croyait capable de bien agir lorsque la situation l'exigeait. Il me l'a avoué juste avant de me pousser à commettre une terrible erreur. C'était un peu paradoxal mais, heureusement, les sœurs n'écoutent jamais leur frère.

Elle laissa passer en souriant quelques ricanements nerveux.

– Un jour, quelqu'un que j'encourageais à s'améliorer m'a répondu que les gens ne changent pas, qu'ils sont fondamentalement égoïstes, cruels et faux. Je n'étais pas de son avis. Et je ne le suis toujours pas. À vous de me prouver que j'ai raison. Nous sommes des êtres imparfaits, souvent brisés, mais nous détenons aussi la capacité de nous amender. Ceux d'entre vous qui portent la marque des criminels ont commis des fautes graves. Ils ont volé, blessé, pris des vies. Je suis votre Finestra. Et moi aussi, j'ai pris des vies.

Des murmures inquiets parcoururent l'assemblée.

– Pas volontairement, bien sûr, et jamais sous le coup de la colère, d'une pulsion ou d'un désir de vengeance. Mais en toute connaissance de cause. Je ne suis pas différente de ceux qui volent pour manger ou tuent pour survivre. Je parie que nombre d'entre vous regrettent, de la même manière, certains de leurs actes. Sachez que je crois en vous comme Dea croit en moi. S'il y a bien une chose que j'ai apprise, c'est que l'amour et le pardon nous rendent plus forts, pas plus faibles.

Les sentiments d'Alessa pour Dante l'avaient rendue meilleure, alors qu'il avait toujours cru incarner le mal. Après avoir vu ses parents mourir aux mains de voisins en qui il avait confiance, il avait fini par se croire responsable de la peur et de la haine qui animaient ces gens. Dernier des ghiottes ou pas, il n'était pas le seul à penser que le péché coulait dans ses veines, scellant son destin.

– Dea a créé les Finestras parce que notre salut réside dans la communauté. Aujourd'hui, je vous implore de lui montrer qu'elle a bien fait. Allons-nous barricader nos portes et nous boucher les oreilles pour ne pas entendre les cris de ceux qui livrent notre lait et brassent notre bière ? Ou allons-nous tenter de sauver autant d'âmes que possible ?

Silence.

Une toux isolée résonna dans un coin. Le cœur serré, Alessa se demanda combien de temps elle pouvait se permettre d'attendre.

Enfin, un homme élégant s'avança, son chapeau à la main.

– À défaut d'une forteresse, l'hôtel particulier de ma famille peut accueillir une bonne dizaine de gens. Mieux vaut des murs de pierre que pas de murs du tout.

Il fit signe à une femme en haillons qui portait un bébé sur sa hanche et serrait un enfant à peine plus âgé contre sa jambe. Elle fondit en larmes.

– Je suis trop vieux pour l'armée, mais j'ai encore le bras solide, enchaîna un homme basané à la silhouette trapue. Un des marqués peut prendre ma place dans la Fortezza. Je préfère lancer des pierres sur les insectes, de toute façon.

Un à un, puis par paire ou par petits groupes, les habitants prirent la parole. Certains voulaient se battre, d'autres céder leur laissez-passer à ceux qui en avaient davantage besoin. Et beaucoup offraient d'héberger l'afflux de miséreux.

Des centaines de gens se portèrent ainsi volontaires pour affronter une armée de démons avec des bâtons, des couteaux ou des tuyaux rouillés, afin que d'autres puissent vivre.

Si seulement Dante avait pu voir ça. Dea avait eu raison de placer sa foi en eux. Grâce à ce sacrifice partagé, personne ne devrait affronter la mort seul.

Ensemble, nous protégeons. Divisés, nous échouons.

Et soudain, Alessa eut une illumination.

La clé de son pouvoir était là, sous son nez, depuis le début.

Quarante-quatre

Nessuna nuova, buona nuova.
Pas de nouvelles, bonnes nouvelles.

• 11 JOURS AVANT LE DIVORANDO •

Encore sous le choc de sa révélation, Alessa ne s'aperçut pas que la porte de sa suite était entrouverte. Elle faillit avoir une crise cardiaque quand une silhouette surgit devant elle.

– Oh, pardon ! s'écria Saida.

Kamaria se leva péniblement du divan, prenant soin de pas s'appuyer sur sa jambe blessée.

– Kaleb est réveillé et de mauvaise humeur, mais il n'a aucune idée de ce qui s'est passé. On l'a envoyé se recoucher. Alors, raconte. Dante va s'en sortir ?

Leurs visages exprimaient une inquiétude si sincère qu'Alessa s'effondra.

– Oh, non… fit Kamaria en boitillant jusqu'à elle.

Elle la serra dans ses bras à lui en faire craquer les côtes pendant que Saida lui tapotait le dos.

La Finestra avait déjà beaucoup pleuré ce jour-là, mais c'était la première fois qu'elle le faisait sur des épaules amies.

Quand ses sanglots se calmèrent un peu, Saida l'aida à s'asseoir et courut chercher les ingrédients d'un dessert qui, d'après elle, était très efficace contre la migraine.

Bien qu'elle n'eût aucun appétit, Alessa était fille de boulanger et savait qu'un gâteau fait autant plaisir au pâtissier qu'à celui qui le mange. Elle ne protesta donc pas.

Visiblement soulagée que les grandes effusions soient terminées, Kamaria entreprit de lister les aspects positifs de leur situation.

– D'une, il est dans la Fortezza, donc il ne se fera pas grignoter par les scarabeos. De deux, j'ai l'impression que plein d'autres gens vont leur échapper. On réfléchira à une solution après le Divorando, mais le plus urgent, c'est de tenir jusque-là.

– Sérieux ? lança une voix offusquée depuis le seuil.

Kaleb était de retour, appuyé au chambranle.

– Vous organisez une fête sans moi ? Avoir frôlé la mort ne me vaut même pas une invitation ?

– On discute stratégie, répondit Kamaria.

– Et on cuisine ! ajouta Saida depuis ses fourneaux.

– Autrement dit, on utilise nos cerveaux et nos talents, conclut la première avec un sourire de lynx. Je ne vois donc pas bien comment tu pourrais contribuer.

– Ha ha, ricana le jeune homme avant de se tourner vers le couloir. Tiens, toi aussi, tu reviens au bercail ? Ça tombe bien, j'ai besoin d'un coup de main.

Josef fit son apparition et passa un bras autour de la taille de Kaleb. Alessa se leva.

– Tu n'es pas censé être ici. J'ai promis à Nina de te rayer de la liste des candidats.

– En échange de son silence. Maintenant qu'il n'y a plus de secret, le marché est caduc.

– C'était elle ? l'interrogea Kamaria. Elle a prévenu Ivini ?

– Elle m'a juré que non, répondit Josef. Elle s'est rebellée parce qu'elle avait peur et voulait me protéger, mais ce n'est pas quelqu'un de méchant. Le fait que Dante se retrouve en prison n'arrange personne.

– Dans ce cas, si elle a tenu parole, pourquoi… commença Alessa.

– J'ai fait mon choix, expliqua Josef en installant Kaleb sur le canapé. Que ça lui plaise ou non, je veux vous aider.

Saida essuya ses mains couvertes de farine et leur apporta des tasses de thé. Kaleb renifla la sienne en marmonnant qu'il aurait préféré un petit remontant.

– Bon, on s'y met ? s'agaça Kamaria. Personne n'a besoin d'aller aux toilettes ? Tout le monde a de quoi manger et une boisson à son goût ?

– Pas vraiment, soupira Kaleb.

– Oh, bébé est grognon ? Il veut faire sa sieste ?

Il lui tira la langue.

– Bien, le moment est venu de nommer le nouveau Fonte. Je ne suis pas au mieux de ma forme mais, si vous me trouvez une paire de béquilles correctes, je suis partante.

– On l'est tous, affirma Saida. C'est à Alessa de trancher.

L'idée qui avait effleuré l'esprit de la Finestra un peu plus tôt était en train de se préciser. Pendant des jours, les pièces du puzzle étaient restées hors de sa portée, mais tous ces Saveriens acceptant de se mettre en danger l'avaient enfin aidée à y voir clair.

– Je pense que les textes se trompent.

– Tu pourrais préciser ? demanda Kamaria.

– Pardon. C'est encore un peu flou pour moi. En résumé, de toutes les filles de Saverio à qui elle aurait pu conférer ce don, Dea m'a choisie, *moi*. Moi qui déteste être seule. Moi qui ne rêve que d'une chose : faire partie d'une communauté, me sentir liée aux autres, être entourée d'amis.

– Oh, câlin ! réclama Saida en s'avançant, les bras ouverts.

Kamaria la retint par sa jupe.

– Laisse-la terminer.

– La sainte doctrine me pousse à abandonner mon identité et à m'isoler du monde afin de forger un lien unique avec mon Fonte. Mais à mon avis, tout ça, c'est des conneries.

– Finestra ! s'étrangla Kaleb, faussement horrifié. Surveille ton langage !

– La ferme, Kaleb, gronda Kamaria.

– La ferme, Kamaria, répliqua-t-il en imitant sa voix à la perfection, ce qui fit glousser Saida.

– Au fait, continua Alessa, vous ne voulez pas m'appeler par mon prénom ? Même si c'est théoriquement interdit, j'ai un peu l'impression que les règles se sont emballées au fil des siècles.

– À bas les règles, acquiesça Kamaria. Les règles, c'est nul.

– Bref, bonjour à tous. Je m'appelle Alessa Paladino. Enchantée qu'on soit enfin officiellement présentés.

– Alessa ? répéta Kaleb. Vraiment ? J'aurais parié sur Mary, ou peut-être Marie.

– Sympa, cette petite leçon de théologie, commenta Kamaria, à qui il répondit par un coup de coude. Mais ça ne nous dit pas lequel d'entre nous te tiendra la main quand les insectes débarqueront.

– C'est ce que j'essaie de vous expliquer. Je comptais un peu sur… vous tous.

Quatre paires d'yeux dévisagèrent Alessa.

– Hier, tant que vous absorbiez chacun une partie de mon pouvoir, personne n'a été submergé. Mais dès que vous avez lâché, Kaleb l'a reçu de plein fouet. C'est ça qui l'a terrassé.

– Et donc ? demanda Josef.

– D'après moi, c'est parce que je suis *censée* avoir plusieurs Fontes. En même temps.

– Waouh, s'extasia Saida. Aucun des textes n'évoque cette théorie.

– Tu en es sûre ? « Ensemble, nous protégeons. » Ça revient dans toutes les chansons. Sur toutes les fresques. Et si c'était l'intention de Dea depuis le début ? Elle nous a enjoint de chercher le salut dans l'union, dans la communauté. Et nous, son peuple, on a transformé ça en un million de règles définissant ce qu'une Finestra peut porter, toucher, aimer, à qui elle peut parler. Les dieux ne nous ont dicté aucune règle. C'est nous qui les avons inventées.

– L'apocalypse approche, lui rappela Kaleb en faisant mine de consulter sa montre. Il reste quoi, dix jours ? Onze ? Qui tient le compte ? Et toi, tu proposes de balancer le manuel de survie à la poubelle. Génial. J'imagine que ça vaut aussi pour le passage sur la nature maléfique des ghiottes ?

Alessa ne sourit pas.

– Cette partie-là sera sans doute plus compliquée. On s'en occupera après avoir sauvé le monde.

Josef n'en revenait toujours pas.

– Une équipe de Fontes ?

– Hum, fit Kaleb. Je tiens de source sûre que la forme plurielle correcte est *Fonti*.

Kamaria lui asséna un petit coup de poing sur le bras, qui donna lieu un concours de tapes digne d'enfants de maternelle.

Alessa les regardait se chamailler avec affection. La Verità avait beau affirmer qu'elle ne devait aimer personne afin d'aimer tout le monde, elle était tombée amoureuse de Dante. Et son cœur palpitait maintenant de tendresse pour ses amis.

L'amour n'avait que faire de la perfection. Les humains pétris de défauts et de manques qui avaient rédigé ce texte des siècles plus tôt avaient sans doute les meilleures intentions du monde… mais elles s'étaient perdues en route. Parfois, à force de se balancer, un pendule finit par casser. Et s'ils s'étaient trompés sur ça, c'était peut-être vrai pour beaucoup d'autres choses.

Alessa avait essayé de ressembler à Renata, si forte et si stoïque, de masquer ses émotions derrière une façade froide. Elle n'y était jamais parvenue. Elle avait également tenté d'être celle que les dieux réclamaient, celle que son peuple attendait. Ses efforts s'étaient soldés par trois morts, ce qui l'avait forcée à ériger une carapace autour de son cœur. Elle avait essuyé échec sur échec, jusqu'au jour où elle avait oublié les règles et refermé les livres saints pour s'autoriser à être elle-même – une fille émotive, têtue et distraite.

Sa seule erreur était d'avoir voulu jouer un rôle.

Elle était toujours Alessa. Une personne, une fille, une sœur, une amante, une amie. Rien ne l'obligeait à renoncer à tout cela pour devenir Finestra. Il fallait simplement qu'elle agence autrement les différentes facettes de sa personnalité. Elle n'était qu'un petit point dans une immense tapisserie, mais chaque point avait son importance car, sans eux, un écheveau de fils de couleur ne formerait jamais une œuvre d'art.

Être une partie d'un tout impliquait seulement d'être soi.

Et pour remporter cette bataille, elle aurait besoin de ses amis.

Quarante-cinq

Tardi si vien con l'acqua quando la casa è arsa.
Rien ne sert d'apporter de l'eau quand la maison a déjà brûlé.

• 7 JOURS AVANT LE DIVORANDO •

Il ne restait plus qu'une semaine avant le Divorando, et Alessa était à bout de forces.

Saida et Kamaria s'étaient endormies dans son lit après qu'elle avait fait semblant de s'assoupir sur le divan quelques heures plus tôt. Les garçons s'étaient installés dans la suite des Fontes. Quand elle se faufila hors de sa chambre et tira la porte derrière elle, la voie aurait donc dû être libre – mais c'était sans compter la tendance de Kaleb à se mêler de tout.

– Tu pars sans moi ? lança-t-il, penché par-dessus la rambarde de l'escalier.

– Qu'est-ce que tu fais ici ?

– Je n'arrivais pas à dormir et je t'ai entendue te lever. Je t'accompagne.

– Où ça ? demanda-t-elle d'un air innocent.

Il lui adressa un regard exaspéré.

– Si je prétends vouloir contempler le monstre de mes propres yeux, tu ne seras peut-être pas accusée de trahison. Je tiens absolument à cracher sur le chien qui a osé souiller ma déesse, ou un truc comme ça. Allez, aide-moi à descendre.

Alessa ne voulait pas de compagnie ; elle aurait préféré profiter à fond de ces moments volés avec Dante. Mais Kaleb n'avait pas tort.

Ils firent une pause au milieu de la cour le temps que le jeune homme reprenne son souffle.

– Personne ne trouve bizarre que je ne sorte jamais ? Vraiment ?

– On a fait croire à tout le monde que tu prenais ta tâche très au sérieux, au point de vivre en reclus. Mais le petit salut d'hier a été bien utile.

Il avait en effet adressé un signe magnanime aux domestiques depuis la mezzanine qui surplombait le hall d'entrée.

– Tu comptes le libérer, n'est-ce pas ?

Kaleb grimaçait à chaque pas, les ongles d'une main enfoncés dans le bras de la Finestra, l'autre agrippée si fort à la rambarde qu'il en avait les jointures blanches.

– Impossible. Ivini a ordonné à ses disciples de nous aider. Je perdrai son soutien si je me range du côté du ghiotte. Je ne peux pas courir ce risque, surtout maintenant que les gens ont accepté de laisser rentrer les marqués. On est enfin unis.

– Ouais. Contre quelqu'un qui ne le mérite pas.

– Ça va te paraître choquant, mais cette histoire de sauveurs divins est beaucoup moins drôle qu'on pourrait croire.

– Moins drôle ? Qu'est-ce que tu racontes ? ricana Kaleb. Je ne me suis jamais autant amusé de ma vie. Pas toi ?

– Si, c'est la fête.

– Le Carnevale du matin au soir.

– Un anniversaire sans fin.

Tandis qu'ils descendaient lentement vers la Fortezza, les couloirs aux murs lisses cédèrent la place à des tunnels de pierre plus anciens et, enfin, à des catacombes. Kaleb tremblait d'épuisement et transpirait malgré le froid humide. Son souffle rauque résonnait autour d'eux, donnant l'impression que les milliers de crânes alignés le long des parois respiraient.

Deux gardes ensommeillés se tenaient devant la crypte où reposaient les Fontes et Finestras d'antan.

– Nous sommes venus prier pour… commença Alessa.

– Pour ce monstre révoltant, termina le jeune homme à sa place, d'une voix plus forte que nécessaire. Allez, fichez le camp. C'est déjà assez pénible, on n'a pas besoin d'un public.

Les soldats échangèrent un regard irrité mais les laissèrent passer.

Le mausolée était entièrement taillé dans la roche. Les tombes alignées de chaque côté étaient protégées par des grilles pour que personne ne dérange le sommeil éternel des gisants.

Alessa songea avec effroi que la première crypte vide serait un jour la sienne. Une fois devant, elle distingua une silhouette solitaire dans la pénombre.

Le jour où elle l'avait rencontré, Dante était en cage. Il lui avait paru magnifique, dominant l'espace de sa grâce et de sa puissance. Ce n'était plus le cas. Prostré dans un coin, le regard terne et hagard, il faisait peine à voir.

La jeune fille se serait jetée contre la grille en sanglotant si Kaleb n'avait pas ruiné ce moment.

– Tu n'es pas mort, se réjouit-il.

Dante se redressa péniblement, comme si chaque geste lui coûtait.

– Toi non plus.

Le Fonte s'approcha des barreaux et chuchota :

– Pourtant, je ne sais pas si on t'a dit, elle a tout essayé.

Un sourire se dessina sur les lèvres de Dante.

– Moi aussi, elle a failli me tuer plusieurs fois.

– D'abord elle te torture, maintenant elle t'enferme ? Ah, les femmes.

Alessa leva les yeux au ciel.

– Oui, bien sûr, c'est clairement la source du problème.

En réalité, elle avait envie d'embrasser Kaleb pour avoir détendu l'atmosphère. Dante était incapable de cacher sa souffrance, qui se trahissait par mille petits détails, depuis la tension de ses doigts jusqu'au tic nerveux de sa mâchoire.

– Elle t'a fait part de sa théorie ? demanda Kaleb à Dante.

Une fois mis au courant, ce dernier se contenta de fixer le mur. Enfin, il murmura :

– Tous ensemble, hein ? Tu ne pouvais pas y penser plus tôt ?

Ils rirent un peu trop longtemps, assis dans le noir dans ce sous-sol grouillant de rats et d'insectes, séparés par des barreaux de fer et entourés de tombes en marbre. À quelques jours de l'Armageddon.

– J'imagine que vous auriez aimé un peu d'intimité, reprit Kaleb avec un sourire navré, mais je ne pense pas être capable de remonter sans aide. Et tu ne devrais pas rester ici toute seule, Alessa.

Dante se raidit.

– Détends-toi, le rassura le Fonte. Je ne t'accuse de rien. Enfin, si, mais… bah, ce ne sont pas mes affaires. Si ? Bref, même si je m'en serais bien passé, il faut sauver les apparences. Tout le monde doit croire qu'elle te déteste. Donc je vais juste… me retourner cinq minutes.

Ne pouvant espérer mieux, Alessa chassa Kaleb de son esprit et colla son visage sur la grille. Dante l'imita, métal froid contre peau brûlante. Elle glissa les mains sous sa chemise tachée et l'attira aussi près d'elle que possible.

On n'entendait plus que le souffle haché du jeune homme.

– Ce sera bientôt fini, murmura-t-elle. Et je ne les laisserai jamais recommencer.

– Ne fais pas de promesse que tu ne pourras pas tenir, *luce mia*, soupira Dante en lui embrassant le front. Ne t'inquiète pas pour moi. J'ai connu pire et ce ne sera sans doute pas la dernière fois.

Les larmes inondèrent les joues de la Finestra.

– Comment as-tu survécu pendant toutes ces années ?

Dante poussa un long soupir épuisé.

– Crois-moi, tu n'as aucune envie de le savoir.

– Je suis prête à entendre tout ce que tu voudras bien partager avec moi.

Elle lui prit la main et en caressa les crevasses sales, cherchant à mémoriser chaque cal, chaque tendon. Puis elle la porta à ses lèvres et déposa un baiser d'excuse au creux de son poignet, là où le faux tatouage ne formait plus qu'une tache sombre.

– Tu n'es pas obligé de me parler. Surtout maintenant. Ce n'est pas le moment.

– Je suis dans une cellule. Ça me paraît idéal pour une confession, au contraire.

À travers les barreaux, Dante porta les doigts de la jeune fille à sa joue rugueuse.

– Il me harcelait.

Alessa déglutit. Elle avait reconnu l'inflexion amère que prenait Dante quand il évoquait son bourreau. Il ne lui avait pas dit comment il s'appelait et ne le ferait sans doute jamais. Car il avait conscience du pouvoir des noms.

– Il adorait me répéter que j'étais le dernier des ghiottes. « Tu es seul et tu mourras seul. Après ça, vous serez finis. » Il savait que ça me briserait.

– J'espère que les scarabeos prendront leur temps pour le dévorer.

Dante rit doucement.

– Il se trompait. Je me suis raccroché à cette certitude pendant trois ans.

Alessa s'en voulut de trembler à la pensée des ghiottes tapis dans les forêts de Saverio, comme dans ses pires cauchemars. Mais on n'oublie pas si facilement les contes qu'on a entendus toute sa vie.

– Il y en a d'autres ? Sur cette île ?

– Plus maintenant. Le temps que je retrouve ma liberté et que je parte à leur recherche, ils étaient tous morts. Brûlés dans leurs lits. Leurs maisons réduites à des ruines et des tas de cendres.

La Finestra ferma les yeux dans l'espoir de refouler ses larmes.

– Au début, j'ai refusé d'y croire. Je me suis rendu dans le village le plus proche, certain de les y trouver. J'y ai croisé ma tante, qui osait à peine me regarder. Elle m'a conseillé de m'enfuir le plus loin possible, de changer de nom et de ne jamais revenir. Comme son seul crime était d'avoir épousé un ghiotte, on l'avait épargnée. Mais mon oncle Matteo et la petite Talia, eux… avaient disparu.

Ce n'était pas étonnant que Dante maudisse les dieux. Crollo avait rendu son corps invincible, pas son cœur.

Qu'il soit maudit ou non, il fallait bien admettre que son destin l'était. Pourtant, il avait continué à nager au milieu de cet océan de chagrin, luttant contre le courant qui voulait l'emporter et le transformer en monstre.

Alessa noua ses doigts aux siens.

– Il n'y en a plus pour longtemps. Bientôt, notre vie sera faite de cieux dégagés, de chats et de siestes sur la plage, pour toute l'éternité.

– Tu vas être incroyable, tu sais.

Alessa lui caressa le dos de la main.

– Je me battrais mieux si le meilleur garde du corps de Saverio pouvait me défendre.

Dante poussa un soupir si lourd de regret qu'elle le ressentit jusqu'aux tréfonds de son être.

Les derniers jours passèrent à toute vitesse, dans un tourbillon de préparatifs. La Fortezza s'équipait pour servir d'hôpital, l'armée installait ses campements et les nouvelles recrues s'entraînaient sur la piazza à manier leurs armes, bricolées mais efficaces.

Alessa et les autres ne chômaient pas non plus.

Ils avaient mis en place un système de rotation afin de pouvoir souffler sans qu'aucun Fonte ne se retrouve à endurer seul la force écrasante de la Finestra. Malgré cela, il arrivait encore qu'elle dérape, leur causant de terribles souffrances.

Son pouvoir augmentait un peu plus chaque jour, comme s'il sentait approcher la masse noire à l'horizon.

Alessa ne parvenait pas à chasser Dante de ses pensées. Son visage lui apparaissait au moment le plus inopportun et, à chaque fois, elle en perdait tous ses moyens.

Kaleb ne participait pas aux entraînements, bien qu'il ait proposé de le faire. Il les observait depuis son fauteuil, emmitouflé dans une couverture qui le faisait ressembler à un vieil homme triste.

Trois jours avant le Divorando, ils furent interrompus par une jeune cuisinière qui tordait son tablier couvert de farine entre ses mains.

Apparemment, un livreur de la boulangerie s'était barricadé dans le garde-manger et exigeait de parler à Alessa. La cuisinière avait voulu appeler les gardes pour qu'ils défoncent la porte et le jettent dehors, mais le personnel des cuisines, qui était sous le charme du jeune homme, avait préféré consulter la Finestra.

– Traîtres, marmonna-t-elle.

Elle chargea la fille de transmettre un message extrêmement grossier, puis expliqua à Saida, Josef et Kamaria comment s'était passée sa dernière entrevue avec son crétin de frère.

Ils descendirent tous ensemble, à l'exception de Kaleb, qui boudait parce qu'il n'avait jamais le droit de s'amuser.

Les domestiques s'écartèrent à l'arrivée d'Alessa.

– Rentre chez toi, Adrick, ordonna-t-elle à travers la porte fendue.

– Pas avant que tu m'aies écouté.

– La dernière fois que je l'ai fait, tu m'as conseillé de me suicider.

– Tu veux qu'on s'en occupe, Finestra ? proposa Josef. Je peux geler la pièce pour le forcer à sortir, ou bien Kamaria peut brûler la porte.

Cette dernière fit craquer ses doigts. Une bourrasque de vent souleva les cheveux d'Adrick tandis que Saida s'approchait.

– J'ai été le pire des frères, et je suis désolé, jura le jeune homme. Si tu préfères me mettre le feu plutôt que de m'écouter, très bien. Mais je ne partirai pas.

– Laissez-nous une minute, grogna Alessa. Mais si vous m'entendez crier, accourez.

Kamaria, Josef et Saida se réfugièrent à contrecœur de l'autre côté des cuisines, pendant qu'Adrick émergeait prudemment du garde-manger.

– Je suis désolé, répéta-t-il, les épaules basses. Je m'en veux tellement depuis que… bref, tu sais. Je pensais vraiment que c'était la meilleure solution. Comment aurais-je pu me douter que quelqu'un sabotait tes efforts ? Je ne savais même pas qu'il existait encore des ghiottes !

Alessa serra les poings. C'était le plan ; elle devait reporter la faute sur Dante pour être lavée de tout soupçon. Mais entendre Adrick parler de lui ainsi la mettait en rage.

– Je me suis soûlé à mort ce soir-là, j'étais dans tous mes états. Le frère avec qui je buvais n'arrêtait pas de parler d'un gamin qu'il avait essayé de sauver de la damnation. Un ghiotte dont il venait de retrouver la trace sur les quais, où il se battait maintenant pour de l'argent. Il m'a fallu quelques jours pour faire le lien, et puis j'ai fini par me rappeler où j'avais entendu son nom.

Alessa jura à mi-voix.

– J'ai tout de suite prévenu Ivini, continua Adrick sans se rendre compte de rien. Et il t'a sauvée. Comme ça, on est quittes, non ?

La Finestra était à deux doigts de l'étrangler.

– C'est *toi* qui lui en as parlé ? Parce que tu espérais gagner mon pardon ? Si tu n'étais pas mon frère, je te tuerais.

Les lèvres du jeune homme remuèrent en silence.

– Je… je croyais que… Alessa, c'est un ghiotte !

– Je suis au courant. Un ghiotte qui m'a sauvé la vie plus d'une fois, y compris celle où mon propre frère a tenté de m'empoisonner. Pourquoi tu es venu ? Pour que je te remercie de m'avoir libérée de lui ? Dante m'aidait. Il croyait en moi. Il ne m'a jamais trahie, contrairement à toi. Désolée de briser tes illusions, Adrick, mais il n'est responsable de rien. Alors, tu regrettes maintenant que je ne me sois pas tuée ?

Adrick laissa échapper un soupir tremblant.

– Non. Non, je suis vraiment heureux que tu ne l'aies pas fait. Tu es ma sœur. Je t'aime.

Elle leva les yeux au ciel.

– Et puis, ajouta-t-il, un bateau est arrivé d'Altari il y a une heure. Plein à craquer de passagers.

– Altari ? Pourquoi ? Leur Finestra est encore moins douée que moi ?

– Leur Finestra est morte.

Les oreilles d'Alessa se mirent à tinter.

– Aucune remplaçante ne s'est éveillée. Personne pour les défendre.

– Tu veux dire qu'il y a maintenant deux îles qui comptent sur moi ? soupira-t-elle.

Comme si le poids de ses responsabilités n'était pas déjà assez écrasant...

– Et donc, résuma-t-elle, en entendant leur histoire, tu t'es rendu compte que tu avais failli mettre Saverio dans le même pétrin.

Adrick se recroquevilla sur lui-même.

– On se sent mal, hein ? Bienvenue dans ma vie, mon cher frère. Quand les choses dérapent, c'est tellement plus facile de rejeter la faute sur les autres que d'assumer les conséquences de ses actes. Si j'avais avalé ton poison, les habitants de *deux* îles seraient aujourd'hui condamnés à la mort.

– Vas-y. Ordonne-leur de me transformer en stalactite ou en torche ou en je ne sais quoi.

– Tu as vu Shomari ? intervint Kamaria, qui espionnait leur conversation depuis le début.

Adrick grimaça.

– Ils ont fait embarquer les personnes vulnérables sur les navires les plus rapides, qui ont appareillé les premiers. Les hommes et les femmes dotés de pouvoirs partiront en dernier, car ils ont de meilleures chances de s'en tirer si...

– On a encore un peu de temps, le coupa Kamaria, essayant de positiver. On se retrouvera peut-être avec toute une armée de Fontes sur le Pic, qui sait !

– Hum, grommela Adrick. Le vent n'a pas soufflé de la journée. C'est un miracle que le premier bateau soit arrivé jusqu'ici.

La déception d'Alessa n'était rien comparée à l'horreur de tous ces gens perdus en mer quand les scarabeos viendraient.

– J'ai le pouvoir de maîtriser le vent, dit Saida. Je crois que le moment est venu pour moi de courir aux quais.

Entre Kaleb affaibli, Kamaria blessée et Saida en partance pour une mission de sauvetage désespérée, l'équipe de Fontes d'Alessa n'en finissait plus de se réduire.

Quarante-six

Le leggi sono fatte pei tristi.
Les lois sont faites pour les méchants.

• 2 JOURS AVANT LE DIVORANDO •

La dernière séance d'entraînement d'Alessa fut une catastrophe. La journée du lendemain serait consacrée à la prière et au repos. La Finestra et le Fonte demanderaient à Dea de les bénir, les soldats aiguiseraient leurs armes et les derniers habitants de Saverio rejoindraient la Fortezza, dont les portes seraient fermées à minuit. Chaque minute comptait, et pourtant la jeune fille avait la tête ailleurs.

Saida n'était toujours pas rentrée, ce qui signifiait que quelque part, au large, un bateau rempli de Fontes était à la dérive, sans protection. La météo était de plus en plus chaotique – pluie glaciale pendant une heure, soleil brûlant celle d'après, avec de soudaines tornades qui arrachaient les tuiles des toits et les faisaient voler autour de la piazza comme des feuilles mortes. À chacun de ces changements, l'île entière tremblait.

Pendant ce temps, Dante croupissait dans sa crypte. Alessa ne pouvait pas fermer les yeux sans voir les murs de marbre se fissurer, les barreaux de métal ployer sous la voûte qui s'effondrait. La Cittadella avait résisté à tous les Divorandos précédents, et Dea la ferait tenir une fois de plus. Mais le ventre de la jeune fille se nouait d'angoisse à la pensée du prisonnier tout seul dans le noir.

Elle n'avait qu'une seule tâche, une seule responsabilité : utiliser le don de Dea pour les sauver. Mais durant cet ultime entraînement où elle aurait dû être au sommet de sa forme, elle ne cessait de déraper, de perdre le contrôle et de submerger ses partenaires.

Malgré ses efforts pour se persuader du contraire, elle savait que cela n'avait rien à voir avec l'appréhension.

Elle avait rendu visite à Dante encore deux fois avant que Renata la surprenne en train de remonter et lui interdise de retourner à la crypte. Elle l'avait trouvé de plus en plus abattu. Ils seraient peut-être bientôt morts tous les deux, et il passait ses derniers instants à endurer le calvaire qu'il fuyait depuis des années.

Kaleb jeta sa couverture par terre et se leva.

– Ça suffit.

– Quoi ? l'interrogea Kamaria, assise par terre car sa jambe blessée avait cédé une heure plus tôt.

– Notre Finestra part en vrille.

– Désolée, murmura Alessa, les bras croisés devant sa poitrine. Je vous promets que je serai plus concentrée le jour de la bataille.

– Laisse-moi y aller.

– Où ça ? s'énerva Kamaria.

– En bas, évidemment. Prendre la place de Dante. On sait tous ce qui la met dans cet état. Je ferai une petite sieste derrière les barreaux, et vous pourrez recommencer à vous battre.

La Finestra fronça les sourcils.

– Ça m'étonnerait que le peuple de Saverio accepte d'échanger son Fonte contre un ghiotte.

– Rien ne nous oblige à le dire. Un homme dans une crypte en vaut un autre, surtout quand on n'ose pas l'approcher.

– Si ça se sait…

– La Fortezza restera bouclée jusqu'à ce que tout soit terminé. Si quelqu'un essaie d'ouvrir les grilles passé minuit, il se fera jeter dehors. Il suffit que je garde le dos tourné jusqu'à ce moment-là. Franchement, c'est la meilleure solution – pour tout le monde sauf moi.

– Pourquoi ferais-tu ça ?

Kaleb se frotta les ongles.

– Dante sera bien plus utile que moi sur le Pic. Je ne peux pas dire que j'avais envie d'affronter les scarabeos, mais je suis encore moins motivé par la perspective de rester lâchement caché sous ma couverture. Alors donnez-lui une épée et laissez-moi avec les morts. Au moins, comme ça, je servirai à quelque chose.

– Et tu comptes t'y prendre de quelle façon ? l'interrogea Kamaria.

Kaleb se laissa retomber sur sa chaise.

– Je ne vais quand même pas faire tout le boulot !

– J'ai une idée, lança Alessa. Il se trouve que mon frère me doit une faveur.

– Alors ? demanda Kaleb en sortant de derrière le paravent. Je suis comment ?

Vêtu des affaires de Dante, les cheveux assombris par de la pommade, il pouvait facilement passer pour lui aux yeux de la plupart des gens – mais pas d'Alessa. Ou alors, peut-être qu'en le regardant de biais… Non, vraiment pas. Tant pis, il leur faudrait se contenter de ce déguisement.

Elle avait dit à Renata et Tomo que Kaleb, Kamaria, Josef et elle allaient réfléchir à leur stratégie et échanger des conseils de dernière minute dans sa suite. Ce n'était pas entièrement faux. Ils avaient juste un petit détail à régler avant.

Kaleb s'appuya contre le mur, les bras croisés, et se tourna vers Josef et Kamaria.

– Pas mal, non ?

– Parfait, le rassura Alessa.

L'heure n'était pas vraiment à la plaisanterie, mais ils étaient si tendus qu'un fou rire leur ferait du bien.

Kamaria donna un coup de coude à son camarade.

– Tout ce que tu as à faire, c'est t'allonger et ne plus bouger. Pas de quoi te vanter.

Il lui fit la grimace pendant qu'elle attrapait une grande cape vert forêt à la doublure violette, qu'elle drapa autour de lui.

– Ma chérie, je suis né pour me vanter.

– Tu me fatigues…

Avec son pantalon fauve retenu à la taille par une ceinture de corde et ses cheveux dissimulés sous une casquette de tweed, Kamaria ressemblait à un livreur particulièrement séduisant. Il n'y avait plus qu'à prier pour que personne ne la reconnaisse ou se demande pourquoi les Fontes se baladaient au sous-sol à quelques heures du Divorando.

– On peut rester concentrés, s'il vous plaît ? réclama Alessa. Josef, tu attendras le signal. Kamaria ?

– Je suis parée.

La jeune femme sortit une boîte d'allumettes de sa poche et en craqua une. Elle fit bondir la flamme jusqu'à une lanterne posée sur la table, avant de l'ajuster pour qu'elle ait exactement la taille voulue.

– Ça va être marrant.

– Sauf si on se fait prendre, soupira la Finestra.

– Qu'est-ce qu'il peut nous arriver de pire ? répliqua Kaleb. Il est trop tard pour nous bannir. Les portes ferment à minuit. Plus personne n'entre ni ne sort avant qu'on ait gagné… ou perdu. Mais essaie de gagner, si tu peux. Je serais dégoûté d'avoir passé mes derniers instants dans une cellule crasseuse.

– Bien, alors on peut y aller, conclut Alessa.

Kamaria lui fit un clin d'œil et inclina sa casquette sur son front.

Sous la Cittadella, le tunnel principal résonnait d'un brouhaha de voix. L'air était lourd d'haleines mêlées. Il y avait du monde partout.

Alessa et Kaleb devaient s'arrêter tous les quelques pas pour recevoir des encouragements et témoigner leur compassion aux Altariens qui s'étaient mêlés à leurs concitoyens.

Le Fonte, appuyé sur le bras de la Finestra, distribuait sourires et baisers en agitant sa cape pour s'assurer que tout le monde le voie.

Plus qu'une heure avant la fermeture des portes.

Enfin, ils tournèrent dans le couloir qui conduisait aux cryptes et le trouvèrent bloqué par une foule de civils, ainsi qu'Ivini et une demi-douzaine de ses disciples.

Adrick se trouvait parmi eux. Il échangea un regard avec Alessa puis leva une main comme pour se gratter l'oreille, avant de signer : « J'ai essayé. »

La jeune fille serra les dents. Son frère était supposé se faire confier la garde du prisonnier pour la nuit. Il aurait dû être seul, pas entouré de ces gens qu'elle n'avait aucune envie de voir.

– Ah, Finestra, Fonte, lança le Padre Ivini, les yeux brillants. Qu'est-ce qui vous amène ?

Elle lui sourit avec bienveillance.

– Nous venons prier une dernière fois pour cette pauvre créature. En la bénissant, j'espère dissiper le mauvais sort qu'elle a jeté sur notre Fortezza.

– Merveilleux, se réjouit Ivini. Nous avons eu la même idée. Vous avez dû apprendre, comme moi, que les courageux soldats affectés à sa surveillance avaient été appelés au combat. Mais n'ayez crainte, nous prenons le relais. Nous ne quitterons pas le prisonnier des yeux.

– Parfait, dit Alessa en tordant ses doigts dans ses poches.

Ils allaient devoir se rabattre sur leur plan de secours.

La Finestra prit la tête de la ridicule procession et alla s'agenouiller devant la cellule de Dante. Il était roulé en boule dans un coin, à même le sol, et n'avait pas bronché malgré la présence bruyante de tous ces gens.

Le cœur battant, la jeune fille se mit à réciter la bénédiction de Dea aussi lentement que possible. Dante ne faisait toujours aucun mouvement indiquant qu'il était vivant.

Dea, si tu m'aimes ne serait-ce qu'un peu, le moment est venu d'accomplir un miracle.

Au lieu de quoi, elle reçut une pierre qui avait ricoché sur la grille.

– Qui a lancé ça ? tonna Alessa en faisant volte-face.

Les visages restèrent impassibles. Enfin, un petit garçon leva la main.

– Ce n'est pas vous que je visais, Finestra. Je voulais toucher le ghiotte.

– Nous sommes ici pour prier, lui rappela-t-elle, furieuse.

– Mais c'était mon tour, insista l'enfant avant qu'un homme, son père sans doute, le tire en arrière pour le faire taire.

Son tour. C'était son tour de lapider le ghiotte.

L'immobilité de Dante devenait soudain très inquiétante. La Finestra n'avait jamais eu autant de mal à garder son calme.

Puis, alors qu'elle pensait avoir touché le fond, Nina arriva.

Quarante-sept

In bocca al lupo / Crepi il lupo.
Dans la gueule du loup / Que le loup meure.

• 1 JOUR AVANT LE DIVORANDO •

« Padre, vous ne devriez pas vous approcher de cette créature, déclara Nina en redressant le menton. Tiens, bonjour, Josef. Quelle surprise. Tu travailles toujours ici ?

– Le devoir m'a appelé, répliqua fièrement ce dernier. Alors j'ai répondu.

– Je n'en doute pas, dit la jeune fille en clignant des paupières comme si elle se retenait de pleurer. Je savais que tu reviendrais ici au pas de course. La Finestra t'a envoûté par sa beauté et sa bienveillance. Comment une simple mortelle comme moi peut-elle rivaliser ? »

Josef se rengorgea un peu plus.

– Nous devons éviter la fin du monde, Nina. Le sort de toutes les âmes de Saverio est plus important que tes sentiments pathétiques.

La jeune fille en resta bouche bée.

– Mes sentiments *pathétiques* ?

– Oh, pour l'amour du ciel, marmonna Kamaria, perdue au milieu de la foule.

D'un seul coup, toutes les lanternes s'éteignirent.

Nina poussa un hurlement strident, puis tout le monde l'imita pendant que Kaleb murmurait à l'oreille d'Alessa :

– Comme sur des roulettes !

La Finestra sortit sa main nue de sa poche et sentit des doigts fins se refermer dessus. Son ventre se serra.

La foule paniquée suppliait qu'on rallume la lumière, mais toutes les allumettes étaient soufflées instantanément.

Puis la main délicate lâcha celle d'Alessa et un volant de soie lui caressa la peau.

– Quelqu'un aurait-il une lampe, s'il vous plaît ? réclama-t-elle.

Une flamme s'éleva tout près d'elle, si vive qu'elle dut se protéger les yeux.

Kamaria, la casquette rabattue sur le visage, s'approcha en roulant des mécaniques et lui tendit une lanterne.

– Tenez, m'dame, lança-t-elle d'une voix grave. La mienne a l'air de fonctionner.

Ivini s'en empara. Ignorant les hoquets indignés de l'assemblée, il courut se plaquer contre la grille de la cellule. La silhouette de Dante gisait toujours au fond.

Soupçonneux, le Padre étudia le cadenas, qui paraissait intact.

– Excusez-moi, intervint Alessa.

Grommelant dans sa barbe, il lui rendit la lampe.

Elle entraîna alors son « Fonte » dans le couloir, où une grande partie des lanternes s'étaient mystérieusement éteintes elles aussi. Sous la capuche qui dissimulait le visage du jeune homme, elle distinguait des contusions violacées.

– Qu'est-ce qu'ils t'ont fait ? Je croyais que personne n'avait la clé de ta cellule.

– Pas besoin de clé pour jeter des pierres, répondit Dante entre ses dents serrées.

Une bouffée de rage envahit Alessa, mais ce n'était pas le moment de perdre son sang-froid. Elle avait prévu de traverser les étages bondés à toute vitesse, avec un Dante alerte qui suivrait sans problème. Or, le bras de celui-ci pesait déjà sur ses épaules, son pas se faisait traînant et chaque visage se tournant dans leur direction la rendait plus fébrile.

Elle jeta un coup d'œil désespéré à Kamaria et Josef, qui fermaient la marche en essayant de se fondre parmi les centaines de Saveriens désœuvrés.

Enfin, ils atteignirent le couloir principal, au bout duquel elle distinguait l'escalier de la Cittadella.

– On y est presque, chuchota-t-elle. Encore un peu de courage.

Deux silhouettes se dressèrent soudain devant eux.

Non, pas ça. Pas maintenant.

– Finestra, commença la mère d'Alessa, la main crispée sur le bras de son mari. Pourriez-vous m'accorder une seconde de votre temps ?

La jeune fille banda ses muscles afin de soutenir Dante.

– Nous sommes malheureusement un peu pressés.

– S'il te plaît… Ton frère nous a raconté ce qu'il a fait.

– Je n'ai pas de frère. Ni de famille.

Ces mots lui faisaient aussi mal qu'au premier jour.

– Je sais que tu m'en veux, mais je m'efforçais simplement de suivre les consignes qu'on m'avait données. De satisfaire les dieux. Adrick…

La mère d'Alessa s'interrompit et porta une main à ses lèvres.

– Il aurait dû te protéger, intervint son père en tirant sur sa courte barbe. Au lieu de…

Dante tangua un peu puis se redressa. Avait-il failli s'évanouir ? Alessa commençait à paniquer.

– Je suis heureuse que vous n'approuviez pas la trahison de votre fils. Mais je dois vraiment y aller.

– Il a essayé de tuer sa *sœur*, insista sa mère, dont les cheveux grisonnants s'échappaient de leur chignon. On m'a toujours appris que si mon enfant venait à être choisi, mon devoir m'obligerait à l'abandonner. Mais j'ai aussi un devoir envers toi. Je savais… Je savais qu'Adrick te rendait visite, même si je ne lui ai jamais posé de question. J'avais peur de ce qu'il pourrait me dire. Et aujourd'hui…

À nouveau, elle se couvrit la bouche.

– Je regrette de ne pas avoir demandé, souffla-t-elle. De ne pas être venue.

– Le ghiotte t'a fait du mal ? s'inquiéta le père d'Alessa.

– Non.

Même si elle n'était pas sûre que Dante soit en état de comprendre, la suite de sa phrase lui était également destinée.

– Il m'a protégée. Depuis le début.

– Tu as dû te sentir si seule pour en arriver à lui faire confiance…

Adrick les rejoignit en courant, visiblement troublé par cette petite réunion de famille.

– Je me suis déjà excusé, Papa. Ne la retiens pas. Elle est très occupée.

Alessa lui adressa un regard implorant, car ses genoux étaient sur le point de lâcher.

– Accepte au moins ceci, supplia leur mère en lui tendant une pile d'enveloppes reliées par de la ficelle.

– D'accord, Mama, intervint Adrick. Maintenant, laisse-les passer.

Il prit le paquet et se pencha pour le glisser dans la poche de Dante. Lorsque son regard se posa sous la capuche, il pâlit.

Sa mère fronça les sourcils lorsque la tête de Dante bascula en avant.

Il fallait qu'ils le mettent à l'abri. Tout de suite.

– Mama, Papa, chuchota Alessa en les regardant droit dans les yeux. C'est le moment ou jamais de me faire confiance. Cet homme est le fils de Dea autant que vous et moi. Sans doute même plus. Je sais que la Verità affirme le contraire, mais…

– Si tu le dis, on te croit, répondit sa mère.

Le soulagement envahit la Finestra.

– Alors, aidez-moi.

Même s'ils ne comprenaient pas tous les enjeux, ses parents étaient loin d'être idiots.

– Puis-je prier avec vous, Finestra ? demanda sa mère d'une voix forte. Mon mari et mon fils, quant à eux, aimeraient se joindre à notre valeureux Fonte.

Le père d'Alessa attrapa Dante. Si la Finestra ne pouvait toucher personne, ce n'était pas le cas de son Fonte.

Avec un sourire jovial, le boulanger passa un des bras du jeune homme autour de ses épaules tandis qu'Adrick prenait l'autre. Ensemble, ils reprirent leur route.

Josef et Kamaria les dépassèrent d'un pas vif pendant qu'Alessa faisait mine d'écouter la litanie de sa mère.

Juste avant d'arriver au bout du couloir, la voix de celle-ci se brisa et ses yeux se remplirent de larmes.

– Prends soin de toi, ma douce.

Ravalant la boule qu'elle avait dans la gorge, Alessa se dépêcha de rattraper son père, qui donna une tape dans le dos de Dante. Celui-ci s'affala contre Josef.

Grâce à son pouvoir, Kamaria éteignit à nouveau toutes les lanternes du couloir, suscitant pas mal de cris étonnés. Adrick et Josef joignirent leurs efforts pour hisser Dante dans l'escalier, où chaque marche leur parut plus haute que la précédente. Arrivé au rez-de-chaussée, le frère d'Alessa dut faire demi-tour. Elle prit donc sa place le temps de traverser la cour, où leurs étranges tenues et leurs mouvements saccadés attirèrent l'attention d'un garde.

La Finestra lui sourit.

– Il a un peu trop bu, mais rien qu'un bon expresso ne puisse arranger !

L'homme haussa les épaules.

Une fois à l'étage, Kamaria sautilla à cloche-pied d'un bout à l'autre de la suite, apportant du savon et du jus de fruit pendant que Josef tenait fermement Dante et qu'Alessa le déshabillait.

Alors qu'elle se débattait avec ses chaussures, un hoquet de surprise s'éleva depuis la porte.

– Je n'ai rien vu, Josef, je n'ai rien vu ! assura Nina en se couvrant les yeux.

Ce dernier soupira et secoua la tête.

– Alors, je me suis bien débrouillée ? demanda-t-elle, rose de fierté. Je sais que j'en ai fait des tonnes, mais il fallait que ce soit convaincant. Josef, tu as été incroyable ! Les barreaux ont parfaitement repris leur position initiale. Et je crois que le hurlement a aidé.

– En effet, reconnut Alessa. Merci.

– C'était la moindre des choses, avoua Nina, les lèvres tremblantes. Je suis tellement…

– Tu t'excuseras après la bataille, d'accord ?

Des larmes scintillaient sur les cils de la jeune fille.

– Ou pendant ?

– Avec plaisir. Plus on est de fous plus on rit.

Kamaria déposa un plateau de bols fumants et de tasses devant eux, puis rassembla les vêtements sales et déchirés éparpillés sur le sol.

– Je vais jeter ça.

Alessa ne prit même pas la peine de retirer les siens avant de porter Dante jusqu'aux bains de sel avec l'aide de Josef. Elle entra dans l'eau tout habillée.

– J'appellerai si j'ai besoin de vous.

Josef hocha la tête.

– Je te descends un peu de soupe.

Un bras passé autour de la poitrine de son garde, elle s'allongea dans le bassin avec lui, lui mouillant les cheveux avant de les écarter de son visage.

Son cœur se serra en repensant au jour où c'était elle qui, blessée, s'était baignée là pendant que Dante patientait sur les marches. À l'époque, il avait écouté en ricanant ses théories sur les ghiottes. Elle ne se souvenait plus de ce qu'elle avait dit, mais ses mots avaient dû rouvrir des blessures jamais vraiment cicatrisées. Combien de fois Dante s'était-il mordu la langue pendant que les gens discutaient de sa nature maléfique, de l'égoïsme et de la cruauté de ses parents ?

Pendant cinq années, Alessa s'était demandé si quelque chose clochait chez elle, si elle était une erreur, une fausse note dans la symphonie divine qui régissait le monde. Ces doutes avaient failli la tuer. Dante, lui, avait vécu ça toute sa vie.

Pourtant, il avait aidé une petite fille malmenée dans la rue. Il avait entendu l'appel à l'aide d'une jeune femme effrayée.

Il était resté quand il aurait pu partir, il l'avait aimée au lieu de la détester, et il s'était finalement laissé enfermer pour protéger un peuple qui n'hésiterait pas à le lyncher.

Les Saveriens ne le méritaient pas.

Josef revint sur la pointe des pieds et posa le plateau près du bord du bassin, là où elle pourrait l'attraper.

Les yeux de Dante étaient clos mais il reprenait conscience par moments, grimaçant quand elle tamponnait ses blessures avec un tissu humide.

– Ne t'inquiète pas, je vais vite guérir, affirma-t-il.

Elle souleva une cuillère, bien résolue à l'alimenter pour lui faire reprendre des forces.

– Tu vas me laisser prendre soin de toi, pour une fois ?

– Personne ne prend jamais soin de moi.

– Si, insista-t-elle, les larmes aux yeux. Chut, maintenant.

Grâce à la soupe, ou à ses pouvoirs, le jeune homme retrouva bientôt assez d'énergie pour lui sourire.

– Il faut embrasser les bobos pour les soigner, non ?

Elle déposa un baiser sur sa tempe.

– Ça ne compte pas, ça, protesta-t-il.

– Si je t'embrassais vraiment, tu succomberais d'épuisement. Mais dès que tu iras mieux, je me rattraperai.

Il ouvrit les yeux.

– Il reste combien de temps avant le Divorando ?

– Encore une journée. N'y pense pas. Tu dois d'abord te reposer.

Josef devait attendre en haut de l'escalier car il arriva en quelques secondes lorsqu'elle l'appela. Ensemble, ils sortirent Dante de l'eau, l'enveloppèrent dans des serviettes et le ramenèrent dans la chambre.

Le Fonte paraissait gêné de coucher un ghiotte endormi dans le lit de la Finestra. C'était plutôt mignon.

– Va retrouver Nina. Elle a été super.

Il s'illumina.

– N'est-ce pas ? Et elle est vraiment désolée…

Alessa l'interrompit en levant une main.

– On fait tous des erreurs. Elle a eu peur, elle voulait protéger celui qu'elle aime. Moi qui rêve de me venger de ce qu'on a fait subir à Dante, je peux la comprendre. Et puis, j'aurai besoin de votre aide à tous sur le Pic.

Josef s'inclina devant elle.

– Ce sera un honneur, Finestra.

– Après ce qu'on vient de vivre, tu ne crois pas que tu pourrais m'appeler par mon nom ?

– Ce sera un honneur, mademoiselle Paladino.

Elle lui donna un petit coup d'épaule.

– On progresse. Même s'il y a encore du boulot.

Une fois Josef parti, elle se glissa sous les draps à côté de Dante.

– Je me sens si mal, grogna-t-il en ouvrant un œil.

– Ça ne m'étonne pas. Tu verrais ta tête…

– Oh, *luce mia*. Tu sais toujours quoi dire pour faire fondre les hommes. Je suis en train de mourir, tu crois ? Le moment est venu de te révéler mon nom ?

– Non, tu ne meurs pas. Tu es juste sous-alimenté, c'est pour ça que tu te remets moins vite que d'habitude. Mais tu peux quand même me dire ton nom.

– Ha, grimaça-t-il. Bien tenté. Si je ne suis pas encore aux portes de la mort, tu vas devoir attendre d'avoir sauvé le monde.

– Bah, tu es trop faible pour t'enfuir. Je finirai bien par l'apprendre. Maintenant, dors.

Quelques minutes plus tard, le souffle du jeune homme s'apaisa.

Vidée de ses dernières réserves d'énergie, Alessa se colla à lui et noua ses jambes aux siennes, le visage pressé contre son épaule. Puis elle compta les heures au rythme des battements de son cœur.

La voix enrouée de Dante la tira finalement du sommeil.

– Tu ne devais pas consacrer cette dernière nuit à vénérer les dieux ?

Aussitôt, elle repoussa les couvertures et constata avec soulagement que les bleus du jeune homme avaient disparu.

– C'est exactement ce que je fais.

Il laissa échapper un grognement satisfait tandis qu'elle lui caressait le torse.

– Tu as raison, il ne faut pas oublier ce pour quoi on se bat. À part ça, j'attends toujours que tu embrasses mes blessures.

– Tu en as beaucoup, mais je vais faire de mon mieux.

Lorsque la faim les tira finalement du lit, Alessa et Dante dévalisèrent les cuisines désertées. La matinée fila à toute vitesse, entre baisers, discussions stratégiques et encas. Dante insistait pour qu'ils mangent toutes les heures afin de « se préparer au combat ». Par moments, Alessa se figeait, accablée par la perspective de ce qu'ils allaient affronter. Dante, qui voyait ses traits s'assombrir, la prenait alors sur ses genoux et serrait ses mains tremblantes entre les siennes jusqu'à ce qu'elle se sente mieux.

Durant l'une de ces crises de panique, il attrapa la cape oubliée sur le dossier du canapé et la drapa sur eux.

– Qu'est-ce que c'est ? demanda-t-il en sortant le paquet d'enveloppes.

Elle défit la ficelle en silence.

– Des lettres, avoua-t-elle enfin. De ma mère.

Elle les fit défiler sans les ouvrir, prenant note des dates inscrites sur chacune.

– Tu ne les lis pas ?

Elle ferma les yeux.

– J'hésite. Je n'en reviens pas qu'elle m'ait écrit tout ça.

Dante l'embrassa sur la joue.

– Je vais te laisser cinq minutes pour y réfléchir tranquillement.

Il partit prendre une douche. Alessa décida alors de parcourir la première lettre, qui remontait à son quatorzième anniversaire – quelques semaines après son départ pour la Cittadella.

Ma chérie,

Je sais que je n'ai pas le droit de le dire, mais tu me manques plus que je ne saurais l'exprimer. Il y a eu une parade en ton honneur aujourd'hui. Adrick m'a rapporté que tu étais très belle, car je n'ai pas eu le courage d'y assister. Cela m'aurait brisé le cœur de te regarder passer comme si tu n'étais pas ma fille.

– Toc toc. Tu as fini de prier ?

Alessa essuya ses larmes et fourra la lettre dans le recueil de proverbes de Dante avant d'aller ouvrir la porte.

– Tout le monde est habillé et décent, après ces heures de dévotion ? s'enquit Kamaria, les mains devant le visage. Je ne voudrais pas que mes yeux innocents soient souillés en cette veille de bataille.

Josef parut scandalisé.

– Désolée de te déranger en plein recueillement, déclara Nina, qui fusilla du regard sa camarade hilare. On voulait juste prendre des nouvelles de Dante. Le soleil se couche donc, techniquement, la journée de prière est terminée. On devrait se reposer, mais il est trop tôt pour dormir.

– On n'a qu'à se ronger les sangs, proposa Kamaria. C'est encore sur ma liste de choses à faire.

À nouveau, on frappa à la porte.

– Dea nous vienne en aide, soupira Alessa. Il ne reste que quelques heures avant l'apocalypse, et tout le monde s'est donné rendez-vous dans ma suite.

Adrick se tenait sur le seuil, l'air penaud.

– Qu'est-ce que tu fiches ici ? s'insurgea Alessa. Tu devrais être dans la Fortezza.

– Je savais que tu me ferais la leçon, alors je me suis caché jusqu'à ce qu'ils ferment les portes. Maintenant, c'est trop tard ! Je vais me battre avec la milice et soigner les blessés. Médecin militaire, pour vous servir.

Alessa s'adossa au chambranle.

– Voilà que tu décides de jouer les héros ? Je te jure, tu finiras par avoir ma peau.

Adrick lui adressa un sourire hésitant.

– Au moins, cette fois, ça ne sera pas intentionnel…

– Allez, viens, soupira-t-elle. On a assez de nourriture pour tout un régiment, mais rien de chaud. Et le choix de boissons est assez limité, à moins que tu apprécies le limoncello à température ambiante.

Adrick se frotta les mains.

– J'adore !

– La plupart d'entre vous connaissent déjà mon frère, je crois ?

Même si la participation du jeune homme à leur petit tour de passe-passe ne suffisait pas à effacer ses crimes, les Fontes semblaient prêts à tolérer sa présence.

Dante émergea de la salle de bain, à moitié habillé, pendant qu'elle terminait les présentations. Adrick sursauta, visiblement ébahi de voir le jeune homme en si grande forme alors qu'ils avaient dû le traîner hors de la crypte la veille.

– Ah, l'équipe est au complet, commenta le garde du corps en passant une main dans ses cheveux humides, ce qui fit gonfler son biceps.

Adrick acquiesça et donna un coup de coude moqueur à Alessa, qui l'ignora.

– Ils sont venus voir comment tu allais, dit-elle. Et mon crétin de frère vient de se découvrir une vocation de médecin. Mais je les mettrai dehors dès qu'ils auront mangé, parce qu'on a tous besoin d'une bonne nuit de sommeil.

– Ouais, ouais, fit Kamaria. Tu as des instructions de dernière minute ? Un discours d'encouragement à nous faire ? Un cri de ralliement ?

– Bonne idée, renchérit Josef. Il nous faudrait une devise.

Les yeux de Dante se posèrent sur le livre qu'Alessa n'avait pas lâché.

– *In bocca al lupo*. Littéralement, « dans la gueule du loup ». Ça veut dire bonne chance.

– La gueule du loup ? s'étonna Kamaria. Je ne comprends pas.

– Certains y voient une manière de défier le danger – incarné par le loup. D'autres une référence à la façon dont la louve porte ses petits dans sa gueule, à l'abri entre ses dents pointues. On est censé répondre *Crepi il lupo* – « Que le loup meure. »

Alessa tressaillit.

– C'est juste une expression, la rassura Dante.

– Ça me plaît, déclara Josef. *In bocca al lupo* !

– *Crepi* ! répliqua Kamaria, le poing levé.

Son accent était si mauvais que tout le monde éclata de rire. Même Dante esquissa un sourire.

– Quand la bataille sera terminée, je vous donnerai des cours de prononciation.

– Parfait, conclut Alessa. Maintenant qu'on a trouvé notre devise, servez-vous.

– Mangez, buvez, réjouissez-vous, dit Nina en tendant une corbeille de pain frais à Josef.

Kamaria leva un gressin telle une flûte de prosecco.

– Car demain, nous serons peut-être tous morts.

Quarante-huit

Tutti son bravi quando l'inimico fugge.
Tout le monde est brave face à l'ennemi qui fuit.

• JOUR DU DIVORANDO •

La fin du monde avait une couleur. Pas vraiment noire, mais d'un gris sombre teinté de bleu, comme un mauvais présage.

Au-dessus de la mer d'ardoise, une ombre immense se déploya peu à peu jusqu'à masquer l'horizon. En contrebas du Pic de la Finestra, l'océan immobile semblait retenir son souffle.

Le roulement sourd et régulier des tambours de l'infanterie était censé évoquer des pouls battant à l'unisson. Pas de place pour la crainte, les doutes, les individus. Ils ne formaient plus qu'un.

Mais le cœur d'Alessa se révoltait, perdant régulièrement le rythme.

Les fenêtres étaient barricadées, les rues désertes. Son armée formait une muraille d'acier étincelant derrière laquelle on devinait encore les visages, sombres mais déterminés, de la milice improvisée. Tous cherchaient du regard une promesse de salut.

Un salut qu'elle incarnait.

Elle avait l'impression de se voir à travers leurs yeux. Une fille perchée sur une falaise, vêtue d'une simple chemise, d'un plastron et d'un casque, les bras, les mains, les jambes et les pieds nus. Exposée et accessible pour que *tous les Fontes*, et non un seul, puissent la toucher facilement.

Eux aussi portaient des armures réduites. Cottes de mailles, casques, pantalons coupés à mi-mollet.

Le capitaine de la Garde et ses meilleurs combattants protégeaient les abords du Pic, prêts à se sacrifier pour garder la Finestra et les autres en vie. Dante se tenait entre les Fontes et eux, un peu plus proche d'Alessa car il se faisait encore passer pour Kaleb.

Tomo, Renata et les membres du Consiglio s'étaient réfugiés derrière les hauts murs de la Cittadella, d'où ils coordonneraient les communications entre les différents bataillons postés autour de l'île afin d'arrêter les scarabeos qui franchiraient la première ligne de défense. Ils se chargeraient également d'organiser l'évacuation des blessés.

Bientôt, la colline serait jonchée de corps déchiquetés, la terre tachée de sang.

Si on se contentait d'observer la surface de l'eau, on aurait pu croire qu'une tempête se préparait. L'ombre grignotait les vagues, accompagnée d'un bourdonnement lointain. Mais la terreur qui cascadait dans les veines d'Alessa n'avait rien à voir avec la météo.

Un crépitement s'éleva, aussi sec que le bruit des roues d'une charrette dévalant un chemin pierreux. Son cœur battait de plus en plus vite. La mer était d'huile, sans fracas de rouleaux pour étouffer le bruit d'un million d'ailes, le cliquetis d'un million de mandibules.

À chaque Divorando passé, Finestra et Fonte avaient survécu.

En serait-il de même ce jour-là ?

Ou personne n'en réchapperait-il ?

Elle prit les mains de Josef et de Kamaria.

C'était complètement ridicule de se sentir gênée alors qu'ils attendaient la mort, mais ce fut pourtant le cas. Tête basse, elle lâcha les Fontes et frotta la terre du bout du pied. Ce n'était pas évident de jauger les distances en mer ; voilà deux fois qu'elle croyait, à tort, que le moment était venu. Et dès qu'elle tendait les doigts, concentrée sur le dosage de son pouvoir, l'armée tout entière se mettait au garde-à-vous. Avant que dix minutes s'écoulent sans que rien ne se passe.

Pendant qu'elle secouait ses bras et ses jambes pour les dégourdir, Dante la rejoignit et releva sa visière, révélant des yeux bruns, des cheveux ébouriffés et un sourire en coin.

Il était si proche qu'elle ne voyait plus que lui. Le temps de quelques respirations, il n'y eut plus d'armée, plus d'épées, plus de soldats. Seulement l'océan dans son dos et le vent qui fouettait son visage. Seulement Dante, qui se décala légèrement pour que personne ne le voie lui étreindre la main.

– Tu vas y arriver.

– Je sais.

Elle résista à l'envie de se jeter dans ses bras. Elle réussirait parce qu'elle n'avait pas le choix. Et parfois, la survie se résumait à ça : la nécessité. Elle aimait son pays. Elle aimait son peuple. Elle les protégerait, quoi qu'il en coûte. Les choses lui paraissaient si simples, maintenant. Il n'en avait pas toujours été ainsi, mais le mois qui venait de s'écouler lui avait rappelé l'importance de l'amour. Elle ne l'oublierait plus jamais.

Les habitants de Saverio n'étaient pas obligés de l'aimer ni de la protéger. Ils ne lui devaient rien. Elle aimait son île comme une mère aime son enfant. Comme elle aimait Dante. S'il n'était pas venu, s'il n'avait pas partagé ses sentiments, elle aurait continué à l'aimer jusqu'à son dernier souffle.

L'amour était inconditionnel. Tout simplement.

– Je serai juste derrière toi, dit-il en lui embrassant la main.

Un cri s'éleva de la côte. Pourtant, l'essaim était encore assez loin.

Perplexe, Alessa se pencha et aperçut un homme qui se frayait un chemin dans la foule. Les soldats le laissèrent passer.

Ils n'auraient pas dû.

Quarante-neuf

A chi dici il tuo segreto, doni la tua liberta.
Ne tends pas le bâton pour te faire battre.

Ivini poussait un Kaleb dépité entre les rangs des combattants.

– Salut, Finestra, lança le jeune homme. Il ne lâche jamais l'affaire, celui-là. Il a même forcé les gardes à rouvrir les portes. Je tiens néanmoins à ce qu'il soit précisé dans les livres d'histoire que je m'y suis opposé. Je lui ai signalé qu'il commettait un crime passible de bannissement. Plusieurs fois. Mais il n'écoute rien.

Les yeux du Padre lançaient des éclairs.

– Elle a fait venir la *créature* sur le champ de bataille. J'avais raison depuis le début !

– Et moi, j'avais vu clair dans votre jeu, répliqua Alessa. Vous voulez tellement gagner que vous avez renoncé à votre place dans la Fortezza. Les scarabeos arrivent, Padre Ivini. Si vous n'êtes pas prêt à vous battre, j'espère que vous êtes prêt à mourir.

L'homme jeta un regard aux troupes massées en contrebas.

– Je devais prévenir l'armée. Un ghiotte sur le Pic, c'est inacceptable.

– Vous vous proposez de prendre sa place ? On a une vue imprenable, d'ici.

Kaleb grimpa sur une charrette remplie d'armes de remplacement, destinées à ceux qui perdraient la leur dans la confusion de la bataille.

Après l'avoir longuement fouillée, il en tira une grosse épée, puis, en riant, un fleuret d'escrime.

Il retira l'embout qui protégeait la pointe avant de le lancer aux pieds d'Ivini.

– Ils ont refermé derrière vous, Padre. Je vous conseille de vous armer ou de trouver une maison où vous abriter. Enfin, si quelqu'un accepte de vous accueillir. Vous-même n'avez jamais été très hospitalier, il me semble.

Ivini s'adressait maintenant aux soldats, exigeant qu'ils gravissent la colline et emmènent Dante. Alors Alessa s'approcha du bord de la falaise. Il était temps de voir envers qui allait la loyauté de ces hommes.

– Allez-vous vraiment franchir cette ligne ? tonna-t-elle. Allez-vous nous affaiblir en tuant un homme – un ghiotte, certes, mais un homme quand même – venu de son plein gré se battre pour Saverio, alors que rien ne l'y obligeait ? Allez-vous mettre en danger vos amis, vos familles, en éliminant un guerrier doué d'un pouvoir de guérison, qui a décidé de défendre votre Finestra et vos Fontes ?

Les soldats hésitèrent.

– Pourquoi sommes-nous là, si ce n'est pour nous battre ? Pourquoi nous battons-nous, si ce n'est pour survivre ? Dante sait se battre. Il est presque invincible. C'est mon garde du corps, il me protégera. Je vous le demande une dernière fois : allez-vous vous dresser contre moi ? Parce que je ne vous laisserai pas l'emmener. Pas cette fois.

Un fracas métallique la fit tressaillir. Le capitaine Papatonis venait de se frapper le torse du plat de son épée. Puis il s'agenouilla devant elle.

Durant une minute angoissante, elle crut qu'il serait seul à le faire. Enfin, une poignée de soldats l'imitèrent, puis une autre, et une autre encore, jusqu'à ce que la majorité d'entre eux ait courbé la tête. Derrière eux, les miliciens brandirent le poing en signe de solidarité et poussèrent un rugissement de fierté féroce, car c'était l'un des leurs, un paria, qui se tenait là, face aux milliers de soldats d'élite.

Le Padre Ivini pâlit. Il venait de comprendre son erreur.

Alessa sourit à ses hommes.

– Aujourd'hui, nous nous battrons tous ensemble.

Les combattants se relevèrent et se mirent une nouvelle fois au garde-à-vous, en une vague argentée qui fit onduler le flanc de la colline. Les arcs et les trébuchets étaient prêts à tirer, les épées et les faux dégainées. Alors, d'un même mouvement, tout le monde leva les yeux vers le ciel.

Cinquante

La morte mi troverà vivo.
La mort me trouvera en vie.

Les scarabeos n'attaquèrent pas comme une armée. En quelques secondes, le nuage noir qui planait au-dessus de l'océan se répandit partout, tel un tourbillon d'ailes, de griffes et de gueules aux mandibules luisantes. Si leurs déplacements obéissaient à une certaine logique, ils ne suivaient aucune stratégie.

Les soldats rugirent et Kaleb empoigna l'épaule d'Alessa, ajoutant son étincelle au feu de Kamaria et au froid de Josef. La Finestra absorba leurs pouvoirs, tout doucement, en comptant sur Dante pour empêcher leurs ennemis d'approcher. Le don de Nina se mêla bientôt aux autres, envahissant ses muscles et ses os jusqu'à ce que tout son corps palpite.

La jeune Fonte avait les yeux fermés et l'air serein. Elle avait confiance. Elle ne doutait plus des compétences d'Alessa.

– Tuons le loup, marmonna Kamaria.

Kaleb lui jeta un regard perplexe, mais elle n'avait pas le temps de lui expliquer.

Puisant dans leurs forces combinées, Alessa leva ses paumes vers le ciel.

Une centaine de scarabeos disparurent dans une explosion de flammes et de glace. Elle ne réprima pas son sourire victorieux.

Elle recommença et, cette fois, les insectes se désintégrèrent juste au-dessus de leurs têtes en une pluie d'éclats noirs. Alessa ne broncha pas et n'épousseta même pas ses bras nus. Que les dépouilles des créatures recouvrent sa peau. Qu'elles la fassent scintiller. Qu'elles servent de mise en garde aux autres.

Ici se dressait la pourfendeuse des démons.

Son pouvoir ronronnait de satisfaction. Dante avait vu juste depuis le début. Elle montra les dents, savourant la montée d'adrénaline dans ses veines. Ils formaient une équipe. Ensemble, ils allaient l'emporter.

Les Fontes se relayaient à ses côtés, empoignant des armes quand eux-mêmes n'en étaient pas une. Pas de repos pour les braves ; d'une manière ou d'une autre, il fallait se battre.

Le bruit de la bataille était assourdissant. Raclements de métal, vibration des cordes des arcs, tonnerre des canons, cris et hurlements, et partout, tout le temps, l'horrible stridulation des milliers d'ailes maudites.

Rester calme. Garder le contrôle.

Si Alessa y allait trop fort, si elle ne veillait pas à ce qu'il y ait toujours au moins deux Fontes en contact avec elle, l'un d'eux risquait de s'effondrer.

Les scarabeos crissaient comme des ongles sur un tableau noir. Une nouvelle vague s'abattit sur le sol, figée en plein vol.

Alessa restait aussi concentrée que possible, empruntant puis libérant les pouvoirs des Fontes, testant de nouvelles combinaisons. Elle avait toujours eu un peu de mal avec celui de Nina, mais les autres poussèrent des cris de joie quand elle s'en servit pour pulvériser un scarabeo dans un geyser d'ichor bleu.

Les hommes et les femmes qui les protégeaient se battaient férocement, prêts à mourir pour leurs sauveurs. Alessa éprouvait une infinie gratitude et leur pardonnait tous les moments où ils avaient reculé devant elle. Maintenant qu'elle avait vraiment besoin d'eux, ils répondaient présents.

Des ailes aussi tranchantes que des couteaux fendirent l'air à quelques centimètres de son visage. Durant une fraction de seconde, elle vit son visage se refléter, démultiplié, dans les facettes de gros yeux rouges.

Elle était terrifiante. Et pour la première fois de sa vie, elle s'en réjouit.

Les soldats criaient, évitant les carcasses d'insectes pétrifiés qui tombaient autour d'eux comme des éclats de verre. Bientôt, ces débris transformeraient la colline entière en un champ de roche noire.

Dante tournoyait sur lui-même et donnait de grands coups d'épée, afin que l'espace autour d'eux reste toujours dégagé. Il ne se battait pas par devoir. Il se battait pour elle. Et c'était spectaculaire.

Kaleb et Josef formaient un duo formidable, comme Alessa le constata en faisant jaillir une vague électrifiée vers l'essaim. Des dizaines de scarabeos s'effondrèrent dans la mer, tordus de douleur, la carapace trempée et parcourue d'étincelles.

– Mama disait toujours qu'il ne faut pas se baigner par temps d'orage, commenta Kaleb.

Malgré sa tentative d'humour, il était blanc comme un linge et serrait la main d'Alessa tellement fort qu'elle craignait que le sang cesse de circuler.

Toutes les deux ou trois minutes, les Fontes se déplaçaient par équipe de deux, relayant leurs camarades au moindre signe de fatigue, coordonnant leurs mouvements pour que personne ne supporte jamais seul la force brute du pouvoir d'Alessa.

L'armée était assiégée, mais de plus en plus d'insectes ignoraient la cible facile que représentait la plage jonchée de cadavres pour encercler le Pic. Ils descendaient en piqué, rasaient le sol, semblaient narguer la Finestra.

Les créatures commençaient à comprendre que le petit groupe perché sur la falaise, et en particulier la fille du milieu, était la source de tous leurs problèmes.

Le vent fouettait Alessa. Les courants chauds venus des terres rencontraient les bourrasques froides de la mer, brassées par les ailes monstrueuses. Chaque bouffée d'air était chargée d'humidité et de sel.

Un nouveau scarabeo explosa au-dessus d'elle. Elle se pencha pour éviter les éclats de carapace gelés, mais l'un d'eux entailla sa tresse. Même si quelques centimètres de cheveux ne représentaient pas un gros sacrifice, ses boucles se déployèrent autour d'elle et retombèrent sur son front sans qu'elle puisse les remettre place.

Elle secoua la tête à la manière d'une jument agacée dans l'espoir d'y voir quelque chose.

Viser. Tirer. Respirer.

Quelque chose lui frôla le cou. Elle sursauta, mais ce n'était que Kamaria qui tentait de la recoiffer.

– J'ai toujours un élastique de secours sur moi ! expliqua la Fonte par-dessus le vrombissement des ailes et le fracas des épées.

Alessa éclata de rire.

– Tu as les cheveux courts !

Kamaria fit signe à Nina de la remplacer.

– Pas pour moi, pour mes amies.

La bataille faisait toujours rage et les jeunes gens fatiguaient. Leurs pouvoirs commençaient à avoir des ratés. Malheureusement, les scarabeos affluaient sans relâche.

Alessa avait la bouche sèche et les yeux irrités par le sel. Seule une faible lueur derrière les nuages indiquait qu'il faisait encore jour. À moins que ce ne soit celle de la lune ?

Quelqu'un, elle ne vit pas qui, apporta des provisions aux Fontes. Nina lui fourra un peu de nourriture dans la bouche pour qu'elle n'ait pas à lâcher Kaleb et Josef.

Elle devrait s'en contenter. Elle pourrait boire et manger tout son soûl quand elle aurait remporté la guerre.

La Finestra changea encore une fois de partenaires, absorbant les pouvoirs qu'ils partageaient si librement avec elle pour les projeter sur une énième vague de démons.

Respirer. Attraper une main. S'adapter à la nouvelle source de magie. Puiser. Tirer.

Encore et encore. S'adapter. Toujours.

Le mantra qui tournait dans sa tête éclipsait les bruits de la bataille.

Puiser. Tirer. Respirer.

À chaque heure qui passait, une peur sourde s'installait davantage au creux de son ventre.

Les scarabeos n'en finissaient plus d'arriver.

L'armée était dépassée. Ses Fontes s'épuisaient.

Plus personne ne lâchait de plaisanteries ou de tirades enflammées pour se redonner du courage. Plus personne n'avait la force de faire autre chose que survivre.

Ils ne tiendraient pas éternellement.

Soudain, à travers la nuée de démons qui obscurcissait le ciel, une tache blanche apparut au large.

– Un bateau ! s'écria Nina.

L'espoir revenait à l'horizon.

Cinquante-et-un

A mali estremi, estremi rimedi.
Aux grands maux les grands remèdes.

« Que les dieux soient remerciés, souffla Kaleb.

– Vous croyez qu'ils seront là à temps ? s'inquiéta Nina.

– Ça dépend, répondit Kamaria en essayant, sans succès, de desserrer la main crispée de Kaleb pour prendre sa place. De combien de marge on leur donne. »

Josef lui fit signe d'approcher puis se courba en deux, à bout de souffle.

Un scarabeo bourdonnait au-dessus d'eux. Kamaria se pencha et se protégea instinctivement la tête des deux mains.

Kaleb poussa un cri, submergé par la magie d'Alessa qui s'écarta aussitôt pour ne pas l'achever.

Rassemblant les bribes de pouvoir qu'elle lui avait empruntées, elle les projeta vers le ciel. Des dizaines de créatures s'enflammèrent, auréolées d'éclairs, et perdirent de l'altitude.

Kaleb tomba à genoux, le teint couleur cendre.

– Tiens bon, lui dit Alessa. Accroche-toi.

Dante se posta devant Kaleb, l'épée à la main et les pieds fermement campés sur le sol. Lorsqu'un insecte s'approcha d'eux, il lui coupa une aile, l'envoyant tourbillonner sur lui-même. Puis l'autre, puis une patte.

C'est alors que Kamaria hurla. Une griffe sans corps venait de lui entamer le bras jusqu'à l'os.

Nina s'accroupit à côté d'elle et pressa les mains sur sa blessure.

Les créatures continuaient à les frôler. Bientôt, une gerbe de liquide chaud et poisseux aspergea le visage d'Alessa tandis que Dante criait à son tour. Sa chemise trempée de sang gouttait sur la pierre.

– Ça va aller, assura-t-il en toussant. Il me faut juste une minute.

Une minute dont ils ne disposaient pas. Transformant sa peur en rage, la Finestra se battit de plus belle.

Le navire s'était arrêté non loin de la côte. Plusieurs passagers sautaient déjà à l'eau, et d'autres embarquaient à bord d'un canot.

Comme l'océan déchaîné les secouait violemment, Alessa cessa de générer des éclairs. Derrière les flammes et les rafales de poussière, elle était incapable de reconnaître qui que ce soit, mais la personne qui tenait les rames semblait aussi maîtriser le vent. Ceux qui l'accompagnaient se chargeaient de garder les démons à distance.

La main glissante de sueur de Kaleb ne cessait de lui échapper, alors que Josef et Nina s'accrochaient à elle comme à une bouée.

Alessa puisa à nouveau dans leurs pouvoirs et envoya un courant d'air glacé vers l'essaim. Tout un bloc d'insectes se détacha.

Nina poussa un cri de douleur sans que la Finestra puisse s'arrêter pour voir ce qu'elle avait. Elle devait à tout prix gagner du temps. De précieuses minutes qui permettraient aux nouveaux Fontes d'atteindre le Pic et à Dante de guérir.

Du temps.

Elle n'en disposait pas.

Le canot repartait déjà vers le large, laissant ses passagers patauger dans l'eau peu profonde au milieu des éclairs de lumière et des tourbillons de givre. Ce n'était pas grand-chose comparé à ce qu'Alessa pourrait faire de leurs pouvoirs, mais cela suffisait à repousser les insectes.

Si proches. Ils étaient si proches.

Une première nageuse atteignit la rive et souleva ses jupons trempés pour courir sur la plage, suivie d'un garçon très grand qui ressemblait à Kamaria. C'était Shomari, le frère déserteur en qui la Fonte avait toujours cru.

Lorsque le Pic les masqua à sa vue, Alessa se tourna vers ses camarades à bout de forces. Choisir parmi eux était un jeu de hasard fatal.

Alors, ignorant les protestations de Dante, elle s'empara de son épée en même temps que d'une partie de ses talents de guerrier.

Elle leva un regard courroucé vers les créatures volantes, les mettant au défi d'approcher.

La première qui plongea se fit balayer d'un revers de lame. L'impact résonna dans les os d'Alessa, mais le monstre à peine ébranlé revenait déjà.

À nouveau, elle frappa. Les compétences de Dante s'estompaient et les démons ne faiblissaient pas. La jeune fille poussa un cri de rage et de frustration.

Une seconde sans attaque, un moment de répit, une respiration. C'était tout ce qu'elle demandait.

La poussière et la sueur lui brouillaient la vue ; ses doigts dérapaient sur la poignée de l'épée.

Dea, aide-moi.

Saida, haletante, lui arracha son arme.

– Désolée pour le retard.

Shomari glissa une main dans celle d'Alessa et, de l'autre, il étreignit l'épaule de sa sœur en guise d'excuse. Kamaria lui donna un petit coup de poing, les larmes aux yeux.

Alessa ne pouvait pas vérifier l'état de Dante. Elle espérait qu'il allait mieux.

Un siècle, une vie, un battement de cœur, un souffle. Elle ne saurait que plus tard pendant combien de temps elle s'était battue.

Grâce au vent de Saida et à l'eau de Shomari, elle fit jaillir de la mer un vortex qui aspira les scarabeos. Une fois les plus proches éliminés, Alessa propulsa le vent en direction de la côte afin de disperser l'essaim démoniaque.

Des ailes se brisèrent, des dizaines d'insectes tombèrent sur les soldats qui les attendaient avec des sabres et des faux.

Sentant que la bataille tournait en leur défaveur, les monstres hurlèrent de plus belle.

Les cheveux de la Finestra se dressèrent sur sa nuque.

Nina se boucha les oreilles, les traits crispés par la souffrance, tandis que Josef restait aussi immobile qu'une statue.

– Continue, dit-il à Alessa. Ne t'arrête pas.

Comme si elle avait le choix.

Le sang jaillissait dès qu'elle serrait une main, et quand l'une s'écartait, une autre la remplaçait.

Le monde n'était plus qu'un gigantesque tourbillon de chaleur et de froid, de feu et de glace, où les ondulations de l'étrange pouvoir de Nina déformaient la matière et creusaient des sillons au milieu de la masse noire.

Alessa aperçut brièvement un fragment de ciel, un rayon de soleil témoignant que les heures défilaient. Puis le rideau d'ailes et de griffes se referma. Cependant, l'envie de revoir cette lumière suffit à lui redonner du courage.

Une lame argentée passa dans son champ de vision, preuve que Dante était bien en vie.

Au pied de la colline, derrière le Pic de la Finestra et sur la plage, les soldats se battaient, trébuchaient dans les vagues, poignardaient des scarabeos à moitié submergés. Les rangées de guerriers bien ordonnées s'étaient désintégrées, les commandants hurlaient des ordres à des hommes qui ne les entendaient plus ou étaient trop terrifiés pour les écouter.

Pendant ce temps, l'essaim attaquait, se regroupait, communiquait sans un mot, mû par un esprit de ruche qui n'avait besoin ni de consignes ni de stratégie.

Deux scarabeos foncèrent sur Dante.

Il se défendit à grands coups d'épée avant de disparaître sous un amas de griffes et de mandibules. Alessa envoya une bouffée de flammes dans sa direction pour l'aider.

Les insectes chutèrent en piaillant par-dessus la falaise.

Dante s'effondra à genoux, la main sur les côtes. Son épée gisait, abandonnée, à côté de lui.

Mais il pouvait se soigner. Il allait le faire. Il le fallait.

Les soldats s'étaient massés autour de la Finestra et des Fontes, ce qui le laissait sans protection.

Du nuage noir surgit une nouvelle vague d'insectes qui repéra aussitôt cette proie facile. Alessa ramassa une faux et s'élança. La lame incurvée découpa toutes les pattes d'un démon, dont le reste du corps s'écrasa sur le Pic, manquant le jeune homme de peu.

– Aidez-le, ordonna-t-elle aux soldats les plus proches. Tenez-les à l'écart jusqu'à ce qu'il soit remis.

Les Fontes attendaient, la main tendue, qu'elle reprenne le combat. Partout où elle regardait, le chaos régnait.

Elle avait beau faire de son mieux, ce n'était pas suffisant. Trop de scarabeos lui échappaient et pleuvaient sur l'armée paniquée. Sous ses yeux horrifiés, deux hommes qui se battaient côte à côte furent déchiquetés en même temps.

Si seulement ses soldats pouvaient communiquer sans se parler, eux aussi.

C'est alors qu'une idée folle naquit dans son esprit.

Le moment est venu d'enfreindre toutes les règles.

Cinquante-deux

Alla fine del gioco, re e pedone finiscono nella stessa scatola.
À la fin de la partie, le roi et le pion finissent dans la même boîte.

Le scarabeo qu'elle avait abattu convulsait encore, recourbant ses pattes telle une araignée mourante.

Alessa tendit sa main nue vers l'une des griffes lisses.

Elle faillit vomir lorsque le pouvoir visqueux de la bête l'envahit, mais elle ne lâcha pas prise avant d'en avoir absorbé les dernières gouttes.

Quelque chose s'éveilla brusquement en elle, comme lorsqu'on est tiré d'un rêve au beau milieu de la nuit.

– Reformez les rangs, dit-elle, d'une voix presque éteinte.

Plus qu'un ordre, c'était une injonction mentale, une dizaine de pensées condensées en une seule, de la même manière que le cerveau pousse le corps à se lever.

L'armée – son armée – se redressa d'un seul coup. Les milliers de soldats ne faisaient plus qu'un. À travers ses yeux et à travers ceux des autres, ils voyaient maintenant les moindres recoins du champ de bataille. Leurs esprits étaient connectés.

Le scarabeo frissonna une dernière fois puis s'immobilisa.

– À moi ! lança la Finestra à l'intention de ses Fontes.

Le temps qu'ils l'entourent, le pouvoir volé à l'insecte – car elle ne pouvait se résoudre à le voir comme un don – s'estompa. Les mouvements parfaitement synchronisés des soldats perdirent de leur symétrie mais, tandis qu'elle envoyait une tempête de glace et d'éclairs vers une nuée d'ennemis, ils continuèrent à se battre avec une énergie et une cohésion renouvelées.

Peut-être allaient-ils finalement survivre à ce Divorando.

Elle regretta cette pensée à la seconde où elle lui vint. Ne jamais tenter les dieux. Jamais.

Une douleur brûlante la transperça. Une douleur qu'elle avait déjà éprouvée une fois.

Nina hurla.

Cette angoisse aussi, elle l'avait déjà entendue.

Alessa baissa les yeux vers son ventre et découvrit, plantée au milieu de sa mince tunique, une griffe pointue agitée par l'ultime spasme d'un scarabeo qui se recroquevillait sur lui-même.

Le sang dégoulinait sur sa cotte de maille.

Elle distinguait des voix. Des tintements de lames. Ses Fontes et ses gardes se précipitèrent pour l'entourer avant qu'elle ne s'effondre.

Cette fois, Dante n'était pas là pour amortir sa chute. Il gisait à terre, la gorge entaillée du menton jusqu'à l'oreille, couvert de tellement de sang qu'elle ne parvenait pas à savoir s'il souffrait d'autres blessures fatales. Des mains se tendirent vers elle ; elle avait un goût de poussière dans la bouche. À quelques mètres de là, un rayon de soleil jouait sur les pommettes de Dante.

L'armée allait devoir se débrouiller sans elle. Elle ne les sauverait pas.

Puis Dante ouvrit les yeux et ses pupilles s'étrécirent à sa vue. Il souleva la tête. Les ongles plantés dans le sol, il se traîna vers la Finestra, s'arrêtant en chemin pour tousser. Il ne prit même pas la peine d'essuyer le sang qui lui coulait sur le menton.

Un mètre. Puis un autre.

Son don suffirait peut-être à le guérir. Mais il n'avait pas assez de forces pour eux deux.

Tous ces souvenirs qu'ils ne se créeraient jamais. Ces baisers qu'ils n'échangeraient pas. Ces levers et couchers de soleil qu'ils n'admireraient pas ensemble.

Alessa restait concentrée sur lui, détachée de la bataille qui faisait rage autour d'elle. Elle ne pouvait plus rien pour son peuple. Ni pour elle-même.

Malgré l'obscurité qui menaçait de l'engloutir, elle tint bon. Dante essayait de la rejoindre. Elle devait être là pour lui.

Que signifiaient une mort ou deux de plus en ce jour de sacrifices ?

Tout.

Enfin, le jeune homme parvint jusqu'à elle. Appuyé sur un coude tremblant, il plongea son regard dans le sien et lui caressa la joue.

– Gabriele, souffla-t-il. Je m'appelle Gabriele.

Elle lui prit la main.

– Je n'ai pas encore gagné.

Il sourit et, les dents serrées, retint un cri de douleur.

– Ça ne saurait tarder.

Et soudain, elle comprit ce qu'il s'apprêtait à faire.

– Non, protesta-t-elle en voulant s'écarter.

Mais il refusait de la lâcher. Des larmes brûlantes jaillirent des yeux d'Alessa pendant que la vie s'échappait de ceux de Dante.

Il lui offrait son don.

Elle était incapable de se libérer, incapable d'empêcher cette force d'envahir son corps. Et elle ne pouvait pas gâcher le cadeau qu'il lui faisait.

Elle sentit quelque chose se contracter en elle, comme chaque fois qu'elle absorbait un pouvoir pour le magnifier. Elle connaissait bien ce phénomène désormais, mais elle n'y avait laissé libre court qu'avec les Fontes. Jamais avec lui.

Elle sanglota pendant que sa souffrance s'envolait et qu'une nouvelle sensation, plus intense que tout ce qu'elle avait jamais connu, se déployait en elle.

Dante la sauvait pour qu'elle puisse sauver tous les autres.

Le reste du monde disparut soudain et un silence absolu s'installa, comme si ses tympans avaient explosé.

Un dôme de lumière se forma autour d'elle, oblitérant les scarabeos qu'il touchait sans faire le moindre mal aux hommes. Le pouvoir de guérison et de protection du ghiotte se propageait, repoussant les ténèbres.

Du milieu du cercle de Fontes et de gardes qui brandissaient leurs armes pour achever l'ennemi en déroute, Alessa leva les yeux.

Là où le dôme rencontrait l'obscurité, ils s'annulaient l'un l'autre, conférant au ciel l'apparence d'une délicate dentelle.

– Tu vois ça ? murmura-t-elle à Dante. Tu vois ce que tu as fait ?

La lumière éternelle, projetée à travers la fenêtre divine, réduisait les démons en cendres.

Le don du ghiotte leur avait apporté le salut.

– Dante ?

Elle se tourna vers lui, prit son visage entre ses mains.

Il avait les yeux ouverts mais ne voyait plus.

Il ne verrait plus jamais.

Cinquante-trois

La speranza è l'ultima a morire.
L'espoir est ce qui meurt en dernier.

Le hurlement d'Alessa se perdit dans la clameur de la bataille.

Même si elle touchait toujours la peau de Dante, l'espace qui les séparait était aussi vaste que l'océan. Ses cils ne frémirent même pas quand un scarabeo mort s'écroula sur le Pic et les éclaboussa de ses tripes.

La jeune fille était agitée de violents tremblements, mais des voix lointaines la pressaient de se relever, des mains la tiraient sans ménagement. Ils ne voulaient pas la laisser pleurer en paix.

L'armée se battait toujours. Les Fontes aussi.

Elle n'était pas seule.

Elle ne pouvait pas baisser les bras.

Lâcher Dante était la chose la plus difficile qu'elle ait dû faire de sa vie, mais elle n'avait pas le choix.

Ses amis l'entouraient, la baignant d'amour, de compassion et de magie.

Kaleb se leva péniblement. À un moment donné, il avait reçu un coup de griffe qui lui avait entaillé le front et une paupière. Mais, bien que la moitié de son visage soit ensanglantée, il était vivant. Il plissa son œil valide et lui tendit la main. Kamaria serra l'autre, si fort qu'elle lui fit mal. Alessa se raccrocha à cette douleur bienvenue.

Car cela signifiait qu'elle était encore là. Et pas seulement elle : la Fortezza était remplie de gens, dont sa famille et des milliers d'autres, qui étaient encore en vie.

Le mur impénétrable qui bouchait le ciel quelques instants plus tôt ne se réduisait plus désormais qu'à quelques insectes isolés. Des monstres furieux et désespérés, sentant venir la fin. Ils allaient perdre, d'une manière ou d'une autre ; le rôle de la Finestra consistait maintenant à les empêcher de faire plus de victimes. D'atteindre en masse la ville où les marqués se terraient derrière des volets de fer, écoutant les maisons trembler et les mandibules grignoter les portes.

Alors Alessa construisit une forteresse autour de la fille au cœur brisé qui hurlait en elle. Puis elle se tourna vers le ciel et se laissa guider par son instinct.

Deux mains, et encore deux autres. Elle se déplaçait au milieu de son équipe de Fontes, absorbant et stockant autant de pouvoirs que possible.

Le hurlement de désespoir qu'elle ne pouvait pas pousser, alimenté par un crescendo de fureur et de chagrin, explosa en une tornade d'éclairs, de feu et de glace. Même l'océan lui répondit. Des vagues gigantesques se dressèrent pour avaler les scarabeos et les entraîner vers les profondeurs.

Petit à petit, le ciel s'éclaircit. Les sons revinrent.

Une main la lâcha. Puis une autre. Kaleb s'étendit sur le dos, haletant.

Grognements et gémissements se mêlaient aux cris de joie. Alessa sentit son corps s'effondrer, vidé de ses forces ainsi que des pouvoirs des Fontes.

Elle se laissa tomber sur la dépouille de Dante, le protégeant dans la mort comme elle n'avait pas su le faire dans la vie. Elle effleura son cou et ses lèvres en quête d'un pouls infime, d'un souffle, d'un signe de vie – en vain. Aucun frémissement sous ses doigts, aucune chaleur contre sa paume. Rien.

Le général de l'armée vint s'incliner devant elle, le visage couvert de sang et d'entrailles. Il déclara que les soldats termineraient de faire le ménage sans elle.

Un battement de cils plus tard, Nina et Saida la soulevèrent par les bras pour la guider le long de la route qui descendait en ville.

Paniquée, Alessa se débattit et chercha Dante du regard.

Il ne devait pas rester seul. Elle ne pouvait pas l'abandonner.

– Ils vont le ramener, la rassura Nina.

Elle se rendit soudain compte que la jeune Fonte répétait ces paroles en boucle depuis un moment.

– Il est juste derrière nous, tu vois ?

Deux soldats leur avaient emboîté le pas, chargés d'un brancard que Josef les aidait à porter.

Les portes de la ville s'ouvrirent lentement et les premières équipes de nettoyage sortirent, lance à la main, prêtes à transpercer les scarabeos qui remuaient encore. Un homme, une femme, puis bien d'autres encore. Ils promenèrent leur regard sur le ciel clair et le paysage dévasté. L'île était en piteux état, mais elle avait tenu bon.

Un à un, ils se tournèrent vers la Finestra avec un respect mêlé d'admiration.

Elle s'entendit annoncer que la bataille était terminée. Des vivats s'élevèrent, témoignages d'une joie que son accablement l'empêchait de partager.

Elle s'avança en regardant droit devant elle, et la foule s'écarta pour laisser passer les sauveurs épuisés. Derrière elle, Alessa devinait la présence, ou plutôt l'absence, de Dante.

La colère s'insinua alors par les trous que le chagrin avait percés dans son cœur. Il fallait que ces gens sachent qui les avait sauvés. Car ce n'était pas elle.

Elle s'arrêta net et désigna le brancard.

– Voici votre sauveur. Il s'appelait… Gabriele Dante Lucente.

Gabriele Dante Lucente. *La force et la lumière éternelle accordées par les dieux.*

Elle réprima un rire qui se transforma en sanglot. Pas étonnant qu'il ait tant hésité à lui donner son nom.

– Il pensait être un monstre, parce qu'on le lui avait répété toute sa vie. Il pensait n'apporter que de la noirceur au monde, parce qu'on lui avait affirmé que c'était son destin. En réalité, il incarnait la lumière la plus pure qui soit. Et il a tout donné pour vous protéger.

Il avait tout donné, et elle l'avait perdu.

Une petite main douce se posa sur son épaule. Celle de Nina, dont les joues étaient inondées de larmes mêlées de sang.

À côté d'elle, Kamaria arrivait en boitant avec Saida.

Et Josef était là aussi, un genou posé à terre.

Un peu plus loin, quelqu'un lui fit signe depuis une civière. Kaleb.

Alessa avait remporté le combat avec non pas un, mais cinq Fontes vivants. Son armée d'amis éclopés.

Bientôt, elle reverrait sa famille et se réjouirait qu'elle ait survécu. Bientôt, elle se rappellerait que le monde ne se résumait pas à une seule personne, qu'une mort n'effaçait pas les milliers de vies sauvées. Un jour, elle serait heureuse d'avoir accompli son devoir. Mais pas aujourd'hui.

Elle demanda aux porteurs du brancard de Dante de le descendre jusqu'au temple.

– Tu es blessée, Alessa, lui signala gentiment Nina pendant qu'ils déposaient la dépouille sur l'autel. Tu devrais laisser les médecins t'examiner.

– Elle le fera, répondit Kamaria. Accorde-lui une minute.

– Viens, Nina, appela Saida. Ramenons Kamaria à l'étage.

Les trois filles partirent, suivies par les soldats. Alessa se retrouva seule dans le noir.

À trois reprises déjà, elle s'était recueillie devant des cadavres à cet endroit.

Cette fois, elle n'avait pas à forcer ses larmes. Des larmes qui avaient convaincu Dante de la suivre dans la Cittadella, mais qui ne suffiraient pas à le lui ramener.

Insensible au froid humide qui tentait de s'insinuer dans ses os, elle était ailleurs. Sur une plage de sable brûlant, une main calleuse serrée dans la sienne.

Doucement, elle ferma les yeux. Il aurait pu être simplement endormi – si l'on faisait abstraction de l'autel de pierre dure. Et de ses vêtements trempés de sang.

Elle caressa ses doigts raides et glacés.

Dans ce temple silencieux, elle resta agenouillée devant l'homme qu'elle aimait. Il n'y aurait ni cercueil précieux ni coussin de velours. Ni funérailles ni chœur. Il entrait dans la mort comme il avait vécu la plus grande partie de sa vie : solitaire et oublié.

Mais elle, elle n'oublierait pas.

Les mains jointes, comme en prière, elle baissa la tête et laissa libre cours à ses larmes.

Dehors, les gens attendaient leur sauveuse. Les blessés, les mourants méritaient d'être remerciés et bénis. Pourtant, elle ne supportait pas l'idée de quitter Dante sans lui avoir prouvé combien il avait été aimé.

Sans lui faire à son tour un don.

Elle posa sa paume, doigts écartés, sur la poitrine du jeune homme. Son cœur battait-il assez fort pour eux deux ?

Elle n'aurait même pas dû espérer. C'était impossible.

Comme elle l'avait fait avec Hugo devant ce même autel, elle fouilla le vide en elle.

D'abord, elle ne trouva rien.

Puis elle sentit une étincelle.

Un écho du pouvoir du ghiotte, le fragment qu'elle avait volé – non, qu'il lui avait offert en mourant.

Lentement, délicatement, elle attira cette étincelle plus profondément en elle, vers la partie de son être qui avait été bénie par les dieux.

Elle rassembla toute la magie de Dante.

Et elle la lui rendit.

Cinquante-quatre

Piccola favilla gran fiamma seconda.
Une petite étincelle suffit à allumer un grand feu.

Soulagement.

La douleur, le bruit, la lumière – tout disparut. La bataille avait cessé et Dante n'éprouvait plus rien.

Non pas parce que son corps était devenu insensible, mais parce que lui-même… n'était plus.

Il n'avait plus de cœur, plus de pouls qui battait. Il percevait de la peur, comme un picotement de mise en garde, mais elle ne ressemblait à rien de ce qu'il avait connu jusque-là. Il n'avait plus d'yeux, alors comment pouvait-il distinguer cette lueur dans le noir ? Pourtant, elle était là. Partout. Une lueur rosée et chaude qui venait à sa rencontre.

Et tentait de l'apaiser, sans succès.

Après vingt ans à guetter la mort au tournant, à narguer les dieux sans relâche, à les défier de lui régler son compte, il avait enfin obtenu ce qu'il voulait. Et il était furieux.

C'était lui qui avait choisi de devenir le garde du corps d'Alessa. De grimper sur ce fichu Pic. De la soigner grâce à son don, tout en sachant que cela le tuerait. Et si c'était à refaire, il recommencerait.

Mais on ne le laissait même pas voir ce que ça avait donné ? Si elle allait bien ? Si elle avait gagné ? Pour une fois qu'il n'agissait pas en égoïste, sa seule récompense était une lueur rose et une violente migraine – alors qu'il n'avait plus de tête.

Fanculo. Allez tous vous faire foutre.

Il entendait aussi un son dont il était incapable de déterminer la provenance. Il ne résonnait pas derrière lui. Ni devant lui. Là où il se trouvait, ces notions ne signifiaient plus rien. Non, c'était *en lui*. Comme la lueur, peut-être ? Mais il n'était même pas sûr que ce « lui » existe encore.

Ce n'était pas de la musique. C'était indescriptible, et pourtant cela avait un sens. Un peu comme un langage, ou *le* langage, dans sa forme la plus pure. *Miseria ladra*. Sa migraine ne s'arrangeait pas.

La mort était censée représenter la fin des souffrances humaines. Quel ramassis de conneries.

Peut-être que s'il avait pu y consacrer l'éternité, il aurait fini par déchiffrer le message qu'on essayait de lui transmettre. Malheureusement, la mort ne l'avait pas rendu plus patient.

Je ne parle pas en couleurs ni en musique, lança-t-il, en pensée, à la partie la plus éclatante de l'entité lumineuse. *Utilisez des mots ou foutez-moi la paix. J'ai eu une grosse journée.*

Alors l'entité… éclata de rire ? Sans un bruit. Telle une bulle de tendresse amusée qui enflait en lui.

Dante fronça mentalement les sourcils.

Ne me dites pas que ça va durer pour toute l'éternité ?

Quelque chose le chatouillait. Ses doigts ? Ils se matérialisèrent devant son visage. Son visage ! Il avait maintenant un visage. Et un corps. *Merci Dea.*

– Hum, merci, dit-il à voix haute pour vérifier que son timbre n'avait pas changé. Dea ?

La bulle joyeuse revint, plus chaude et plus brillante, sans rien confirmer pour autant. Cette fois, au moins, il pouvait localiser la sensation dans sa poitrine. Il avait également des vêtements, aussi superflu que ça paraisse. Les dieux se moquaient sans doute pas mal de la pudeur, mais pas lui.

– Alors… vous êtes Dea ? Ou vous ne l'êtes pas ?

Correct.

Très drôle. Ça ne répondait toujours pas à sa question.

– Écoutez, je ne voudrais pas abuser, mais pourriez-vous me dire comment ça s'est terminé ? Alessa va s'en sortir ?

La lumière vacilla sans prendre de véritable forme, telle la flamme d'une bougie posée sur le rebord d'une fenêtre.

Un mirage esquissa alors la silhouette d'une femme grande et mince, avec des cheveux châtains et les mêmes yeux sombres que ceux qu'il voyait chaque fois qu'il se regardait dans le miroir.

– Mama ?

Sa mère, ou la déesse qui en avait pris l'apparence, lui ouvrit les bras. Son regard était empli d'amour et de regret.

Rien n'aurait pu empêcher Dante de courir vers elle.

Lorsqu'il lui prit les mains, il ne sentit qu'une vague de chaleur qui remonta jusqu'à sa poitrine, lui picota la peau, l'imprégna de l'intérieur. Une marée d'émotions – fierté, amour, réconfort – l'enveloppa, aussi accueillante qu'un bon feu quand on a été trempé par la pluie. Il aurait pu rester là pour toujours.

Mais le feu se transforma bientôt en brasier. Brûlant, crépitant, dévorant. Car c'était le seul moyen, la façon la plus rapide de lui montrer ce qu'il avait besoin de savoir. Il n'y avait pas de temps à perdre.

Sa mère lui adressa le sourire le plus triste qu'il avait jamais vu.

Puis elle s'évanouit, et le cerveau de Dante explosa.

Un océan vorace et sombre s'abattait sur la côte, léchant les murs de la ville, vomissant des créatures couvertes d'écailles, aux crocs acérés et aux griffes aussi tranchantes que des faux. Tandis que les nuages gris cendre faisaient pleuvoir des rivières de sang sur le monde, les gens, partout, brûlaient, brûlaient, brûlaient.

Un être d'obscurité incarnée menait l'attaque, luttant contre une armée de…

Dante sursauta, comprenant soudain ce qu'il avait devant les yeux, et un hurlement monta de sa gorge juste avant que l'enfer ne l'engloutisse.

Cinquante-cinq

Chi mora mor, e chi camba cambe.
Ceux qui meurent meurent, et ceux qui vivent vivent.

Alessa posa sa tête sur le torse immobile de Dante, sans se soucier de la poussière, du sang et des entrailles de scarabeos qui encroûtaient sa chemise.

Sauver le monde avait un goût si amer.

Les yeux fermés, elle tenta de graver dans sa mémoire tous les souvenirs qu'elle avait de lui. Ses yeux noirs qui souriaient alors que sa bouche s'y refusait. Sa façon de la contempler comme s'il était incapable de détacher son regard d'elle. La sécurité et la tendresse qu'elle avait ressenties au creux de ses bras. Et sa manie adorable de la surnommer…

– *Luce mia.*

Alessa se redressa d'un bond.

Dante la fixait d'un regard fiévreux.

Elle eut beau cligner des paupières, l'illusion persista. Il avait les traits tirés par la douleur, mais il était vivant.

– Dante…

À peine lui effleura-t-elle la joue qu'il réprima un hoquet.

Alessa s'empressa de retirer sa main et de se relever, se précipitant vers le couloir pour appeler à l'aide.

Elle s'écarta tandis que les médecins envahissaient le temple. Elle qui avait survécu à la bataille sans vomir sentait monter la nausée à chaque cri de Dante, dont la bouche était devenue un rictus de souffrance insoutenable.

Il était vivant. Vivant. Elle se répétait ce mot en boucle, comme une prière.

Les médecins l'examinèrent, le palpèrent, le bandèrent pendant des heures avant de l'installer sur une civière afin de le conduire au centre de tri des blessés de la Cittadella. Mais il était en vie.

Bien qu'il ait faillit se vider de son sang sur le trajet, quand le soleil se leva – ou se coucha, Alessa ne savait plus –, on lui annonça que le jeune homme était dans un état stable.

Stable.

Elle n'oublierait jamais les bruits et l'odeur des soldats agonisants. Sa bataille resterait dans les annales comme l'une des plus courtes de tous les temps. Toutefois, les nombreux blessés se moquaient pas mal d'avoir marqué l'histoire.

Alessa resta d'abord au chevet de Dante. Il n'arrêtait pas d'ouvrir les yeux pour évoquer en marmonnant des ombres qui parlaient et des souvenirs du futur. Comme il s'énervait parce qu'elle n'y comprenait rien, une infirmière finit par conseiller à la Finestra de le laisser se reposer.

Dante n'était pas le seul à souffrir. Alessa arpentait les rangées de l'hôpital improvisé, s'arrêtant pour remercier hommes et femmes, leur apporter de l'eau, du bouillon, des bandages. Elle allait chercher les médecins quand ils pouvaient encore être sauvés, écoutait leurs dernières confessions lorsque ce n'était pas le cas.

Elle qui pensait ne plus savoir prier se surprit à le faire avec des centaines d'entre eux. En toute sincérité.

Protège-les, Dea. Ramène-les chez eux. Guide-les de ta main douce, dans leur existence mortelle comme dans leur repos éternel, et illumine leur chemin de ton amour.

Elle avait fait son devoir comme ils avaient fait le leur.

Sans prêter attention à la stupéfaction que sa présence suscitait, Alessa se rendait aussi utile que possible pour faire passer les heures.

Alors qu'elle tamponnait le front d'un soldat à l'aide d'un linge mouillé, une petite voix l'appela.

– Quelqu'un vous réclame en soins intensifs, dit une infirmière qui semblait bien trop jeune pour ce métier.

Le cœur au bord des lèvres, la Finestra courut à la zone réservée aux cas critiques. Les blessures de Dante étaient graves, mais elle l'avait déjà vu se remettre de pire…

– Adrick ? fit-elle, surprise de reconnaître les boucles blondes de ce dernier près du lit de Dante.

Il était venu aider les malades. En tant qu'apprenti pharmacien et parce qu'il était son frère. Bien sûr qu'il était venu.

– Je lui ai apporté nos anti-douleurs les plus efficaces, mais il refuse de les prendre avant de t'avoir parlé.

Dante avait les yeux ouverts et tournés vers le ciel. Il était pâle, la mâchoire serrée, les poings crispés.

Lorsqu'il cligna des paupières, elle laissa échapper le soupir qu'elle retenait.

Adrick l'entoura de ses bras et l'étreignit si fort qu'elle décolla du sol.

– Tu as réussi, petite sœur.

– Lâche-moi, idiot, protesta-t-elle en lui donnant une tape dans le dos. Je suis toujours dangereuse. Et, pour l'amour de Dea, arrête de m'appeler comme ça. Tu n'as que deux minutes de plus que moi.

Son jumeau la reposa en riant.

– Je ne voudrais pas que tu prennes la grosse tête à cause de ta victoire. Maintenant, tu veux bien ordonner à ce charmant démon d'avaler ses médicaments ? Il est encore plus têtu que toi.

Alessa se laissa tomber à genoux et retira un gant.

– Dante.

Le corps du jeune homme se raidit à son contact.

– Pardon, bégaya-t-elle en s'écartant aussitôt.

Elle se maudit en silence. Il était encore bien trop faible pour supporter son pouvoir.

– Alors comme ça, tu as quelque chose à me dire ? reprit-elle avec un sourire forcé. Je t'écoute. Et ensuite, je te ferai boire cette potion de force s'il le faut.

– Crollo, marmonna Dante.

Une larme coula sur sa joue. La Finestra se retint de l'essuyer.

– Il n'en a pas fini avec nous. J'ai vu… j'ai entendu…

Il s'interrompit afin d'aspirer une bouffée d'air tremblante.

– Tout est lié. Ton pouvoir. L'apocalypse. Ce n'est pas terminé.

Elle le fit taire.

– Pour le moment, on ne craint plus rien, n'est-ce pas ?

Il parvint à esquisser un petit hochement de tête.

– Alors repose-toi. Et, pour l'amour de Dea, prends tes médicaments.

Adrick versa une dose de sirop dans un verre et souleva la tête de Dante. Pendant ce temps, Alessa fit signe à une médecin qui passait.

– Vous savez de qui il s'agit ? l'interrogea-t-elle, défiant la femme d'âge mûr d'exprimer la moindre réserve concernant la nature de Dante.

– Bien sûr, et je serais fascinée d'entendre le récit de ce que vous avez vécu. Malheureusement, bien qu'il soit stable, son état ne s'améliore pas. Cela peut prendre du temps.

– Vous n'avez noté aucune amélioration ? Pas de coupures qui cicatrisent, pas d'hématomes qui s'estompent ?

Il était fréquent que de grands blessés passent quelques jours, voire quelques semaines, aux portes de la mort, mais c'était pour le moins inhabituel chez un ghiotte.

– Non, Finestra. Au contraire, il a même rechuté un moment – mais nous avons pu intervenir avant qu'il ne soit trop tard.

Alessa fronça les sourcils. Il ne s'était encore écoulé que très peu de temps, et Dante était revenu d'entre les morts. C'était beaucoup pour un seul homme. Il fallait qu'elle se raccroche coûte que coûte à cet embryon d'espoir.

Cinquante-six

Tutto sapere è niente sapere.

Tout savoir, c'est ne rien savoir.

« P*orca troia* », jura Dante en se réveillant en sursaut, comme c'était désormais toujours le cas.

Chaque fois qu'il fermait les yeux, il mourait à nouveau. Et chaque fois qu'il les ouvrait, il avait l'impression de renaître de ses cendres.

Endormi, éveillé, cela n'avait plus d'importance. Il n'avait jamais de répit.

Le bruit incessant lui tapait sur les nerfs. Les souffles rauques, les gémissements, les cris aigus. S'il passait un jour de plus dans ce lit, à respirer du désinfectant et à devoir supporter la souffrance des autres, il en mourrait.

– *Puttana la miseria*, continua-t-il, les dents serrées.

La dottoressa Agostina le réprimanda du regard.

– *Mi scusi*, répliqua-t-il d'un ton à demi sarcastique.

Il entendait des horreurs bien pires, chaque jour, de la bouche des autres patients. Dans la langue commune qui plus est. Et elle lui en voulait pour ça ?

Il ne souffrait pas seulement ; il était *devenu* la douleur. Même ses cheveux lui faisaient mal. Et il ne pouvait pas attendre plus longtemps. Réprimant un énième grognement, il se redressa.

Son regard fut aussitôt attiré par Alessa, comme par un aimant. Elle était assise sur un lit à l'autre bout de la pièce et s'illumina en le voyant.

Après s'être excusée auprès du blessé à qui elle parlait, elle le rejoignit en courant. Dante se retint de sourire. Elle faisait tout le temps ça : papillonner d'une personne à une autre, d'une pensée à une autre, sans se douter qu'elle était impossible à suivre.

– Comment te sens-tu ? l'interrogea-t-elle, agenouillée près de son lit.

Elle lui étreignit la main en prenant soin de conserver ses gants de soie.

– Retire-les, réclama-t-il doucement.

Les yeux de la jeune fille, plus verts que bruns ce jour-là, s'élargirent sous ses longs cils frémissants.

– Plus tard. Tu es encore convalescent, et…

– S'il te plaît. Retire-les.

Très pâle et les doigts tremblants, elle obéit avant de lui effleurer le dos de la main.

Les muscles de Dante se contractèrent violemment. Il se mordit la lèvre. *Che palle.*

Alessa s'écarta, les larmes aux yeux.

– C'est trop tôt. Tu as besoin de plus de temps. Je vais aller chercher Adrick et Josef. Ils ont promis de t'aider à monter l'escalier, si les médecins estiment que tu es prêt.

Sur ces mots, elle s'enfuit.

Dante laissa retomber sa tête contre le mur de pierre et contempla l'auvent métallique qui surplombait la cour.

Cela ne servait à rien de se voiler la face.

Si son état n'empirait pas, il ne s'améliorait pas non plus. Du moins, pas plus vite que celui de n'importe qui.

Une infirmière s'approcha de lui avec un bol au contenu fumant, lui adressant un sourire qu'il fut incapable de lui rendre.

On le traitait comme une personne normale et, au début, il avait cru que les soignants ignoraient à qui ils avaient affaire. Mais pas du tout. Au contraire, ils se battaient pour avoir la chance de s'occuper du *Ghiotte Fonte*. Un surnom qui le faisait grimacer.

Ils savaient parfaitement ce qu'il était.

Ou plutôt, ce qu'il avait été.

Cinquante-sept

Traduttore, traditore.
Traduire, c'est trahir.

Un mois après le Divorando, Alessa regardait Kaleb et Dante se lever en se soutenant mutuellement pour ne pas perdre l'équilibre. Avec leurs bandages et leurs tuniques amples, ils ressemblaient à des pirates avinés qui auraient égaré leur pantalon.

Dante surprit le regard de la Finestra et se détourna un peu trop vite.

Elle inspira profondément, résistant à l'envie, de plus en plus fréquente, de le secouer.

Ses sentiments pour lui n'avaient pas changé. Au contraire, elle se sentait encore plus protectrice qu'avant. Mais la fierté du jeune homme avait été aussi atteinte que son corps. Ses démons le harcelaient, l'accablant de menaces ou de promesses qu'il refusait de partager avec quiconque.

Il lui faudrait sans doute davantage que du temps pour se remettre de ses blessures. Malheureusement, c'était tout ce qu'Alessa avait à lui offrir.

Comme Kaleb trébuchait, elle courut aussitôt à son secours, mais Dante l'avait déjà rattrapé et se préparait à marcher avec lui.

Les autres Fontes ainsi que les soldats blessés étaient rentrés chez eux. Kaleb, lui, avait prétendu être trop habitué au luxe de la Cittadella. Et puis, officiellement, c'était le seul vrai Fonte d'Alessa.

Quant à Dante, il n'avait pas de chez-lui.

Alors ils étaient restés.

Kaleb se fabriquait des chapeaux avec des pansements et demandait aux infirmières de lui dire qu'il était le plus beau. Il se plaignait bruyamment que la soupe était trop chaude ou les gâteaux trop sucrés, jusqu'à ce qu'on lui apporte autre chose. Alors il dévorait tout et piochait dans le plateau intact de Dante, qui finissait par s'énerver et mangeait un morceau juste pour le contrarier.

En réalité, Kaleb faisait exprès de provoquer la mauvaise humeur de son compagnon. Il avait compris que c'était la meilleure façon de lui changer les idées.

Aussi étrange que ce soit pour les autres, Dante prenait les insultes comme des encouragements. Le Fonte et l'amant d'Alessa passaient ainsi leurs journées à tourmenter kinésithérapeutes et infirmières, rivalisant pour savoir qui formulerait sa souffrance de la manière la plus colorée.

Dante, qui était bilingue, l'emportait le plus souvent.

Heureusement qu'Alessa l'avait à peine touché quand il avait rouvert les yeux sur l'autel.

Sinon, il serait mort pour de bon.

Après lui avoir prêté son pouvoir afin de la sauver, il l'avait emporté dans la mort avec lui. Alessa en avait récupéré l'ultime écho, qu'elle avait ensuite utilisé – grâce à un petit coup de pouce de Dea – pour le ramener à la vie. Mais si Dante était revenu, ce n'était pas le cas de sa magie.

La Finestra avala péniblement sa salive et félicita Kaleb qui tentait de marcher. Il grogna et inventa un nouveau juron pour faire pouffer l'infirmière.

Dante, lui, restait appuyé à la tête de lit, perdu dans ses pensées. Alessa s'efforça de chasser son angoisse.

Il était en vie.

Elle ne pouvait pas le toucher, pas encore, mais il était en vie.

C'était tout ce qui comptait.

Lorsque l'infirmière lui posa une question, il secoua la tête sans desserrer les dents.

Alessa jeta un regard à Kaleb.

– À l'aide ! s'écria-t-il, portant une main à son front et faisant mine de défaillir. Mademoiselle, le ghiotte essaie de me tuer ! Laisse-moi souffler, sale bête !

Dante réprima un sourire pendant que l'infirmière emmenait Kaleb hors de la pièce. Puis il s'allongea sur le lit en grimaçant, laissa retomber sa tête en arrière et poussa un soupir de soulagement.

– Tu as besoin de quelque chose ? s'enquit Alessa.

– Non, juste que tu viennes ici. Promis, je garderai mes mains loin de toi.

Avant de le rejoindre, elle vérifia néanmoins qu'aucune bande de peau n'était visible entre ses gants et ses manches.

– Tu dis toujours ça.

Des vivats s'élevèrent lorsqu'elle passa devant le balcon. Une immense foule se rassemblait chaque jour sur la piazza dans l'espoir d'apercevoir ses sauveurs. Alessa sortait la saluer matin et soir, tandis que Kaleb demandait fréquemment à ce qu'on pousse son fauteuil roulant près de la fenêtre.

Dante, lui, refusait catégoriquement. Il ne savait pas encore accepter les témoignages d'amour et de reconnaissance. Pour cela aussi, il faudrait du temps.

Elle se blottit près de lui et nota qu'il avait les yeux cernés.

– Toujours ces cauchemars ?

Une ombre voila le regard du jeune homme.

– Je ne suis pas certain que ce soit le bon mot.

– C'est-à-dire ?

– Je crois plutôt qu'elle essaie de me faire passer un message.

– Qui ça ?

– Dea. Ou ma mère. Je ne sais pas trop. Elle était fière, comme si j'étais enfin devenu celui que j'étais censé être. Mais elle voulait aussi me prévenir que ce n'est pas terminé.

Dante fixait le plafond.

– Plus ça va, plus je doute de ce que j'ai vu ou entendu. On aurait dit qu'elle voulait nous aider, nous donner un indice.

Grâce à ses gants, Alessa osa écarter une boucle sombre de la tempe de Dante. Il s'appuya contre sa main qu'il embrassa à travers la soie.

– D'après moi, elle veut que je retrouve la Fonte della Guarigione.

Alessa s'assit.

– Parce qu'elle existe encore ? Je vais y aller de ce pas et te rapporter de son eau ! Tu guériras, tu pourras peut-être même…

– Non. Ça ne fonctionne pas comme ça.

– Pourquoi ? Je voyagerai aussi loin qu'il le faudra pour que tu récupères tes forces et ton pouvoir. Et si tu as vu juste, si Crollo prépare une attaque encore pire que la précédente, nos troupes auront besoin de cette eau.

– C'est justement ce qu'elle essaie de me dire. On doit retrouver la Fonte avant la deuxième vague.

– D'accord, mais où est-elle ? Ici, à Saverio ?

Le jeune homme ferma les yeux.

– Plus maintenant.

– Comment ça, plus maintenant ? Une fontaine ne peut pas se déplacer.

– Ce n'est pas une fontaine.

– Je maîtrise mal la langue des anciens, mais je connais ce passage par cœur. *Lei diede loro una fonte di guarigione.* « Elle leur avait donné une fontaine de guérison. »

– Ton accent est toujours aussi mauvais, la taquina-t-il. *E quando vene il momento della battaglia, i guerrieri sarebbero stati forti, perché Lei diede loro una fonte di guarigione.* Ce terme qui signifie en effet « fontaine » peut aussi être traduit par « source ».

Alessa répéta les mots à mi-voix, réfléchissant au nouveau sens qu'ils donnaient à la phrase.

« Et quand viendrait l'heure de la bataille, les guerriers seraient forts, car elle leur avait donné une source de guérison. »

Elle se figea.

– Alors, si le troisième don de Dea n'est plus à Saverio, c'est parce que…

– Parce qu'il a été banni.

Alessa cessa de respirer.

Pour survivre aux horreurs que Crollo leur réservait, ils auraient besoin d'une armée de soldats invincibles.

Des soldats qu'ils allaient d'abord devoir retrouver.

Remerciements

Je me suis toujours raconté des histoires, mais il y a seulement quelques années que j'ai commencé à les écrire. Il faut dire que les « vrais » écrivains semblent généralement être des âmes paisibles et solitaires… en d'autres termes, tout le contraire de moi. Pourtant, depuis que j'ai décidé de devenir autrice – ou plutôt, depuis que je l'ai accepté, puisque tout le monde était visiblement déjà au courant –, ma vie s'est remplie de personnes merveilleuses. Je pourrais noircir une centaine de pages pour leur exprimer ma reconnaissance, et cela ne suffirait même pas. Je vais donc essayer d'être aussi concise que possible.

Pour commencer, mes remerciements éternels à mon agente, Chelsea Eberly, la plus grande défenseuse dont un auteur puisse rêver. Merci d'avoir cru en ce livre et en moi, merci pour ton enthousiasme, tes conseils et tout le reste.

À Vicki Lame, éditrice extraordinaire, travailler avec toi a été un bonheur de chaque instant. Merci d'avoir vu tout ce que ce roman pouvait être et de l'avoir poussé sans relâche jusqu'à la ligne d'arrivée ; et merci de m'avoir intégrée à ton incroyable panel d'auteurs.

Toute ma gratitude à l'ensemble de l'équipe de Wednesday Books, actuelle et passée. Jennie Conway, Angelica Chong et Vanessa Aguirre, pour votre patience, votre gentillesse et votre souci du détail qui m'ont (presque) permis de tenir mes délais, malgré mes innombrables questions et toutes les fois où j'ai oublié de faire « répondre à tous ». Je vous promets que je finirai par y arriver. Michelle McMillian, Melanie Sanders, Lena Shekhter, Anne Newgarden, Meghan Harrington, Alexis Neuville et Brant Janeway, pour vos efforts en coulisses ; Callum Plews, Carlotta Brentan et Michael Gallagher, pour votre travail sur le livre audio ; et Rhys Davies pour les magnifiques cartes. Un merci très spécial à Kerri Resnick et Olga Grlic, qui ont conçu la sublime couverture, et à Kemi Mai qui lui a donné vie. Je suis en admiration devant vous tous. Je n'aurais pas pu espérer meilleures maisons d'édition que St. Martin's Press et Wednesday Books, et c'est un honneur de collaborer avec vous.

À Molly Powell, Natasha Qureshi, Callie Robertson, Kate Keehan et le reste de l'équipe de chez Hodder, merci d'avoir apporté cette histoire aux lecteurs britanniques avec tant de dévouement et d'enthousiasme. Merci à Lydia Blagden pour la couverture de l'édition UK, et à Sukatangan pour l'illustration.

Mes remerciements les plus sincères aux collègues, critiques, amis, experts et relecteurs sensibles qui n'ont pas ménagé leurs efforts afin que je puisse rendre justice à mes personnages, notamment Claudia Giuffrida, Amy Acosta, Anah Tillar, Iori Kusano, Anonymous et Irtefa Binte-Farid, qui remporte des points bonus pour avoir terminé le livre en une nuit. J'espère vous avoir rendus fiers.

Ron Harris, Kristie Smeltzer, Megan Manzano et les autres chez Writer's House, merci d'avoir décelé en moi un potentiel dont je n'avais même pas conscience. Taylor Harris, ma copine et voisine des débuts, regarde-nous aujourd'hui ! Alice, Naomi, Christine, Jess, Meghann, Chae-Yon et tous mes amis et proches à la patience infinie, merci d'avoir écouté mes élucubrations littéraires. Autumn Ingram, merci de m'avoir appris (et, par extension, d'avoir appris à Alessa) comment glisser l'air de rien des sous-entendus sexuels dans n'importe quelle conversation.

Eliza, Melody, Ryan, Brook, Jeff, Emily, Kristine, Erin et le reste de la bande de No Excuses, merci d'avoir lu mes premiers jets malgré mon *horrible* présentation initiale. Un coup de chapeau particulier à Lyla Lawless, qui a disséqué tous ces synopsis. Margie Fuston, tu m'as sauvé la vie ; sans toi, ce livre n'aurait jamais eu de suite. Merci d'être l'ange (ou le démon ?) perché sur mon épaule.

Malgré de nombreux détours, refus et manuscrits jetés à la poubelle, mon chemin vers la publication a été illuminé par mes fées marraines, Brenda Drake et Alexa Donne, ainsi que par les membres des communautés Pitch Wars et Author Mentor Match, à commencer par mes mentors, Molly E. Lee et Jamie Krakover. Message à la promotion 2017 de Pitch Wars : mon cœur vous appartient à jamais. Kylie Schachte, Jade Loren, Ipuna Black, Julie Christensen et bien d'autres, merci de m'avoir aidée à me relever quand je ne pensais plus pouvoir avancer, et de m'avoir acclamée lorsque j'y suis enfin arrivée. Une mention spéciale pour Shelby Mahurin, dont le discours d'encouragement est tombé à pic et m'a poussée à écrire le livre que j'avais envie de lire.

Mes chères amies Rajani LaRocca et Andrea Contos, je suis si heureuse que l'écriture m'ait conduite à vous. Anna Rae Mercier, mon âme sœur littéraire, ma partenaire de podcast et la critique la plus patiente de la planète, merci, merci, merci. Pour tout.

Ayana Gray, Lauren Blackwood et Natalie Crown, je n'aurais jamais cru me faire de nouvelles amies pendant le confinement, et je me réjouis que nous nous soyons rencontrées. Lyssa Mia Smith et Sophie Clark, ce fut un plaisir d'être votre tutrice, et encore plus de devenir votre amie.

Tamora Pierce, Elle Cosimano, Sarah Glenn Marsh, Hannah Whitten, Lyndall Clipstone, Lauren Blackwood, Ayana Gray et Allison Shaft, merci d'avoir pris le temps de me lire, et merci pour vos compliments qui m'ont beaucoup touchée. À tous les auteurs, lecteurs et libraires qui ont partagé leur enthousiasme, merci du fond du cœur d'avoir aimé Alessa et Dante.

Grazie mille à Monica, Emma et Diletta de m'avoir inspirée, prêté vos noms, corrigée quand je maltraitais